dtv

FELICITY WHITMORE

Die vergessenen Stimmen von *Chastle House*

ROMAN

dtv

Ausführliche Informationen über unsere Autoren und Bücher
www.dtv.de

Von Felicity Whitmore
sind bei dtv außerdem erschienen:
Der Klang der verborgenen Räume (dtv 26167, dtv 21791)
Das Herrenhaus im Moor (dtv 21763)

FSC MIX Papier aus verantwortungsvollen Quellen FSC® C019821 www.fsc.org

Originalausgabe
2. Auflage 2019

Umschlaggestaltung: Wildes Blut, Atelier für Gestaltung,
Stephanie Weischer
Satz: C.H.Beck.Media.Solutions, Nördlingen
Gesetzt aus der Aldus 10/13,5˙
Druck und Bindung: Druckerei C.H.Beck, Nördlingen
Gedruckt auf säurefreiem, chlorfrei gebleichtem Papier
Printed in Germany · ISBN 978-3-423-21816-0

Für Marlies

Prolog

Manchester, England
Januar 2018

Sie ließ sich Zeit. Fast eine Stunde lang warteten ihre Fans schon auf sie. Sein Rücken schmerzte von dem harten Plastikstuhl. Das Konzert war ausverkauft. Marc ließ seinen Blick über die vierunddreißigtausend Menschen gleiten, die gekommen waren, um Dione zu sehen. Vierunddreißigtausend Menschen, die eine Gemeinsamkeit hatten: ihre Begeisterung für Dione. Hinterher würde jeder Einzelne von ihnen wieder seines Weges gehen. Der heutige Abend war nur ein winziger Moment in ihrem Leben. Doch für Marc war es mehr. Dione war der Grund, warum er jeden Morgen aufstand. Zu wissen, dass sie existierte, irgendwo da draußen, gab ihm die Kraft, seine Tage zu meistern.

Heute Abend war das achtunddreißigste Konzert von ihr, das Marc besuchte. Der Gestank von Popcorn und Bier zog zu ihm herüber. Es wurde immer schlimmer. Die Menschen begnügten sich nicht mehr damit, während eines Kinofilms mit ihren Popcorn-Tüten zu rascheln, zu schmatzen oder lautstark Getränke aus ihren Pappbechern zu schlürfen. Nein, jetzt hatten diese Unsitten auch schon bei Konzerten Einzug gehalten. Er wandte seinen Kopf zu dem jungen

Paar neben sich. Doch der feindselige Blick, den er den beiden zuwerfen wollte, wurde milde, als er die »Dione – *Black Roses in Snow*«-T-Shirts sah, die sie trugen. Ihr Bier tranken sie aus »*I love Dione*«-Plastikbechern. Er hatte die Shirts und die Becher heute schon bei Hunderten von Fans gesehen und freute sich jedes Mal. Er lächelte seine Sitznachbarn an und erntete einen irritierten Blick.

Sie fragten sich mit Sicherheit, warum er hier war. Mit seinem karierten Hemd, dem ungepflegten Vollbart und dem zerzausten Haar passte er nicht in das Meer aus gestylten Zwanzig- bis Vierzigjährigen. Schnell drehte er sich wieder nach vorn und betrachtete die Menge vor der Bühne. Er rieb sich mit dem Handrücken über die Augen. Es war ihm schon lange gleichgültig, was die Leute über ihn dachten. Und der einzige Mensch, bei dem es ihm etwas bedeutete, hatte nicht die geringste Ahnung von seiner Existenz.

Das Publikum wurde langsam unruhig. Erste Pfiffe, fordernde Rufe nach Dione. Marc lehnte sich zurück. Seine Knie stießen an den Plastiksitz vor ihm. Dione galt als Diva, und das war sie vermutlich auch. Über eine Dreiviertelstunde Verspätung hatte sie jetzt schon. Marcs Blick glitt über die Fans hinweg und an den Rängen empor, die bis auf den letzten Platz gefüllt waren, bis zu der hohen Decke aus Metallstreben. Scheinwerfer hingen wie riesige Sterne daran und ein Quader aus vier Bildschirmen, die unablässig Werbung für verschiedene Veranstaltungen zeigten.

Plötzlich wurde die Menge laut. Rufe und Pfiffe gingen in Jubel, Gekreische und aufgeregtes Klatschen über. Marc hatte gar nicht bemerkt, dass die Band auf die Bühne gekommen war. Wie immer elf Musiker, zählte er nach. Auf der Videowand im Hintergrund war der Titel ihrer diesjährigen Tour zu lesen: *Black Roses in Snow*. Das Stadionlicht erlosch und alles tauchte in angenehme Dunkelheit. Marc ignorierte seinen schmerzenden Rücken und konzentrierte sich auf die Bühne. Sein Sitzplatz war gut. Er hatte seit einigen Jahren einen Deal mit dem Ticketcenter in Lancaster, das ihm eine Karte in der besten Kategorie buchte, sobald ein neues Konzert von Dione in England angekündigt war. Er durfte nicht warten, denn sonst gab es nur noch Plätze weit hinten. Und er wollte ihr so nah wie möglich sein. Wenigstens hier.

Ein lautes Zischen mischte sich unter die Musik. Eine Feuerfontäne schraubte sich in der Mitte der Bühne empor und sprühte unzählige Funken in die Dunkelheit. Marc zwinkerte ins Licht, aber so schnell das Feuer entstanden war, erlosch es auch wieder. Und dort, wo eben noch die Feuersäule gebrannt hatte, stand sie – Dione.

Marc hielt den Atem an und ließ ihren Anblick für einen Moment auf sich wirken. Sie trug ein langes goldenes Kleid. Ihr braunes Haar war hochgesteckt. Einzelne Strähnen hatten sich gelöst. Ihr Bild wurde auf den großen Bildschirmen an der Decke gezeigt. Marc studierte ihr Gesicht, obwohl er es auswendig kannte. Die braunen Augen, die hohen Wangenknochen, die reine Haut. Lange dunkle Wimpern, perfekt geformte Augenbrauen. Und die Stupsnase, diese Nase, die seiner eigenen glich, wie es nur bei Vater und Tochter sein konnte.

Dione öffnete den Mund, und als die ersten Töne ihren Weg zu den Fans fanden, brandete Applaus auf. Das lange Warten war vergessen. Vierunddreißigtausend Menschen hingen wie gebannt an ihren Lippen. Ihr Gesang füllte das Stadion, ließ die begeisterten Zuschauer verstummen und sorgte dafür, dass die Welt jenseits des Konzerts für sie aufhörte zu existieren. Marc tauchte in die Klänge ein, er sog die Musik in sich auf. Ob die Stimme seiner Vorfahrin Katherine wohl ähnlich geklungen hatte? Sie hatte vor vielen Jahren die Menschen ebenso in ihren Bann gezogen, wie Dione es heute tat. Marc betrachtete die faszinierende Frau auf der Bühne und fragte sich, wie viel von Katherine in dieser außergewöhnlichen Künstlerin steckte. Hatte sie ihre kraftvolle und wunderschöne Stimme ihrer Vorfahrin zu verdanken?

Er versuchte, sich Diones Stimme vorzustellen, als sie noch ein kleines Kind gewesen war. Wann hatte sie diesen vollen Klang angenommen, die Kraft gefunden, die sie heute besaß? Wann war aus dem kleinen Wesen, das er damals in den Armen gehalten hatte, diese schöne Frau geworden? Tränen liefen über seine Wangen. Marc weinte sonst nie. Nur wenn er es sich erlaubte, einen kurzen Augenblick lang darüber nachzudenken, wie sein Leben verlaufen wäre, wenn er damals eine andere Entscheidung getroffen hätte. Er fuhr sich über die Wangen und suchte in der Jacke nach einem Taschentuch.

Er hatte alles richtig gemacht. Diesen Satz hatte er sich immer wieder gesagt. Und in Momenten wie diesem, wenn er sie strahlend und glücklich auf der Bühne sah, die hübscheste, talentierteste und beliebteste Frau der Welt, dann wusste er, dass er recht hatte. Was hätte er ihr bieten können, wenn sie bei ihm aufgewachsen wäre? Er dachte an Woodland House, das eher eine Ruine als ein Zuhause war. Undenkbar, Dione dort auch nur einen Tag unterzubringen. Und Chastle House? Ja, es war früher eines der schönsten Landhäuser des Lake Districts gewesen, aber es lastete ein uralter Fluch darauf, der ein Leben darin unmöglich machte. Zu schreckliche Dinge waren dort geschehen. Dennoch gelang es seiner Familie nicht, sich von diesem Haus zu trennen, das bis heute die Spuren jener tragischen Ereignisse in sich barg. Und statt es hier und da zu modernisieren, gab Marc das bisschen Geld, das er erübrigen konnte, immer wieder für Konzertkarten, DVDs und Alben von Dione aus.

Er seufzte und betrachtete die strahlende Frau auf der Bühne. Chastle House war gefährlich für Dione. Das Anwesen hatte schon zu viele Leben gekostet. Außerdem wäre es ihrer nicht würdig gewesen. Er schüttelte den Kopf, während er Diones perfekte Tanzschritte beobachtete. Aber es war nicht Chastle House, das ihn zu der folgenreichen Entscheidung in jener Nacht getrieben hatte. Es war Monica gewesen. Er hatte ihr nie einen Wunsch abschlagen können. Marc wischte sich über das tränennasse Gesicht. Das Unrecht, das er und Monica getan hatten, lastete schwer wie Blei auf ihm.

Marc konzentrierte sich wieder auf Diones Lied, *Black Roses in Snow*. Es erzählte die traurige Geschichte eines toten Babys. Ob Monica ihrer Tochter Dione wohl jemals von der Nacht ihrer Geburt erzählt hatte? Das war kaum vorstellbar. In jener Nacht hatte die große Lüge ihren Anfang genommen. Monica gab seither Arthur van Riga als Diones Vater an. Das hatten sie damals gemeinsam beschlossen und Monica würde eine solche Entscheidung nie rückgängig machen. Marc bewunderte sie für ihre Stärke. Sie hatte die Wahrheit weggesteckt und war zu einem neuen Menschen geworden. Die Monica, die er gekannt und geliebt hatte, gab es nicht mehr.

Sosehr Marc sich auch wünschte, dass Dione von seiner Existenz erfuhr, so sehr bemühte er sich, es zu verhindern. Die Wahrheit würde Dione zerstören. Oder unterschätzte er seine Tochter? Vielleicht war sie ja stärker, als er dachte. Wenn er sie da vorn auf der Bühne sah, wirkte sie so mächtig. Eine Frau, die alles erreichen konnte, was sie wollte. Konnte die Wahrheit sie wirklich zerstören? Oder war sie nicht viel zu stark, um von dem Fluch, der auf Chastle House lag, vernichtet zu werden? Er kannte Dione nicht. Aber hatte sie nicht das Recht, zu erfahren, wer sie wirklich war? Woher sie kam? Woher ihre Familie stammte? Es war viel von Katherine in Dione zu erkennen und Katherines Geschichte war Teil von ihr.

Während er ihrem Lied *Black Roses in Snow* lauschte, fasste Marc einen Entschluss.

Er würde morgen zu seinem Anwalt gehen. Wenn Dione stark genug wäre, würde sie die Wahrheit ertragen. Und sie würde die ganze Wahrheit herausfinden wollen. Seine Tochter würde wissen wollen, woher sie kam, und so lange suchen, bis sie alle Puzzleteile zusammensetzen konnte. Sie würde das Geheimnis ihrer Familie lüften und einen Weg finden, damit umzugehen. Es würde Dione zu einem neuen Menschen machen, das war klar. Marc hatte lange Jahre darüber nachgedacht, ob er ihr diesen Weg eröffnen sollte. Dione musste selbst entscheiden, ob sie ihn gehen wollte.

Vielleicht zog sie es aber auch vor, in ihrem gläsernen Märchenschloss sitzen zu bleiben und glücklich zu sein. Dann würde sie niemals nach Chastle House gehen. Das

Haus würde verfallen und vergessen werden und mit ihm all seine Geheimnisse und die Geschichte der Menschen, die dort gelebt hatten – auch Monicas und Marcs Vergangenheit. Marc spürte Erleichterung, als er an diese Möglichkeit dachte.

Kapitel 1

Das Alhambra, Leicester Square, London
März 1866

Henry starrte aus dem Fenster der Kutsche in den Regen hinaus. Sie näherten sich dem Leicester Square, einer Gegend, die er niemals aus freien Stücken besucht hätte. Er betrachtete die Restaurants, die sich in den Seitenstraßen dicht aneinanderdrängten. Durch ihre schmutzigen, regennassen Scheiben konnte er Gestalten an kleinen Tischen sitzen sehen. Nicht ein einziges englisches Restaurant war zu erkennen. Dafür reihten sich arabische an türkische, deutsche, spanische und italienische Lokale. Leere Holzkisten, Speisereste, Papiertüten und faulige Bretter lagen auf dem Gehweg herum. Der Gestank von Knoblauch und fremdländischen Gewürzen drang bis in das Innere der Kutsche und verursachte ihm Übelkeit. Henry tastete nach seinem Taschentuch und presste es sich gegen Mund und Nase. Sein Blick wanderte wieder zum Fenster seiner Equipage. Das Licht der Gaslaternen spiegelte sich in den Pfützen. Zwei in Lumpen gekleidete Männer wankten über die Straße. Henry hörte seinen Kutscher laut schimpfen, als er ihnen auswich. Eine Frau ohne männliche Begleitung lief den Gehweg entlang. Henry zog die Stirn in Falten. Was für eine fragwürdige Gegend!

Er wandte den Blick vom Fenster ab und betrachtete seinen Freund, der mit ihm in der Kutsche saß.

George Bewick studierte das Programm des Alhambra. »Was hat Katherine gesagt, wo sie heute Abend hingeht?«

Henrys Augenbrauen zogen sich zusammen, während er seine Fingernägel wütend in den weichen Samtbezug der Equipage bohrte. »In die Kirche. Zum Bibelstudium …«

Henry bemerkte, dass sein Freund grinsen musste. Das machte ihn noch wütender. »Ich freue mich, dass dich mein Schicksal so sehr amüsiert.«

»Entschuldige, alter Freund.« George setzte eine ernste Miene auf. »Aber es ist schon eine Ausrede, die sehr weit hergeholt ist, falls unser Detektiv tatsächlich recht haben sollte. Immerhin hat er deine Frau dabei beobachtet, wie sie jeden Tag im Alhambra verschwunden ist.«

»Das brauchst du mir nicht zu sagen«, brummte Henry und sah, wie die Kutsche auf den Leicester Square einbog. Das Denkmal des Reiters, das in der Mitte des Parks stand, wirkte wie ein Botschafter der schäbigen Umgebung. Die Nase seines Pferdes war zerbrochen, die Beine des Reiters waren verrottet.

»Diese Gegend hat nun wahrlich nichts Klösterliches«, sagte Henry zornig. Er ärgerte sich über sich selbst. Warum hatte er Katherine so lange geglaubt, als sie sich Abend für Abend davonstahl? In den letzten Monaten hatte er sie kaum gesehen. Tagsüber hatte sie Besuche gemacht und abends war sie zur Kirche gegangen, das jedenfalls hatte Katherine behauptet.

»Es ist nicht gut, eine Amerikanerin zu heiraten«, sagte George. Er strich seinen weißen Seidenschal glatt und griff nach dem vergoldeten Spazierstock, den er an den Sitz der

Kutsche gelehnt hatte. »Und wenn die Familie noch so reich ist … Sie sind zügellos und haben nicht die Manieren unserer englischen Ladys.«

»Du weißt, dass ich keine Wahl hatte.« Henry setzte seinen Hut auf und sah wieder aus dem Fenster.

Die Kutsche hatte vor der goldenen Fassade des Alhambra angehalten. Für die einen war das Alhambra Londons beliebteste Music Hall, für die anderen ein Sündenpfuhl. Henry war bislang noch nicht hier gewesen, aber er war geneigt, sich letzterer Meinung anzuschließen.

»Katherine ist eine Augenweide, damit hast du nichts falsch gemacht«, sagte George, der aus der Kutsche kletterte.

Henry schnaubte und folgte seinem Freund. Sicher, Katherine war wunderschön, die schönste Frau, die er je gesehen hatte. Während Henry seinen Fuß auf das Trittbrett der Equipage stellte, dachte er an ihr kastanienbraunes dickes Haar, das sie häufig nur locker zusammenbinden ließ, sodass sich im Laufe des Tages immer mehr Haarsträhnen lösten. Henrys Mutter, Lady Deborah, schimpfte oft über die derangierte Frisur ihrer Schwiegertochter, aber Henry gefiel es, wenn sich Katherines Haar selbstständig machte. Zusammen mit den dunklen Augen, den langen, geschwungenen Wimpern und den vollen Lippen gab es ihr ein exotisches, beinahe wildes Aussehen. Natürlich hätte Henry das niemals zugegeben. Aber als er in die Ehe eingewilligt hatte, war es in erster Linie ihre Schönheit gewesen, die ihn an den Erfolg dieser Verbindung hatte glauben lassen. Und die Erleichterung seiner Mutter, die er deutlich hatte spüren können.

Während er den Kutscher fortschickte, erinnerte er sich

an die Verzweiflung Lady Deborahs, als sie erfahren hatte, wie schlimm es damals um die Finanzen der Familie stand. Denn nach dem frühen Tod von Henrys Vater hatten sie eine böse Überraschung erlebt. Das gesamte Familienvermögen war verspielt und für liederliche Frauen ausgegeben worden. Noch heute, drei Jahre nach dem Tod seines Vaters, traten immer wieder Frauen an Henry heran, die um Unterhalt für ihre Kinder baten, deren Vater angeblich der verstorbene siebte Lord of Cleveland gewesen war. Henry regte sich schon lange nicht mehr darüber auf. Er glaubte ihnen sogar. Doch zahlen konnte er nichts für diese Kinder, denn sie waren selbst in größte finanzielle Bedrängnis geraten. In den ersten beiden Jahren, als er den Titel des achten Lords of Cleveland trug, hatte er nachts kaum schlafen können vor Geldsorgen. Er hatte große Landstriche im Lake District verkaufen müssen, um den äußeren Schein wahren zu können. Doch über kurz oder lang hätten sie sich auch von Cleveland House, ihrem Londoner Stadthaus, trennen müssen, das Unsummen an Geld verschlang. Henry und seine Mutter, Lady Deborah, hätten ausschließlich in Chastle House im Lake District wohnen müssen und an der Londoner Saison nicht mehr teilnehmen können. Keine Bälle in den vornehmsten Häusern der Hauptstadt, keine Dinner-Gesellschaften und auch keine Besuche mehr in Henrys exklusivem Club. Es hätte den gesellschaftlichen Abstieg für die Familie bedeutet.

Henry rümpfte die Nase, als er einem verlaust aussehenden Mann auswich, der ihm seinen Hut entgegenhielt. Er seufzte und suchte in der Tasche nach einem Penny, den er in den durchlöcherten Zylinder warf. Was für ein Glück, dass Joseph Patton, ein kränklicher New Yorker

Millionär, in den englischen Adel aufsteigen wollte und dass der Name der Lords of Cleveland noch immer hoch im Kurs stand. So hatte Henry damals nicht lange gezögert, als Patton ihm eine ordentliche Mitgift in Aussicht stellte, und hatte um Katherines Hand angehalten. Die Heirat hatte Henrys finanzielle Sorgen mit einem Schlag beseitigt. Und welches Ehepaar heiratete schon aus Liebe?

Henry blickte an der Fassade des Alhambra empor. Das Gebäude war etwa fünf Stockwerke hoch, vergoldete Türmchen, orientalisch anmutende Minarette und Figuren zierten die beige gestrichene Front. Natürlich hatte Henry vor der Hochzeit nicht gewusst, wie starrsinnig und beinahe Furcht einflößend Katherine sein konnte. Henry drückte den Hut fester auf den Kopf, um sich gegen den stürmischen Wind zu schützen. Wenn es nur die Liebe wäre, die in ihrer Ehe fehlte! Aber es war so viel mehr. Sie waren von Grund auf verschieden, es schien keinerlei Gemeinsamkeit zu geben. Die erste unangenehme Überraschung hatte Henry bereits in seiner Hochzeitsnacht erlebt. Katherine hatte sich geweigert, das Bett mit ihm zu teilen. Und Henry, der es nicht einmal schaffte, sein Pferd zu peitschen, damit es schneller lief, hatte sich seine Rechte nicht mit Gewalt nehmen wollen. Trotzdem war er alles andere als zufrieden, wenn er daran dachte, dass seine Ehe nun zwar seit zehn Monaten bestand, aber bisher noch nicht vollzogen worden war. Lady Deborah schien zu ahnen, dass Katherine sich weigerte, ihre Pflichten als Ehefrau zu erfüllen, denn sie machte immer wieder spitze Bemerkungen ihrer Schwiegertochter gegenüber und lag Henry mit dem Wunsch nach einem Enkel in den Ohren.

Henry schrak zurück, als zwei Jungen vor ihm auftauchten, die sich lautstark um eine weggeworfene Zigarre stritten. Er wich ihnen aus und folgte George zum Eingang der Music Hall. Dabei erinnerte er sich an die Teegesellschaft in der letzten Woche, bei der Katherine behauptet hatte, den Frauen müsse ein Wahlrecht zustehen. Die anderen Gäste hatten peinlich berührt weggeschaut. Nur Sir Gerald hatte den Fehler begangen, sich auf eine Diskussion mit ihr einzulassen, die er natürlich nicht hatte gewinnen können. Henry war froh, als sie hinterher wieder in ihrer Equipage saßen.

Katherine brachte Henry immer wieder in unangenehme Situationen. Sie fügte sich einfach nicht in die englische Gesellschaft ein, schlimmer noch, sie schien ihren Mann geradezu provozieren zu wollen. Sie war wild wie ein kleiner Junge, brach mit jeder Tradition und hielt anscheinend nichts von Konventionen. Wie oft schon hatte sie Henry bei einem Dinner mit einer unangemessenen Bemerkung in Verlegenheit gebracht! Als sie im Winter auf ihrem Familiensitz im Lake District gewesen waren, hatte er beobachtet, wie sie rittlings auf dem Rücken eines Pferdes gesessen hatte. Dazu trug sie weite Hosen wie ein Mann. Und am Weihnachtstag wollte sie tanzen gehen. Henry musste all seine Überzeugungskraft aufbringen, bevor sie einlenkte und am traditionellen Weihnachtsessen teilnahm.

Henry folgte George durch die Menschenmenge. Er reichte dem Jungen, der ihnen die Tür zum Alhambra geöffnet hatte, einen Shilling und George führte ihn ins Innere des imposanten Gebäudes, das die Ostseite des Leicester Square dominierte.

Henry sah sich um, sobald sie das Foyer betreten hatten.

Im Empfangsraum gab es eine Theke, hinter der ein junger Mann mit harten Gesichtszügen stand. George gab ihm etwas Geld und erhielt dafür zwei kleine runde Blechstücke, in die Löcher und Buchstaben eingestanzt waren.

»Was ist das?« Henry nahm eines davon von seinem Freund entgegen.

»Unsere Eintrittskarten.« George grinste. »Und jetzt mach nicht so ein griesgrämiges Gesicht. Wir wissen doch gar nicht, ob sie auch wirklich hier ist.«

Henry schnaubte und folgte George eine kurze Treppe hinauf. Unfassbar, wenn die Aussage des Detektivs, den George in Henrys Auftrag engagiert hatte, stimmen sollte!

An einer Tür stand ein Mann in roter Uniform, der ihnen die Eintrittskarten abnahm. Nachdem Henry die Tür passiert hatte, fand er sich vor einer hölzernen Schranke wieder. Um sie herum herrschte dichtes Gedränge. Wie sollten sie Katherine hier jemals finden? Henry sah über die Schranke hinweg auf eine erhöhte Bühne. Er konnte Bühnenlichter und schamlos entblößte Beine von Ballettmädchen erkennen. Dies schien wahrhaftig kein angemessener Ort für eine Dame zu sein!

George kämpfte sich an den vielen Besuchern vorbei, die den Gang füllten, der rund um das Erdgeschoss des großen Gebäudes verlief. Eine Gruppe junger Damen, die rauchend beisammenstanden, machte ihnen Platz. Henry errötete unter den aufreizenden Blicken, die sie ihm zuwarfen. So weit war es also schon gekommen, dass Frauen sich mit Zigaretten in der Öffentlichkeit zeigten! Henry entdeckte seitlich eine Bar, wo sich verschiedene Barmädchen um die meist männlichen Besucher kümmerten. Aber auch gut gekleidete Damen standen an hohen Tischen, lachten lautstark und warfen den Herren kokette Blicke zu. In ihren Händen hielten sie Cocktail- oder Champagnergläser. Manche der Damen schienen sogar Whiskey zu trinken. Henry presste die Lippen aufeinander und bemühte sich, keiner von ihnen zu lange in die Augen zu schauen.

George führte ihn in den Hauptraum, wo sich die Bühne befand. An der Tür mussten sie einen weiteren Shilling pro Person bezahlen. Hier saßen an weiß gedeckten Tischen elegant gekleidete Menschen beim Dinner und verfolgten die Bühnenshow. Der Geruch von gebratenem Fisch, Parfüm, Alkohol und Zigarettenrauch lag in der Luft. Henry dachte mit Unbehagen daran, dass auch Freunde von ihm durchaus hier zu Gast sein konnten. Er war nicht besonders erpicht darauf, an einem Ort wie diesem gesehen zu werden. Er ließ seinen Blick über die dinierenden Gäste schweifen. Reihe für Reihe, Tisch für Tisch suchte er nach dem Gesicht seiner Frau. Mit wem würde sie hier sein? Ob sie sich wohl in Männerbegleitung befand? Es hätte Henry nicht einmal gewundert. Katherine tat, was sie wollte, und Henry war nicht Manns genug, ihr Einhalt zu gebieten. Das musste sich ändern!

Er taxierte weiter die Menschenmenge. Allein an den Tischen hatten bestimmt achthundert Gäste Platz. Aber von Katherine keine Spur! Er sah an den vier übereinanderliegenden Galerien hinauf, auf denen sich überall weitere Gäste drängten. Henry erschrak beim Anblick der vielen Bars und Barmädchen, die sich in den Gängen der Ränge befanden. Fassungslos schüttelte er den Kopf. Hier schienen sich Menschen aus allen Gesellschaftsschichten zu treffen. An den Tischen saßen Herrschaften in teurer Abendgarderobe. Henry nahm Nerzmäntel und Edelsteine wahr, Seiden- und Spitzenstoffe, die blank geputzten Lackschuhe der Herren und die blitzenden Taschenuhren.

Er atmete tief aus. »Wenn Katherine tatsächlich so skrupellos ist und meine Gutmütigkeit ausnutzt, um sich hier allabendlich zu amüsieren, ist meine Geduld jetzt am Ende. Dann werde ich andere Saiten aufziehen.«

George betrachtete ihn von der Seite. »Willst du das wirklich, alter Freund?«

»Was meinst du damit?« Henry starrte auf die Balletttänzerinnen auf der Bühne. Sie waren gut, das musste er zugeben, sehr gut sogar. Und sie geizten nicht mit ihren Reizen. Die Röcke waren ungebührlich kurz und Henry wurde beim Anblick der kräftigen Beine schwindelig. Keine anständige Dame würde so viel nackte Haut zeigen. Fasziniert starrte er auf die geschmeidigen Bewegungen.

»Du warst doch froh, dass sie ihre eigenen Wege gegangen ist, oder nicht?«, hörte Henry seinen Freund fragen.

Er riss sich von dem Anblick der Mädchen los. »Was willst du damit sagen?«

»Wenn du mehr Interesse an ihr gezeigt hättest, wäre dir viel früher aufgefallen, dass sie etwas im Schilde führt. Vielleicht hätte sie sich dann gar nicht erst auf ein solches Abenteuer eingelassen.« George lehnte sich an eine der Marmorsäulen der großen Halle.

Henry wollte seinem Freund widersprechen, schluckte die Worte jedoch hinunter. George hatte ja recht. Er war mit Katherine vollkommen überfordert. Sie war so stark und unabhängig, dass er sich in ihrer Gegenwart wie ein kleiner Junge vorkam. Sie wirbelte wie eine Sturmflut über ihn hinweg.

George führte ihn wieder aus dem großen Saal hinaus

in die untere der vier Galerien. Jetzt konnte Henry die Bar aus der Nähe betrachten. Sie war mit prächtigen Flaschen ausgestattet und Henry war erstaunt über die zahlreichen Messingbierpumpen, die Zinn- und Silbertöpfe, die Humpen und ovalen Glasbehälter mit Pasteten, Sandwiches und allen Arten von Lebensmitteln, um den Durst und Appetit des Publikums zu befriedigen. An den Tischen saßen Herren und rauchten in Gegenwart von Damen Zigarren. Henry schüttelte immer wieder den Kopf. Die Welt schien im Inneren des Alhambra aus den Fugen geraten zu sein, die alten Regeln galten hier nicht mehr.

George kämpfte sich durch das Gedränge an die Bar und bestellte zwei Whiskeys. Während er Henry zu einer Balustrade führte, betrachtete Henry die Männer und Frauen, die viel zu dicht aneinander vorbeiliefen, am Geländer standen und grob miteinander flirteten. George hatte zwei Plätze direkt an der Balustrade gefunden, die sie nun einnahmen. Von hier aus hatten sie einen guten Blick über den Hauptraum hinweg auf die Bühne.

Henry suchte die Menge immer wieder nach Katherine ab. Ungefähr die Hälfte der Gäste schienen Frauen zu sein. Henry hatte am Eingang bemerkt, dass sie hier auch ohne männliche Begleitung eingelassen wurden. Er hatte durchaus schon von diesen neumodischen Marotten gehört, missbilligte sie jedoch aufs Schärfste. Kopfschüttelnd konzentrierte Henry sich auf das Geschehen auf der Bühne.

Das Stimmengewirr um ihn herum vermischte sich mit der Orchestermusik. Es musste sich um ein großes Orchester handeln, Henry schätzte es dem Klang nach auf mindestens fünfzig Musiker. Das helle Gaslicht ließ den Schmuck der Damen um ihn herum funkeln. Die Balletttänzerinnen und die strahlende Kulisse auf der Bühne vermittelten den Eindruck, als befände man sich in einer fremden Fantasiewelt. Weit entfernt schienen plötzlich der schäbige Leicester Square, die verrottete Reiterstatue und die regennassen Londoner Straßen.

Henrys Fuß wippte im Takt der Musik. Die Tanzmädchen schwangen lange Bänder, die im Schein der Gaslampen glänzten. Mit unglaublicher Gelenkigkeit warfen sie ihre Beine hoch. Nach wenigen Minuten hatte Henry alles um sich herum vergessen und verfolgte atemlos die Geschichte, die auf der Bühne erzählt wurde. Immer wieder tauchten neue Tänzerinnen auf. Die einen trugen blau schimmernde lange Kleider mit großen Pfauenfedern am Rücken. Die anderen waren in knappe goldene Seidenkleider gehüllt und hielten bunte Fächer in den Händen. Henry hätte wegsehen müssen, denn die Kleider waren unanständig kurz und die Dekolletés so tief, dass die Brüste beinahe herausfielen, aber er schaffte es nicht. Noch nie hatte er etwas so Verführerisches gesehen, noch nie hatte ihn etwas dermaßen in Erregung versetzt wie diese Ballettmädchen. Er fuhr sich mit der Zunge über die trockenen Lippen, tastete nach einem Taschentuch und tupfte sich über die feuchte Stirn.

»Nicht schlecht, oder?« George prostete ihm zu.

Henry fühlte sich ertappt. Er zog die Schultern hoch.

Das Orchester hatte geendet, die Tänzerinnen verneigten sich und verschwanden in den Kulissen.

Ein Conférencier in Frack und Zylinder betrat die Bühne. Die Menschen an den Tischen hingen gespannt an seinen Lippen. Henry musste sich anstrengen, um seine Worte aus der Entfernung zu verstehen.

Der Mann breitete die Arme aus und rief: »Kommen wir nun zu einem Höhepunkt unseres Programms – dem Stern des Westens. Direkt von den Great Plains zu uns gekommen, voller neuer Abenteuer mit wilden Tieren, Fallenstellern, Cowboys und Indianern. Meine Damen und Herren: Mountain Kenny!«

Unter lautem Applaus knallten Peitschen und vier Männer rannten auf die Bühne. Sie schwangen Lassos durch die Luft und führten einen wilden Tanz auf. Nach einigen Takten sprang ein junger Mann in langen Lederhosen, kariertem Hemd und Hut herbei, der mit spektakulären Saltos durch die Luft wirbelte.

Henry trank einen Schluck Whiskey und betrachtete amüsiert das unbändige Geschehen. Als der Cowboy zu singen begann, musste er schmunzeln. Er konnte zwar kein Wort verstehen, da die Musik und die Geräusche um ihn herum viel zu laut waren, aber es musste sich um einen lustigen Text handeln, denn die Zuschauer brachen immer wieder in Gelächter aus. Henry erheiterten die parodistischen Gesten, und als der Cowboy sich mit den vier Tänzern eine nachgestellte Schlägerei lieferte, musste selbst er laut lachen.

Nachdem der Junge mit seiner Darbietung geendet hatte, lüpfte er seinen Hut und eine üppige Haarpracht wallte ihm über den Rücken. Henry hielt überrascht die Luft an, als er erkannte, dass der Cowboy kein Mann, sondern eine junge Frau war.

»Da hol mich doch …«, murmelte George neben ihm.

Erst jetzt begriff Henry, was seinen Freund so aus der Fassung gebracht hatte. Er sprang auf. Mountain Kenny war Katherine, die achte Lady of Cleveland, Henrys Ehefrau!

Er starrte fassungslos auf die Bühne. Katherine verbeugte sich wie ein Mann. Ihr glänzendes Haar flog durch die Luft. Die Menschen applaudierten ihr, sie pfiffen und johlten. Katherine winkte ihnen zu und verschwand dann hinter den Kulissen. Der Conférencier kehrte zurück und kündigte eine Pause an. Henry hörte ihm kaum zu. George war zur Bar gegangen und kehrte jetzt mit zwei großen Whiskeys zurück.

»Das ist ja ein Ding«, sagte George und reichte ihm seinen Drink.

Henry konnte nicht begreifen, was er da gerade gesehen hatte. Wie war es möglich, dass seine Frau ihn so hintergangen hatte? Er hätte doch irgendetwas bemerken müssen. Woher konnte Katherine diese wilden Tänze, die Saltos und Sprünge? Sie besaß die Fähigkeiten eines billigen Showgirls, auf das jeder nur herabsah. Schauspieler, Tänzer und Sänger waren fragwürdige Existenzen und Henry würde seiner Frau niemals erlauben, mit einer dieser Kreaturen Umgang zu pflegen.

»Die Frage ist«, riss Georges Stimme ihn wieder in die Gegenwart, »was du jetzt tun willst.«

Henry ließ sich auf den Stuhl sinken und stellte das Whiskeyglas gedankenverloren auf seinem Knie ab. »Ich werde ihr die Hölle heißmachen.«

»Glaubst du, dass das die richtige Lösung ist?« George lächelte einer hübschen Blondine zu, die neben ihnen Platz genommen hatte.

»Was meinst du denn, was ich tun sollte? Ihr Beifall spenden und all unsere Bekannten hierher einladen?« Henry zog wütend die Augenbrauen zusammen. »Am besten vielleicht noch meine Mutter?«

Henry stürzte den Whiskey hinunter. Er wollte sich nicht ausmalen, wie Lady Deborah reagieren würde, wenn sie wüsste, womit sich ihre Schwiegertochter die Abende vertrieb.

George grinste. »Nein. Aber überleg doch mal. Wenn Katherine dich so übel an der Nase herumführt, dann wird sie mit Sicherheit auch noch weiter gehen.«

Henry sah seinen Freund an. »Ich verstehe nicht, worauf du hinauswillst.«

George trank einen Schluck und sah in den Saal hinunter, der sich zur Hälfte geleert hatte. Henry folgte seinem Blick. Vermutlich nutzten die Zuschauer die Pause, um durch das große Gebäude zu flanieren.

»Falls Katherine dich mit einem anderen Mann betrügen würde, könntest du dich ohne Probleme scheiden lassen …«

Henry starrte George an. Darüber hatte er bisher noch nicht nachgedacht. Er nickte langsam. »Eine Scheidung ist nur möglich, wenn ich nachweisen kann, dass sie mich betrügt.«

»Die Mitgift würde jedoch bei dir bleiben«, warf George ein.

Henry stieß einen Pfiff aus. »Du hast recht. Aber wie können wir sicher sein, dass sie mich auch wirklich betrügt?«

»Sie arbeitet als Schauspielerin. Du weißt, wie diese Leute sind.« George warf einen abfälligen Blick auf die leere Bühne, als würden die Bretter darauf alles über diese fragwürdigen Subjekte erzählen.

Henry schnaubte wieder. »Arbeiten! Eine Frau hat nicht zu arbeiten und erst recht nicht die achte Lady of Cleveland.«

»Sie wird es nicht wegen des Geldes tun, sondern aus frevelhafteren Gründen. Sie ist zügellos, die englische Gesellschaft langweilt sie und sie sucht hier nach Abenteuern. Abenteuer, die dir Nutzen bringen können, wenn du deine Karten gut ausspielst.«

»Ich weiß nicht ...« Henry sah nachdenklich in sein leeres Glas.

»Hast du etwa Skrupel? Nimmst du Rücksicht auf eine Frau, die mit Sicherheit noch zu ganz anderen Lügen bereit ist? Willst du darauf warten, dass sie dir einen Bastard ins Haus bringt, der eines Tages dein Erbe antreten wird?« George sah ihn abwartend an.

Henry schloss einen Moment lang die Augen. Um ihn herum lachten die Menschen, sie amüsierten sich. Während Henrys Welt gerade eine weitere Erschütterung erlitten hatte, ging das Leben um ihn herum weiter. War es ein Fehler gewesen, Katherine zu heiraten? Nein, zweihundertfünfzigtausend Pfund Mitgift konnten kein Fehler sein. Und natürlich hatte George recht. Wenn Katherine ihn betrog, dann konnte er sich scheiden lassen. Katherine, die sich von Anfang an in London nicht wohlgefühlt hatte, würde zurück nach New York gehen.

Henry öffnete die Augen wieder und betrachtete seinen Freund. »Aber wie sollen wir ihr eine Affäre nachweisen?«

»Dafür haben wir den Detektiv. Er hat schon einmal gute Arbeit geleistet, indem er uns hierhergeführt hat.« George lehnte sich zurück und schlug die stämmigen Beine übereinander.

Henry schüttelte den Kopf. »Mir ist nicht wohl dabei, einem Fremden diese Aufgabe zu erteilen. Solche Detektive sind wie Fähnchen im Wind. Wenn ihnen jemand mehr Geld für eine Information bezahlt, werden sie indiskret, und einen Skandal kann ich mir nicht leisten.«

»Mein Junge, es wird so oder so zu einem Eklat kommen, wenn du auf eine Scheidung bestehst.« George strich sich über den braunen Vollbart.

Henry musste seinem Freund zustimmen. Trotzdem wollte er Katherine nicht dem Wohlwollen eines Fremden aussetzen. »Aber im Falle einer Scheidung wäre dieser Eklat von mir selbst initiiert. Andernfalls würde ich zum Gespött der Leute werden.« Henry stand auf und trat an die Holzbalustrade heran. »Nein, mein Freund, das kann ich nicht riskieren. Ich werde mich selbst auf die Lauer legen.«

George war ihm gefolgt und stand jetzt neben ihm. »Henry, sei vernünftig. Sie würde dich sofort erkennen.«

»Bei den vielen Menschen? Unmöglich!« Henry machte eine weit ausholende Handbewegung.

»Sie wird dich nicht auf der Bühne hintergehen. Du müsstest dich hinter die Kulissen stehlen und sie von dort aus beobachten. Und wie willst du das schaffen?« George lehnte sich gegen das Geländer und strich sein schütteres Haar zurück.

Henry dachte einen Moment lang nach. »Ich werde die Stadt offiziell verlassen und mich dann zurückschleichen. Ein so großer Betrieb wie das Alhambra hat sicher mehrere Hundert Bedienstete, Schauspieler und Tänzerinnen. Ich werde es schon irgendwie schaffen, mich unbemerkt unter sie zu mischen.«

George grinste. »Ein waghalsiger Plan, aber eine Frau wie Katherine ist gefährlich. Unberechenbar und ohne jeglichen Anstand«, sagte er und stellte sein Glas auf einem der Tische ab. »Lass uns in die Kantine hinuntergehen.

Wie man hört, treffen sich die Ballettmädchen in der Pause dort mit spendierfreudigen Herren. Wenn wir Glück haben, finden wir auch Katherine unter ihnen.«

»Aber Katherine kann ihren Drink selbst bezahlen.« Henry griff nach seinem Stock und folgte George in den inzwischen nur noch halb vollen Hauptsaal. Servierfräulein und Kellner liefen zwischen den Tischreihen hin und her und trugen die leeren Teller fort.

Henry betrachtete den roten Samtvorhang, der die Bühne verdeckte. Von hier aus konnte man die Darsteller viel besser sehen. Er würde beim nächsten Mal an einem dieser Tische Platz nehmen und sich das Geschehen auf den Brettern aus nächster Nähe anschauen.

Während er George durch den Saal folgte, dachte er wieder an den wilden Cowboy, den er vorhin auf der Bühne gesehen hatte. Katherine hatte so sicher gewirkt. Es war, als hätte sie schon seit Jahren nichts anderes getan, als die Menschen hier in Gestalt von Mountain Kenny zu unterhalten. Ja, sie schien Mountain Kenny zu sein! Wenn Henry es nicht besser gewusst hätte, dann wäre er davon ausgegangen, dass Katherine nicht aus New York, sondern aus dem gerade erst erschlossenen Westen Amerikas kam. Ja, das musste Henry ihr zugestehen, sie hatte ihre Rolle sehr gut gespielt. Und genau das beunruhigte ihn. Woher hatte sie diese Fähigkeiten? Sie musste ihren Auftritt jahrelang geübt haben. Er wusste viel zu wenig über Katherine. Wie hatte ihr Leben in New York ausgesehen? Wer hatte ihr das Tanzen und die Saltos beigebracht? Woher kannte sie diese Lieder, die nichts mit den klassischen Musikstücken zu tun hatten, die zur Ausbildung einer jungen Frau aus gutem Hause gehörten?

Henry seufzte. George war inzwischen vor einer unscheinbaren Schwingtür stehen geblieben.

»Bereit für ein Abenteuer, mein Freund?« Er drehte sich zu Henry um und grinste.

Henry, dem nicht nach Lachen zumute war, nickte nur. Was auch immer George ihm nun zeigen würde, Henry wollte es hinter sich bringen. Er wollte Katherine der Untreue überführen und das Alhambra, diesen Ort, der ihn auf so verstörende Weise faszinierte und gleichzeitig abstieß, anschließend für immer vergessen.

George hatte die Schwingtür aufgestoßen und Henry blieb stehen. Seine Augen brauchten ein paar Sekunden, um sich an die Dunkelheit dahinter zu gewöhnen. Die beiden Männer standen oben an einer engen steinernen Wendeltreppe. Die Tür schwang hinter ihnen zu und die Stimmen im Saal waren nur noch als leises Rauschen zu vernehmen. Von unten klangen neues Gelächter und das Klirren von Gläsern herauf. Das Treppenhaus war nur sparsam beleuchtet. Henry tastete sich langsam vorwärts. Er folgte Georges Schritten die Stufen hinunter.

Unten angekommen, hielt Henry für einen Augenblick vor Entsetzen die Luft an. Er blickte geradewegs in eine Höhle des Lasters. Auf langen Holzbänken saßen Paare dicht beieinander. Henry starrte auf einen Herrn in den besten Jahren, dessen Bart bereits grau zu werden begann. Zu seinen beiden Seiten schmiegten sich zwei der Ballettmädchen an ihn, die Henry vorhin auf der Bühne gesehen hatte. Ein Offizier hockte mit einer Tänzerin am Tisch und schenkte ihr Champagner ein. An einem anderen Tisch hatte eine Gruppe Soldaten Platz genommen, die gierig zu den Ballettmädchen hinübersahen. Überall erkannte

Henry Paare, die sich offenbar erst vor Kurzem gefunden hatten. Ein beleibter Herr mit spärlichem Haar auf dem Kopf, der seiner Kleidung und dem Auftreten nach in guter Position war, hatte sogar eines der Tanzmädchen auf seinem Schoß sitzen. Das waren Zustände wie in einem Freudenhaus!

Im hinteren Teil des schmucklosen Raumes, der von mehreren Säulen gestützt wurde, befand sich eine große halbrunde Bar, an der zwei kräftige Matronen Bier, Wein, Schnaps und Champagner ausschenkten. Henry betrachtete die Kellner in schwarzem Frack und roter Weste, die mit bis zum Rand gefüllten Tabletts hin und her eilten. An den Holztischen saßen die Gäste dicht nebeneinander, es gab kaum einen freien Platz. Henry folgte George durch den Raum und ließ seinen Blick über die angetrunkenen Frauen wandern, die sich von ihren Begleitern aushalten ließen. Da ertönte plötzlich eine Glocke. Die Gäste tranken ihre Gläser aus und strömten die Wendeltreppe hinauf.

Henry sah fragend zu George.

»Die Pause ist vorbei. Diese Ballettmädchen verdienen nur zehn bis sechzehn Shilling die Woche«, erklärte ihm George. »Sie sind nicht die Stars der Show. Sie nutzen die Pause, um hier unten Kontakte zu knüpfen. Am Ende des Abends erwarten sie ihre neuen Bekanntschaften oft am Bühnenrand und nehmen sie mit. Dann verdienen sich die Mädchen noch den ein oder anderen Penny dazu.«

Henry schüttelte ungläubig den Kopf. »Warum verbringt Katherine ihre Zeit hier? Ich begreife das einfach nicht.«

In diesem Moment setzte über ihren Köpfen Musik ein. Henry sah instinktiv zur Decke über sich. Er konnte das

Stampfen und Klopfen der Schritte hören, als die Tänzerinnen auf die Bühne sprangen.

Henry fuhr sich über die Augen. Irgendwie war er doch erleichtert, dass sie Katherine nicht hier unten in den Armen eines anderen Mannes gefunden hatten.

»Ich mache mich auf den Heimweg«, sagte er und wandte sich zum Gehen. »Für heute habe ich wahrlich genug gesehen.«

Kapitel 2

Boston, USA
März 2018

»Du warst gigantisch.«

Melanie hielt ihr den weichen Frotteebademantel hin. Dione schlüpfte hinein und spürte, wie das Duschwasser von dem dicken Stoff aufgesogen wurde. Melanie schlug Diones Haar in ein Handtuch und ging voraus ins Schlafzimmer. Nachdem Dione die Pantoffeln angezogen hatte, folgte sie ihrer Freundin. Einen Moment lang blieb sie vor dem Panoramafenster der Penthouse-Suite stehen und ließ ihren Blick über die Lichter der Stadt schweifen. Wie klein Boston von hier oben aussah! Aber gegen New York wirkte jede Stadt winzig. Sie hatten die letzten Wochen mit TV-Auftritten, Konzerten und den ersten Aufnahmen für das neue Album in Manhattan verbracht. Eine aufregende und stressige Zeit. Dione freute sich auf die ruhigeren Wochen, die nun vor ihr lagen. Heute Abend hatten sie das letzte Konzert der *Black Roses in Snow*-Tour gespielt. Im Herbst stand der Dreh für einen Film an und die nächste Tournee musste vorbereitet werden. Dione unterdrückte ein Gähnen. Hoffentlich gönnte Monica ihr ein paar Tage Entspannung, bevor es wieder richtig losging.

Sie riss den Blick von den Lichtern des nächtlichen Boston los, löste das Handtuch von ihrem Kopf und warf es auf das große Kingsize-Bett in der Mitte des Zimmers. Auf den Nachttischen rechts und links davon standen dicke Rosensträuße. Irgendwann hatte Monica in einem Interview gesagt, dass das Diones Lieblingsblumen seien. Seitdem standen in sämtlichen Hotels täglich frische Rosen in Diones Suite. Sie konnte die Dinger langsam nicht mehr sehen. Und ausgerechnet *Black Roses in Snow* hatte ihr den fünften Grammy eingebracht. Dione sah zu ihrer Mutter hinüber, die über irgendwelchen Unterlagen grübelnd auf dem ausladenden Sofa aus hellbraunem Veloursleder saß. Vermutlich dachte sie sich wieder eine neue Diät für Dione aus.

»Ich fand es auch nicht schlecht«, erwiderte Dione. Sie setzte sich an den Frisiertisch und trank einen Schluck Weißwein, der in einem gekühlten Glas für sie bereitstand.

»Du hast schon bessere Abende gehabt.« Monica stand von dem Sofa auf, verstaute die Liste in ihrer eleganten Abendtasche und leerte ihren Gin Tonic. Sie trug einen pinkfarbenen Hosenanzug, dazu den passenden Lippenstift und ihre Frisur saß wie immer perfekt. Wenn nicht die ganze Welt gewusst hätte, dass Monica Diones Mutter war, sie wären bestimmt für Schwestern gehalten worden. Nichts deutete darauf hin, dass Monica in diesem Jahr bereits siebenundvierzig wurde.

Jetzt trat sie hinter Melanie, die damit begonnen hatte, Diones Haar zu bürsten. »Du musst die Choreografie von *Bottle of Love* noch mal durchgehen. Nach dem Refrain lässt du jedes Mal eine Schrittfolge aus.«

»Weil ich eine Atempause brauche«, erklärte Dione und verdrehte die Augen. »Ich kann sonst nicht weitersingen, das Lied ist ja eine einzige Akrobatiknummer.« Sie spürte, wie Melanie ein Pflegeöl in ihr Haar massierte.

»Dann musst du mehr trainieren.« Monica überprüfte das Make-up, das Diones Kosmetikerin Zelda schon bereitgelegt hatte.

»Noch mehr?« Dione dachte an das stundenlange Trainingsprogramm, das sie täglich absolvierte. Ihr Trainer ließ nicht die geringste Nachlässigkeit durchgehen.

»Ich werde das mit David besprechen.« Monica nahm die Grußkarte, die in einem der vielen Blumensträuße steckte, die Dione heute Abend erhalten hatte, und überflog den Text. »Aber jetzt ist die Tour ja erst mal vorbei. Sollten wir die Choreo für die nächsten Konzerte übernehmen, musst du wirklich daran arbeiten. Das heute war schlecht.«

»Kein Wunder.« Dione trank einen Schluck Wein und beobachtete im Spiegel, wie Monica die Karte in den Papierkorb warf. »Ich brauche eine Pause vor der zweiten Strophe.«

»Darüber reden wir, wenn es so weit ist.« Monica wandte sich zur Tür. »Ich muss mich draußen blicken lassen. Wo steckt Uma?«

»Sie holt Diones Kleid.« Melanie schaltete den Föhn an, der mit dezentem Surren seine Arbeit verrichtete. Mit geübten Handgriffen strich Melanie durch Diones Haar.

»Dione trägt nachher offenes Haar, an der Seite zurückgesteckt.« Monica kam noch einmal zurück und betrachtete die Spangen, Haarclips und Bänder, die Melanie auf dem Frisiertisch ausgebreitet hatte. »Ich denke, dieses Kämmchen hier dürfte reichen.« Sie schob mit ihrem perfekt manikürten linken Zeigefinger den mit Diamanten besetzten Haarkamm in die Mitte des Tisches.

»Oh nein.« Dione stöhnte. »Ich hasse den. Der ist so schwer, und ich habe immer das Gefühl, ich würde ihn verlieren.«

»Melanie, sorge dafür, dass er fest sitzt«, sagte Monica und trat zur Tür. »Ach so, und heute trinkst du ausschließlich Martini. Denk an den Werbevertrag.«

Dione zog die Schultern hoch und leerte ihr Glas Weißwein in einem Zug. »Von mir aus. Aber der Vertrag ist doch schon unterschrieben, oder nicht?«

»Eben. Loyalität, Dione, das ist das Wichtigste.« Monica öffnete die Schlafzimmertür und sofort drangen Stimmengewirr und dezente Musik in den Raum.

Dione sah Melanie lustlos bei ihrer Arbeit zu. Die After-Show-Partys hatten längst ihren Reiz verloren. Seit Ethan nicht mehr da war, machte ihr das Feiern keinen Spaß mehr.

Niemand hatte es verstanden, Dione so zum Lachen zu bringen wie er. Ethan hatte immer gewusst, was Dione brauchte. Wenn sie gestresst war, hatte er ihr einen Joint gegeben, noch bevor sie selbst realisiert hatte, dass sie einen brauchte. Wenn sie müde war, hatte er immer eine Idee gehabt, sie wieder auf Touren zu bringen. Und wenn sie einmal etwas Stärkeres genommen hatte und Dione das Gefühl hatte, die ganze Welt umarmen zu können und nie mehr schlafen zu müssen, dann hatte er ein paar Flaschen Wein parat, um sie wieder herunterzuholen.

Dione konnte immer noch nicht begreifen, warum Ethan plötzlich gegangen war. Angeblich liebte er Rachel noch immer und war zu ihr zurückgekehrt. Dione konnte das kaum glauben. Rachel war ein kleines, unscheinbares Ding. Sie war Statistin in einem von Diones Filmen gewesen, als Dione Ethan kennengelernt hatte. Das war auf der Premierenfeier in Hollywood gewesen. Sie hatten wundervolle Monate zusammen verbracht, obwohl Monica unentwegt gegen die Beziehung gearbeitet hatte. Dione wäre nicht überrascht gewesen, wenn sie erfahren hätte, dass ihre Mutter hinter der plötzlichen Trennung steckte.

»Hallo, Süße!« Uma stöckelte durch die hintere Tür in Diones Schlafzimmer. Ihre hohen Absätze hinterließen kleine Löcher in dem dicken zartrosa Teppichboden. »Du warst grandios, ich habe gerade mit Carl gesprochen. Alle sind vollkommen begeistert.«

Dione unterdrückte das Verlangen, ihrer Assistentin einen der Cremetiegel an den Kopf zu werfen. Irgendetwas an dieser Frau verursachte ihr immer schlechte Laune. Vielleicht war es die aufgesetzte Stimme, die übertriebene Herzlichkeit oder die ausladenden Gesten, mit denen Diones Assistentin ihre Sätze unterstrich. Alles an Uma war laut und heischte nach Aufmerksamkeit. Sie trug grundsätzlich schrille Farben, genau wie Monica. Es war nicht verwunderlich, dass Monica sich damals unter den vielen Bewerbern ausgerechnet für Uma entschieden hatte. Dione seufzte und warf einen gelangweilten Blick in den Spiegel.

Melanie war inzwischen fertig mit Diones Haaren und machte Platz für Zelda, die sich um Diones Make-up kümmerte. Monica mochte es nicht, wenn ihre Tochter bei der After-Show-Party zu stark geschminkt war. Ein dezentes Make-up sollte es sein, das sich deutlich von dem bei der Show unterschied. Zelda war eine Künstlerin, wenn es ums Schminken ging. Dione freute sich immer wieder darüber, wie verändert und umwerfend sie aussah, nachdem sie unter Zeldas Pinsel geraten war. Ihr Kleid heute war silbergrau und Zelda hatte einen passenden Lidschatten und knallroten Lippenstift gewählt.

Als Dione endlich fertig war, betrachtete sie sich noch einmal prüfend im Spiegel. Das Kleid gefiel ihr. Sie trug es heute zum ersten und letzten Mal. Es war eigens für sie geschneidert worden.

Es gab viele Outfits wie dieses, die sie gern öfter getragen hätte. Aber Monica bestand darauf, dass sie es nach der Veranstaltung abgab. »Du kannst es dir nicht erlauben, zweimal im selben Kleid gesehen zu werden«, klang die Stimme ihrer Mutter in Diones Ohr.

Während Uma ihr die zarte Kette aus Weißgold anlegte, mit einem hübschen Saphir in einer schlichten Fassung, versuchte Dione, nicht an Ethan zu denken. Sie schüttelte den Kopf, um den Gedanken zu vertreiben, und griff nach den Saphir-Ohrringen. Dann schlüpfte sie in die blaugrauen Lacklederpumps. Sie atmete noch einmal tief durch, setzte das unvermeidliche Lächeln auf und öffnete die Tür.

Um vier Uhr morgens hatte Dione sechs Martinis getrunken, unzählige Glückwünsche entgegengenommen und einen gut aussehenden italienischen Visconte kennengelernt. Die letzten Gäste hatten sich gerade verabschiedet. Zwei Zimmermädchen huschten durch den Raum und sammelten die leeren Gläser und Champagnerflaschen ein. Der Barkeeper verstaute seine Flaschen und klappte den fahrbaren Tresen zusammen. Die Band baute die Instrumente ab und Dione griff nach Ricardos Hand. Sie mochte Italiener. An dem Klischee der heißblütigen Südeuropäer war tatsächlich etwas dran. Seit Ethan weg war, befand sich Dione in einem ruhelosen Zustand. Sie suchte etwas, das sie selbst nicht definieren konnte. Sie fühlte sich zunehmend leer und ausgebrannt. Doch wie aufregend ihre zahlreichen Liebhaber auch sein mochten, der ersehnte Zustand der Zufriedenheit wollte sich bei Dione einfach nicht einstellen. Sie wusste, dass auch die Nacht mit Ricardo nichts daran ändern würde. Allmählich wurde ihr bewusst, dass sie das, was sie suchte, nicht in den Armen eines Mannes finden konnte.

Ricardo sah ihr tief in die Augen. »Was ist los, Baby?«

Dione seufzte. Vielleicht hätte sie doch lieber etwas Stärkeres als Martini trinken sollen. Alkohol half immer noch am besten, das Gedankenkarussell abzuschalten.

»Ich habe gerade darüber nachgedacht, warum du mich nicht küsst.« Dione zog Ricardo zu sich heran und ließ sich in seine Umarmung fallen.

»Komm, Baby – wo ist dein Schlafzimmer? Die Angestellten …«

Dione musste grinsen. Ricardo war eben ein echter Visconte. Er machte sich Sorgen wegen des Personals. Dione hatte schon vor Jahren gelernt, die Dienstboten um sich herum zu ignorieren. Sie war für Skandale bekannt und Monica bügelte es wieder aus, wenn Dione einmal zu weit gegangen war. Es gab nur wenige Situationen, die Monica bisher missbilligt hatte. Sie schien das skandalöse Leben ihrer Tochter zu unterstützen.

Dione schlang ihren Arm um Ricardo und zog ihn in Richtung ihrer Schlafzimmertür. Plötzlich hielt sie inne und lauschte. Leises Lachen und gedämpfte Stimmen kamen aus einem der hinteren Zimmer der Suite. Irgendwo wurde noch gefeiert.

»Geh schon mal vor, ich komme sofort.« Dione schob

Ricardo durch die Tür und folgte dann den Geräuschen, die sie aus dem großen Wohnzimmer und in den Flur hinausführten. Die Stimmen wurden lauter. Sie schienen aus dem kleinen Salon neben der Eingangstür zu kommen. Hatten sich doch noch nicht alle Gäste verabschiedet? Und wo waren ihre Leibwächter, die dafür zu sorgen hatten, dass alle Gäste ihre Suite nach einer Party auch verließen? Je näher Dione der Eingangstür kam, umso deutlicher wurden die Stimmen.

»Pst, nicht so laut. Sonst steht die gleich in der Tür.« War das etwa Uma? Dione blieb stehen.

»Bloß das nicht«, sagte eine Frau kichernd, die sich wie Melanie anhörte. »Ich habe keine Lust auf unser zickiges Barbiepüppchen.«

»Nein, das muss wirklich nicht sein«, pflichtete ihr eine männliche Stimme bei. Dione war nicht sicher, ob es die von Paul war, dem Sekretär ihrer Mutter. »Wir müssen ihr schließlich schon den ganzen Tag lang den Hintern pudern.«

Dione erstarrte. Sprachen ihre Mitarbeiter etwa von ihr?

»Aber ihr wisst doch, wie es läuft …« Das war einer der Leibwächter. »Das ist doch nicht euer erster Job bei einem Promi.«

Zustimmendes Gemurmel war zu hören.

»Na ja, bei jemandem wie Dione Dearing war ich noch nie«, sagte Melanie. Sie schien schon etwas angesäuselt. Die Worte kamen nicht mehr ganz klar über ihre Lippen.

»Leute wie Dione Dearing«, ergriff der Leibwächter nun wieder das Wort, »die meinen, dass sie nicht nur deine Arbeitskraft, sondern auch dich selbst gekauft haben.«

»Ganz genau«, ertönte nun eine tiefe, kratzige Stimme,

die Dione sofort erkannte. Es war ihr Fahrer Robert, der bei jeder Gelegenheit rauchte. »Diese Leute haben keine Freunde. Sie glauben, dass sie deine Freundschaft gleich mitkaufen können.«

Diones Herz setzte einen Schlag lang aus. Sie war unfähig, sich zu rühren.

»Dione glaubt gar nichts. Die ist strohdumm. In Wirklichkeit ist es doch ihre Mutter, die glaubt, dass sie uns komplett ausnutzen kann, nicht wahr, Robert?«, hörte Dione Uma sagen.

»Monica ist nicht die Schlechteste, die ich bisher hatte.« Robert machte eine kleine Pause, bevor er fortfuhr. »Und es ist nie verkehrt, mit der Chefin zu schlafen.«

»Warum dann nicht gleich mit Dione?«, fragte Melanie.

Robert lachte und Diones Magen krampfte sich zusammen, als sie seinen spöttischen Ton hörte. »Danke, ich verzichte. Etwas Anspruch habe ich dann doch. Und unser Popsternchen ist mir ein paar Nummern zu einfach gestrickt. Monica dagegen ist ziemlich durchtrieben und intelligent. Das bewundere ich an ihr. Und – hey! – hübsch ist sie außerdem. Und im Bett eine echte Granate.«

»Warum haben Stars eigentlich keine Freunde?«, wechselte Melanie jetzt das Thema. »Das dürfte doch nicht so schwer sein. Wer will nicht mit einer wie Dione Dearing befreundet sein?«

»Du etwa?« Das war wieder Roberts kratzige Stimme. »Also ich nicht.«

Melanie kicherte. »Ich weiß nicht. Warum nicht?«

Dione starrte entsetzt auf den Türrahmen.

Sie hörte Robert sagen: »Sie kann keine Freunde haben, denn sie würde niemals einen anderen Menschen neben sich akzeptieren. In Diones Leben gibt es nur Dione. Sie würde es dich jede Sekunde spüren lassen, dass sie der Star ist. Willst du mit so einer befreundet sein?«

Melanies Stimme war leise, als sie erwiderte: »Nein, nicht wirklich. Aber sie scheint zu glauben, dass wir beste Freundinnen sind.«

»Lass sie in dem Glauben.« Dieser Rat kam von Uma. »Wer will schon wirklich mit der befreundet sein? Hauptsache, der Job ist gut bezahlt und man lernt interessante Menschen kennen.«

»So, für heute soll's genug sein. Ich hau mich dann mal ins Bett.« Roberts Stimme wurde lauter.

Dione schrak aus ihrer Schockstarre auf. Ihre Beine setzten sich unwillkürlich in Bewegung. Hastig lief sie über den dicken Teppich zurück ins Wohnzimmer.

Dione nahm kaum wahr, dass die Zimmermädchen inzwischen alle Spuren der Party beseitigt hatten. Der Barkeeper war samt Bar verschwunden und auch von der Band war keiner mehr zu sehen. Nichts erinnerte mehr daran, dass vor einer Stunde hier noch getanzt, getrunken und gelacht worden war.

Diones Kopf schwirrte. Sie presste ihre Handflächen gegen die Schläfen. Warum hatte sie sich nicht bemerkbar gemacht? Warum hatte sie das ganze Pack nicht einfach angeschrien und hinausgeworfen? Friseure, Leibwächter, Assistentinnen und Sekretäre gab es doch genug. Dione schluckte und dachte an das, was sie gehört hatte: »Leute wie Dione Dearing haben keine Freunde.«

Sie schüttelte den Kopf. Unfassbar, dass die Menschen, von denen sie geglaubt hatte, sie würden ihr nahestehen, so über sie sprachen. Melanies Worte klangen noch in ihren

Ohren: *Sie scheint zu glauben, wir sind beste Freundinnen.* Ja, das hatte Dione immer geglaubt. Dass Uma sie nicht leiden konnte, überraschte sie nicht, denn es beruhte auf Gegenseitigkeit. Aber Melanie? Und Robert und all die anderen? Keiner ihrer Mitarbeiter schien wirklich hinter ihr zu stehen.

Dione ließ sich auf das Ledersofa fallen. Sie war weder wütend noch traurig. Ihr Kopf war vollkommen leer.

»Hey, Babe!« Ricardo stand in der Schlafzimmertür. Sein Hemd hatte er weit aufgeknöpft, sodass die dunklen Haare auf seiner durchtrainierten Brust zu sehen waren. »Wo bleibst du denn?«

Er trat hinter das Sofa und begann Diones Nacken zu küssen. Sie strich automatisch mit der Hand durch seine schwarzen Locken. Was tat sie da eigentlich? Die Lust auf ein weiteres Abenteuer mit einem neuen Liebhaber war ihr vergangen.

»Tut mir leid, Ricardo.« Dione stand auf. »Mir ist heute nicht danach.«

»Was?« Der Visconte zog die Augenbrauen hoch und starrte sie an, als hätte sie soeben vom Leben auf einem fremden Planeten gesprochen. »Komm schon, Baby, ich werde dich in Stimmung bringen.« Er ging um die Couch herum.

»Vielleicht ein anderes Mal.« Dione verschränkte die Arme vor der Brust.

»Aber du warst doch gerade noch ganz heiß auf mich.« Ricardo strich sich mit dem Zeigefinger über die haarige Brust.

Dione schüttelte den Kopf. »Ich habe es mir anders überlegt. Bitte, geh jetzt.«

Der Visconte hob die Schultern und knöpfte sein Hemd zu. »Ich werde nicht darum betteln«, sagte er. »Aber du solltest vielleicht einmal darüber nachdenken, was du eigentlich willst.«

Ja, überlegte Dione, während sie ihm hinterhersah, das sollte sie unbedingt tun.

Sie stand auf und ging in ihr Schlafzimmer. Als sie die Tür hinter sich geschlossen hatte, sah sie sich hilflos um. Immer noch hörte sie die höhnischen Stimmen und das spöttische Gelächter. Warum hatte sie nicht längst bemerkt, dass niemand sie leiden konnte? Und warum hatten sie alle Sympathie geheuchelt? Dione wollte keinen von ihnen je wiedersehen. Aber morgen würden sie wie immer zum Dienst erscheinen: Uma, Melanie, Robert und all die anderen. Sie würden sie angrinsen und hinter ihrem Rücken die Augen verdrehen.

»Guten Morgen«, flötete Uma und Dione öffnete erschrocken die Augen. Tageslicht blendete sie. War es tatsächlich schon Zeit zum Aufstehen? Irgendwann in der Nacht musste sie doch noch eingeschlafen sein, nachdem sie sich stundenlang von einer Seite auf die andere gewälzt hatte.

»Wie spät ist es?« Ihre Stimme klang rau. Sofort stieg Panik in ihr auf. Bloß keine Erkältung! Doch dann fiel ihr ein, dass sie heute keinen Auftritt hatte, und sie entspannte sich wieder.

»Es ist zwei Uhr Nachmittag, du Schlafmütze!« Uma stellte eine Tasse grünen Tee auf Diones Nachttisch.

Wie hatte Uma sie gestern Abend genannt? Strohdumm?

Dione setzte sich auf und griff nach der Teetasse. Sie wich dem Blick ihrer Assistentin aus, während sie überlegte, ob sie sie auf die belauschte Unterhaltung ansprechen sollte.

Sie wunderte sich über sich selbst. Normalerweise hätte sie schon gestern Abend alle nötigen Schritte unternommen. Sie hätte ihre Mitarbeiter sofort angeschrien, wäre zu Monica gerannt und hätte die Entlassung von Uma, Melanie und den anderen verlangt. Warum war sie plötzlich so zögerlich?

Dione trank einen Schluck Tee und lehnte sich in den zerwühlten Kissen zurück. Sie fühlte sich erniedrigt durch das, was sie gehört hatte. Doch sie konnte nicht darüber sprechen, denn sie wollte ihnen den Triumph ihrer Verletzung nicht gönnen.

Dione zog die Decke höher, als Uma das Fenster öffnete, um frische Luft hereinzulassen. Noch viel mehr als ihre verletzte Eitelkeit setzte ihr die Angst zu. Sie hatte das Gefühl, dass die Welt, die sie kannte, rasend schnell unter ihren Füßen wegbrach, und verlor mit einem Mal sämtlichen Halt. Und das alles nur wegen ein paar belauschter Sätze.

»Hattest du heute Nacht keine Gesellschaft?«, unterbrach Uma jäh ihre Grübeleien. Sie legte eine Trainingshose und ein Shirt für Dione bereit.

»Ist das wichtig?«

Uma betrachtete sie mit dem Blick, den sie auch aufdringlichen Reportern zuwarf, wenn sie Dione zu sehr bedrängten. »Nein, ist es nicht. Aber deiner Mutter wird das nicht gefallen.«

Dione kroch noch tiefer unter die dicke Daunendecke. »Ich wüsste nicht, was Monica damit zu tun haben sollte.«

Uma zog wortlos die Schultern hoch.

Dione stutzte. Auf einmal erinnerte sie sich daran, dass Monica ihr Ricardo vorgestellt hatte. Überhaupt war es immer ihre Mutter, die sie mit den Männern bekannt machte, mit denen Dione hinterher im Bett landete. Außer Ethan. Den hatte Dione selbst kennengelernt und gegen ihn hatte Monica immer etwas einzuwenden gehabt.

Sie wurde unsanft aus ihren Gedanken gerissen, als Monica plötzlich im Zimmer stand.

»Dione, steh auf!«, befahl sie. »Wir haben gleich einen Termin mit einem Notar aus London.«

Dione verdrehte die Augen. »Ich will keine Termine mehr. Ich brauche einen Tag Pause.«

»Er hat sich nicht abwimmeln lassen. Er ist extra angereist und will heute noch mit dir sprechen.« Monica setzte sich auf die Bettkante. Ihr gelbes Kostüm saß perfekt. »Ich habe ihm gesagt, dass ich mich um sämtliche geschäftlichen Angelegenheiten kümmere. Aber er besteht darauf, mit dir persönlich zu sprechen.«

»Worum geht es denn?« Dione drehte sich auf die Seite.

»Das wollte er mir nicht verraten«, erwiderte Monica und verzog ihre knallrot geschminkten Lippen. Die platinblonden Haare waren aufwendig geföhnt. »Uma, das Training muss heute warten. Dione zieht einen Pullover und eine Jeans an.« Monica überlegte kurz und zwischen ihren Augen bildete sich eine steile Falte. »Einen roten Pullover und eine dunkelblaue Hose. Das passt gut zu meinem Kostüm.«

Dione zog sich die Decke über den Kopf.

»Lass den Unsinn«, hörte sie die Stimme ihrer Mutter. »Steh endlich auf.«

Dione seufzte und schlug die Decke zurück.

»Sie hatte heute Nacht gar keine Gesellschaft«, berichtete Uma, die Diones Trainingshose nun wieder in den Koffer packte.

»So?« Ihre Mutter hob eine Braue.

Dione trank den Tee aus und rutschte auf die Bettkante.

»Was war denn mit Ricardo?« Ihre Mutter scheuchte Uma mit einer Handbewegung aus dem Zimmer.

Dione warf das Nachthemd aufs Bett und machte sich fröstelnd auf den Weg ins Badezimmer.

Monica folgte ihr. »Antworte mir.«

Ihre Tochter zog die Schultern hoch. »Ich habe ihn weggeschickt.«

»Du hast was?« Monika schüttelte den Kopf, als hätte Dione ihr gerade von einer Mordtat berichtet. »Was fällt dir ein? Ich suche Männer für dich aus, die in der Presse eine gute Figur neben dir machen. Aber du solltest dich dann auch entsprechend mit ihnen beschäftigen …«

Dione hatte plötzlich einen schalen Geschmack im Mund. Sie hielt sich am Waschbecken fest und dachte einen Augenblick nach. Ihre Stimme war genauso kalt wie das Porzellan unter ihren Händen, als sie mehr zu sich selbst als zu ihrer Mutter sagte: »Das Spiel hat bislang ja wunderbar funktioniert. Ich bin auf jeden einzelnen Mann hereingefallen, den du mir besorgt hast.«

Monika lächelte süffisant. »Das war zu erwarten. Bei Männern nimmst du alles, was du kriegen kannst – ohne lange zu überlegen. Nachdenken ist sowieso nicht deine Stärke, und das braucht es auch nicht zu sein. Dafür hast du ja mich. Ich treffe die richtigen Entscheidungen, die dich weiterbringen und das Bild von dir zeichnen, das die Öffentlichkeit von dir haben soll.«

»Wozu?«, fragte Dione leise. Jedes Wort vertiefte ihr

Misstrauen und den Schmerz, der sich in der vergangenen Nacht in ihrem Inneren gebildet hatte.

»Dione, wir haben keine Zeit, lange zu diskutieren. Du tust jetzt genau das, was ich dir sage. Und ein Visconte wie Ricardo als Liebhaber ist nicht nur förderlich für deine Plattenverkäufe in Italien, sondern auch eine perfekte Werbung für deinen neuen Film. Das wäre gestern wirklich eine gute Gelegenheit gewesen.«

Wie war es möglich, dass sie es die ganze Zeit nicht bemerkt hatte? Sie starrte ihre Mutter wütend an. »Außer Ethan hast du jeden einzelnen Mann für mich ausgesucht und ich habe angebissen.«

Die Augen ihrer Mutter wurden schmal. Ihre Stimme triefte vor Verachtung, als sie sagte: »Ethan war ein Niemand. Er konnte dich keinen Schritt weiterbringen. Und jetzt mach dich bitte fertig.«

»Ich habe Ethan geliebt.« Dione traten Tränen in die Augen.

»Mach dich nicht lächerlich. Du verliebst dich nicht in einen wie Ethan«, sagte Monica mit einem Schnauben und überprüfte im Spiegel ihr Make-up.

»Wie kannst du wissen, was ich fühle?« Wut stieg in Dione auf.

»Ich weiß immer ganz genau, was in dir vorgeht«, erwiderte Monica und zog ihren Lippenstift nach. »Und weißt du auch, warum?«

Dione schüttelte den Kopf. Das ganze Gespräch war absurd.

Ihre Mutter steckte den Lippenstift wieder ein und sah sie jetzt direkt an. Sie ließ ihren Blick über Diones wohlgeformten und gut trainierten Körper gleiten. »Weil du meine Kreation bist. Ich habe dich auf die Welt gebracht, ich habe dich zu dem gemacht, was du jetzt bist. Ich kenne jeden deiner Atemzüge, jeden deiner Gedanken. Ich weiß, was in deinem Köpfchen vorgeht, und ahne jede deiner Reaktionen, noch bevor du dir dieser überhaupt bewusst wirst.«

Dione öffnete den Mund. Sie wollte etwas sagen, aber ihr fiel nichts ein.

»Und jetzt ab unter die Dusche mit dir!«

Ihre Mutter verließ das Badezimmer und Dione konnte im Spiegel beobachten, wie sie sich in einen der Sessel setzte, die vor Diones Bett standen. Uma kam und reichte Monica die Post. Diones Post.

Einen Augenblick blieb sie ratlos im Bad stehen. Sie hatte das Gefühl, eine Niederlage erlitten zu haben. Dione trat in die Dusche, und während sie von Wasserstrahlen und Klängen ostasiatischer Musik begossen wurde, überlegte sie, was sie so wütend machte. Ihre Mutter hatte im Grunde recht. Sie hatte aus Dione einen der bekanntesten Stars weltweit gemacht. Ihre Platten verkauften sich auf allen Kontinenten. Sie spielte in zahlreichen Hollywoodfilmen die Hauptrolle und ihre Bankkonten waren gefüllt. Sie war eine der vermögendsten Frauen Amerikas und wurde vom *People Magazin* auch regelmäßig unter die zehn schönsten Frauen der Welt gewählt. Für all das war ihre Mutter verantwortlich. Sie entschied, wie Dione gekleidet wurde, welche Frisur ihr am besten stand, welche Filmrollen sie annahm und welche sie ablehnte. Monica kaufte ihre Häuser und stellte ihr Personal ein. Sie verwaltete ihr Geld und alles, was Dione sonst noch besaß. Dabei traf ihre Mutter stets die richtige Entscheidung. Und was war falsch daran, wenn sie sogar die Männer für Dione auswählte? Dadurch hatte sie Dione einen Ruf verschafft, der ihrer Karriere nur zuträglich war. Dione galt als extravagant in ihrem Männergeschmack. Letzte Woche erst hatte ein Hochglanzmagazin getitelt: »Dione Dearing – Vamp und Muse, Sexgöttin und Luder zugleich«. Die Schlagzeile hatte sie zunächst amüsiert, aber jetzt begriff sie plötzlich, dass das genau das Bild war, das Monica erreichen wollte.

Dione stellte das Wasser ab. Sie rührte sich nicht, während die dünnen Rinnsale an ihr hinabliefen. Sie war ein Produkt, ein Objekt und funktionierte genau so, wie ihre Schöpferin es wünschte. Wäre ihr das auch aufgefallen, wenn sie ihre Mitarbeiter gestern Abend nicht belauscht hätte?

Sie trat wieder vor das Waschbecken. Wie sollte es jetzt weitergehen? Sie konnte, was sie in der Nacht gehört hatte, unmöglich ignorieren. Sie schämte sich dafür, dass sie Melanie und Robert und all die anderen als Freunde betrachtet hatte. Wie hatte sie nur so dumm sein können? Dione griff nach dem kuscheligen Handtuch und trocknete sich ab. Ihr Ruhm war teuer erkauft. Er hatte sie Ethan gekostet. Stattdessen bekam sie Männer wie Ricardo, gefühllose Leidenschaft und einen skandalösen Ruf, der die richtigen Schlagzeilen brachte, um lukrative Filmrollen und gute Plattenverkäufe herbeizuführen.

Diones Problem war, dass es für sie kein Leben neben dem Job gab. Im Gegensatz zu ihren Mitarbeitern hatte sie kein Zuhause, das ihr allein gehörte. Auf Diones Anwesen in Bel Air waren immer alle um sie herum. Es gab keinen Tag, an dem sie nicht geschminkt und gestylt wurde, an dem ihr Outfit nicht genau festgelegt war und Monica Diones Training nicht akribisch überwachte. Es gab keine Zeit im Jahr, in der Dione nicht Dione sein musste.

Sie hatte keine Chance, Freunde zu finden, die nicht zu ihrem Team gehörten. Jeder Mensch, der sich in ihrer Nähe aufhielt, wurde von ihren Bodyguards genau beobachtet. Sobald ein Kontakt enger wurde, ließ Monica die Person überprüfen und es gab sicher einen Einwand gegen sie.

Dione warf das Handtuch auf den Boden und betrachtete sich im Spiegel. So war es auch bei Ethan gewesen. Er war hartnäckig gewesen, aber irgendwie hatte Monica es schließlich geschafft, auch ihn aus Diones Leben zu entfernen. Sie seufzte.

»Hi, Dione!«

In der Tür stand Melanie und hielt den Bademantel bereit. Zufrieden stellte Dione fest, dass sie nicht so frisch aussah wie üblich. Unter den Augen hatte sie dunkle Schatten und ihr Gesicht war blass.

Geschieht ihr ganz recht, dachte Dione und setzte sich wortlos an den Frisiertisch. Im Spiegel konnte sie Uma sehen, die Diones Koffer packte. Heute Abend würden sie nach monatelanger Abwesenheit zurück nach Bel Air fliegen. Monica war verschwunden, vermutlich gab sie gerade ihrem Sekretär Anweisungen, wie er Diones Post zu beantworten hatte.

Keine der drei Frauen sprach ein Wort. Dione bemerkte, wie sich Uma und Melanie verstohlene Blicke zuwarfen, und fühlte sich mit einem Mal wie eine Fremde. Sie war froh, als Monica zurückkam, um sich über die Fortschritte von Diones Ankleideprozedur zu informieren. Früher hatte Dione diese Zeit morgens immer genossen, in der sie mit Melanie ungestört über den letzten Abend, den aktuellen Liebhaber oder die Stadt, in der sie sich gerade aufhielten, hatte plaudern können.

Nachdem Zelda mit dem Make-up fertig war, trank Dione eine zweite Tasse Tee am Frisiertisch, während Melanie die letzten Haarsträhnen zurechtzupfte.

»Der Notar ist da«, sagte Monica nüchtern. Sie bedachte Dione mit einem prüfenden Blick und scheuchte Melanie mit einer ungeduldigen Handbewegung zur Seite.

»Wir würden es vorziehen, zunächst allein mit Miss Dearing zu sprechen.« Mr Grant, ein hagerer, gut gekleideter Mann in den Sechzigern, sah Monica und die beiden Leibwächter mit gesenktem Kopf an, die Stirn in Falten gelegt. Er hatte auf einem der hellen Veloursessel im großen Wohnzimmer gewartet und war aufgestanden, als Dione und Monica hereinkamen.

»Das ist leider unmöglich«, sagte Monica und Dione erkannte den gekränkten Tonfall in ihrer Stimme. Monica mochte es nicht, wenn ihre Autorität infrage gestellt wurde.

»Ich muss darauf beharren.« Der Notar wandte sich jetzt an Dione, die hinter dem Sofa stehen geblieben war. »Es geht um eine vertrauliche Angelegenheit. Sie können hinterher entscheiden, mit wem sie darüber sprechen möchten, aber zunächst sollten nur Sie anwesend sein, Miss Dearing.«

»Ich protestiere!«, rief Monica und fuchtelte mit ihren roten Fingernägeln in der Luft herum. »Dione braucht rund um die Uhr Schutz von ihren Leibwächtern. Und ich bin für sämtliche geschäftlichen Angelegenheiten meiner Tochter zuständig.«

»Meines Wissens«, erwiderte Mr Grant und rückte

seine dünne Goldrandbrille zurecht, »ist Miss Dearing siebenundzwanzig Jahre alt und somit volljährig. Sie ist also für ihre geschäftlichen Angelegenheiten selbst verantwortlich – und es spricht nichts dagegen, wenn der Leibwächter vor der Tür seinen Posten bezieht.«

»Unsinn!« Monica setzte sich demonstrativ in den hellen Ledersessel. »Sie können von Glück sagen, dass wir Ihnen überhaupt einen Termin einräumen konnten. Entweder Sie kommen jetzt zur Sache oder ich muss Sie auffordern zu gehen.«

»Verzeihen Sie, Miss Dearing.« Mr Grant sah Dione eindringlich an. »Mein Auftraggeber wünscht ausdrücklich, dass ich Ihnen die Informationen vertraulich zukommen lasse. Miss Fisher«, er deutete auf eine junge Frau mit langen roten Haaren, die unbemerkt hinter ihm gestanden hatte, »ist meine Kollegin und hat alle Unterlagen des Falls dabei.«

Miss Fisher lächelte. Dione dachte, dass sie selten eine so kleine Person gesehen hatte. Sie war höchstens einen Meter fünfzig groß.

Mr Grant fuhr fort: »Sind Sie bereit, uns zehn Minuten Ihrer Zeit zu schenken? Allein?«

Dione zögerte. Sie strich mit der Hand über die Sofalehne. Einerseits war sie neugierig, zu erfahren, was so geheimnisvoll war, dass es nicht einmal Monica wissen durfte. Andererseits hatte Dione noch nie eine Geschäftsangelegenheit allein geregelt.

»Das ist nicht Diones Entscheidung«, kam Monica ihr zuvor.

Mr Grant hob eine Augenbraue. »Sie sprechen Ihrer Tochter also eine eigene Meinung ab?«

Monica schien einen Moment aus der Fassung zu geraten. Sie starrte den Notar wütend an. »Ich möchte nicht, dass sie ausgenutzt wird.«

»Offenbar trauen Sie ihr nicht zu, die richtige Entscheidung zu treffen.« Mr Grants dunkle Augen blitzten. Er stand immer noch in der Mitte des Zimmers.

»Meine Tochter ist auf der ganzen Welt bekannt. Viele Menschen wollen sich auf Diones Kosten bereichern«, entgegnete Monica und schlug elegant ihre Beine übereinander.

Der Notar lächelte. »Dann ist es höchste Zeit, dass sie lernt, ihrem eigenen Urteilsvermögen zu vertrauen.«

»Dafür hat sie mich.« Monica lächelte zurück, doch Dione sah, dass das Lächeln nicht ihre Augen erreichte. »Ich habe sämtliche Vollmachten und fälle alle Entscheidungen, die meine Tochter betreffen. Sie ist nicht dazu in der Lage.«

Der Anwalt hielt inne. Er betrachtete Dione mit neuer Aufmerksamkeit. »Ach so, das ist etwas anderes. Sie sind also Miss Dearings Vormund? Ich hatte keine Ahnung, dass es …« Er brach ab und Dione bemerkte, wie er errötete.

Sie starrte ihre Mutter an. Hatte sie dem Notar etwa gerade zu verstehen gegeben, dass sie unfähig war, selbst für sich zu sorgen? Dass sie minderbemittelt war?

Monica stand auf. »Gut, wenn das alles war …?«

Mr Grant zögerte. Sein Blick wanderte zwischen Dione und ihrer Mutter hin und her und blieb schließlich an Dione hängen. »Sie sind also selbst nicht unterschriftsberechtigt?«, fragte er schließlich.

Dione schluckte. Hilflosigkeit breitete sich in ihr aus.

Irgendetwas hinderte sie daran, zu sprechen. Es dauerte einen Augenblick, bis sie begriff, dass es Wut war, die ihr die Stimme raubte. Monica hatte ähnliche Behauptungen schon unzählige Male aufgestellt. Und niemand hatte ihr je widersprochen. Nicht einmal Dione selbst. Aber in den letzten Stunden war viel passiert, und zum ersten Mal hatte Dione das Gefühl, dass sie die Dinge in ihrem wirklichen Licht sah. Und das, was sie sah, gefiel ihr nicht.

»Gut, dann gibt es für uns hier nichts mehr zu tun.« Mr Grant nickte seiner Kollegin zu und wandte sich zur Tür.

»Halt!« Dione lief einen Schritt hinter ihm her. »Ich bin bereit, Sie anzuhören. Allein.«

»Dione!« Monica sah sie an. »Das erlaube ich nicht.«

»Entschuldigen Sie«, sagte Dione und bemühte sich, ihrer Stimme einen sicheren Klang zu verleihen. »Aber ich bin sehr wohl imstande, für mich selbst zu sorgen, und niemand muss für mich entscheiden.«

»Dione!« Monicas Gesicht wurde plötzlich rot. »Das erlaube ich nicht.«

»Wo können wir uns ungestört unterhalten?«, fragte Mr Grant, der Monica nicht mehr wahrzunehmen schien.

»Am besten, wir gehen ins kleine Wohnzimmer.« Ohne ihrer Mutter einen weiteren Blick zu gönnen, führte Dione den Notar und seine Kollegin den Flur entlang in das Zimmer neben der Eingangstür.

»Also, Mr Grant, bitte nehmen Sie doch Platz.« Dione schloss die Tür hinter sich. »Worum geht es?«

Mr Grant wählte einen der Sessel neben dem roten Ledersofa und Dione setzte sich auf die Kante der Couch und sah den Notar neugierig an. Miss Fisher blieb neben ihrem Kollegen stehen. Ihre Hand spielte nervös an dem großen Zirkonia, der an einer langen Kette um ihren Hals hing.

»Unser Klient hat uns beauftragt, Ihnen die Besitzurkunde und den Schlüssel eines Hauses zukommen zu lassen, das künftig Ihnen gehören soll.« Mr Grant öffnete seine Aktentasche und entnahm ihr eine Mappe.

»Ist das ein Testament?« Dione zog die Augenbrauen zusammen. »Ist mein Vater gestorben, Arthur van Riga?«

Sie konnte sich nur schwach an den Mann im teuren Anzug erinnern, der immer von einem Ende der Welt zum anderen gejettet war, um seine zahlreichen Geschäfte abzuwickeln und Kontakte zu pflegen. Als Dione neun war, hatten sich ihre Eltern scheiden lassen. Danach hatte sie nichts mehr von ihm gehört.

»Nein, es handelt sich nicht um ein Testament.« Mr Grant nahm ein beschriebenes Blatt Papier aus der Mappe auf seinen Knien. »Unser Klient möchte zunächst anonym bleiben. Und es war sein dringendes Anliegen, dass bei der Übergabe keine unbeteiligten Personen anwesend sind. Daher musste ich darauf bestehen, dass wir mit Ihnen allein sprechen können.«

»Dann hat es nichts mit Arthur van Riga zu tun?«, sagte Dione und überlegte. Ob es sich um einen ihrer Fans handeln konnte, der ihr aufgrund seiner tiefen Bewunderung etwas vererben wollte?

Mr Grant schüttelte den Kopf. »Wir dürfen Ihnen leider nichts Näheres sagen. Es sei denn, Sie sind bereit, auf die Bedingungen unseres Klienten einzugehen.«

Dione zog die Augenbrauen hoch und sah Mr Grant fragend an. »Welche sind das?«

»Nun, unserem Klienten ist es sehr wichtig, dass Sie nicht mit Ihrer Mutter darüber sprechen.« Mr Grant lehnte sich zurück und nahm die Brille ab. »Wenn Sie das Haus annehmen, werden Sie als Erstes einen Brief erhalten, den unser Klient Ihnen zukommen lassen möchte. Aber Sie dürfen keinesfalls Ihre Mutter über diese ganze Angelegenheit in Kenntnis setzen.«

»Was ist das für ein Haus? Und wo ist dieser Brief, von dem Sie sprechen?« Diones Blick wanderte zwischen Mr Grant und seiner Assistentin hin und her.

»Hier in meiner Tasche.« Mr Grant deutete auf seinen Schoß, während er das Blatt Papier mit seinen Notizen zur Seite schob.

Dione sah den Notar verwirrt an, der nun die Mappe auf den niedrigen Couchtisch legte und sich im Sessel zurücklehnte. »Ich muss zugeben, dass es ein sehr ungewöhnlicher Fall ist. Aber es ist unserem Klienten äußerst wichtig, dass alles genau so abläuft, wie er es wünscht.«

Dione schüttelte den Kopf. »Warum darf ich meine Mutter nicht informieren? Was spricht dagegen?«

Der Notar schob sich die Brille auf die Stirn und lächelte. »Unser Klient meint, dass Ihre Mutter sicher darauf bestehen würde, mitzukommen, oder sie würde versuchen, Ihnen die Reise auszureden.«

Dione nickte. Monica hasste Ideen, die nicht von ihr kamen. »Warum sollte sie sich das Haus nicht mit mir ansehen?«

Mr Grant zögerte. »Meinen Klienten und Ihre Mutter scheint eine gemeinsame Vergangenheit zu verbinden. Vielleicht sollten Sie zuerst den Brief lesen …«

Der Notar öffnete seine Aktentasche erneut und Dione

beobachtete, wie er einen weißen Umschlag daraus hervorzog.

Sie legte die Stirn in Falten. »Aber ich habe doch schon genug Häuser und kann mir problemlos weitere kaufen. Warum sollte ich also einer so eigenartigen Anweisung Folge leisten?«

Sie stand auf und trat ans Fenster. Regen fiel über der Stadt. Warum schenkte ihr jemand ein Haus? Und wieso wollte Mr Grants Klient anonym bleiben? Sie drehte sich zu dem Notar um. »Das alles ist eine äußerst merkwürdige Angelegenheit.«

Mr Grant nickte wieder. »Ich gebe Ihnen recht. Aber sie ist unserem Klienten wirklich sehr wichtig.«

Dione schluckte. »Das hört sich ziemlich riskant an. Womöglich handelt es sich um einen Fan, der mich nur in sein Haus locken will.«

Mr Grant setzte seine Brille wieder auf. »Mit dieser Vermutung hat unser Klient gerechnet. Sie sollten den Brief lesen. Darin finden Sie vielleicht die Antworten auf Ihre Fragen.«

»Wo soll das Haus denn überhaupt sein? Hier in Amerika?«, fragte sie.

»Nein, in England.« Mr Grant reichte ihr den Brief. »Im Lake District. Es liegt recht einsam, in einem kleinen Ort namens Forewood.«

Dione nahm verwundert den Brief entgegen. Davon hatte sie noch nie gehört und sie war auch noch nie im Lake District gewesen.

Zögernd setzte sie sich wieder aufs Sofa. Es war ein seltsames Gefühl, ganz allein mit den beiden Fremden im Zimmer zu sein, während ihre Mitarbeiter und Monica draußen vor der Tür warteten. Es war eine ganz neue Erfahrung für sie alle und sie gefiel ihr.

Dione riss den Umschlag auf und zog ein Blatt Papier hervor, das in klarer Handschrift beschrieben worden war:

Liebe Dione,
wie Worte finden, nach siebenundzwanzig Jahren Schweigen? Ich bitte dich um Verzeihung, aus tiefstem Herzen, mit größter Schuld und in dem Wissen, dass du vollkommen im Recht wärst, wenn du mir niemals vergeben würdest. Bitte verzeih mir, dass ich dir nie geschrieben habe, und bitte verzeih mir, dass ich es heute tue. Ich habe geglaubt, damals in deinem Sinne zu handeln. Doch mit jedem Jahr, das vergeht, fühlt sich meine Entscheidung falscher an. Ich schäme mich, dir die Wahrheit zu sagen, denn sie ist unvorstellbar. Monica und ich haben damals entschieden, ihren Verlobten, Arthur van Riga, als deinen Vater auszugeben. Hat sie dir je von mir erzählt? Nein, natürlich nicht. Deine Mutter hält sich an Absprachen.
Ihre Hochzeit mit Arthur fand kurz nach deiner Geburt statt. Arthur war reich und berühmt und verrückt nach deiner Mutter. Monica versicherte mir, dass sie aus dir einen ganz besonderen Menschen machen werde. Es tut mir unendlich leid, dass ich dir nicht der Vater sein konnte, den du verdient hattest. Damals glaubte ich, dass Arthur van Riga dir alles geben würde, was du von mir nie bekommen konntest: Geld, Kontakte ins Showbusiness und die besten

Gesangs-, Tanz- und Schauspiellehrer. Deine Mutter wusste schon vor deiner Geburt, dass sie aus dir einen Weltstar machen wollte. Und was Monica plant, setzt sie auch um. Immer! Deine Familie hat eine lange Showgeschichte und dein Gesangstalent kommt nicht von ungefähr. Du hattest eine große Sängerin als Vorfahrin.
Chastle House kennt all diese Geheimnisse. Wenn du den Mut hast, sie zu ergründen, bist du herzlich dorthin eingeladen. Die Entscheidung liegt bei dir. Ich habe deine ersten Atemzüge begleitet und von diesem Moment an gehörte dir mein Herz. Aber ich musste dich vor dem Fluch schützen, der auf den Frauen unserer Familie lastet. Alles, was ich getan habe, habe ich für dich getan. Ich liebe dich unendlich.

Dione ließ den Brief sinken. Es musste sich um einen Verrückten handeln, der ihr diese Zeilen geschickt hatte. Vermutlich war der Mann ein so großer Fan von ihr, dass er jeglichen Sinn für die Realität verloren hatte. Sie las weiter:

Du solltest es nie von mir erfahren. Aber ich kann nicht mit dem Gedanken sterben, dir nicht zumindest die Möglichkeit gegeben zu haben, die Wahrheit herauszufinden. Wie viel du erfahren willst, liegt ganz bei dir. Wenn du nach Chastle House gehst und es als dein Erbe annimmst, kannst du das Geheimnis unserer Familie lüften und somit auch dein eigenes. Ich habe nicht die Kraft, dir all die schrecklichen Ereig-

nisse zu beschreiben, die dort passiert sind. Die Wahrheit ist entsetzlich, und wenn Monica erfährt, dass ich sie dir zugänglich machen möchte, wird sie alles tun, um es zu verhindern. Überlege es dir gut, denn du wirst das einmal Erfahrene nie wieder vergessen können. Und die Gefahr ist groß, dass der Fluch, der auf unserer Familie lastet, auch dich eines Tages einholt. Aber wenn es dir gelingt, deinen Frieden mit der Vergangenheit zu machen, wirst du dich selbst und die Geschichte unserer Familie von diesem Tag an mit neuen Augen sehen.

Dione sah auf. Der Mann schien an Wahnvorstellungen zu leiden. Sie runzelte die Stirn und lehnte sich zurück.

»Mr Grant, warum belästigen Sie mich mit den Fantasien eines Verrückten?«, sagte sie und stand auf. »Ich habe genug gelesen. Viele meiner Fans steigern sich in eine Wunschwelt hinein, die rasch für sie zur Realität wird.«

Mr Grant erhob sich ebenfalls. »Miss Fisher, würden Sie Miss Dearing bitte die Bilder zeigen?«

»Das ist nicht nötig«, wehrte Dione ab. »Ich möchte nichts weiter von diesem Mann wissen.«

»Bitte, urteilen Sie nicht so schnell.« Mr Grant nahm einen anderen Umschlag entgegen, den ihm seine Kollegin reichte. »Werfen Sie einen Blick auf diese Fotografien. Wenn Sie sich dann entscheiden, Chastle House nicht anzunehmen, werde ich es, ohne Sie weiter zu belästigen, akzeptieren.«

Dione streckte zögernd die Hand aus. Der Umschlag war dick und unverschlossen. Dione setzte sich wieder auf das Sofa und schüttete die Bilder auf den niedrigen Tisch vor sich. Wahllos zog sie ein Foto aus dem Haufen hervor und betrachtete es. Sie hielt den Atem an, während sie auf das Bild starrte.

Das war Monica, eindeutig. Sie musste noch sehr jung gewesen sein. Dione konnte sich nicht erinnern, jemals ein Foto von ihrer Mutter gesehen zu haben, auf dem sie so jung war wie auf diesem hier. Monica machte immer ein großes Geheimnis um ihre Vergangenheit und Jugendfotos von ihr schienen nicht zu existieren. Dione betrachtete die Frau auf dem Bild, die ein Baby im Arm hielt. Das Kind konnte höchstens ein paar Tage alt sein. War das etwa sie selbst? Dione griff nach einem anderen Bild und zog überrascht die Augenbrauen hoch. Monica und ein junger Mann schmiegten die Köpfe aneinander und blickten ernst in die Kamera. Dione schluckte. Als sie den Mann sah, wusste sie, dass der geheimnisvolle Briefschreiber recht hatte. Dieser Mann auf dem Foto war ihr Vater und es war definitiv nicht Arthur van Riga. Er hatte die gleichen bernsteinfarbenen Augen und das mahagonifarbene Haar wie sie selbst. Und auch die Stupsnase, die hohen Wangenknochen und den durchdringenden, melancholischen Blick hatte sie von diesem Mann geerbt.

Erst als das Bild vor ihren Augen verschwamm, merkte Dione, dass ihr Tränen über die Wangen liefen. Sie sah auf und blinzelte. Miss Fisher beobachtete sie mit einem mitfühlenden Lächeln, während Mr Grant sich Notizen machte.

Dione griff nach den anderen Fotografien. Auf einigen davon waren Monica und der Mann gemeinsam zu sehen, auf anderen nur Monica oder er mit dem Baby. Schließlich entdeckte Dione in dem Stapel auch ein Foto von dem Kind, wie es nackt auf einem Teppich vor einem großen Kamin lag.

Dione hielt das Bild ins Licht und zuckte zusammen. Auf der linken Pobacke war eindeutig das herzförmige Muttermal zu sehen, das Dione noch immer an derselben Stelle hatte. Eine Gänsehaut lief ihr über den Rücken. Das waren also tatsächlich Babyfotos von ihr. Sie atmete tief ein und wischte die Tränen fort. Bislang hatte sie nur zwei Babyfotos von sich selbst gesehen. Es waren die beiden, die Monica für die Presse freigegeben hatte. Danach gab es erst wieder Bilder von Dione als Zehnjähriger. Damals hatte sie in ihrem ersten Film mitgespielt und war bekannt geworden. Ab diesem Zeitpunkt gingen ihre Fotos um die Welt.

Sie sah auf den Berg Papier vor sich auf dem Tisch. So viele alte Fotos von ihr selbst! Außerdem lagen da die Bilder eines Mannes, von dessen Existenz sie bis vor wenigen Minuten nicht das Geringste gewusst hatte. Dione krallte sich in dem Leder des Sofas fest. Ihr war schwindelig. Ihr Kopf dröhnte. Fragen tauchten auf, die sie niemandem mehr stellen konnte. Gestern noch hätte sie, ohne zu zögern, mit Melanie darüber gesprochen, sie hätte sie gefragt, warum Monica nie von dem Mann erzählt hatte, der Dione so ähnlich sah. Warum hatten er und Monica damals beschlossen, Arthur van Riga als ihren Vater auszugeben? Was war das schlimme Familiengeheimnis, das sie von Dione fernhalten wollten? Und wusste Arthur davon oder glaubte er tatsächlich selbst, Diones Vater zu sein? Dem Brief nach war er schon vor Diones Geburt mit Monica verlobt gewesen. Hatte sie die Beziehung zu Diones leiblichem Vater gleichzeitig geführt? Dione hatte seit vielen Jahren keinen Kontakt mehr zu Arthur. Wusste er von dem Betrug und dieser Lüge? Und hatte er deshalb vielleicht nie versucht, den Kontakt zu seiner Tochter zu halten? War sie die Einzige, die nicht Bescheid wusste?

»Wer ist dieser Mann?« Diones Stimme klang seltsam rau.

»Wie schon gesagt, ich darf Ihnen nichts Genaueres sagen«, erwiderte Mr Grant und lächelte mild. »Sollten Sie sich dafür entscheiden, Chastle House anzunehmen, finden Sie dort alles, was Sie wissen möchten. Aber unser Klient will vorerst ungenannt bleiben.«

Dione ließ sich auf das weiche Leder der Couch fallen und schloss die Augen. Es kam ihr vor, als säße sie in einem Zug, der rasend schnell durch eine unbekannte Landschaft ratterte. Alles, was sie bis gestern zu sein geglaubt hatte, entpuppte sich als riesige Lebenslüge.

Dione stand auf, trat ans Fenster und drückte ihre Stirn gegen die Scheibe. Das kalte Glas tat gut.

Sie konnte hinterher nicht mehr sagen, wie lange sie so dagestanden hatte. Irgendwann wurde jäh die Zimmertür aufgestoßen und Monica stürmte herein.

»Dione, was wollte der Mann von dir?«, rief sie zornig.

Dione fuhr herum und stellte erleichtert fest, dass Miss Fisher die Fotografien inzwischen alle wieder eingesteckt hatte. Auch der Brief lag nicht mehr auf dem Tisch.

»Wir brauchen noch einen Augenblick«, wies Mr Grant Monica zurecht. Er stand auf, um ihr den Weg zu versperren.

Aber Monica stand bereits neben Dione am Fenster und griff nach ihrem Arm.

»Dione, rede mit mir!«, befahl sie ihr.

Melanie, Zelda und Uma waren ebenfalls in den Raum

gestürmt. Dione schwirrte der Kopf. Sie hatte das Gefühl, kaum noch atmen zu können. Sie sah sich um. Plötzlich war der Raum voller Menschen.

»Melanie begleitet Sie zum Fahrstuhl«, sagte Monica barsch und schob Mr Grant in Richtung Zimmertür.

Miss Fisher sah Dione an, während Uma ihr die Aktentasche in die Hand drückte, die in den dünnen Armen der Frau viel zu groß wirkte. Im Blick der Assistentin lagen Mitleid und eine Spur Verachtung, die Dione kaum ertragen konnte. Sie schloss die Augen.

Plötzlich hörte Dione sich rufen: »Warten Sie! Bitte bleiben Sie noch!«

Mr Grant blieb stehen und sah sich zu ihr um.

Aber Monica schüttelte den Kopf. »Nein. Jetzt ist Schluss mit dem Unsinn. Entweder Sie verlassen freiwillig unsere Suite oder wir werfen Sie hinaus.«

Dione unterbrach sie mit einer raumgreifenden Handbewegung. »Das hier ist *meine* Suite. Und *ich* bestimme, wer meine Gäste sind.«

»Was?« Monica starrte sie an. »Das hast du noch nie getan. Du kannst doch gar nicht beurteilen, wer dir schaden will und wer es gut mit dir meint.«

Dione atmete tief durch. Sie erinnerte sich daran, wie ihre Mutter sie als unzurechnungsfähig hingestellt hatte. Und genau das versuchte sie jetzt schon wieder.

»Höchste Zeit, dass ich es endlich lerne. Bitte lasst uns allein.«

Monicas Gesichtsfarbe war dunkler geworden, normalerweise ein untrügliches Zeichen für Dione, dass sie nun besser den Mund hielt. Aber seit sie die Fotos gesehen hatte und den Inhalt des Briefes kannte, war ein nie gekannter Widerspruchsgeist in ihr erwacht. Sie wusste, dass sie das Geheimnis um ihre Herkunft nicht mit Monicas Hilfe lösen konnte. Sie hatte ihrer Mutter immer vertraut, doch nun zweifelte sie an ihr. Warum hatte Monica ihr nie etwas von dem Mann auf den Fotos erzählt?

Dione bemühte sich, mit fester Stimme zu sprechen. »Gut, dann werden wir gehen. Mr Grant und Miss Fisher, ich begleite Sie in Ihre Kanzlei.«

»Das ist viel zu gefährlich«, sagte Monica streng und trat ihr in den Weg. »Du kannst nicht ohne deine Leibwächter gehen.«

»Ich werde auf sie achten«, erwiderte Mr Grant und bot Dione, die ihn dankbar anlächelte, seinen Arm an.

Dione studierte die Papiere, die vor ihr auf dem Tisch lagen. Man verlangte eine Unterschrift von ihr, danach würde Chastle House ihr gehören. Aber diese Unterschrift bedeutete weit mehr für Dione, als die Besitzerin eines weiteren Hauses zu werden. Für Dione stellte sie eine große Entscheidung dar.

Sie lehnte sich in dem bequemen Ledersessel zurück und sah sich um. Sie saßen in einem Konferenzzimmer des Hotels, in dem Mr Grant und Miss Fisher wohnten. Denn ihre Kanzlei befand sich, wie sie Dione im Taxi auf dem Weg hierher erklärt hatten, in London. Sie waren nach Boston gereist, weil ihr Klient sie damit beauftragt hatte.

Diones Blick wanderte über die kahlen Wände des Raumes, über den großen Tisch, an dem sie saßen, und die hellen Lampen an der Decke. Sie dachte an all die Fans, die sie auf dem kurzen Weg in die Lobby mit ekstatischem Geschrei und Autogammwünschen bedrängt hatten.

»Ich frage mich«, sie sah Mr Grant offen ins Gesicht, »ob das jetzt vielleicht eine gute Möglichkeit wäre, aus meinem Leben zu verschwinden …«

Der Notar runzelte die Stirn und fuhr sich durch das graue Haar. »Wie bitte?«

Dione zuckte mit den Schultern. »Mal angenommen, ich würde Chastle House annehmen, und zwar unter der Bedingung, die Ihr Klient mir gestellt hat, dass meine Mutter nichts davon erfährt. Dann würde doch auch sonst niemand wissen, wohin ich gegangen bin, nicht wahr?«

»Sie meinen …« Mr Grant griff nach einer Flasche mit Mineralwasser. »Sie wollen untertauchen?«

Dione beobachtete, wie er ihr ein Glas Wasser einschenkte. »Anders würde die Sache nicht funktionieren«, erwiderte sie. »Sobald die Öffentlichkeit erfährt, dass ich mich im Lake District aufhalte, wäre diese Information auch bei Monica, und die würde innerhalb weniger Stunden in Forewood auftauchen.«

»Sie haben recht. Dann ist es nicht mehr geheim zu halten.« Miss Fisher, die am Fenster gestanden und die Menge der Fans unten vor dem Hoteleingang beobachtet hatte, setzte sich zu ihnen an den Tisch. Auf ihrer Stirn hatte sich eine Falte gebildet. »Trotzdem sollten Sie gut darüber nachdenken. Sie haben ein Leben, von dem Millionen Menschen träumen. Sie sind berühmt, Sie haben eine großartige Stimme und spielen in den interessantesten Filmen Hollywoods mit. Wollen Sie sich wirklich darauf einlassen und eine Weile untertauchen?«

Dione lächelte. Dann fügte sie nachdenklich hinzu: »Ich besitze unermesslich viel Geld und habe fünf Grammys und einen Oscar gewonnen.«

Miss Fisher presste die Lippen zusammen. Sie hatte etwas Kindliches an sich, das Dione berührte.

Sie legte den Kopf in den Nacken und schloss die Augen. »Ich habe alles – außer einem eigenen Leben.«

»Wie meinen Sie das?« Miss Fisher sah sie irritiert an und steckte sich eine Haarsträhne hinters Ohr.

Dione stieß ein Lachen aus. Sie merkte selbst, wie bitter sie klang. Dann fuhr sie fort: »Es war mir bis gestern nie aufgefallen. Aber heute Nacht habe ich ein Gespräch belauscht, und plötzlich erkenne ich, dass ich in dem ganzen Spiel nur eine Marionette bin.«

Mr Grant legte ihr vorsichtig eine Hand auf die Schulter. »Und jetzt denken Sie darüber nach, sich einen Urlaub zu gönnen? Von sich selbst, von Ihrem Leben, Ihren Mitarbeitern und Ihrer Mutter?« Der Notar lächelte.

Dione schüttelte hilflos den Kopf. »Ich muss herausfinden, wer ich eigentlich bin. Ich weiß gar nichts über mich.«

Miss Fisher sah sie mit weit aufgerissenen Augen an.

Dione überlegte einen Moment und dann sagte sie entschlossen: »Ich würde gern für ein paar Wochen nach Chastle House gehen, ohne dass jemand davon erfährt.«

Mr Grant nahm seine Brille ab und fuhr sich über die Augen. Er wirkte plötzlich müde. »Sie sind siebenundzwanzig Jahre alt. Rechtlich gesehen spricht nichts dagegen, dass Sie Ihren Aufenthaltsort verschweigen und ihn auch Ihrer Mutter nicht mitteilen.«

»Aber es dürfte nicht ganz leicht umzusetzen sein.« Miss Fisher warf ihrem Kollegen einen irritierten Blick zu. Sie stand auf. »Sie sind nicht gerade unauffällig. Man wird Sie erkennen.«

»Ich wäre auf Ihre Hilfe angewiesen.« Dione sah die

beiden an. »Es wäre der perfekte Zeitpunkt für einen solchen Rückzug. Die Tour ist abgeschlossen, es stehen keine Auftritte an und der Dreh für den neuen Film beginnt erst im Herbst. Bis dahin könnte ich problemlos für ein paar Wochen verschwinden.«

Der Anwalt setzte die Brille wieder auf und sah Dione ernst an. »Das würde einen ziemlichen Wirbel verursachen. Ich kann mir schon lebhaft vorstellen, wie Ihre Mutter alle Hebel in Bewegung setzt, um herauszubekommen, wo Sie sich aufhalten. Ganz zu schweigen von der Presse. Die wildesten Gerüchte werden auftauchen. Und es besteht die Gefahr, dass Sie in Forewood erkannt werden.«

»Ich würde meine Haare färben und kurz schneiden lassen«, sagte Dione und wandte sich dann an Miss Fisher. »Könnten Sie mir vielleicht etwas anderes zum Anziehen besorgen? Irgendetwas, das einfache Mädchen auf der Straße tragen? Und kennen Sie jemanden, der mir eine neue Frisur verpassen kann und außerdem verschwiegen ist?«

Miss Fisher sah sie an und grinste. »Ich gebe mein Bestes. Ich will gern dabei helfen, einen neuen Menschen aus Ihnen zu machen …«

Dione lächelte sie dankbar an.

Miss Fisher drückte Diones Hand. »Wir werden es versuchen, aber es wird bestimmt nicht leicht. Denken Sie bitte auch an die Warnung, die unser Klient in seinen Brief geschrieben hat. Vielleicht werden Sie Dinge über Ihre Herkunft erfahren, die Sie gar nicht wissen wollen.«

Dione schüttelte den Kopf. »Ich habe gestern erst herausgefunden, dass ich so gut wie nichts über mich weiß. Und heute eröffnen Sie mir, dass ein fremder Mann mein

Vater ist. Das alles ist ein Wink des Schicksals. Ich will jetzt mehr über mich und meine Familie in Erfahrung bringen.«

»Dann nehmen Sie Chastle House also an?« Mr Grant legte die Papiere auf den Tisch.

Dione nickte zögerlich und nahm den Stift, den der Notar ihr reichte. Während sie den Vertrag unterzeichnete, hatte sie das Gefühl, einer neuen und aufregenden Zukunft entgegenzutreten.

Kapitel 3

Chastle House, Forewood, Lake District, England
August 1909

Hatty lag im Gras und sah in den blauen Himmel. Sie streckte ihre Hand aus. Wie es sich wohl anfühlte, wenn man von Wolken zugedeckt wurde? Die Grashalme kitzelten an ihren Beinen. Eine Hummel summte um sie herum. Die Sonne wärmte ihre Haut, und wenn sie den Kopf hob, konnte sie das Glitzern des Sees erkennen, der sich am Ende des Gartens erstreckte. Es duftete nach frisch geschnittenem Gras und den wilden Rosen, die sich an der Gartenmauer emporrankten. Hatty schloss einen Moment die Augen und sog den Duft und die Geräusche des Sommertages tief ein.

»Hatty!«

Das war die Stimme ihrer Mutter. Als Hatty den Kopf hob und zum Haus blickte, konnte sie sie sehen. Sie hatte das Fenster der mittleren Kammer geöffnet und lehnte sich hinaus.

»Du musst dich umziehen. Wir wollen Großvater besuchen.«

Hatty winkte ihrer Mutter zu, als Zeichen dafür, dass sie verstanden hatte. Dann rollte sie sich auf die Seite. Sie wäre so gern hier liegen geblieben und hätte den warmen

Augusttag am Ufer des Sees weiter genossen. Aber heute war Dienstag und sie fuhren jeden Dienstag nach Woodland House, in das unheimliche, halb verfallene Anwesen im Wald, wo ihr Großvater Henry mit zwei Dienstboten lebte. Das einzig Gute war, dass sie an diesem heißen Sommertag in Woodland House vermutlich ausnahmsweise einmal nicht frieren würde. Dort war es nämlich sonst immer sehr kalt. Das einsame Haus jagte Hatty Angst ein, und sie war froh, wenn sie wieder in ihr Automobil steigen und nach Chastle House zurückfahren konnte. Am liebsten wäre Hatty zu Hause geblieben, aber ihre Mutter ließ nicht mit sich reden. Sie war der Meinung, dass Hattys Großvater Gesellschaft brauchte, um in dem dunklen Wald nicht vollkommen den Verstand zu verlieren.

Während Hatty zum Haus schlenderte, pflückte sie ein paar Sonnenblumen, Rosen und Gladiolen, die sie ihrem Großvater mitbringen wollte. An der Hintertür sah sie sich noch einmal um und dachte darüber nach, warum ihr Großvater wohl freiwillig in dem düsteren Woodland House lebte, anstatt hier in Chastle House am Ufer des Sees. Der Garten von Chastle House war bunt und fröhlich, das Haus war hell und warm. Woodland House dagegen kam ihr dunkel, verfallen und unheimlich vor. Hatty zuckte mit den Schultern und streichelte Lizzy, die dicke Katze, die plötzlich um ihre Beine strich. Dann schlüpfte sie durch die Tür und lief in ihr Zimmer, um sich für den Besuch umzukleiden.

Eine gute Stunde später schaukelte das Automobil über die schmale Straße nach Woodland House. Hatty betrachtete ihre Mutter Beatrice, die neben ihr saß und aus dem

Fenster sah. Mit der linken Hand klammerte sie sich am Türgriff fest, in der rechten hielt sie einen Korb mit Eiern, Brot, Kuchen und Schinken. Ihre Lippen waren geschürzt, das einzige Anzeichen dafür, dass sie die seltsame Lebensweise ihres Vaters tief in ihrem Innersten missbilligte.

Hattys Blick glitt an ihrer Mutter vorbei aus dem Fenster. Der Wald war hier sehr dicht, es drangen nur wenige Sonnenstrahlen durch das grüne Blätterdach und warfen helle Sprenkel auf den Waldboden. Der Chauffeur hielt an und kletterte aus dem Gefährt. Es war bereits das dritte Mal, dass er aussteigen und abgebrochene Äste aus dem Weg räumen musste. Hatty öffnete das Fenster und lehnte sich hinaus. Das Gewitter, das vergangene Woche über den Lake District gezogen war, hatte einige Schäden angerichtet. Anscheinend waren seitdem noch kein Automobil und keine Kutsche auf diesem Weg nach Woodland House gefahren. Hatty beobachtete ein paar Amseln, die sich am Wegrand im Laub niedergelassen hatten und im Boden nach Würmern pickten.

»Ob Katherine wohl auch in Woodland House war?«, fragte Hatty und ließ sich wieder in das Polster des neumodischen Fahrzeugs fallen.

Ihre Mutter hatte den Türgriff losgelassen und wandte sich ihr jetzt zu. Sie schüttelte den Kopf. »Dein Großvater hat Woodland House erst nach ihrem Tod gekauft.«

»Warum nur? Es ist so viel unbequemer als unser Haus. Wieso ist er nicht in Chastle House geblieben?« Hatty stellte diese Frage nicht zum ersten Mal und sie erhielt jedes Mal die gleiche Antwort.

»Die Erinnerungen …« Ihre Mutter seufzte. »Er konnte

nicht dort bleiben, wo ihn alles an Katherine erinnert hat. Sie haben sich sehr geliebt.«

Hatty betrachtete ihr Spiegelbild in der Scheibe. Sie konnte in dem blank polierten Glas ihre braunen Haare erkennen, die ihr die Zofe Amy zu einer kunstvollen Frisur gesteckt hatte. Ob sie ihrer Großmutter wohl ähnlich sah? Es gab kein Bild von Katherine in Chastle House und Hatty fragte sich oft, wie sie ausgesehen haben mochte. Ob sie die gleiche schmale Nase gehabt hatte wie Hatty? Dieselben hohen Wangenknochen? Und waren ihre Augen auch so dunkel gewesen wie Hattys?

Katherine war Sängerin und Tänzerin im Alhambra gewesen. Hatty träumte davon, diese berühmte Music Hall eines Tages zu besuchen und die Bühne zu sehen, auf der ihre Großmutter einst gestanden hatte. Nun, genau diese Bühne gab es nicht mehr, denn das Alhambra war zwischenzeitlich von einem Feuer zerstört und neu aufgebaut worden. Aber das Gebäude stand am selben Platz wie damals. Hatty war noch nie in London gewesen, doch in ihrer Fantasie flanierte sie durch Londons Straßen und erkundete neugierig die Metropole. In der Bibliothek von Chastle House hatte Hatty mehrere alte Notenhefte gefunden, die Kompositionen ihrer Großmutter enthielten. Hatty kannte all diese Lieder auswendig und verbrachte viele Stunden damit, sie zu üben.

Das Automobil setzte sich wieder in Bewegung. Anscheinend hatte der Chauffeur den Weg inzwischen freigeräumt. Es war nicht mehr weit bis Woodland House.

Eine Weile sah Hatty gedankenverloren aus dem Fenster. Eine Fliege hatte sich ins Innere des Fahrzeugs verirrt und ihr Summen vermischte sich mit dem lauten Brummen und Knattern des Motors. Hatty schloss die Augen und sank in einen leichten Schlaf.

»Robert Thornsmith will uns morgen besuchen.« Die Stimme ihrer Mutter riss Hatty aus ihrem Dämmerzustand.

Sie blinzelte.

Beatrice versuchte, die Fliege mit hektischen Handbewegungen zu vertreiben. »Er ist eine gute Partie. Ich möchte, dass du nett zu ihm bist.«

Hatty stöhnte. »Ich mag ihn aber nicht. Er kann nicht gut tanzen und ist ein schrecklicher Langweiler.«

»Hatty, bitte!« Beatrice zog ihren Fächer aus der Rocktasche, um sich die Fliege durch wildes Fächeln vom Leibe zu halten. »Ich will dich gut versorgt wissen.«

»Ich werde nächsten Monat doch erst achtzehn«, gab Hatty trotzig zurück. »Ich habe noch so viel Zeit. Sobald mich ein einigermaßen akzeptabler Mann fragt, werde ich auf jeden Fall sofort zugreifen.« Hatty grinste und schloss wieder die Augen.

Sie hörte ihre Mutter murmeln: »Ich bezweifle, dass dir jemals ein Mann begegnet, den du akzeptabel findest.«

»Mach dir keine Sorgen um mich, Mutter.« Hatty streckte die Beine aus und unterdrückte ein Gähnen. Wenn sie jetzt noch am Ufer des Sees läge, würde sie ein kleines Schläfchen machen.

»Versprich mir, dass du dich immer gut um deinen Großvater kümmern wirst«, sagte ihre Mutter nun.

»Natürlich«, erwiderte Hatty überrascht. »Aber du kümmerst dich doch schon um ihn.«

»Versprich es mir bitte.« Ihre Mutter lächelte.

»Ich könnte Großvater eines von Katherines Liedern

vorsingen.« Hatty sah ihre Mutter herausfordernd an. Aber sie kannte die Antwort bereits.

»Nein«, sagte Beatrice und kniff die Lippen zusammen.

In diesem Moment hielt der Wagen an und Hatty sah, dass sie Woodland House erreicht hatten.

»Wenn Großvater Katherine so sehr geliebt hat, warum will er dann nicht an sie erinnert werden? Sie ist mittlerweile seit fast vierzig Jahren tot.« Hatty war überzeugt davon, dass ihre Mutter mehr wusste, als sie zugeben wollte.

Statt Hattys Frage zu beantworten, nahm Beatrice den Korb und reichte ihn dem Chauffeur, der ihnen die Tür geöffnet hatte.

»Komm, wir sind da. Und denk daran: Kein Wort über Katherine in Gegenwart deines Großvaters. Niemals.«

Hatty nickte zögernd und griff nach den Blumen, die sie auf den Boden des Automobils gelegt hatte. Sie arrangierte sie zu einem bunten Sommerstrauß und stieg mit ihrer Mutter aus dem Automobil.

Über die hohen Bäume hinweg drang nur wenig Sonnenlicht auf den Vorplatz. Trotz der Wärme des Tages fröstelte Hatty. Kam es ihr nur so vor oder rückte der dunkle Wald von Monat zu Monat näher an das Haus heran? Sie sah an dem verwitterten Gebäude empor. Der Putz war an vielen Stellen abgebröckelt und die Ziegelsteine darunter kamen zum Vorschein. Es musste eine Zeit gegeben haben, als Woodland House ein ehrwürdiges Anwesen gewesen war, doch die war lange vorüber. Hatty betrachtete die Türmchen und Erker, die an der Nord- und Südseite des Gebäudes in den Himmel ragten und von Efeu überwuchert waren. Sie wusste, dass die meisten der vielen Zimmer darin leer standen, nur wenige Räume wurden von ihrem Großvater bewohnt. Schnell lief sie hinter ihrer Mutter her, die schon auf die breite Treppe zusteuerte, die zur Eingangstür hinaufführte. Hatty sah, wie die Tür geöffnet wurde. Die hagere Gestalt ihres Großvaters erschien auf dem Treppenabsatz.

»Beatrice!« Auf dem Gesicht des alten Mannes lag ein zärtliches Lächeln, als er seine Tochter in die Arme schloss.

Hatty blieb auf der untersten Treppenstufe stehen und beobachtete Henry. Sein weißes Haar war immer noch dicht und seine blauen Augen betrachteten Hattys Mutter liebevoll. Hatty zog die Stirn in Falten, als sie daran dachte, dass er seine Tochter nicht selbst aufgezogen hatte. Während er sich nach Woodland House zurückgezogen hatte, hatten Kinderfrauen die Erziehung von Beatrice in Chastle House übernommen.

»Dass ihr euch in dieses Gefährt wagt!«, rief Henry, während er das Automobil skeptisch musterte.

Der Chauffeur hatte die Türen wieder geschlossen und legte die Kurbel auf das Blech des Motors. Dann nickte er ihnen zu und verschwand um die Hausecke, um in der Dienstbotenhalle zu warten.

Hattys Mutter lachte. »Es ist so viel schneller als die Kutsche. Wir sind sehr zufrieden.«

»Es scheint mir äußerst unbequem zu sein.« Hattys Großvater warf einen letzten Blick auf das Automobil, ehe er sich wieder umdrehte und durch die Tür seines Hauses trat.

»Zugegeben«, sagte Beatrice und folgte ihm, »die meisten Kutschen sind bequemer. So ein Automobil schüttelt einen gehörig durch.«

»Und es ist ziemlich laut«, rief Hatty ihnen hinterher.

Langsam stieg sie die Treppenstufen hinauf. Aus dem Haus schlug ihr der Geruch von Moder und Kerzenwachs entgegen. Sie betrat die Eingangshalle, wo ihr Großvater auf sie wartete und seine Hand nach ihr ausstreckte. Hatty reichte ihm die Blumen und ließ sich von ihm über die Wange streicheln. Alfred, der Diener ihres Großvaters, außer seiner Frau Geraldine der einzige Bedienstete im Haushalt, nahm Beatrices Korb entgegen und verschwand in den Tiefen des Hauses. Hatty war froh, ihren Seidenschal mitgenommen zu haben, denn in Woodland House war es trotz der sommerlichen Temperaturen draußen kühl, anders als sie es erwartet hatte.

Während sie den weichen Stoff über ihr gelbes Teekleid aus Baumwolle schlang, sah sie sich um. Nichts hatte sich seit ihrem letzten Besuch vor einer Woche verändert. In dem großen Kronleuchter, der von der Decke hing, steckten nur wenige Kerzen. Die Fliesen waren abgestoßen und ihr Muster war kaum noch zu erkennen. Weder Porzellanfiguren noch Vasen standen auf dem Kaminsims. Der Spiegel über dem Kamin war angelaufen und man konnte kaum etwas darin erkennen. Ein großer Riss zog sich quer darüber. Am anderen Ende der Halle führten zwei Treppen ins obere Stockwerk. Hatty fragte sich, wann zuletzt jemand diese Treppen benutzt hatte, denn Henry bewohnte nur die untere Etage. In all den Jahren, in denen ihr Großvater Woodland House besaß, hatte er kein Bild an die Wand hängen lassen und kein neues Möbelstück angeschafft. Es gab kaum einen Teppich und natürlich hatte er auch keine Gasleitungen verlegen lassen, sodass das Haus immer noch mit Kerzen und Öllampen beleuchtet werden musste.

Während Hatty langsam die Halle durchquerte, dachte

sie darüber nach, wie sehr ihr Großvater sich in seinem Leben einschränkte. Dabei gehörte ihm doch das großzügige Anwesen Chastle House, und seit Hattys Vater noch vor ihrer Geburt an Gelbfieber gestorben war, bedachte Henry seine Tochter und die Enkelin mit zwölftausend Pfund im Jahr. Vor wenigen Monaten hatte er ihnen sogar das Automobil gekauft. Auch wenn er sich selbst nie in dieses Gefährt setzen würde, gefiel es ihm, seine Tochter mit den neuesten Luxusgütern auszustatten. Er besaß offenbar ein großes Vermögen und lebte doch in diesen ärmlichen Verhältnissen. Beatrice sprach ihn nie darauf an und wich auch Hattys Fragen dazu aus. Hatty war sich sicher, dass ihre Mutter etwas vor ihr verbarg, und sie ahnte, dass alles mit ihrer toten Großmutter Katherine zu tun hatte.

Sie folgte ihrer Mutter und ihrem Großvater, die bereits in den Wintergarten hinter der Eingangshalle gegangen waren. Dort hielt sich Henry im Sommer häufig auf. In der kalten Jahreszeit empfing er sie dagegen im kleinen Salon, wie er den muffigen, dunklen Raum nannte, der nach vorn hinausging. Während Hatty die Tür zur Halle hinter sich schloss, fragte sie sich, ob es wohl auch einen großen Salon gab. In diesem Haus waren so viele Räume, die sie noch nicht kannte. Hatty wich einem Farn aus, der neben Yuccapalmen und Zitronenbäumen stand, und schlängelte sich in die Mitte des Wintergartens. Beinahe hätte sie eines der kleinen Blumentischchen umgestoßen, auf denen Henry Salbei und andere Kräuter zog. Blumenerde und Papierschnipsel bedeckten den Boden.

Als Hatty die abgenutzte Sitzgruppe aus Korb erreicht hatte, griff sie nach ein paar leeren Tontöpfen, die auf den verschlissenen Polstern standen, und stellte sie auf den

Boden. Dann nahm sie das Kissen und schüttelte es aus, um sich ihr helles Kleid nicht zu beschmutzen.

»Entschuldigt, ich bin nicht zum Saubermachen gekommen.« Henry ließ sich in einen der Sessel fallen.

»Das kann doch Geraldine für dich tun«, sagte Beatrice, die ihm gegenüber in einem Korbstuhl saß. »Oder du holst dir noch ein Mädchen aus dem Dorf.«

Henry schüttelte den Kopf. »Wofür? Wir kommen bestens zurecht.«

Hattys Mutter antwortete nicht. Es war offensichtlich, dass viel mehr Personal gebraucht würde, um Woodland House auch nur einigermaßen wohnlich zu gestalten. Hatty fragte sich, warum ihr Großvater nur Alfred und Geraldine in sein Haus lassen wollte und warum ihre Mutter nicht weiter insistierte. Sie legte das fleckige Kissen zurück in den Korbsessel und unterdrückte einen Seufzer. Die Besuche bei ihrem Großvater langweilten sie schrecklich. Sie flüchtete sich dann immer in ihre Gedanken, die sie meistens zu ihrer Großmutter führten. Wie gern hätte sie selbst Katherine einmal auf der Bühne erlebt. Als »Mountain Kenny« hatte sie im Alhambra eine Wildwestshow gezeigt und als »Kate Pax« politische Lieder gesungen, deren Anspielungen Hatty nicht alle verstehen konnte. Sie musste eine wunderschöne und intelligente Frau gewesen sein. All ihre Lieder hatte sie selbst komponiert und auch die Texte dazu geschrieben.

Während Hatty mit halbem Ohr den Erzählungen ihrer Mutter lauschte, die Henry von den Ereignissen der vergangenen Woche berichtete, versuchte sie, sich vorzustellen, wie ihr Großvater wohl ausgesehen haben mochte, als er jung gewesen war. Er musste ein gut aussehender Mann gewesen sein, schließlich hatte sich Katherine in ihn verliebt. Henry erzählte gerade von dem Unwetter am vergangenen Donnerstag und Hatty versuchte, sich sein weißes Haar und die Falten wegzudenken. Alfred kam und servierte Tee und den Kuchen, den Beatrice mitgebracht hatte. Anschließend bat ihre Mutter Hatty, sie mit ihrem Großvater allein zu lassen.

Hatty verließ verwundert den Wintergarten. Das war noch nie zuvor passiert. Unentschlossen stand sie in der Eingangshalle. Ob sie draußen auf ihre Mutter warten sollte? Zögernd trat sie an eine der Treppen heran. Sie war noch nie in der oberen Etage gewesen. Sie fasste an das Holzgeländer und sah hinauf. Ein riesiges Fenster an der Südwand des Hauses erhellte das Treppenhaus. Staubkörner tanzten im Licht. Vorsichtig stieg Hatty die alte Treppe hinauf, immer darauf gefasst, dass eine Stufe unter ihr nachgeben und brechen könnte. Mit der einen Hand hielt sie sich am Geländer fest, mit der anderen raffte sie ihren langen Rock, damit sie nicht darüberstolperte. Am Ende der Treppe blieb sie stehen. Der einst sicher prächtige rote Teppich war von einer dicken Staubschicht bedeckt. Der lachsfarbene Anstrich der Wände blätterte ab. In der Wand vor ihr waren zwei Nischen, in denen große Gipsstatuen standen.

Hatty trat auf eine der Türen zu, die von dem langen Flur abgingen, und öffnete sie. Dahinter war ein Raum, der vermutlich einmal als Schlafzimmer gedient hatte. Unter den Fenstern befanden sich Sitzbänke und die Decke war mit aufwendigen Stuckarbeiten verziert. Zwischen den Fenstern stand ein gusseisernes Gestell mit einer Waschschüssel.

Hatty schloss die Tür wieder und sah in den angrenzenden Raum. Auch dieses Zimmer war leer, von Spinnweben und Staub abgesehen. Neugierig sah sie nacheinander in sämtliche Räume, die sich auf dieser Etage befanden. In einem Zimmer stand noch ein Bett, sonst war nichts Aufregendes zu finden.

Als sie am Ende des Ganges angelangt war, öffnete sie die letzte Tür, die mit einem lauten Knarren zurückschwang. Hatty stieß vor Überraschung einen leisen Schrei aus. Dieses Zimmer war vollgestopft mit Kleidung. Hatty hielt den Atem an, während sie an die langen Kleiderstangen trat, an denen schillernde Kostüme hingen. Sie strich über die paillettenbesetzten Kleider, griff in die Federn, die an den Röcken befestigt waren, und befühlte den goldenen Stoff der Blusen. Unzählige Kostüme hingen hier dicht an dicht, dem Staub und der feuchten Luft des alten Hauses ausgeliefert. Der Schnitt der Kostüme war altmodisch, aber ausgefallen. Staunend schritt Hatty langsam an den Stangen entlang. Vor einem Wandschrank blieb sie stehen. Vorsichtig öffnete sie die alten Türen. Glitzernder Kopfschmuck, funkelnde Ringe und Ketten, bunte Schals und Federboas leuchteten ihr entgegen. Mit zitternden Fingern griff sie nach einem Collier, das in einer offenen Schatulle lag. Hatty hielt es ins Licht. Die Rubine funkelten und warfen rote Sprenkel an die Wände. Es musste sehr wertvoll sein. Warum lagen all diese Schätze hier im Schrank? Und wieso hatte ihr Großvater sie vor ihnen verborgen – oder wusste ihre Mutter davon?

Hatty legte die Kette zurück und schloss den Schrank wieder. Sie wollte gerade zur Tür gehen, als ihr Blick auf einen Tisch in der Ecke fiel, der zwischen zwei Fenstern stand. Sie trat näher heran und erstarrte. Auf dem Tisch befanden sich uralte Fotografien und Werbebilder, auf denen immer dieselbe Frau zu sehen war. Mit zitternden Händen griff Hatty nach einem der Bilder und las die Schrift darunter: »Im Alhambra – Kate Pax mit ihren Sternenmädchen«. Hattys Mund war vor Aufregung ganz trocken. Ungläubig starrte sie auf das vergilbte Foto. Das war ihre Großmutter Katherine! Endlich hatte sie Bilder von ihr gefunden. Hattys Augen wanderten weiter und blieben an einem anderen Foto hängen. Es war mit den Worten unterschrieben: »Nach der Show in der Kantine – Kate Pax«.

Hattys Herz klopfte plötzlich fest gegen ihre Brust. So also hatte ihre Großmutter ausgesehen. Sie war noch schöner gewesen, als Hatty sie sich vorgestellt hatte. Ihre dunklen Augen glichen Hattys. Aber alles andere an ihr schien so viel perfekter zu sein als bei Hatty. Die Nase war zart, das Kinn nicht so spitz und ihre dicken Haare schimmerten samtig weich. Warum hatte ihr Großvater Katherines Sachen hier in diesem Raum untergebracht? Warum hatte er keines der Bilder bei ihnen in Chastle House gelassen? Es war beinahe so, als versteckte er alles, was an Katherine erinnerte. Aber vor wem? Ob er wohl oft hier heraufkam und sich die Bilder seiner Frau ansah? Erst jetzt fiel ihr auf, dass kaum Staub auf dem Tisch lag und auch der Fußboden, die Kleider und der Schrank sauber waren. Irgendjemand musste hier regelmäßig putzen. Ob es ihr Großvater selbst war oder Geraldine?

Hatty betrachtete immer wieder die Fotografien und Zeichnungen. Nach all den Jahren, in denen sie sich nur hatte ausmalen können, wie ihre Großmutter ausgesehen haben mochte, fand sie nun endlich diese Bilder. Zärtlich strich sie über die dicke Pappe der Fotografien. Ob sie es wagen konnte, eines der Bilder mitzunehmen? Schließlich war Katherine nicht nur Henrys Ehefrau, sondern auch Hattys Großmutter gewesen. Und es war gemein von ihm, ihr das alles vorzuenthalten.

Kurz entschlossen griff sie nach einer der Fotografien und einem Werbebildchen und steckte beides vorsichtig in ihre Rocktasche. Im Vorübergehen strich sie noch einmal über den Stoff der Kostüme. Noch nie war sie ihrer Großmutter so nah gewesen. Wie gern hätte sie die Kleider selbst anprobiert, aber sie hatte Angst, dass ihr Großvater sie hier finden und sich darüber ärgern könnte.

Hatty ahnte, dass es ihm nicht gefallen würde, dass sie diesen Raum gefunden hatte. Sie würde es ihm gegenüber nicht erwähnen. Vorsichtig öffnete sie die Tür einen Spaltbreit und spähte hinaus. Doch es war niemand zu sehen. Sie schlüpfte in den Flur hinaus und zog die Tür so leise wie möglich hinter sich zu. Dann schlich sie wieder hinunter in die Eingangshalle.

Am Fuß der Treppe blieb sie einen Augenblick stehen und lauschte. Anscheinend hatte niemand ihren Ausflug in die obere Etage bemerkt. Sie ging zum Ausgang und trat hinaus in die Sonne.

Das Automobil parkte immer noch auf dem Vorplatz. Der Chauffeur war vermutlich noch in der Dienstbotenhalle und wartete darauf, dass er gerufen wurde. Hatty reckte ihr Gesicht der Sonne entgegen, aber die Kälte des Hauses steckte ihr tief in den Knochen. Was für ein seltsames Verhalten ihres Großvaters! Warum hatte er sämtliche persönlichen Gegenstände von Katherine in dem Zimmer dort oben versteckt? Und wieso hatte er nur ihre Noten und Texte in Chastle House zurückgelassen?

Hatty wäre gern ein paar Schritte spazieren gegangen, um ihre Gedanken zu ordnen, aber der dichte Wald machte ihr Angst. Also lehnte sie sich an das Automobil und wartete auf ihre Mutter. Wo blieb sie nur so lange?

Das Geräusch von Schritten riss sie plötzlich aus ihren Gedanken. Der Chauffeur und Alfred kamen um die Hausecke und nickten ihr zu. Im nächsten Moment öffnete sich die Eingangstür. Ihre Mutter erschien und eilte über den Vorplatz. Sie sah Hatty nicht an und kletterte rasch ins Automobil. Hatty stutzte. Hatte Beatrice etwa geweint? Oder bildete sie sich ihre roten Augen nur ein? Sie folgte ihrer Mutter ins Innere des Wagens und merkte an der Art ihres Schweigens, dass sie nicht angesprochen werden wollte. Hatty runzelte die Stirn. Ob sich ihr Großvater und Beatrice wohl gestritten hatten? Was für ein seltsamer Besuch das diesmal gewesen war! Zuerst ihre Entdeckung im oberen Stock und jetzt das eigenartige Verhalten ihrer Mutter …

Hatty beobachtete, wie Alfred den Motor ankurbelte. Kurz darauf setzte sich das Automobil in Bewegung. Während sie einen letzten Blick auf Woodland House warf, strich sie verstohlen über die Bilder in ihrer Tasche.

Kapitel 4

London und Chastle House, Forewood, Lake District, England März 2018

»Meine Konten?« Dione fuhr sich durch das kurze Haar, das ihr erst vor einer Stunde zu einem Pagenkopf geschnitten worden war. Ihr kastanienbrauner Naturton hatte einem tiefen Schwarz weichen müssen. Dione sah sich hilflos in dem Besprechungsraum der luxuriösen Londoner Anwaltskanzlei um. Die Möbel waren aus Mahagoniholz, den dunklen Marmorboden bedeckten einige wenige Teppiche. »Ich habe keine Ahnung.«

»Sie wissen nicht, bei welchen Geldinstituten Sie Ihre Konten haben?« Mr Grant legte die Stirn in Falten und wechselte einen überraschten Blick mit Miss Fisher, die mit einer Tasse Kaffee in der Hand neben Dione auf dem schwarzen Ledersofa saß.

Dione errötete und atmete tief ein. »Ich habe bislang nie darüber nachgedacht. Meine Mutter hat sich um alles gekümmert, was mit Finanzen zu tun hat.«

Sie fühlte sich plötzlich noch dümmer als ohnehin schon. Warum hatte sie sich nie dafür interessiert, was mit ihrem Geld geschah?

Mr Grant lehnte sich in seinem Sessel zurück und lächelte wohlwollend. »Bislang war es ja auch völlig in Ordnung, dass Ihre Mutter Ihr Geld verwaltet hat. Aber wenn Sie nun ein selbstständiges Leben beginnen wollen, müssen Sie zumindest über einen Teil Ihres Vermögens selbst bestimmen können.«

Dione nickte und strich nervös über das weiche Leder der Couch. Sie konnte ihr Gesicht in der großen Fensterfront gegenüber sehen, hinter der die Lichter des abendlichen London leuchteten. Zum ersten Mal seit Jahren war sie ungeschminkt. Dunkle Ränder zeichneten sich unter ihren Augen ab. Die Nacht im Flugzeug hatte Spuren hinterlassen. Obwohl die Sitze in der ersten Klasse bequem und geräumig gewesen waren, hatte sie kein Auge zugetan. Sie hatte die Gedanken nicht abschalten können. Im einen Moment fühlte sie sich stark und mutig, blickte hoffnungsvoll in die Zukunft und freute sich auf das geheimnisvolle Haus, das man ihr übertragen hatte. Doch im nächsten Augenblick spürte sie Panik in sich aufsteigen und war davon überzeugt, einen riesigen Fehler begangen zu haben. Was würde passieren, wenn man sie an ihrem Rückzugsort entdeckte und ihr ganzer Plan scheiterte?

Miss Fisher hatte sie heute Vormittag durch London gescheucht, von einem Geschäft ins nächste. Hinter ihrer Sonnenbrille versteckt, war es Dione gelungen, sich unerkannt eine neue und weniger auffällige Garderobe zu beschaffen, als es die Designersachen waren, die sie als Dione Dearing trug.

Mr Grant schob mit dem Zeigefinger seine Brille zurück. »Denken Sie noch einmal genau nach. Fällt Ihnen vielleicht der Name irgendeiner Bank ein, den Ihre Mutter einmal erwähnt hat?«

Dione schüttelte den Kopf. »Tut mir leid.«

Der Anwalt blätterte durch die Unterlagen vor sich auf dem Tisch. »Haben Sie eine Kreditkarte, eine EC-Karte oder etwas in der Richtung?«

Dione schluckte. »Ich hatte noch nie eine solche Karte in der Hand. Wie gesagt, darum haben sich immer andere gekümmert.«

»Das heißt, Sie wissen auch nicht, wie viel Geld Sie besitzen, richtig?« Mr Grant nahm seine Brille ab und fuhr sich über das Gesicht.

Dione biss sich auf die Lippen. Mit einem Mal erkannte sie, was ihre Mitarbeiter gemeint hatten. Natürlich musste man sie für strohdumm halten. Sie war vollkommen naiv gewesen, sich nie über ihr Vermögen Gedanken zu machen.

Zögernd schüttelte sie den Kopf.

Mr Grant ließ sich nicht anmerken, was er darüber dachte. Kommentarlos räumte er seine Papiere zusammen und stand auf. »Also gut, ich werde morgen ein bisschen telefonieren müssen, aber wir finden das schon heraus.«

Dione erhob sich ebenfalls. »Wie geht es jetzt weiter?«

Der Notar öffnete die Tür. »Miss Fisher begleitet Sie in Ihr Hotel. Morgen werde ich Ihre finanzielle Situation sicher geklärt haben und dann wird Sie ein Fahrer nach Forewood bringen.«

Dione unterdrückte ein Gähnen. »Ich danke Ihnen für Ihre Hilfe. Schicken Sie mir Ihre Rechnung, ich werde mich darum kümmern.«

Der Notar lächelte und Dione fiel ein, dass sie ja gar nicht wusste, wie man eine Rechnung bezahlte. Aber dafür würde sie eine Lösung finden, nun musste sie erst einmal in Chastle House ankommen.

Dione starrte auf die vorbeifahrenden Autos. Vor zwei Stunden hatte sie London verlassen und war jetzt auf dem Weg in den Lake District. Die Dämmerung würde bald anbrechen.

Der Fahrer setzte gerade den Blinker und wechselte auf die rechte Spur, um einen LKW zu überholen. Er war so auf den Verkehr konzentriert, dass ihm Diones Fassungslosigkeit verborgen blieb.

Sie konnte kaum glauben, was sie heute Mittag erfahren hatte. Nachdem Mr Grant den Vormittag mit verschiedenen Telefonaten zugebracht hatte, war er endlich auf Diones Hausbank gestoßen. Nach dem Mittagessen hatte er gemeinsam mit ihr einen Termin in einer Londoner Filiale dieser Bank vereinbart. Die Filialleiterin, Mrs Bravender, kümmere sich persönlich um Miss Dearings Belange, hieß es.

Nachdem sie in einem großen Büro mit teuren Ledersesseln und weißen Tulpen Platz genommen hatten, breitete Mrs Bravender einige Mappen vor ihnen aus und erläuterte ihnen alles, was in den letzten Jahren mit Diones Ersparnissen geschehen war. Eine gute Stunde später war Dione klar, dass sie schon seit Langem systematisch um große Summen Geld betrogen worden war. Es war auf ausländische Konten geflossen, und diese Überweisungen waren alle von Monica getätigt worden.

Mr Grant hatte in Diones Namen sofort veranlasst, dass ihrer Mutter sämtliche Vollmachten entzogen und alle Kreditkarten gesperrt wurden. Mrs Bravender versicherte, dass sie der Sache nachgehen und sich melden werde, sobald sie genauere Informationen darüber habe.

Insgesamt waren dreiundfünfzig Millionen Dollar verschwunden. Eine ganze Menge, das war selbst Dione klar, die sich bisher nie für Geld interessiert hatte. Außerdem hatte sich ihre Mutter jeden Monat noch eine fünfstellige Summe abgezweigt.

Dione seufzte. Es war ihre eigene Schuld. Sie hätte sich längst um ihre Finanzen kümmern müssen, hätte Fragen stellen und sich Zahlen zeigen lassen müssen. Doch sie hatte ihr Leben lang keine Notwendigkeit dafür gesehen. Ihre Mutter kümmerte sich ja schon seit Diones Kindheit um ihr gesamtes Vermögen und nahm ihr auch alle lästigen Verwaltungsaufgaben ab. Dione hatte ihr vertraut, niemals wäre sie auf die Idee gekommen, dass Monica ihr mehr als die Hälfte ihrer Einnahmen unterschlug.

»Wie weit ist es noch bis Forewood?«, fragte Dione den Chauffeur.

»Etwa eine halbe Stunde«, erklärte er, ohne den Blick von der Straße zu nehmen.

Dione nickte und sah wieder aus dem Fenster. Während sie die vorbeiziehende Landschaft betrachtete, dachte sie über den Vorschlag nach, den Mr Grant ihr gemacht hatte. Sollte sie Monica anzeigen? Nein, denn schließlich hatte Dione genau wie ihre Mutter Fehler gemacht. Sie wollte lieber nach vorn blicken und eine Lehre daraus ziehen. Nie wieder würde sie einem Menschen so blind vertrauen, wie sie es bei Monica getan hatte. Sollte ihre Mutter das Geld doch behalten. Künftig würde sie nicht mehr so leicht an Diones Vermögen herankommen.

Sie waren inzwischen von der M 6 auf eine Landstraße abgebogen und Dione betrachtete die hohen Berge, die sich zu beiden Seiten erhoben. Schafe weideten auf saftig grünen Wiesen, und weiter oben sah sie schroffe Felsen und Geröllwüsten, auf denen nicht einmal Unkraut zu wachsen schien. Zwischen den Hügeln lagen malerische Täler mit kleinen Dörfern und einzelnen Gehöften. Als vor Diones Augen plötzlich ein See im Licht der untergehenden Sonne glitzerte, hielt sie die Luft an. Der Anblick war atemberaubend. Auf einem Hinweisschild las sie seinen Namen: »Windermere«.

Mit einem Mal waren all ihre Sorgen vergessen. Sie tauchte in die Schönheit der Landschaft ein. Nachdem sie den Windermere hinter sich gelassen hatten, passierten sie weitere hübsche Seen, Täler und Berge, bis sie schließlich an einem Straßenschild vorbeifuhren, das die Aufschrift trug: »*Welcome to Forewood. Please drive carefully!*«

Dione richtete sich auf und reckte den Hals, um den Ort, der in den nächsten Wochen ihr Zuhause sein würde, genauer betrachten zu können. Sie sah eine schmale Straße mit unscheinbaren kleinen Häusern. Aber als ihre schwarze Limousine um eine Kurve fuhr, starrte Dione mit offenem Mund auf das Herrenhaus, das unvermittelt vor ihnen auftauchte.

»Das ist Chastle House«, verkündete ihr Fahrer. Er hielt den Wagen vor dem Eisentor an, das die Zufahrt versperrte.

Dione schluckte. Ihre Stimme war belegt, als sie sagte: »Ich habe wirklich schon viel Luxus gesehen. Aber das hier ist außergewöhnlich!«

Der Mann lächelte. »Ja, nichts lässt sich mit Chastle House vergleichen. Es ist wie ein riesiger Fels in diesem winzigen Puppendorf am Ende der Welt.«

Dione öffnete die Wagentür und stieg aus. Langsam

ging sie auf das hohe Eisentor zu. Sie zog den Schlüsselbund aus der Tasche, den Mr Grant ihr am Nachmittag überreicht hatte. Die alten Schlüssel lagen schwer in ihrer Hand. Mit zitternden Fingern schloss sie das Tor auf und öffnete es so weit, dass der Chauffeur den Wagen vor das imposante Anwesen fahren konnte. Eine kurze Auffahrt mit hellem Sand führte zu einem großen Rondell und dem schlossähnlichen Gebäude von Chastle House.

Dione zog den Reißverschluss ihres Anoraks hoch. Es war gegen Abend kalt geworden, obwohl das Wetter tagsüber sehr schön gewesen war. Sie sah sich um. Das imposante Landhaus schien alt, aber gut gepflegt zu sein. Es war drei Stockwerke hoch und aus hellem Stein gebaut. Beinahe ehrfürchtig schritt Dione auf das prächtige Haus zu. In der Mitte ging es fünf Stufen zu seiner Eingangstür hinauf, die links in einen Vorbau führte. Plötzlich schlug ihr das Herz bis zum Hals. Das also war Chastle House. Hier wollte sie ein neues Leben beginnen. Hoffentlich würde niemand sie hier finden, aber das kleine Dorf, das zu diesem Herrenhaus gehörte, schien nicht gerade der Nabel der Welt zu sein. Sie schüttelte den Kopf, als sie an die letzten Tage dachte. War es tatsächlich erst vorgestern gewesen, dass Mr Grant und Miss Fisher sie in Boston besucht und ihr von Chastle House erzählt hatten? Mithilfe des Notars und seiner Kollegin hatte sie es geschafft, die USA innerhalb weniger Stunden zu verlassen. In Heathrow hatten noch Fans auf sie gelauert, aber nach einem geschickten Ablenkungsmanöver hatte sie den Flughafen durch einen Seiteneingang verlassen und sämtliche Verfolger abschütteln können. Nun hoffte sie, dass Monica ihre Spur noch nicht aufgenommen hatte.

Dione trat zur Seite, als die Limousine an ihr vorbeirollte und vor dem Eingang hielt. Der Chauffeur stieg aus und stellte ihre Koffer vor die Tür.

»Schicken Sie die Rechnung bitte an Mr Grant.« Dione nickte dem Fahrer zum Abschied zu und sah dem Wagen nach, der langsam über die Auffahrt zurück zur Dorfstraße fuhr.

Bedächtig stieg sie die Treppe hinauf. Das Holz der Eingangstür war sehr alt und oben waren zwei Glasscheiben eingelassen, die den Blick in einen kleinen Vorraum freigaben. Dione erkannte ein großes Relief an der Wand, das eine antike Szene darstellte. Grünpflanzen standen in Tontöpfen auf dem Boden, auf der hohen Fensterbank und auf kleinen Tischen. Sie wollte gerade den Schlüssel ins Schloss stecken, als ein Gesicht hinter der Scheibe auftauchte. Dione schrie auf und ließ den Schlüssel fallen.

»Oje.« Die Frau öffnete die Tür und sah sie mit hochgezogenen Augenbrauen an. »Ich wollte dich nicht erschrecken.«

»Nein, nein«, versuchte Dione sie zu beruhigen und bückte sich nach dem Schlüsselbund. »Ich hatte nur nicht damit gerechnet, dass jemand im Haus ist.«

»Ich bin Claire.« Sie streckte ihr die Hand entgegen. »Und ich kümmere mich um das Haus. Marc kommt ja selten her. Er bezahlt mich dafür, dass ich nach dem Rechten sehe, sauber mache, die Blumen gieße, den Rasen mähe, so was eben.«

Marc – das musste Diones Vater sein. Sie schluckte und wusste nicht, was sie sagen sollte.

»Ach, komm erst mal rein. Ich plappere immer so viel. Dabei musst du doch hundemüde sein. Du kommst aus

Amerika, nicht wahr?« Claire griff nach Diones Koffer und hievte ihn über die Schwelle.

»Äh, ja.« Dione sah die Fremde mit dem blonden Pferdeschwanz unsicher an. »Was hat … ich meine … woher …?«

Claire schleppte auch den anderen Koffer ins Haus. »Du meinst, woher ich das weiß? Das hat Marc mir erzählt. Und auch dass du ein großer Star bist.«

»Oh …« Dione wurde übel. Daran hatte sie nicht gedacht. Womöglich war bereits in ganz Forewood bekannt, dass sie in das Herrenhaus einziehen würde.

»Keine Sorge«, sagte Claire. Sie machte eine wegwerfende Handbewegung, sodass ihr Pferdeschwanz auf und ab wippte. »Außer mir weiß das niemand. Und ich sag nichts weiter.«

Dione atmete auf. »Danke.«

»Aber ich muss gleich los, denn bei Mrs Down darf ich nur abends putzen, wenn sie zu Hause ist.« Claire grinste. »Kontrollwahn!«

Dione lächelte müde zurück. Die Zeitumstellung nach dem langen Flug setzte ihr allmählich zu. »Kein Problem. Ich werde sowieso früh ins Bett gehen.«

Sie folgte der jungen Frau, die nicht viel älter als Dione selbst zu sein schien, ins Haus. Das alte Gebäude roch nach Kerzenwachs, Rauch, Feuchtigkeit und Zitronen. Dione sah sich um. Rechts von ihr führte ein Korridor in den hinteren Bereich des Hauses. Links befand sich eine hölzerne Wand mit zwei bogenförmigen Durchgängen. Dahinter erstreckte sich eine große Halle mit einem riesigen Tisch in der Mitte, der sicher schon jahrhundertealt war. Sein Holz war uneben und seine Kerben, Risse und Macken wiesen darauf hin, dass er früher häufig gebraucht worden war. An der Wand befand sich ein großer Kamin. Dione erstarrte. Das war eindeutig der Kamin, den sie auch auf ihrem Babyfoto gesehen hatte. Sie war heute also nicht zum ersten Mal in Chastle House. Sie musste hier oder ganz in der Nähe geboren worden sein. Unwillkürlich überlief sie ein Schauer und sie sah sich mit neuer Ehrfurcht um. Monica hatte nie von diesem Haus erzählt oder von Diones Geburt.

Dione betrachtete die hohe Decke, den Kronleuchter mit den echten Kerzen, die Holzvertäfelung der Wände und die Ahnenporträts, die überall hingen. Porzellanteller standen auf dem Kaminsims und verschlissene Teppiche lagen auf dem kalten Steinfußboden.

Dione trat an die lange Tafel und fuhr mit den Händen über die Tischplatte. Als ihr Blick auf den Blumenstrauß fiel, der in der Mitte des Tisches stand, hielt sie inne. Hyazinthen, Rosen, Tulpen und Margeriten verbreiteten einen betörenden Duft im Raum. Dione fröstelte. Sie fühlte sich wie ein Eindringling in diesem Haus und doch schien sie erwartet worden zu sein. Ob die Blumen wohl auf Geheiß ihres Vater dorthin gestellt worden waren, von dessen Existenz sie erst vor Kurzem erfahren hatte?

»Schön, nicht wahr?« Claire trat neben sie. Sie steckte sich eine Haarsträhne hinters Ohr, und erst jetzt fiel Dione auf, dass das Gesicht der jungen Frau über und über mit Sommersprossen bedeckt war. »Sie stammen aus dem Garten. Ich habe sie extra für dich gepflückt.«

Dione lächelte und sog den Duft tief ein. Dann fragte sie: »Kümmerst du dich ganz allein um das große Haus und den Garten?«

Claire nickte. »Marc lässt sonst niemanden hier rein.

Als ob er irgendwo Goldbarren versteckt hätte.« Sie grinste und zwinkerte Dione zu. »Es sind aber keine hier. Die hätte ich längst gefunden.«

Dione musste lachen. Sie mochte Claire. Obwohl sie ihr erst vor wenigen Minuten zum ersten Mal begegnet war, kam es ihr vor, als kennten sie sich schon viel länger.

Sie wurde wieder ernst und fragte: »Und wenn mal etwas repariert werden muss? Wenn das Dach undicht oder eine Fensterscheibe zu erneuern ist? Musst du dann selbst auf die Leiter steigen?«

Claire zog die Augenbrauen hoch. »Nein, aber es ist schon immer eine Prozedur. Ich darf die Handwerker nicht aus den Augen lassen.«

Dione sah die Haushaltshilfe verwundert an. »Seltsam, dass er deswegen so einen Aufstand macht.«

»Willst du ihn treffen?«, fragte Claire unvermittelt.

»Wen? Marc?« Dione sog scharf die Luft ein.

Claire nickte. »Ich könnte dich zu ihm bringen.«

Dione zögerte, bevor sie sagte: »Ja, gern. Aber noch nicht gleich. Ich brauche erst ein paar Tage Ruhe, um mich einzuleben.«

»Klar«, sagte Claire und steuerte auf eine Tür am anderen Ende des großen Raumes zu. »Ich würde total gern noch weiter mit dir quatschen, aber ich muss echt los. Ich hol nur schnell meine Tasche.«

Nachdem Claire hinter einer der vielen Türen verschwunden war, hielt Dione einen Moment inne. Hätte sie das Angebot der jungen Frau annehmen und gleich morgen früh den Mann besuchen sollen, der angeblich ihr Vater war? Nein, sie musste erst zur Ruhe kommen und das Haus kennenlernen. Dann würde sie sich auf die Suche nach dem geheimnisvollen Schicksal ihrer Familie und ihrer eigenen Vergangenheit machen.

Ihre Schritte hallten, als sie über den alten Steinboden ging. Sie betrat einen Raum, der gegenüber der Eingangstür lag. Es war ein kleines gemütliches Wohnzimmer. Dione ging zu dem Schreibtisch neben dem Kamin. Sie lächelte, als sie die Bögen Papier sah, den Füllfederhalter und das Löschpapier. Das alles schien aus einer weit zurückliegenden Zeit zu stammen, als man für Briefe noch Stift und Papier verwendete statt den Computer. Wann war dieser Schreibtisch zuletzt benutzt worden und von wem? Dione dachte an den Brief ihres Vaters. Er hatte von einem Fluch geschrieben, der angeblich auf dem Haus liege. Dione glaubte nicht an Flüche und Verwünschungen, aber dieses Haus wäre definitiv der richtige Ort dafür. Es war groß und unheimlich, mit vielen dunklen Ecken, knarrenden Holzdielen und alten Fenstern, durch die der Wind pfiff.

Dione drehte sich zu dem Kaminsims. Darauf standen ein leerer Briefhalter, eine Teekanne mit einer Ansicht des Cotswolds-Dorfes Burford, zwei Porzellantassen und ein Kerzenständer. Irgendjemand hatte hier seine tägliche Korrespondenz erledigt, vor dem Kamin Tee getrunken oder den Blick in den Garten genossen. Es waren ihre Vorfahren gewesen, die hier gelebt und geliebt hatten und hier gestorben waren. Dione biss sich auf die Lippen. Sie konnte es kaum erwarten, mehr über sie zu erfahren, und gleichzeitig hatte sie Angst davor.

Sie seufzte und setzte sich an den Schreibtisch. In diesem freundlichen Zimmer fühlte sie sich sofort wohl. Ihr Blick fiel auf die hübschen Beete draußen vor dem Fenster. Im Sommer mussten die Rosensträucher wunderschön blühen. Buchsbäume waren kunstvoll zu Kugeln, Kegeln und Quadern geschnitten. Der Garten schien groß zu sein und er war liebevoll gestaltet und gut gepflegt. Auf der linken Seite konnte sie eine Art Uferstreifen erkennen.

Schnell lief Dione durch eine schmale Tür in den benachbarten Raum, offensichtlich das Esszimmer von Chastle House, und öffnete dort die Verandatüren. Sie stieß einen leisen Schrei aus. Vor ihr lag ein großer See, der in der untergehenden Sonne glitzerte. Saftig grüne Wiesen erstreckten sich vom Haus bis hinunter an sein Ufer. An der hohen Gartenmauer rankten sich wilde Rosen empor. Was für ein atemberaubender Anblick!

»Überwältigend, nicht wahr?«

Dione fuhr herum.

Claire war lautlos ins Zimmer getreten. Sie hielt ihren Rucksack im Arm und stellte sich neben Dione an die Verandatür. »Der Lake District ist der schönste Flecken Englands. Zumindest kenne ich keinen schöneren.«

Dione nickte. »Und was für ein Haus! Es ist zwar ziemlich renovierungsbedürftig, aber ich fühle mich trotzdem seltsam wohl hier. Als wäre ich endlich nach Hause gekommen.« Sie sah Claire von der Seite an. »Klingt das komisch?«

Die Haushaltshilfe schüttelte den Kopf. »Nein, mir geht es ähnlich, wenn ich mal von hier fort gewesen bin. Nicht mit Chastle House, aber mit der ganzen Gegend. Ich bin hier zu Hause, ich liebe die Landschaft, die Seen, die Häuser hier. Alles scheint so friedlich zu sein. Aber lass dich nicht täuschen.«

»Was meinst du damit?« Dione lehnte sich an die Holzvertäfelung neben der Verandatür.

Claire zog die Schultern hoch. »Hier passiert nicht viel. Aber wenn du anders bist als sie, dann lassen sie es dich spüren.«

»Wer? Die Menschen hier? Die Dorfbewohner?« Dione musterte die junge Frau.

»Nicht nur die in Forewood, sondern alle im Lake District. Es ist eine Schlangengrube.«

Dione sah sie verwundert an. Verbitterung hatte sich auf Claires Züge gelegt. Sie musste von jemandem enttäuscht worden sein. Plötzlich spürte Dione eine starke Verbindung zu dieser jungen Frau. Am liebsten hätte sie einen Arm um sie gelegt und ihr gesagt, dass sie die gleiche Verletzung erfahren hatte, dass auch sie enttäuscht worden war. Aber sie kannten sich ja kaum, rief Dione sich in Erinnerung. Sie wollte kein weiteres Mal den Fehler begehen, andere Menschen für Freunde zu halten, die nur ihre Arbeitgeberin in ihr sahen.

»Hat mein … Hat Marc dich als Vollzeitkraft hier eingestellt?«, wechselte sie rasch das Thema.

Claire schüttelte den Kopf. »Auch wenn das Haus groß ist und der Garten viel Pflege braucht, hält sich die Arbeit doch in Grenzen. Ich bin nur einen Tag in der Woche für vier Stunden hier.«

Dione betrachtete die blank polierten Fensterscheiben.

»Es hat ja in letzter Zeit niemand hier gewohnt, da ist nicht viel angefallen«, fuhr Claire fort und nickte so stark, dass ihr Pferdeschwanz wieder auf und ab hüpfte. »Einmal in der Woche das ganze Haus saugen reicht eigentlich. Der Garten erfordert da schon viel mehr Zeit, aber nur im Frühjahr und im Sommer.«

»Kommst du mit vier Stunden in der Woche finanziell

über die Runden?«, fragte Dione. Sie hatte keine Ahnung, was man als Haushaltshilfe verdiente.

Claire stöhnte auf. »Bei Weitem nicht. Ich hab noch vier andere Stellen im Dorf.«

Dione sah sie erschrocken an. »Wie kriegst du das alles hin?«

Claire lachte. »Ich bin überall nur einmal, höchstens zweimal die Woche.« Dann wurde sie wieder ernst und starrte in den Garten hinaus, über den sich allmählich die Dämmerung legte. »Weniger geht leider nicht, sonst kann ich mir gar nichts mehr leisten.«

Claire drehte sich abrupt vom Fenster weg und warf ihren Rucksack über die Schulter. »Ich muss mich auf den Weg machen. Mrs Down wartet schon auf mich. Und sie kann furchtbar ungehalten werden.« Claire verdrehte die Augen. »Wenn du Fragen hast, ruf mich ruhig an. Hier ist meine Nummer.« Sie reichte Dione einen Zettel.

»Danke«, sagte Dione. Sie lächelte und sah Claire hinterher, die den Raum verließ.

Jetzt war sie allein. Zum ersten Mal in ihrem Leben. Sie hörte ihre eigenen Atemzüge. Vogelgezwitscher drang von draußen in die Stille des Hauses. Die Uhr, die neben Dione auf dem Tisch stand, tickte regelmäßig. Vorsichtig setzte sie einen Schritt vor den anderen, verließ das Esszimmer und ging in die kleine Eingangshalle. Ihre Koffer standen noch dort, wo Claire sie abgestellt hatte. Eine *Tesco*-Tüte mit Einkäufen, die Dione aus London mitgebracht hatte, stand auf dem Boden. Miss Fisher hatte freundlicherweise einige Lebensmittel für sie besorgt, während Dione und Mr Grant sich um die Bankangelegenheiten gekümmert hatten.

Dione griff nach ihren Koffern und folgte dem Gang ins Haus hinein. Sie gelangte zu einem viereckigen Treppenhaus und machte sich an den Aufstieg. Die Wände waren nicht tapeziert, die Farbe blätterte an vielen Stellen ab. Es war dämmrig und roch nach Feuchtigkeit. Gemälde hingen überall, die uralte Porträts zeigten. Frauen mit Schute und Männer mit Spitzenkragen blicken Dione von den Bildern entgegen. Ob das ihre Vorfahren gewesen waren? Das Holz der Treppenstufen knarrte unter Diones Schritten. Als sie die erste Etage erreicht hatte, trat sie in einen winzigen Raum, der hohe Bücherregale enthielt. Was für eine hübsche Bibliothek! Nicht sehr groß, aber bis unter die Decke mit Büchern gefüllt. Dione stutzte, als sie auf einem kleinen Tisch unter dem Fenster einen seltsamen Apparat entdeckte. Was mochte das für eine Maschine sein? In der Mitte war eine große Walze, aus der zu beiden Seiten lange Stäbe hervorragten.

Als sie die gegenüberliegende Tür geöffnet hatte, hielt sie einen Augenblick den Atem an. Sie befand sich in einem hellen Schlafzimmer und wusste sofort – das würde ihr eigenes Zimmer werden. Das Bett wurde von hellen Vorhängen eingerahmt, die sich zuziehen ließen. Die Wände waren mit Teppichen bedeckt, die antike Jagdszenen zeigten, und der Kamin neben dem Bett versprach angenehme Wärme auch an kalten Tagen. Es war ein Eckzimmer des Hauses und hatte an zwei Seiten große Fenster, die es freundlich erscheinen ließen. Dione trat an eines der Fenster und lächelte. Der Ausblick war grandios. Der Garten von Chastle Haus war gerade noch im letzten Tageslicht zu erkennen. Wenige Hundert Meter entfernt ging die Wiese in das steinige Ufer des Sees über, dessen dunkles Wasser sanft plätscherte.

Dione wandte sich vom Fenster ab. Das große holzgeschnitzte Bett dominierte den Raum. Unter dem Fenster standen ein Frisiertisch und eine Vase mit bunten Blumen. Bürsten und Kämme lagen ordentlich aufgereiht vor dem Spiegel. Dione betrachtete die Toilettenartikel und strich behutsam über die silberne Haarbürste. *Katherine* war in verschnörkelten Buchstaben darin eingraviert. Ob das die letzte Bewohnerin dieses Zimmers gewesen war?

Dione betrachtete die frisch aufgezogenen Laken. Vermutlich hatte ihr Vater Marc dieses Zimmer für seine Tochter vorgesehen, denn alles schien für ihren Einzug vorbereitet. Auf einem kleinen Nachttisch neben dem Bett standen sogar eine Flasche Wasser und ein Glas.

Dione öffnete den Wandschrank. Er war leer, als wartete er nur darauf, dass sie ihre Kleidung hineinlegte.

Eine Stunde später hatte Dione ihre Koffer ausgepackt und die restlichen Räume des alten Hauses erkundet. Es gab noch drei weitere Schlafzimmer, aber keines war so schön wie das, das sie zuerst gefunden hatte. In der Dunkelheit schloss sie die Hintertür auf und ging hinaus in den Garten. Es dauerte eine Weile, bis sich ihre Augen an das Dämmerlicht gewöhnt hatten.

Dione ging langsam zum See hinunter. Über ihr leuchtete der Vollmond und außer dem leisen Geräusch des Wassers war kein Laut zu hören. Als sie am Ufer stand, kam sie sich plötzlich ganz klein vor. Hohe Berge umschlossen den See von drei Seiten her, an der offenen Seite befand sich Chastle House. Was für eine geradezu prädestinierte Lage für ein Landhaus! Wer hatte dieses Haus gebaut? Ob es immer schon im Besitz ihrer Familie gewesen war? Dione dachte an ihren Vater. Sie sehnte sich danach, ihn kennenzulernen, und hatte gleichzeitig Angst davor. Sie war wütend auf ihn, dass er ihr seine Existenz so lange vorenthalten und es zugelassen hatte, dass Monica einen anderen als Diones Vater ausgab. Gleichzeitig konnte sie ihn aber auch gut verstehen. Arthur van Riga hatte die besten Kontakte im Showgeschäft. Ohne seine Beziehungen wäre Diones Karriere sicher anders verlaufen. Aber wie hatte ihr leiblicher Vater das damals schon wissen können? Und war es überhaupt der beste Weg, den sie gegangen war? Wie wäre ihr Leben verlaufen, wenn ihre Mutter und Arthur van Riga sie nicht zu einem Star gemacht hätten? Stände sie dann ebenfalls hier, am Ufer des Sees, vor einem Neuanfang? Ohne Freunde, ohne ein eigenes Leben?

Langsam wandte sie sich um und ging über die Wiese zurück zum Haus. Sie war aufgeregt und müde zugleich. Es wurde Zeit, dass sie sich der Vergangenheit und der Wahrheit stellte.

Ihre erste Nacht allein in Chastle House war unheimlich und verstörend. Nachdem Dione ihr Abendessen, bestehend aus einem Apfel, zu sich genommen und vergeblich nach einer Flasche Wein Ausschau gehalten hatte, war sie zu Bett gegangen. Das Bettgestell stöhnte und knarzte, und die Matratze war so alt, dass Dione meinte, jede einzelne Sprungfeder darin spüren zu können. In ihrem Kopf zogen Bilder, Gedanken und Erinnerungen vorüber, sodass sie kaum zur Ruhe kam. Der modrig-feuchte Geruch des

Hauses hatte sich auf ihre Brust gelegt und die zerschlissenen Vorhänge konnten das gespenstische Licht des Vollmonds kaum schlucken. Obwohl Dione sich vollkommen erschöpft und ausgelaugt fühlte, war sie hellwach. Während sie sich von einer Seite auf die andere warf, nahm sie sich vor, am nächsten Tag ein paar Flaschen Wein und Gin zu besorgen, nur zur Sicherheit.

Mitten in der Nacht fuhr sie hoch. Sie hatte etwas gehört. Mit angehaltenem Atem lauschte sie. Ein leises Knarren, ein rhythmisches Klappern, ein Knistern. Dione presste die Hand vor den Mund. War etwa noch jemand im Haus? Ein Einbrecher? Oder hatte Monica sie gefunden und jemanden geschickt, der sie zurückholen sollte? War ihr ein verrückter Fan auf den Fersen? Dione richtete sich im Bett auf und starrte auf die geschlossene Zimmertür. Plötzlich wurde ihr die ungewohnte Einsamkeit deutlich bewusst. Hier gab es niemanden, den sie um Hilfe bitten konnte, keinen Bodyguard, der sie verteidigen würde. Nur sie und den Eindringling.

Am nächsten Morgen wusste sie nicht mehr, wie lange sie so dagesessen und den anhaltenden Geräuschen gelauscht hatte. Irgendwann war sie aufgestanden und hatte vorsichtig die Tür geöffnet. Mit zitternden Beinen war sie in den Flur hinausgegangen. Das Klappern führte sie nach unten. Die gläserne Wasserflasche zur Verteidigung in der Hand, hatte sie sich bemüht, möglichst lautlos durchs Treppenhaus ins Erdgeschoss zu schleichen. Ängstlich hatte sie um die Ecke gespäht und war dann vor Erleichterung in lautes Gelächter ausgebrochen. Sie hatte die Hintertür nicht richtig geschlossen, nachdem sie am Abend vom See hereingekommen war. Der Wind hatte die Tür immer wieder gegen den Rahmen geschlagen. Dione zog sie energisch zu und drehte mit zitternden Fingern den Schlüssel im Schloss. Dann ging sie wieder zu Bett, doch sie konnte nach wie vor nicht einschlafen.

Als es hell geworden war und die Vögel sie mit ihrem Morgenkonzert aus dem Bett lockten, stand sie schließlich auf. Müde ging sie in das zugige Badezimmer, das dringend eine umfangreiche Renovierung benötigte. Dione hatte noch nie mit so wenig Komfort auskommen müssen. Die Handtücher, die für sie bereitlagen, waren kratzig und dünn, die Brause befand sich über der Badewanne und statt einer modernen Glaswand gab es nur einen Plastikvorhang. Dione schrie erschrocken auf, als eiskaltes Wasser aus dem Duschkopf auf sie herabstürzte. Es dauerte eine ganze Weile, bis es wärmer geworden war, und dann wurde es so heiß, dass Dione schnell zur Seite springen musste, um sich nicht zu verbrühen. Nachdem sie es endlich geschafft hatte, das Shampoo aus ihren Haaren zu waschen, hielt sie vergeblich nach einem Haartrockner Ausschau. Schließlich wickelte sie ihr Haar in eines der dünnen Handtücher und schlüpfte in eine Jeans und einen einfachen Pulli.

Sie ging hinunter in die Küche. Die Tüte mit den Lebensmitteln stand noch immer auf dem Küchentisch, wo Dione sie gestern Abend abgestellt hatte. Normalerweise aß sie eine Grapefruit und etwas Müsli zum Frühstück, aber in der Tüte fand sie weder das eine noch das andere. Also trat sie an den alten, aber blitzblanken Kühlschrank und stellte erstaunt fest, dass offenbar noch jemand anders für sie eingekauft hatte. Wurst, Käse, Milch und Eier lagen ordentlich aufgereiht in den Kühlfächern. In den Küchenschränken fand sie außerdem Nudeln, Reis, Kartoffeln und Gläser mit eingelegtem Gemüse. Auf der Anrichte stand ein Glas mit Teebeuteln. Ob ihr Vater wohl Claire damit beauftragt hatte, die Schränke für Dione zu füllen?

Sie betrachtete den alten Herd und überlegte, wie um alles in der Welt er wohl funktionierte. Sie drehte an den Knöpfen, doch nichts geschah. Aber selbst wenn sie es schaffte, die Flamme zu entfachen, wusste sie noch lange nicht, wie sie Frühstückseier zubereiten sollte. Dione hatte noch nie in ihrem Leben etwas gekocht. Nicht einmal Tee. Warum hatte sie Claire gestern nicht danach gefragt!

Sie sah sich in der Küche um und entdeckte einen Wasserkocher. Zum Glück hatte sie Uma oft genug dabei beobachtet, wie sie Wasser aufsetzte. Das wenigstens würde Dione selbst schaffen.

Wenige Minuten später hatte sie eine dampfende Tasse in der Hand. Sie sog genüsslich den Duft des schwarzen Tees ein. Eigentlich durfte sie nur grünen trinken, denn die schwarzen Teeblätter verfärbten die Zähne. Aber schließlich war Monica nicht da, um sie daran zu erinnern.

Dione nahm die Tasse, schlüpfte in ihre Jacke und sperrte die Eingangstür auf. Sie blieb auf dem Treppenabsatz stehen und sah die kurze Auffahrt hinunter zum Tor des Anwesens. Es war noch früh. Die Sonne war gerade erst aufgegangen und Nebelschleier hatten die Bergspitzen wie in Watte gehüllt. Es war kühl und Dione umklammerte die heiße Tasse. Sie dachte darüber nach, wie sie den Tag verbringen sollte. Eine Überlegung, die beklemmend und völlig neu für sie war, denn seit jeher hatte ja Monica Diones Tage geplant. Die Euphorie, mit der sie gestern hier angekommen war, war mit einem Mal verschwunden. Stattdessen hatte sich ein ganz neues Gefühl in ihr ausgebreitet. War es Angst? Einsamkeit? Plötzlich wusste sie nichts mehr mit sich anzufangen.

Langsam stieg sie die Treppenstufen hinunter und ging zum Tor. Sie trat auf die Straße hinaus und sah sich um. Zwei Dorfbewohnerinnen standen auf dem Gehsteig und unterhielten sich lautstark, ein LKW-Fahrer entlud Waren und eine rundliche Frau schüttete ihr Putzwasser in den Gully. Ein Auto fuhr an Dione vorbei, und sie wich erschrocken zurück, als sie den Blick bemerkte, den der Fahrer ihr zuwarf. Wer war das? Nur ein neugieriger Dorfbewohner oder etwa ein Spion von Monica? Mr Grant hatte gesagt, dass sie ihren Aufenthalt in Forewood vermutlich nicht lange werde geheim halten können. Ob Monica sie schon so schnell gefunden hatte?

Sie sah wieder die Dorfstraße hinunter. Die beiden Frauen starrten jetzt unverholen zu ihr herüber. Sie hatten Dione bestimmt erkannt. Wie hatte sie nur so naiv sein können! Hatte sie wirklich geglaubt, dass sie sich so verändern konnte, dass man sie nicht als Dione Dearing entlarven würde? Bestimmt würden schon morgen sämtliche Zeitungen von ihrem neuen Aufenthaltsort berichten. Sie atmete tief durch, um die aufsteigende Panik zu unterdrücken. Wieder sah sie zu den beiden Frauen hinüber, die sie noch immer schonungslos anstarrten. Plötzlich war es Dione unmöglich, an ihnen vorbeizugehen.

Sie drehte sich um und schlüpfte schnell wieder durch das Eingangstor. So schnell sie konnte, lief sie die Auffahrt zum Haus hinauf, schloss mit zitternden Fingern die Tür auf und warf sie hinter sich zu. Sie sank verzweifelt auf die Knie und verbarg den Kopf in den Händen. Ihr Herz klopfte wie wild und ihre Handflächen waren vor Aufregung ganz feucht. Was war nur los mit ihr? Ihre Reaktion war vollkommen übertrieben gewesen. Vermutlich hatten sie die Dorfbewohner nur neugierig gemustert, weil sie eine Fremde in Forewood war. Hier gab es bestimmt nicht viele Ereignisse, die für Gesprächsstoff sorgten, und eine neue Bewohnerin in Chastle House war mit Sicherheit interessanter Dorfklatsch. Sie biss sich auf die Lippen. Was hatte ihr Vater den Dörflern wohl über sie erzählt? Immerhin hatte Claire Bescheid gewusst. Ob er auch den anderen gesagt hatte, wer sie war? Aber das konnte sie sich nicht vorstellen. Denn dann wäre längst die Presse hier angerückt und Fotografen würden das Haus belagern.

Dione stand auf. Sie musste souveräner werden. Schließlich war sie kein Kind mehr. Und doch fühlte sie sich genau so. Wie ein kleines Mädchen, das allein in den Wald gelaufen war. Plötzlich wurde ihr ihre Einsamkeit bewusst, ihre Verwundbarkeit. Sie hatte die Orientierung verloren. Niemand war da, der ihr sagte, was zu tun war, niemand organisierte ihr den Tag. Sie konnte sich nicht einmal etwas zu essen machen.

Dione durchquerte die große Halle und ging in das kleine Wohnzimmer. Die Uhr auf dem Kaminsims zeigte halb neun. Sie würde Claire anrufen und sie bitten, vorbeizukommen, um ihr den Herd zu erklären.

»Das ist ein alter Gasherd«, sagte Claire drei Stunden später zu ihr. »Du musst den Knopf drücken und gleichzeitig mit einem Streichholz die Flamme entzünden.«

Dione beobachtete, wie die Haushaltshilfe das Feuer entfachte, und tat es ihr nach. »Hast du Lust, mit mir zu Mittag zu essen?«, fragte sie. »Ich könnte versuchen, ein paar Spiegeleier zu braten.«

Claire lachte. »Das Angebot kann ich kaum ausschlagen.«

»Es ist wirklich peinlich«, gestand Dione, während sie die Eier aus dem Kühlschrank holte. »Aber ich musste noch nie in meinem Leben solche alltäglichen Arbeiten verrichten. Das haben immer andere für mich erledigt.«

Claire sah sie ungläubig an. »Aber du hattest doch sicher auch irgendwann einmal Feierabend. Was hast du dann gegessen?«

Dione zog die große Pfanne aus dem Schrank und stellte sie auf die Flamme. »Mein Personal war immer da. Ob ich Termine hatte oder nicht. Genau das war mein Problem – ich hatte nie frei, ich war immer Dione Dearing.«

»Ein Problem? Das verstehe ich nicht. Das ist doch eher ein Privileg. Ich würde so gern mit dir tauschen, und wenn es nur für einen Tag wäre«, sagte Claire. Sie lehnte sich an den Küchentisch und beobachtete Dione, die ein Ei aus dem Karton nahm.

Dione hielt inne. »Einen Tag lang? Ja, für eine kurze Zeit ist es toll, berühmt zu sein. Aber ich bin seit meinem zehnten Lebensjahr so bekannt, dass ich nie das Haus verlassen konnte, ohne von Fans und Paparazzi belagert zu werden. Selbst hier kann ich nicht einfach in der Jogginghose rausgehen. Am Ende sind sie längst schon wieder hinter mir her.«

Claire lachte. »Hier? In Forewood? Da brauchst du dir keine Sorgen zu machen. Hier kommt niemand her, um

Fotos zu schießen. Ein paar Touristen vielleicht, aber das war's dann.«

»Du hast ja keine Ahnung.« Dione schlug das Ei am Rand der Pfanne auf, wie sie es bei ihrer Köchin beobachtet hatte.

»Halt!«, rief Claire und trat neben sie. »Du musst erst Fett in die Pfanne geben, sonst brennen die Eier an.« Sie griff nach einer Flasche, die neben dem Herd stand. »So, jetzt kannst du es vorsichtig hineingeben.«

Dione presste die Lippen zusammen und beobachtete, wie das Eigelb in der Pfanne zerlief. Selbst die einfachsten Dinge bekam sie nicht hin. »Ich komme mir vor wie ein kleines Kind.«

»Dafür kannst du andere Sachen, die ich nie hinbekäme«, erwiderte Claire und holte zwei Gläser aus dem Schrank, um sie mit Wasser zu füllen. »Singen, Tanzen und die Filme, in denen du so großartig spielst.«

Dione zuckte mit den Schultern. »Ich habe hart dafür arbeiten müssen. Stundenlanges Tanztraining jeden Tag und andauernde Gesangsübungen. Das, was auf der Bühne so einfach wirkt, ist das Ergebnis von viel Schweiß und harten Entbehrungen. So etwas wie das hier«, sie deutete auf das Brot, die Butter und den Schinken, den Claire gerade auf einem Servierteller auf den Tisch stellte, »habe ich nie essen dürfen.«

Claire hatte inzwischen den Tisch gedeckt und Dione betrachtete skeptisch das Ergebnis ihrer Kochkünste. Nachdem sie die zerlaufenen Spiegeleier auf zwei Teller gefüllt hatte, nahm sie neben Claire Platz.

»Wolltest du eigentlich schon immer als Haushaltshilfe arbeiten?«, fragte sie.

Claire zog die Augenbrauen hoch. »Ich bin Putzfrau.« Ihre Stimme hatte plötzlich einen verächtlichen Tonfall angenommen. »Glaubst du, das will irgendjemand freiwillig machen?«

Dione sah sie fragend an. »Warum nicht? Ich stelle mir das interessant vor. Du kommst in die unterschiedlichsten Häuser und du siehst hinterher ein Ergebnis.«

Claire schüttelte den Kopf und legte sich eine Scheibe Brot auf den Teller. »Ich musste mich um meine Mutter kümmern. Sie war ... krank. Und ich hab hier in der Gegend keinen Ausbildungsplatz bekommen.«

Dione betrachtete die junge Frau und hatte das Gefühl, dass sie ihr etwas verschwieg. Eine Weile war nur das Klappern des Bestecks zu hören. Dione dachte über Claires Worte nach und fragte sich, warum es so schwer gewesen sein mochte, hier eine Lehrstelle zu bekommen. Schließlich war der Lake District eine beliebte Ferienregion und zumindest in der Touristikbranche musste es doch genügend Ausbildungsplätze geben.

»Ich muss los«, sagte Claire und stand auf, kaum dass sie den letzten Bissen hinuntergeschluckt hatte. »Ich muss in zehn Minuten drüben in Keswick sein.«

Dione folgte ihr in die Halle. »Wenn du Lust hast, komm doch die Tage auf einen Tee vorbei.«

Claire hielt inne. Sie lächelte. »Gern. Wir sehen uns.«

Dann lief sie mit eiligen Schritten zu ihrem klapprigen Vauxhall, der in der Auffahrt parkte. Zum Abschied winkte sie noch einmal, ehe sie davonfuhr.

In den nächsten Tagen erwies sich Claire als großartige Hilfe. Dione fragte sich, wie sie ohne die junge Frau zurechtgekommen wäre. Mit dem Vauxhall fuhr sie für Dione zum Supermarkt und kaufte ein, und wenn sie zwischen zwei Putzstellen ein wenig Zeit hatte, kam sie auf eine Tasse Tee vorbei und vertrieb Diones Einsamkeit. Dione wollte Claire für ihre Einkaufsfahrten bezahlen, aber sie lehnte das Geld jedes Mal ab.

Auch jetzt schüttelte sie den Kopf, nachdem sie die Papiertüten in der Halle abgestellt hatte. »Behalt dein Geld, das ist ein Freundschaftsdienst.«

Bei diesen Worten stieg ein warmes Gefühl in Dione auf. Claire betrachtete sie als Freundin, und das war mehr, als irgendjemand bisher Dione entgegengebracht hatte. »Soll ich uns einen Tee machen?«

»Ich muss wieder los, Mrs Down hat heute früher Feierabend und erwartet mich um vier.« Claire umarmte Dione zum Abschied. Dann hielt sie kurz inne. »Du weißt, dass ich immer für dich da bin, nicht wahr?«

Dione stutzte. »Was willst du damit sagen?«

»Na ja«, begann Claire, »du hast doch gesagt, dass du ein selbstständiges Leben führen willst. Dass es dich genervt hat, dass andere alles für dich entschieden haben, nicht wahr?«

Dione nickte. »Und?«

»Vielleicht solltest du jetzt damit anfangen, selbstständig zu werden.«

Dione zog die Augenbrauen zusammen. »Aber das tue ich doch.«

»Wirklich?«, fragte Claire und trat von einem Bein aufs andere. »Meinst du nicht, dass es langsam Zeit wird, auch einmal das Haus zu verlassen?«

Dione starrte sie einen Moment lang an. Claire hatte

recht, sie war inzwischen seit fast zwei Wochen hier, aber außer auf den gelegentlichen Einkaufsfahrten mit Claire verschanzte sie sich immer in Chastle House.

»Ich habe Angst«, sagte Dione leise.

»Wovor?« Claire trat auf sie zu und legte ihr sanft die Hand auf den Arm. Sie sah sie forschend an, während sie weitersprach: »Ist auch nur ein einziger Fotograf hier aufgetaucht? Stand deine Mutter vor der Tür oder ist ein Pulk Dione-Fans mit Transparenten angerückt?«

Dione schüttelte stumm den Kopf.

»Es hat dich niemand erkannt und es vermutet dich auch niemand in Forewood. Ohne die Schminke siehst du sowieso ganz anders aus.«

»Trotzdem«, erwiderte Dione und schloss die Augen. Wie konnte sie Claire nur begreiflich machen, wie unsicher sie sich fühlte? »Ich weiß nicht genau, wovor ich Angst habe, aber wenn ich auch nur daran denke, das Haus zu verlassen, wird mir übel.«

Claire seufzte. »Du wolltest Urlaub von Dione Dearing machen, weil du kein eigenes Leben hattest. Du wolltest herausfinden, wer du bist und woher du kommst – aber wie willst du das schaffen, wenn du dich nicht aus Chastle House herauswagst? Und wo ist der Unterschied? Vorher warst du von deiner Mutter und deinen Mitarbeitern abhängig und jetzt bist du es von mir.«

Dione wusste, dass Claire recht hatte. Bisher war sie noch keinen Schritt weitergekommen. Warum vergeudete sie wertvolle Tage, ohne ihre Pläne umzusetzen?

»Ich danke dir«, sagte Dione und griff nach Claires Hand. »Wir kennen uns noch nicht lange, aber du bist eine echte Freundin für mich geworden. Du öffnest mir die Augen, und das ist mutig von dir. Die meisten Menschen wollen die Wahrheit nämlich nicht hören.«

»Das stimmt.« Claire seufzte. »Und du weißt, dass ich jederzeit gern für dich Besorgungen mache. Aber das würde dir nicht weiterhelfen.«

Dione lächelte. »Vielleicht mache ich gleich mal einen kleinen Gang durchs Dorf.«

»Trau dich«, sagte Claire grinsend und machte sich auf den Weg. »Du wirst sehen, es passiert nichts Schlimmes.«

Sie winkte Dione zum Abschied zu, ehe sie durch das große Tor verschwand.

Dione sah ihr noch eine Weile nach. Dann zog sie entschlossen den Anorak an und verließ das Haus.

Als sie auf die Straße trat, hielt sie sicherheitshalber den Kopf gesenkt. Claire hatte ihr von einem Hofladen erzählt, in der Lakeside Farm. Dione folgte genau der Wegbeschreibung ihrer Freundin. Während sie die schmale Hauptstraße entlangging, spürte sie die Blicke der Dörfler auf sich. Sie betete, dass sie tatsächlich noch niemand hier im Ort erkannt hatte und dass die Dorfbewohner nur neugierig waren.

Die Straße führte aus dem Dorf hinaus, jetzt standen nur noch vereinzelt Häuser rechts und links des Weges. Dione betrachtete die hübschen kleinen Behausungen. An einem Feldweg, der von der Straße abzweigte, stand ein Schild, das auf den Lakeside Farm Shop hinwies. Der Weg war matschig und Dione musste immer wieder großen Pfützen ausweichen. Kühe standen auf der Weide, die mit ihren Schwänzen die Fliegen verscheuchten. Dione blieb stehen, als der Gestank der Kuhfladen zu ihr herüberwehte. Seit ihrer Kindheit hatte sie solche Gerüche nicht mehr wahrgenommen. Als sie noch klein war, hatte sie mit ihrer Nanny manchmal Spaziergänge zum nächstgelegenen Bauernhof unternommen, und Dione hatte es geliebt, die Tiere dort zu beobachten. Doch nach ihrer ersten Filmrolle hatte sich Diones Leben stark verändert und sie hatte keine Zeit mehr gehabt, irgendwo spazieren zu gehen.

Sie seufzte, während ihr Blick zu den Gebäuden wanderte, die vor ihr aufgetaucht waren. Die Farm schien weitläufig zu sein, und sie erkannte ein großes Farmhaus, das schon einige Hundert Jahre alt sein musste. Das Dach hing in der Mitte durch, das Fachwerk war schief und die Türen waren niedrig. Sie stammten aus einer Zeit, in der die Menschen noch deutlich kleiner waren als heute.

Der Shop war in einem Teil einer Scheune untergebracht. Dione atmete tief ein, bevor sie die Türklinke der weißen Holztür ergriff und das Gebäude betrat. Der Duft von Milch, Käse und Kräutern empfing sie. Es war dunkel und Diones Augen brauchten einen Moment, um sich an das Dämmerlicht zu gewöhnen. Vorsichtig sah sie sich um. Der Raum war nicht besonders groß. Neben der Tür standen verschiedene Körbe mit Äpfeln, Birnen, Kohlrabi und Salat. In einem Kühlregal lagen abgepackte Wurstwaren und Käsestücke. Geradeaus befand sich ein kurzer Tresen, hinter dem eine rundliche Frau mit blonden Locken und speckiger Haut stand. Sie trug eine geblümte Schürze und hatte ihr Haar mit einem Band zusammengefasst.

»Guten Tag!«, sagte Dione und nickte ihr zu. »Ich brauche bitte Milch, Eier, Käse und Brot.«

»Haben Sie Leergut?« Die Verkäuferin sah sie misstrauisch an.

Dione schüttelte den Kopf.

»Ist alles da vorn im Kühlregal. Eier sind beim Gemüse.« Die Frau beobachtete sie nach wie vor argwöhnisch.

Unsicher wandte Dione sich ab und betrachtete die verschiedenen Käsesorten, die im Kühlregal lagen. Der Blick der Verkäuferin brannte in ihrem Rücken.

In diesem Moment wurde die Ladentür geöffnet und ein alter Mann trat ein. Dione stutzte, als sie seine Kleidung sah. Der Mann trug einen schmutzigen Pullover und eine Schlafanzughose. Die Füße steckten in dünnen schlammbespritzten Hausschuhen.

»Daddy!« Die Verkäuferin kam um den Tresen herum. Ihre eben noch unnahbare Art war mit einem Mal verschwunden. »Bist du wieder ausgebüxt?«

»Katie, ich muss in den Stall, die Kühe schreien schon nach mir.« Der Mann schlurfte durch den Mittelgang des Ladens auf eine Tür im hinteren Bereich zu, die vermutlich zum Stall führte.

»Die Kühe sind längst gemolken. Bist du schon wieder den ganzen Weg vom Heim hierhergelaufen?« Die Frau umarmte ihren Vater und Dione bemerkte den liebevollen und zugleich besorgten Blick, den sie ihm schenkte. »Ach, Daddy, was soll ich bloß mit dir machen? Hier auf der Farm bist du nur im Weg, und im Heim macht es dich verrückt, wenn du mir nicht helfen kannst.«

Der Mann schien verwirrt zu sein. Dione bewunderte Katie, dass sie so geduldig und liebevoll mit ihm umging. In diesem Moment begegnete sie dem Blick der Verkäuferin, die ihre distanzierte Miene sofort wieder aufsetzte. Schnell wandte Dione sich ab und griff wahllos nach ein paar Lebensmitteln und einer Flasche Milch. Dann nahm sie einen Karton und begann, ihn mit Eiern zu füllen.

Doch plötzlich hatte sie das Gefühl, beobachtet zu werden. Erschrocken fuhr sie hoch und eines der Eier rutschte ihr aus der Hand. Das Ei zerbrach im Gemüsekorb und floss über den Kohlrabi. Diones Wangen brannten. Sie presste die Lippen aufeinander. In diesem Moment kam die Verkäuferin mit einer Tasse Tee von hinten.

»Entschuldigen Sie …« Dione wagte kaum, aufzusehen. »Mir ist ein Ei zerbrochen.«

Die Frau stellte die Tasse auf dem Tresen ab und trat zu ihr. »Kein Problem«, sagte sie in schroffem Tonfall.

Sie hakte ihren Vater unter und führte ihn zu einem Stuhl, der hinter der Theke stand. Dann kam sie mit einer Papierrolle zurück zu Dione und legte einige der Küchentücher wortlos über das zerbrochene Ei, ehe sie zu ihrer Kasse zurückging.

Dione wich dem Blick der Verkäuferin aus, als sie ihre Waren schließlich auf den Tresen legte, und wartete, bis die Frau alles zusammengerechnet hatte.

Dione zog einen der Fünfzigpfundscheine aus ihrer Tasche, die sie von der Bank in London mitgenommen hatte.

»Kleiner haben Sie es nicht?«, fragte Kate.

Dione schüttelte den Kopf.

Die Frau kam hinter dem Tresen hervor und brüllte in den Hof hinaus: »Aiden!«

Es dauerte einen Augenblick, dann erschien in der Tür ein großer, bulliger Mann mit dunklem Haar, in das sich bereits erste graue Strähnen mischten. Er hatte Schmutz unter den Fingernägeln, Schrammen an den dicken schwieligen Händen und war von oben bis unten mit Matsch bespritzt.

Die Verkäuferin reichte ihm den Geldschein.

»Ich muss eben nach hinten und ihn kleinmachen«, sagte der Mann. Er nickte Dione kurz zu und wedelte mit der Banknote.

Kurze Zeit später tauchte er wieder auf und händigte Dione das Wechselgeld aus. Die Verkäuferin gab ihr eine Papiertüte und beobachtete, wie sie mit zitternden Fingern ihre Einkäufe darin verstaute. Dione verabschiedete sich und war froh, den Laden verlassen zu können.

Als sie die Tür hinter sich zuzog, hörte sie die Frau sagen: »Die dumme Kuh hat ein Ei zerbrochen, jetzt darf ich das alles sauber machen.«

Dione stieg die Röte ins Gesicht und sie beeilte sich, die Farm zu verlassen.

Kapitel 5

Cleveland House, Berkeley Square, London und Ilford, England
März 1866

Henry stand am Fenster seines Arbeitszimmers und beobachtete Katherine, die gerade den hinteren Teil des Gartens betrat. Cleveland House war geräumig und zählte zu den größeren Stadthäusern Londons, aber der Garten war klein, verglichen mit den weitläufigen Gärten von Chastle House. Vor den Terrassen, die vom Salon und der Bibliothek aus hinausführten, lag ein kleiner Ziergarten. Dann folgte ein überschaubarer Küchengarten und am Ende des Grundstücks befand sich hinter einer Mauer der Obstgarten. Er war vom Haus aus nicht einsehbar, und plötzlich fiel Henry ein, dass Katherine sich in letzter Zeit oft dort aufhielt.

Als seine Frau hinter der Mauer verschwunden war, wandte sich Henry vom Fenster ab und starrte in den leeren Kamin. Nachdem er gestern Abend aus dem Alhambra zurückgekehrt war, hatte er in Katherines Schlafzimmer geschaut. Natürlich hatte er gewusst, dass sie noch nicht zu Hause sein konnte, aber insgeheim hatte er sich gewünscht, er hätte sich geirrt. Wäre es nicht möglich, dass die Darstellerin des Mountain Kenny eine Doppelgängerin von Katherine gewesen war? Aber eigentlich hatte Henry gewusst, dass Katherines Bett leer sein würde.

Und heute Morgen war ihm so vieles aufgefallen, was er vorher zwar bemerkt, aber nicht für wichtig erachtet hatte. Zum Beispiel Katherines Heimlichtuerei, wenn es um ihre Korrespondenz ging. Sobald Lynn, der Butler, mit dem Tablett kam, auf dem die Post lag, stürzte sie sich darauf, noch ehe Henry die Briefe auch nur ansehen konnte. Er hätte sich das nicht gefallen lassen dürfen, aber Henry wollte nicht mit Katherine streiten. Er war immer davon ausgegangen, dass Katherine nur ihrem Vater und ihren amerikanischen Freundinnen schrieb und sich in den Briefen über ihre Langeweile in England beklagte. Jetzt jedoch vermutete Henry, dass ihre Korrespondenz mit ihrem Doppelleben und ihren Auftritten im Alhambra zu tun hatte. Vermutlich hatte sie schon frühzeitig mit dem neuen Manager des Alhambra Kontakt aufgenommen, einem Mr Hollingshead, dem man im letzten Jahr die Leitung der Music Hall übertragen hatte. Henry hatte die Nachricht zugegebenermaßen nicht ohne Neugier in der Zeitung gelesen. Doch er hätte niemals damit gerechnet, dass er selbst einmal einen Fuß ins Alhambra setzen würde.

Henry ging um seinen Schreibtisch herum und ließ sich in den hohen Sessel fallen. Er strich gedankenverloren über die lederbezogene Schreibplatte, fühlte die Rillen, die die Federn dort im Laufe der Jahre hinterlassen hatten. Was sollte er als Nächstes tun? Katherine war heute Morgen wie immer erst gegen elf Uhr aus ihrem Zimmer gekommen. Eine Tageszeit, über die seine Mutter, Lady Deborah, regelmäßig die Nase rümpfte. Jetzt erschien ihm alles so verständlich. Katherine musste wohl jeden Abend erst spät nach Hause zurückgekehrt sein. Er hatte es nie mitbekommen, aber ihr Engagement im Alhambra ließ darauf schließen.

Als er ihr heute Morgen begegnet war, hatte Katherine Henry mit demselben Desinteresse betrachtet, wie sie es ihm gegenüber stets an den Tag legte, und war wenig später im Garten verschwunden. Henry schloss die Augen. Er lehnte sich in dem bequemen Stuhl zurück und nahm den Geruch des kalten Tabaks wahr, der in diesem Raum lag, seit sein Vater ihn benutzt hatte. Dann stand er abrupt auf und trat wieder ans Fenster. Er starrte auf die Mauer, hinter der Katherine verschwunden war.

Henry musste sich eingestehen, dass er nie darüber nachgedacht hatte, was Katherine dort hinten im Garten tat. Sie hatten im Mai letzten Jahres geheiratet. Den Sommer hatten sie in ihrem Landhaus Chastle House im Lake District verbracht. Dort gab es eine Art Wandelhalle unter dem Dach, in der sich Katherine stundenlang aufgehalten hatte. Ob sie in dieser Zeit für ihre Auftritte im Alhambra trainiert hatte? Die Saltos und Tanzschritte musste sie lange einstudiert haben. Und hatte sie vielleicht auch schon von Chastle House aus mit Mr Hollingshead korrespondiert?

Henry ballte die Fäuste und lief unruhig auf und ab. Er wollte sein Arbeitszimmer nicht verlassen, um nicht seiner Mutter zu begegnen. Lady Deborah erkannte immer sofort, wenn ihren Sohn irgendetwas beschäftigte, und Henry wollte nicht mit ihr über Katherine diskutieren. Das war eine Angelegenheit, die er allein mit seiner Frau ausmachen musste.

Mit Schaudern erinnerte er sich an den letzten Winter.

Seine Mutter war zunächst in London geblieben. Erst als der erste Schnee fiel, war sie zu ihm und Katherine in den Lake District gereist, um die Weihnachtstage bei ihnen zu verbringen. Für Henry war es ein einziger Albtraum gewesen. Katherine hatte keinerlei Respekt gezeigt, und Lady Deborah hatte alles, was ihre Schwiegertochter betraf, kritisiert – angefangen bei der Art, wie sich Katherine kleidete. Natürlich war auch Henry aufgefallen, dass seine Frau in der Regel auf die Krinoline verzichtete und nur wenige Unterröcke trug, sodass ihre Beine sich unschicklich unter dem Seidenstoff ihrer Kleider abzeichneten. Ihre Blusen waren nicht hoch genug geschlossen, und es gab Tage, an denen sie nicht einmal ein Korsett trug. Gerade diese mutwillige Nachlässigkeit verlieh Katherine jedoch einen gewissen Charme, und Henry hatte nie den Eindruck, dass sie mit ihren Reizen kokettierte. Sie schien sich einfach bequem kleiden zu wollen, was ihr ein strahlendes und gesundes Aussehen verlieh. Henry fand es sogar ausgesprochen attraktiv, was seine Mutter, die bei jeder Gelegenheit bissige Kommentare abgab, jedoch gänzlich anders sah. Katherine wiederum ließ sich nichts von ihrer Schwiegermutter sagen, obwohl diese ihr nicht nur einige Jahre an Lebenserfahrung voraushatte, sondern auch genau wusste, welche gesellschaftlichen Verpflichtungen eine Dame ihres Standes zu erfüllen hatte. Es war zu einer hässlichen Szene nach der anderen gekommen, bis sich die Fronten dermaßen verhärtet hatten, dass beide Frauen kaum mehr miteinander sprachen. Blanker Hass sprach aus ihren Gesichtern, wenn sie einander ansahen. Henry hatte die Abreise nach London von Februar auf Januar vorgezogen. Er hegte die Hoffnung, dass seine Mutter und

Katherine in London genug Zerstreuung finden würden, um ihre Antipathie zu überwinden und sich endlich anzunähern. Diese Hoffnung hatte sich jedoch nicht erfüllt.

Zu welchem Zeitpunkt hatte Katherine ihr Engagement im Alhambra angenommen? Henry versuchte sich zu erinnern, wann sie zum ersten Mal von ihrem angeblichen Bibelstudium gesprochen hatte. Die Saison in London hatte im Februar begonnen und sie hatten beinahe jeden Abend eine Einladung zum Dinner oder Ball gehabt. Anfangs war Katherine noch mit ihm gegangen, aber seit einigen Wochen hatte sie immer wieder einen anderen Vorwand, warum sie nicht zu der betreffenden Abendgesellschaft erscheinen konnte. Katherines Ausreden hatten Henry weit weniger gestört als Lady Deborahs Zorn. Die alte Dame nahm natürlich Anstoß an dem ungebührlichen Verhalten ihrer Schwiegertochter.

Henry blieb vor dem Fenster stehen und rieb sich mit den Händen übers Gesicht. Am liebsten würde er einfach ignorieren, was er gestern Abend im Alhambra herausgefunden hatte. Aber wie konnte er das? Was führte er denn momentan für ein Leben? Er hatte eine Frau, die nicht bereit war, das Bett mit ihm zu teilen, die ihn hinterging und vollkommen selbstständig agierte. Wenn er nichts unternahm, würde sich auch nichts an dieser Situation ändern. Am Ende würde Katherine sogar noch einen Bastard zur Welt bringen, der als Henrys Erbe in seinem Haus aufwachsen würde. Nein, das konnte er nicht akzeptieren. Er musste handeln.

Henry stützte sich mit den Händen auf dem Fensterbrett ab und dachte nach. Er würde an dem spontanen Entschluss, den er gestern getroffen hatte, festhalten. Katherine sollte glauben, er hätte die Stadt verlassen, nur so konnte er sie ungestört beobachten. Sobald sie sich in Sicherheit wähnte, würde sie unvorsichtig werden und einen Fehler begehen. Dann konnte Henry sich von ihr und aus dieser unbefriedigenden Ehe befreien.

Zwei Tage später verließ Henry London und bezog ein Cottage in Ilford, einem Ort jenseits der Stadtgrenze. Katherine und seiner Mutter hatte er erklärt, dass ihn dringende Geschäfte in den Norden riefen. Seine Frau hatte diese Nachricht mit ihrem üblichen Desinteresse zur Kenntnis genommen, Lady Deborah hingegen hatte die Augenbrauen gehoben. Doch bevor sie nachfragen konnte, war Henry auf seinem Zimmer verschwunden und sie hatten das Thema später nicht wieder aufgegriffen.

Jetzt saß Henry in der Kutsche, die ihn zurück nach London und ins Alhambra am Leicester Square brachte. Er sah aus dem Fenster in die Nacht hinaus. Über ihm leuchtete der Mond, feist und rund, umrahmt von Sternen, die dem Himmel beinahe eine festliche Note verliehen. Seit jeher war Henry sich vorgekommen wie der Mond. Auf jedem Millimeter seiner Umlaufbahn von den unzähligen kleinen Sternen rundherum beobachtet und immerfort gemaßregelt. Henry seufzte. Eigentlich wollte er nur ein ruhiges Leben führen, aber gerade das schien ihm vom Universum nicht vergönnt zu sein.

Angefangen hatte alles mit dem frühen Tod seines Vaters. Henry war damals äußerlich zwar schon ein Mann gewesen, hatte sich aber immer noch wie ein Kind gefühlt. Er hatte es geliebt, im Sommer mit seiner Angel am Ufer des Sees zu sitzen, unter dem großen Mirabellenbaum zu liegen und in den Himmel zu schauen oder an grauen Regentagen unter dem Dach von Chastle House mit Pfeil und Bogen auf die Zielscheiben zu schießen, die er am Ende der Wandelhalle aufgestellt hatte. Mit dem Tod seines Vaters hatte Henry lernen müssen, was es hieß, als verschuldeter Lord seinen Besitz zusammenzuhalten. Nachdem ihm das ganze Ausmaß der Misswirtschaft seines Vaters bewusst geworden war, hatte Henry nächtelang wach gelegen. Er hatte das Gefühl, dass jeder seiner Schritte beobachtet wurde, nicht nur von den anderen Mitgliedern der Gesellschaft, die er jedes Jahr zur Saison in London traf, sondern auch von den Einwohnern des Lake Districts. Schließlich war er ihr Landherr, sein Wohlergehen sicherte auch ihres, und Henry musste die Stärke zeigen, die seine Untergebenen von ihm erwarteten.

Das Schaukeln der Kutsche machte ihn müde. Er presste die Stirn gegen die kalte Scheibe und sah wieder zu den Sternen hinauf. Er erinnerte sich an seine Hoffnungen, die er an die Hochzeit mit Katherine geknüpft hatte. Er hatte ein glückliches Familienleben führen wollen, gesellschaftlich anerkannt und finanziell abgesichert. Henry ließ sich zurück in die Kissen fallen. Wie es aussah, war ihm diese Freude nun nicht vergönnt. Seine Frau war auf dem besten Weg, mit ihrem exzentrischen Verhalten die Aufmerksamkeit der gesamten Öffentlichkeit auf sich zu ziehen. Ihm war bewusst, dass das fatale Spiel, das Katherine spielte, ein Tanz auf einem dünnen Seil war. Es war nur eine Frage der Zeit, bis jemand sie im Alhambra erkennen und die Neuigkeit sich wie ein Lauffeuer ausbreiten würde. Lady Katherine, die achte Lady of Cleveland, arbeitete als Schauspielerin, Sängerin und Akrobatin! Sie verkleidete sich als Mann und sprang über die Bühne wie ein wilder Cowboy! Henry musste sich von ihr befreien, bevor es zu spät war.

Als die ersten Straßenlaternen mit ihrem zuckenden Gaslicht neben dem Fenster der Equipage auftauchten, wusste Henry, dass sie London erreicht hatten. Er ließ sich zwei Straßen vom Leicester Square entfernt absetzen.

Während er sich seinen Zylinder fest auf den Kopf drückte, sah er sich um. Was für eine schmuddelige Gegend! Wieder fiel ihm der Gestank fremdländischer Gewürze auf, der aus den Lokalen strömte. Ein Mann, ganz offensichtlich ein Koch, wie Henry an Mütze und Schürze erkannte, trat mit einem großen Topf aus einer der Hintertüren. Er goss einen Schwall Wasser auf den Boden, der dampfend im Rinnstein landete und beinahe noch übler stank. Die ehemals weiße Schürze zierten etliche Flecken. Henry machte einen Bogen um das ausgeschüttete Wasser.

Als endlich die goldene Fassade des Alhambra vor ihm auftauchte, atmete er erleichtert auf. Er blieb stehen und betrachtete den schäbigen Park, der sich in der Mitte des Leicester Square befand. Auf einer der Bänke hatte sich ein Stadtstreicher niedergelassen, in inniger Umarmung mit einer Schnapsflasche. An der Reiterstatue in der Mitte des Parks lehnte ein Mädchen. Vermutlich war sie auf der Suche nach Kundschaft, konnte sich aber den Eintritt ins Alhambra nicht leisten.

Während Henry langsam durch den Park auf die Musikhalle zuschritt, bemerkte er weitere Freudenmädchen, die in eindeutigen Posen ihre Reize spielen ließen. Er bereute bereits, dass er den Kutscher angewiesen hatte, ihn später wieder in der schäbigen Seitenstraße abzuholen.

Henry wollte nicht riskieren, dass seine Kutsche vor der Music Hall gesehen wurde. Schon jetzt graute ihm bei dem Gedanken, nachher zwischen den Gerüchen, Abfällen und Huren hindurch zu seiner Kutsche zurücklaufen zu müssen.

Während Henry sich durch das Gedränge vor dem Eingang kämpfte, sah er sich immer wieder verstohlen um. Aber er konnte kein bekanntes Gesicht entdecken. Tatsächlich hatte er auch nicht damit gerechnet, denn heute Abend fanden wieder mehrere große Bälle statt, wo sich sämtliche Mitglieder der Gesellschaft genau in diesem Moment aufhielten. Er hoffte nur, dass sein eigenes Fernbleiben niemandem auffallen würde.

Henry musste niesen, als eine mit Federn geschmückte Stola ganz nah an seiner Nase vorbeiwehte. Die dazugehörige Dame lachte ihm schamlos ins Gesicht. Henry bemühte sich um einen abweisenden Gesichtsausdruck, um ein Gespräch mit ihr schon im Vorfeld zu verhindern. Vor ihm lief eine Gruppe junger Mädchen aufgeregt kichernd auf den von goldenen Säulen flankierten Eingang des Alhambra zu. Ob ihre Eltern wussten, wo sich ihre Töchter herumtrieben? Henry dachte darüber nach, wie sehr London sich in den letzten Jahren verändert hatte. In seiner Kindheit wäre ein Etablissement wie dieses undenkbar gewesen. Aber die Zeiten änderten sich, und es kam ihm vor, als würde die Welt sich immer schneller drehen.

Nachdem er seine Eintrittskarte erworben hatte, betrat er die unterste Galerie der Music Hall. Dieses Mal würde er sich einen Platz an einem der Tische im großen Saal suchen, für den er natürlich extra zahlen musste.

Henry sah sich um, als er das Parkett betrat, das sich in

einem riesigen Halbkreis vor der Bühne erstreckte. Es war noch früh und viele Plätze waren leer. Trotzdem staunte er wieder über die Menschenmenge, die das Alhambra anzog. Er blickte zu den Galerien hinauf, wo sich überall Zuschauer tummelten. Hoffentlich war keiner seiner Bekannten hier. Sicherheitshalber senkte er den Kopf, während er an den langen Tischreihen entlangschritt.

Noch hatte das Bühnenprogramm nicht begonnen und Stimmengewirr erfüllte den Raum. Gläser klirrten, Absätze klapperten auf dem Parkett und es roch nach Gebratenem, Wein und Zigarren. Henry fand einen Platz nahe der Bühne. Er lehnte sich zurück und ließ seinen Blick auf dem roten Vorhang ruhen. Geigen wurden gestimmt, Papier raschelte. Die Vorführung würde bald beginnen. Ob sie wieder das gleiche Programm zeigten wie vor drei Tagen? Henry ertappte sich dabei, dass er sich auf die Ballettmädchen freute. Dann schüttelte er verärgert den Kopf. Wie konnte er sich nur so gehen lassen? Er war hier, um seine Frau der Untreue zu überführen, und nicht, um sich zu amüsieren.

Während er die Speisekarte vom Kellner entgegennahm, runzelte er die Stirn. Das hier war kein Ort für einen Gentleman – und doch waren auf dieser Karte die vorzüglichsten Gerichte aufgeführt. Und als das Essen serviert wurde, konnte Henry nicht leugnen, dass die Suppe und auch die Pastete ausgesprochen schmackhaft waren. Die Auswahl an Spirituosen ließ ebenfalls keine Wünsche offen.

Henry nahm einen Schluck Whiskey, als sich der Vorhang endlich hob und die Vorstellung begann. Atemlos verfolgte er das Programm der Dompteure, die eine Gruppe Hunde Kunststücke vorführen ließen, lachte lautstark über einen Clown und staunte über einen Jongleur, der unzählige Bälle fing. Aber am besten gefielen ihm auch heute wieder die Tänzerinnen, deren Kostüme schillerten und deren Beine ihm den Schweiß auf die Stirn trieben. Immer wieder musste er sich daran erinnern, warum er hergekommen war. Er vergaß die Welt um sich herum und tauchte vollkommen in die Geschichten ein, die auf der Bühne dargeboten wurden. Noch nie hatte Henry ein so abwechslungsreiches und unterhaltsames Programm gesehen. Durch die Nähe zur Bühne konnte er dieses Mal sämtliche Details erkennen. Keine Oper und kein Theaterstück hatte ihn jemals so zu fesseln vermocht wie diese offenherzigen, teilweise schlüpfrigen Vorführungen.

Mountain Kenny war wieder der letzte Programmpunkt vor der Pause. Als Katherine als Kenny verkleidet die Bühne betrat, jubelte das Publikum. Heute konnte Henry ihren Gesang viel besser hören. Bislang war ihm ihre Stimme nie als etwas Besonderes aufgefallen, aber nun stellte er fest, dass sie offenbar sehr gut ausgebildet worden war. Er lauschte den dunklen, vollen Tönen. Es war eine wunderschöne Stimme, einprägsam und kraftvoll, genau wie Katherine selbst. Wieder faszinierte sie Henry mit ihrer Gelenkigkeit und den geschmeidigen Bewegungen, als wäre sie tatsächlich ein Fallensteller aus dem Westen Amerikas und nicht die achte Lady of Cleveland. Henry starrte auf ihre Beine, die in den engen Hosen deutlich zu erkennen waren und sofort sinnliche Fantasien in ihm hervorriefen, wofür er sich gleich darauf schämte. Diesmal wusste er, dass es Katherine war, er erkannte sie von Anfang an unter dem Hut und im Männerkostüm.

Henry verschluckte sich beinahe an seinem Whiskey,

als er dem Text ihres Liedes folgte. Katherine erzählte darin die Geschichte eines englischen Earls, der in den Westen Amerikas zog und den wilden Tieren und Indianern der Prärie hilflos ausgeliefert war. Erst als er Mountain Kenny traf, wendete sich sein Schicksal. Die Anekdoten über diesen Earl, die Katherine darbot, brachten das Publikum immer wieder zum Lachen. Henry konnte sich des Eindrucks nicht erwehren, dass Katherine bei diesen Zeilen an ihn selbst gedacht hatte. Denn Henry wäre, hätte es ihn in die Wüstensonne Amerikas verschlagen, den wilden Kreaturen dort sicher genauso ausgeliefert gewesen wie der Earl in Katherines Lied.

Unter tosendem Applaus verließ Mountain Kenny die Bühne und der Vorhang fiel. Der Kellner brachte Henry einen Kaffee, den er trank, ohne wirklich etwas davon zu schmecken. Das alles war völlig unglaubwürdig, beinahe fantastisch, und er rechnete damit, dass er gleich aus diesem bösen Traum erwachen würde. Doch es war kein böser Traum und er würde mit seinem Vorhaben nicht weiterkommen, wenn er Abend für Abend nur im Publikum saß und darauf wartete, dass Katherine sich vor aller Augen etwas zuschulden kommen ließ. Früher oder später würde sie einer der Zuschauer als achte Lady of Cleveland erkennen und dann wäre Henrys Ruf für immer zerstört.

Er musste sich Zutritt zum hinteren Bereich des Theaters verschaffen, um Katherine beobachten zu können. Aber wie konnte ihm das gelingen, ohne dass er seine Identität preisgeben musste? Und wie konnte er sich vor Katherine verstecken?

Während Henry noch über diese Frage nachdachte, schlüpfte eines der Ballettmädchen durch den Spalt des

Vorhangs und steuerte auf einen gut gekleideten Herrn zu, der seine besten Jahre bereits hinter sich hatte und am Rand der Bühne wartete. Schweißperlen standen ihm auf der Stirn und er fuhr sich mit der Zunge über die wulstigen Lippen. Schamlos legte er seine Hand um die Taille des Mädchens. Während Henry die obszönen Flirtereien des ungleichen Paares beobachtete, bewegte sich der Vorhang ein weiteres Mal und ein junger Mann in Hemdsärmeln erschien mit einer Leiter. Die stellte er vor die Bühne und kletterte zu den Gaslampen hinauf, die die Vorführungen beleuchteten. Während er oben hantierte, schlüpfte ein eleganter Herr mit Frack und Zylinder durch den Vorhang und gesellte sich zu einer Gruppe, die hinter Henry an einem der Tische saß. Henry bemerkte überrascht das rege Treiben. Ihm war bei seinem letzten Besuch gar nicht aufgefallen, dass während der Pause auf der Bühne eine solche Unruhe herrschte.

In diesem Durcheinander war es vielleicht tatsächlich möglich, hinter die Bühne zu gelangen. Er durfte nur nicht gleich von Katherine entdeckt werden. Aber vermutlich würde eine andere Kleidung als Tarnung schon ausreichen. Wenn er sich zum Beispiel als Bühnenarbeiter ausgab, würde sie ihn sicher nicht gleich erkennen.

Am nächsten Abend im Alhambra wartete Henry, bis die meisten Gäste den Saal zur Pause verlassen hatten. Dann zog er seinen Gehrock aus, unter dem ein grauer Kittel zum Vorschein kam, den er sich am Morgen von dem Gärtner seines gemieteten Cottages ausgeliehen hatte. Danach krempelte er die Hemdsärmel auf und steckte sein elegantes Tuch und seinen Siegelring in die Hosentasche.

Er atmete noch einmal tief durch und steuerte dann mit forschen Schritten auf die Bühne zu. Er stemmte sich an der Kante hoch und stand im nächsten Moment vor dem Vorhang. Schnell schlüpfte er durch den Spalt hindurch und blieb dann überwältigt stehen. So groß hatte er sich die Bühne vom Zuschauerraum aus gar nicht vorgestellt. Aber jetzt, da er inmitten der Dekoration stand und bis zum hinteren Ende blicken konnte, war er von den gewaltigen Ausmaßen überrascht.

Hinter dem Vorhang herrschte rege Betriebsamkeit. Große Kulissen wurden hin und her geschoben, riesige Blumenvasen an ihm vorbeigerollt und schimmernde Tücher durch die Luft geschwungen. Wieder fiel Henry dieser eigentümliche Geruch auf, den er noch nirgendwo sonst gerochen hatte. Als er mit seinem Freund George vor der Bühne gestanden hatte, war er ihm zum ersten Mal aufgefallen. Eine Mischung aus Kleister, frisch geschnittenem Holz, Mottenpulver, Schweiß und einigen Komponenten, die er nicht zuordnen konnte. Die Bretter knarrten unter seinen Schritten.

»Hey, du, nimm das mit in die Requisite!« Ein großer Mann mit breiten Schultern drückte Henry einen Felsbrocken in die Hand. Überrascht registrierte Henry, wie leicht der Stein war. Er musste aus Pappmaschee bestehen. Die Dekoration von Katherines Nummer wurde gerade weggeräumt und ein neues Bühnenbild aufgebaut.

Henry sah sich unsicher um. Wo sollte er den Stein denn hinbringen? Wie um alles in der Welt sollte er sich hinter der Bühne zurechtfinden? Menschen eilten umher, Anweisungen wurden gerufen, Schimpfwörter ausgeteilt. Irgendwo übte ein Tenor Tonleitern. Ein Geräusch über ihm ließ Henry aufschauen. Der Bühnenraum erstreckte sich in enorme Höhen. Dort oben befanden sich Eisenstangen, an denen besagte Gaslampen hin und her gezogen wurden. Tücher und Pappkulissen hingen an Seilen in der Luft. Auf schmalen Gittern standen Arbeiter, die sich daran zu schaffen machten.

»Steh hier nicht rum, beweg dich!« Ein anderer Mann schob Henry beiseite und er beeilte sich, einen möglichst unauffälligen Eindruck zu machen, indem er scheinbar zielsicher auf eine Lücke in der hinteren Kulisse zuschritt.

Als er von der Bühne in einen nur spärlich beleuchteten Gang trat, mussten sich seine Augen zunächst an das schwache Licht gewöhnen. Hier hinten roch es nach Schweiß und Rauch, Parfüm und Schmieröl. Henry folgte zwei Männern, die ebenfalls Teile von Katherines Bühnendekoration wegtrugen. Sie waren in ähnliche Kittel gekleidet wie Henry selbst. Er hoffte, dass sie ihn zur Requisite führen würden. Doch nach einigen Schritten betraten die beiden einen kleinen Raum, in dem nur verschiedene Lampen standen. Henry seufzte und beschloss, die Männer anzusprechen.

»Entschuldigen Sie«, sagte er und die beiden sahen auf. »Können Sie mir sagen, wo ich die Requisite finde?«

Einer von ihnen grinste und entblößte dabei eine Reihe fauliger Zähne. »Bist du neu hier?«

Henry nickte.

»Den Gang runter. Das kannst du gar nicht übersehen.«

Henry bedankte sich.

»Hey, dann nimm doch gleich den Krempel hier mit!« Der andere warf Henry den Sattel und das Lasso zu, die sie von der Bühne mitgebracht hatten.

Henry folgte ihrer Beschreibung. Der Flur war lang und zahlreiche Türen gingen auf beiden Seiten ab, aus denen immer wieder Tänzerinnen hervorschwärmten. Vorsichtig balancierte er seine Ladung an einer Gruppe Ballettmädchen vorbei, die auf dem Weg in die Kantine waren, wie er ihren Gesprächen entnehmen konnte. Henry betrachtete die kleinen Namensschilder, die neben den Türen angebracht waren. Bestimmt waren das hier die Künstlergarderoben. Er kannte viele der Namen aus dem Programmheft des Alhambra und von den Ansagen des Conférenciers.

Henry blieb stehen und stieß beinahe mit zwei stark geschminkten Männern zusammen, die in goldenen Umhängen steckten. Hastig entschuldigte er sich und überlegte fieberhaft, wo sich wohl Katherines Garderobe befinden mochte. Als er am Ende des Flurs angekommen war, konnte er zumindest den Requisitenraum ausfindig machen. Es war eine große Halle, in der sich künstliche Wände, Berge, Möbel, allerlei Zierrat und schimmernde Stoffe türmten. Ein beleibter Mann nahm ihm den Stein aus Pappmaschee, den Sattel und das Lasso ab.

Als Henry wieder zurück in Richtung Bühne ging, hielt er noch einmal nach dem Namen seiner Frau Ausschau. An einem der Zimmer befand sich ein Schild mit dem Namen »Katherine Pax«. Ob das vielleicht Katherines Garderobe war? Die Pause würde bald zu Ende sein, das neue Bühnenbild war beinahe fertig aufgebaut. Henry musste sich beeilen und sah sich nach allen Seiten um. Dabei entdeckte er einen Herrn im Regenmantel, der einen nassen Schirm vor sich hertrug.

Henry hielt inne. Draußen musste es inzwischen wohl regnen. Wo kam dieser Mann her? Er war in seinem triefenden Zustand bestimmt nicht durch den Zuschauerraum gegangen. Aber wie war er sonst hinter die Bühne gelangt? Henry folgte dem Flur in die andere Richtung und kam zu einer Art Foyer, wo ein Pförtner hinter einem niedrigen Tresen saß. Henry unterdrückte einen leisen Pfiff. Er spähte an dem Mann vorbei in den Regen hinaus. Der Seiteneingang des Theaters lag in einer Nebenstraße. Henry prägte sich das unscheinbare Gebäude ein, das auf der anderen Straßenseite lag. Morgen würde er versuchen, durch diesen Eingang direkt hinter die Bühne zu gelangen.

In diesem Moment ertönte die Pausenglocke, und Henry kehrte schnell wieder in den Flur zurück, wo der Mann mit dem Regenschirm gerade aus einem der Zimmer trat. Henry stockte der Atem, als er hinter ihm Katherine erkannte, die die Hand des Mannes drückte.

Henry erstarrte. Sein Herz hämmerte gegen die Rippen. Katherine hatte also tatsächlich Herrenbesuch in ihrer Garderobe empfangen! In diesem Moment wurde er plötzlich von hinten angerempelt und Katherine sah zu ihm herüber. Henry senkte schnell den Blick und folgte ein paar Männern und Frauen, die zur Bühne liefen. Hoffentlich hatte sie ihn nicht erkannt. Die Tänzer nahmen schon ihre Plätze ein, als er rasch durch den Vorhang schlüpfte und mit klopfendem Herzen von der Bühne sprang.

Am nächsten Tag bereitete Henry sich sorgfältig auf seinen abendlichen Besuch im Alhambra vor. Nachdem er die Arbeiter hinter der Bühne nun gesehen hatte, konnte er seine Kostümierung noch glaubhafter gestalten. Er bat den Gärtner, ihm zu seinem Kittel auch noch eine seiner Arbeitshosen zur Verfügung zu stellen. Wenn er authentisch wirken wollte, fehlten ihm jetzt nur noch die schmutzigen Fingernägel und Schrammen auf der Haut, wie er sie bei den grobschlächtigen Bühnenarbeitern gesehen hatte.

Nachdem der Gärtner gegangen war und das Mädchen Tee in den Garten serviert hatte, trat Henry an eines der Blumenbeete und grub seine Hände tief in die Erde. Anschließend griff er in die Brombeerhecke und schrie vor Schmerz auf. Die Dornen bohrten sich in seine weiche Haut. Nun wusch er sich im Haus die Hände und betrachtete zufrieden das Ergebnis seiner Mühen. Nur sein Gesicht verriet ihn jetzt noch als Mitglied der Londoner Oberschicht, seine glatte helle Haut, die nur selten der Sonne ausgesetzt war, die gut geschnittenen Haare und der perfekt gestutzte rotblonde Bart. Henry seufzte und ging in das winzige Schlafzimmer des Cottages, wo ein kleiner Frisiertisch stand, ausgestattet mit den nötigsten Toilettenartikeln. Hastig griff er nach der angelaufenen Silberschere und schnitt sich, ohne weiter darüber nachzudenken, die glänzenden Haarsträhnen ab, bis er aussah wie ein Kaktus. Doch das Ergebnis war nicht annähernd so, wie er es sich vorgestellt hatte. Mit dieser Frisur würde er garantiert Aufmerksamkeit auf sich ziehen. Also griff er zur Pomade und strich die abstehenden Haare so glatt wie möglich. Ja, das war schon besser. Er sah aus wie ein junger Mann, der kein Geld für einen Friseur hatte und sich die Haare selbst schneiden musste. Bis er nach Cleveland House zurückkehrte, würden die Haare hoffentlich wieder nachgewachsen sein, sodass Lady Deborah keinen Schock bekam, wenn sie ihn sah. Die Entlarvung ihrer Schwiegertochter als billige Schauspielerin und Tänzerin würde ihr schon genug zusetzen.

Henry hielt inne und starrte aus dem Fenster. Den ganzen Tag lang hatte er den Gedanken an den Mann mit dem Regenschirm, den Katherine in ihrer Garderobe empfangen hatte, verdrängt, aber jetzt stand das Bild wieder deutlich vor seinen Augen. Er hatte es nicht wahrhaben wollen, dass seine Frau nicht nur geschmacklose Tänze und Lieder in der Öffentlichkeit darbot, sondern auch einem anderen Mann die Vorzüge gewährte, die eigentlich ihm zustanden, ihrem Ehemann. Aber jetzt konnte er die Augen nicht mehr davor verschließen. Was sonst hatte dieser Mann in ihrer Garderobe getan, wenn nicht etwas Unschickliches? Henry schlug wütend mit der flachen Hand auf das Fensterbrett. Wieso tat Katherine so etwas? Hatte er ihr nicht genug Aufmerksamkeit geschenkt? Hätte er strenger sein und auf seinen Rechten bestehen müssen? Aber jetzt war es müßig, darüber nachzudenken. Seine Mutter würde sagen, dass das Kind längst in den Brunnen gefallen sei, und vermutlich hatte sie recht. Henry musste dringend die Konsequenzen ziehen.

Seufzend wandte er sich vom Fenster ab und ließ sich auf das Bett fallen. Der Gedanke, Katherine überführen zu müssen, gefiel ihm überhaupt nicht. Er wollte sie nicht zum Gespött machen. Außerdem schmerzte ihn die Vorstellung, sich von seiner Frau trennen zu müssen. Er starrte auf die weiße schmucklose Zimmerdecke. Nein, wie konnte er auch nur ansatzweise bezweifeln, dass er Katherine auf jeden Fall zu ihrem Vater zurückschicken musste? Es verband ihn nichts mit ihr. Sie lebten zwei getrennte Leben. Henry setzte sich auf und schwang entschieden die Beine aus dem Bett. Er würde sich nicht von seinem Plan abbringen lassen. Heute Abend würde er

Katherine des Betrugs überführen und gleich morgen würde er seinen Anwalt aufsuchen und mit der Scheidung beauftragen.

Am Abend folgte Henry einer Gruppe Männer, die auf den Hintereingang des Alhambra zusteuerten. An ihren schäbigen Mänteln und den fehlenden Krawatten erkannte Henry, dass sie Arbeiter waren. Zufrieden musterte er ihre geflickten Hemden, die verbeulten Hüte, schmutzigen Jacken und zerschlissenen Hosen. Er hatte sein Kostüm gut gewählt. In dieser Gesellschaft würde er nicht auffallen.

Nachdem sie die Pforte passiert hatten, hielt ihn einer der Männer plötzlich am Arm fest. Sein linkes Auge hing leicht herunter, was sein Äußeres entstellte.

»Hey, Mann, bist du neu hier?«

Henry nickte nur, aus Angst, sich zu verraten, denn seine Sprache würde ihn sofort als Mitglied der Oberschicht ausweisen, und im Gegensatz zu seiner Frau taugte Henry nicht zum Schauspieler.

»Kümmere dich um das Wasser in den Garderoben.« Der Mann nickte ihm zu. »Die Karaffen müssen aufgefüllt werden, bevor die Schauspieler kommen. Nimm den Servierwagen, der unten im Flur steht. Sammel alle ein und füll sie mit Wasser aus der Küche.«

Henry überlegte, wie spät es sein mochte. Er war früh in Ilford aufgebrochen, um für seine Pläne genügend Zeit zu haben. Vor der Music Hall hatte er noch ein paar Minuten warten müssen, bis die Arbeiter nach und nach eingetroffen waren. Jetzt bereute er es, seine goldene Taschenuhr in Ilford gelassen zu haben. Wann war Katherine immer zu ihrem angeblichen Bibelstudium aufgebrochen? Er musste sich beeilen, damit ihre Wasserkaraffe aufgefüllt war, bevor sie eintraf.

Nervös sah er sich nach dem Servierwagen um, der neben dem Requisitenraum stand. Dann fuhr er ihn den Gang entlang Richtung Bühne. Noch war es ruhig. Die Arbeiter waren in verschiedene Richtungen auseinandergeströmt. Ein paar Männer kamen aus der Requisite und gingen an ihm vorbei, aber niemand schenkte ihm besondere Aufmerksamkeit. Er war einer von ihnen, ein Arbeiter, der seine Aufgabe erledigte.

Wenig später hatte er Katherines Garderobe erreicht. Er atmete tief durch, bevor er den Türknauf drehte. Mit einem leisen Knarren schwang die Tür auf. Der Geruch von Katherines Rosenparfüm lag in der Luft. Ein Strauß Blumen stand auf einem großen Frisiertisch, neben Cremetiegeln und verschiedenen Kämmen. Kleiderstangen mit bunten Kostümen hingen an den Wänden. Eine Sitzgarnitur stand direkt hinter der Tür und auf dem dazugehörigen Tischchen fand Henry die leere Wasserkaraffe. Er hielt inne, als er die Kirschpralinen entdeckte, die Katherine so liebte. Er wusste wenig über seine Frau, aber ihre Vorliebe für diese Süßigkeit war ihm nicht entgangen. Es berührte ihn auf sonderbare Weise, diese außergewöhnliche Nascherei hier zu finden, die er so eindeutig mit Katherine in Verbindung brachte.

Er griff nach der Karaffe und stellte sie auf den Wagen. Einen Moment lang überlegte er, die Schubladen der Kommode zu öffnen, die zwischen den Kleiderstangen stand. Was mochte Katherine wohl darin verwahren? Aber er wollte nicht in ihren Sachen stöbern. Es gefiel ihm nicht, einem anderen Menschen hinterherzuspionieren, auch wenn es sich dabei um seine Ehefrau handelte und er alles Recht der Welt dazu hatte. Sie zu beobachten war eine Sache, ihre persönliche Habe zu durchwühlen jedoch eine andere.

Er ließ seinen Blick über die Plakate gleiten, die an den Wänden hingen, und stutzte. Es waren Plakate von Katherine, aber sie warben nicht für ihre Wildwestshow im Alhambra, sondern für eine Aufführung im Johnsson Theater in Howkingsville in Amerika. Henry starrte auf eines der Bilder. Was hatte das zu bedeuten? Katherine stammte aus New York, er hatte angenommen, dass sie nie über die Grenzen dieser Stadt hinausgekommen war. Henry hatte einiges über Howkingsville gelesen, der Name kam gerade in jeder Tageszeitung vor. Alle berichteten über die Abenteurer, die momentan in Scharen in den Westen Amerikas zogen. Dort hatten sich vor wenigen Jahren Goldgräber niedergelassen und die Stadt war durch ihre Gesetzlosigkeit zu zweifelhaftem Ruhm gelangt. Aber was hatte Katherine dort zu suchen gehabt?

Ein Geräusch auf dem Gang riss Henry aus seinen Gedanken. Er verließ rasch die Garderobe und überlegte, was seine Entdeckung zu bedeuten hatte. Wer war Katherine wirklich? Es war merkwürdig, dass sie als Tochter eines reichen New Yorker Geschäftsmannes in einer Bar gut zweitausend Meilen von der Ostküste entfernt als Sängerin aufgetreten war.

Henry sammelte gedankenverloren die restlichen Wasserkaraffen ein. Erst als er wieder vor der Requisite stand, sah er sich um. Er fragte einen der Männer nach dem Weg zur Küche, um dort frisches Wasser zu holen. Schon von Weitem konnte er das Klappern des Geschirrs, die Rufe der

Köche und das Klopfen des Fleischbeils hören. Der Duft von gebratenem Fleisch, Fisch und Gewürzen stieg ihm in die Nase. Doch auch das konnte ihn kaum von seinen Grübeleien ablenken.

Mit den gefüllten Karaffen machte er sich auf den Rückweg und verteilte sie, so schnell er konnte, in sämtlichen Zimmern. Nach und nach trafen die Ballettmädchen, Tänzer, Sänger und Akrobaten ein, die schwatzend und kichernd durch den Gang eilten und in ihren Garderoben verschwanden. Henry konnte die Aufregung spüren, die sich mit einem Mal ausbreitete. Tonleitern wurden gesummt, Tanzschritte geübt, Kostüme geflickt. Henry beobachtete gespannt das Geschehen um sich herum. Er hatte noch nie darüber nachgedacht, wie viel Arbeit, wie viel Vorbereitung und Planung nötig waren, um ein solches Bühnenprogramm zu präsentieren.

Ein Herr in elegantem Frack und mit blank geputzten Lackschuhen trat auf den Gang und verkündete laut, dass nur noch eine halbe Stunde Zeit bliebe, bis die Aufführung begann. Henry schrak aus seiner Starre auf. Jetzt musste er sich wirklich beeilen, wenn er Katherines Garderobe noch erreichen wollte, bevor sie angekommen war.

Als er am Ende des Flures angelangt war, blieb er einen Moment lang vor der geschlossenen Tür stehen, neben der das Schild »Katherine Pax« angebracht war. Henry öffnete sie leise. Vorsichtig steckte er den Kopf hinein und atmete erleichtert auf. Der Raum war noch immer leer. Er griff nach der letzten Karaffe auf seinem Wagen und trat an den kleinen Tisch hinter der Tür.

»Aber, Geoffrey, ich habe doch von Anfang an gesagt, dass ich das nicht mache. Dafür sollen sie eins der Mädchen nehmen.« Das war Katherines Stimme, die vom Gang zu ihm in die Garderobe herüberschallte.

Henry zuckte zusammen. Im gleichen Augenblick hörte er, wie Katherine den Raum betrat. Es war zu spät, um das Zimmer unbemerkt zu verlassen. Ausgerechnet jetzt musste sie kommen! Hätte sie nicht noch fünf Minuten warten können? Vor Schreck stellte er die Karaffe etwas zu schwungvoll auf den Tisch, sodass das Wasser überschwappte. Ein feuchter Fleck breitete sich auf dem Glas aus.

»Schätzchen, du weißt, dass die Männer dich sehen wollen. Und du hast schon ganz andere Sachen gemacht. Denk an die Kerle in Howkinsville und Independence oder auch in Denver.«

Diese Stimme gehörte einem Mann. Sie hatte einen unverkennbar amerikanischen Akzent, ähnlich dem von Katherine. Henry wagte nicht, hinter der Tür hervorzuspähen, um nachzusehen, ob es derselbe Mann war, der schon am Tag zuvor in Katherines Garderobe gewesen war.

Sie seufzte. »Der ganze Laden hier langweilt mich.«

Henry riss erstaunt die Augen auf. Wie konnte das Alhambra Katherine langweilen? Diese Höhle des Lasters und der Zügellosigkeit. Was, bitte, war Katherine denn sonst gewöhnt? Wo hatte sie sich vorher aufgehalten?

»Ich will wieder zurück«, hörte Henry seine Frau weitersprechen. »Aber zuerst muss ich meinem Mann entwischen, und das ist, weiß Gott, nicht so einfach.«

Henry erstarrte. Er hatte gerade nach dem Tuch in seiner Tasche gegriffen, um das verschüttete Wasser aufzuwischen. Seine Finger schwebten über der Tischplatte. Das Herz schlug ihm wie wild gegen die Rippen.

»Deine Ehe ist eine Farce und dein Mann ein Trottel. Es dürfte nicht schwer sein, ihn zu täuschen.« Der Mann lachte.

Katherines Stimme klang ernst, als sie antwortete. »Ich weiß nicht. Manchmal glaube ich, Henry ist schlauer, als ich zunächst dachte.«

Jetzt brach der Mann in lautes Gelächter aus. »Niemals! Wie lange gehst du nun schon zum *Bibelstudium*? Er kauft dir die Sache ab, ohne es auch nur einmal zu hinterfragen. Er ist ein Trottel, glaube mir.«

Henry biss sich auf die Lippen und hörte, wie der Mann nach der Brandykaraffe griff, die auf der Kommode stand. Das Glas und die Karaffe klirrten, als sie beim Einschenken aneinanderstießen.

»Ist ja nur noch ein Tropfen drin«, knurrte Katherines Begleiter. »Junger Mann, bringen Sie uns neuen Brandy. Hier!«

Henry hielt die Luft an. Offenbar hatten sie ihn hinter der Tür bemerkt und seine Verkleidung funktionierte. Der Mann dachte tatsächlich, dass er einer der Angestellten des Alhambra war.

Langsam kam Henry hinter der Tür hervor, den Kopf tief gesenkt. Jetzt würde sie ihn erkennen. Es war gar nicht anders möglich. Henry nahm die leere Brandykaraffe entgegen, die der Mann ihm reichte. Er wagte es, den Blick kurz zu heben und sein Gegenüber einen Moment lang zu taxieren. Der andere merkte es nicht, denn er sah zu Katherine hinüber, die am Schminktisch stand. Es war tatsächlich derselbe Mann, der gestern schon bei ihr gewesen war. Henry war sicher, dass er ihn sonst noch nie gesehen hatte. Aber wer war er? Was machte er in ihrer Garderobe – und vor allem: Warum war er so vertraut mit Katherine? Der Mann sah gut aus, groß, blond und schlank. Sein Gehrock war elegant, das Hemd und die Lackschuhe waren es ebenfalls. Henry versuchte den Blick zu erforschen, den der Fremde Katherine zuwarf. Wie nah standen sich die beiden? War Katherine etwa mit diesem Amerikaner liiert, auf eine Weise, wie sie es ihrem Ehemann bislang nicht zugestanden hatte? Henry atmete tief ein und drehte sich von den beiden weg.

»Du bist doch schon mit ganz anderen Männern fertiggeworden«, sagte der Mann jetzt und lachte wieder.

Katherine stimmte in sein Lachen ein. »Aber da hatte ich einen Revolver in der Tasche, das hat mir den nötigen Respekt verschafft.«

»Für deinen Mann brauchst du keine Waffe, du bist viel schlauer als er. Du kannst ihn austricksen, und wir sind in Liverpool auf dem Schiff, bevor er überhaupt gemerkt hat, dass du nicht mehr da bist.«

Während Henry vorsichtig zur Tür ging, hörte er wieder Katherines Stimme.

»Da bin ich mir nicht sicher, Geoffrey.«

Geoffrey. Katherine sprach ihn sogar mit seinem Vornamen an.

Henry ging mit bedächtigen Schritten in den Flur und zog die Tür hinter sich zu. Er lehnte sich gegen die Wand und schloss kurz die Augen. Er hatte herausgefunden, was er wissen wollte. Katherine hatte Herrenbesuch in ihrer Garderobe. Er hatte seine Frau der Untreue mit diesem Geoffrey überführt. Jetzt konnte er sich aus den Fesseln seiner Ehe befreien, was Katherine nicht unrecht zu sein schien, wie er gerade gehört hatte. Eigentlich hätte er erleichtert sein müssen, aber stattdessen spürte er nur Ernüchterung und Traurigkeit. Er wusste, dass er Katherine nichts bedeutete, aber es aus ihrem Mund zu hören schmerzte ihn. Und dass sie als Frau angeblich einen Revolver besessen hatte, war unvorstellbar für ihn.

Einen Moment lang zögerte er. Sollte er den Brandy tatsächlich zu Katherine in die Garderobe bringen und dabei riskieren, dass sie ihn erkannte? Das, was er gesehen hatte, würde bereits als Beweis ausreichen, den er vor Gericht brauchte. Mit Sicherheit würden sich genügend Zeugen finden, die Geoffrey in Katherines Garderobe hatten verschwinden sehen. Dieser Geoffrey war heute ja nicht zum ersten Mal dort. Dem Gespräch nach zu urteilen, kannten sie sich schon seit Jahren. Die Vertraulichkeit, mit der dieser Mann Katherine behandelte, und die Tatsache, dass er mit ihr allein in der Garderobe war, würden jedem Richter genügen. Henry musste morgen sofort seinen Anwalt anrufen.

Er ging mit der Karaffe in die Küche zurück, um sie dort abzugeben.

Als er ein paar Minuten später auf dem Weg zum Ausgang wieder an Katherines Garderobe vorbeikam, wurde die Tür plötzlich von innen geöffnet. Geoffrey und ein anderer Mann, der vorhin noch nicht bei Katherine gewesen war, standen in der Tür. Henry drehte sich rasch um und blieb unauffällig im Flur stehen.

»In Ordnung«, sagte Geoffrey, »sie wird nach der Show in der Kantine singen.«

Henry versuchte, einen Blick an den Männern vorbei in das Zimmer zu erhaschen, aber die beiden versperrten ihm die Sicht. Also wandte er sich ab. Er hatte genug gehört.

Katherine würde heute Nacht in der Kantine auftreten. Da das Bühnenprogramm des Alhambra mehrere Stunden dauerte, blieb Henry bis dahin noch jede Menge Zeit. Er würde nach Ilford fahren, sich umziehen und als Gentleman gekleidet wieder hierher zurückkehren. Dann konnte er sich ungestört unter den Gästen bewegen und versuchen, an weitere Informationen zu gelangen.

Der Raum war voller Menschen. Zigarrenrauch hatte die Kantine in dichten Nebel gehüllt und Henry konnte kaum fünf Meter weit schauen. Stimmengewirr lag in der Luft. Als Henry zuletzt mit George hier gewesen war, war die Kantine gut besucht gewesen, aber der Andrang, der jetzt, kurz nach Ende der Vorstellung, hier unten herrschte, war damit nicht vergleichbar. Henry musterte unauffällig die Gruppe Männer, die neben ihm Platz genommen hatte. Ihre teure Kleidung und ihre Art zu sprechen, verrieten Henry, dass es sich um Mitglieder der Gesellschaft handelte. Er hoffte inständig, dass sie ihn nicht erkannten und auch Katherine nicht – was fast noch schlimmer gewesen wäre. Ihren Gesprächen entnahm er, dass es sich um Väter von Debütantinnen handelte, die einem der Londoner Bälle entkommen waren und sich hier amüsieren wollten.

Eine Horde Ballettmädchen schwirrte in die Bar. Henry betrachtete ihre mit Kreide bemalten Gesichter. Unter den grauen Mänteln schauten der Taft und die Seide ihrer Bühnenkostüme hervor. Mit auffordernden Blicken sahen sich die Tänzerinnen um und innerhalb weniger Minuten hatten sie alle einen spendierfreudigen Herrn an ihrer Seite. Henry legte die Stirn in Falten. Er fragte sich, warum die Männer auf diese Mädchen hereinfielen, die doch offensichtlich nur an ihrem Geld interessiert waren. Was für frevelhafte Zustände! Das Alhambra war nicht gut für die Moral der Stadt! Während Frauen und Töchter auf dem Weg vom Ball nach Hause waren, schäkerten ihre Ehemänner und Väter mit frivolen Tänzerinnen.

Musik riss Henry aus seinen Gedanken. Er sah auf und entdeckte den Pianisten und das Klavier, das an der hinteren Wand der Kellerbar stand. Er hatte es vorhin gar nicht bemerkt. Inzwischen waren sämtliche Holzbänke besetzt, und überall standen dicht gedrängt Menschen in eleganter Abendgarderobe. Mit den ersten Klängen des Klaviers verstummten die meisten Gäste. Nur einzelne Lacher waren noch zu hören. Als Katherines volle Stimme ertönte, teilte sich die Menge und Henry sah seine Frau am Eingang der Bar stehen. Mit langsamen Schritten ging sie durch den Raum, während sie sang.

Henry starrte sie mit offenem Mund an. Hatte er jemals eine so schöne Stimme gehört? Hatte ihn jemals ein Lied so sehr gefesselt wie dieses? Hier unten in der Kantine klang ihre Stimme noch viel klarer als auf der großen Bühne. Dabei war das Lied nichts Besonderes. Es war eine einfache Melodie mit einem anstößigen Text. Und doch verlieh Katherine dem Lied einen Glanz, den er sich nicht erklären konnte. Sie schien nicht auf die Menschen in der Kantine zu achten. Sie wirkte stark, als könnte ihr niemand etwas anhaben. Katherine brauchte keinen Revolver, um sich Respekt zu verschaffen. Niemand würde es wagen, sie anzufassen, da war Henry sich sicher. Ihr Blick war nach innen gerichtet, und sie strahlte eine Energie und Selbstsicherheit aus, die alle Zuhörer in ihren Bann zog.

Henry betrachtete seine Frau, die langsam durch die

Zuschauermenge schritt. Es war Katherine, genauso, wie er sie kannte. Sie trug eine nachlässig gesteckte Frisur, wenig Puder und kaum Rouge und trat provozierend souverän auf. Gegen Katherine wirkten die Ballettmädchen mit der Kreide im Gesicht, den bunt geschminkten Lippen und ihren roten Wangen wie Paradiesvögel, und doch strahlte sie eine Schönheit aus, an die keine von ihnen heranreichte. Henrys Blick glitt über den weißen Stoff ihres Kleides. Sie trug weder Korsett noch Krinoline, sodass der Rock ihre Hüften vorteilhaft umschmeichelte. Der Ausschnitt war tief, das Kleid kaum verziert. Nur ein paar Stickereien waren am Saum angebracht. Was für ein Unterschied zu den aufwendigen Kostümen der Ballettmädchen! Trotzdem war keine Frau im Raum attraktiver als Katherine, deren schlichte Schönheit offenbar nicht nur Henry faszinierte. Ein Zauber hatte sich über die Bar gelegt, die Gäste hatten ihre Gläser abgestellt und die Welt um sich herum vergessen.

Als Katherine die letzte Strophe ihres Liedes beendet hatte, verharrten alle einen Moment lang in Schweigen, dann brach tosender Applaus los. Doch Katherine schien Henry nicht zu registrieren. Sie wartete, bis sich die Menge beruhigt hatte und der Pianist das nächste Lied anstimmte, und sang einfach weiter. Henry vergaß den Grund seines Besuchs, er vergaß Geoffrey und all seine Sorgen. Er ließ sich in Katherines Gesang fallen und beobachtete seine Frau, wie er es in den zehn Monaten ihrer Ehe noch nie getan hatte. Als sich ihre Blicke trafen, verlor er sich in der Tiefe ihrer dunklen Augen. Erst als sie kurz innehielt und zu begreifen schien, wen sie da vor sich hatte, erwachte auch Henry aus seiner Erstarrung. Aber Katherine sang weiter und sah ihn dabei unverwandt an. Weder schlug sie die Augen nieder noch errötete sie.

Als der letzte Ton verklungen war, ertönte wieder frenetischer Applaus. Katherine verbeugte sich und wartete, bis die Jubelrufe verklungen waren. Dann gab sie dem Pianisten ein Zeichen und wandte sich von ihm ab. Langsam kam sie auf Henry zu, während die Zuschauer ihre Unterhaltungen wiederaufnahmen und die Kellner mit voll beladenen Tabletts durch die Menge eilten. Als Katherine Henry erreicht hatte, sahen sie sich einen Moment lang schweigend an. Dann setzte sie sich neben ihn auf die Bank. Sie duftete nach Rosen und Lavendel.

»Wie hast du mich gefunden?« Ihre Hände lagen auf der Tischplatte.

Henry schluckte. »George hat mir geholfen.«

Katherine nickte und schwieg.

Henry betrachtete die schlanken Finger seiner Frau. Er hatte zum ersten Mal den Wunsch, nach ihnen zu greifen, unterdrückte ihn jedoch. So nahe standen sie sich nicht, obwohl sie seine Frau war und obwohl sie sich in einem Etablissement befanden, in dem Männer die Hände wildfremder Frauen hielten.

»Ist es jetzt vorbei?«, fragte Katherine und sah ihn an.

Henry zuckte mit den Schultern. »Das muss es wohl sein.«

Ihr Blick war weiterhin auf Henry gerichtet.

Ihre Nähe verwirrte ihn. Er hatte das Gefühl, nicht richtig nachdenken zu können. Ein leichtes Kribbeln hatte sich in seinem Inneren ausgebreitet.

»Wer bist du?«, fragte er sie schließlich.

Kapitel 6

Chastle House, Forewood, Lake District, England
April 2018

Dione zog den Reißverschluss ihres Anoraks hoch. Trotz des regnerischen Wetters hatte sie sich hinausgewagt. Die Einsamkeit in Chastle House war unerträglich geworden. Sie hatte nur einen kleinen Spaziergang machen wollen, aber es war eine ausgedehnte Wanderung daraus geworden. Die Landschaft war atemberaubend, trotz des schlechten Wetters war Dione von den Bergen und weiten Wiesen beeindruckt. Gegen Mittag hatte sie sich in einem kleinen Laden ein Sandwich und eine Flasche Wasser gekauft. Dann war sie einen steilen Bergpfad bis zum Kamm einer Gebirgskette hinaufgestiegen. Hier oben pfiff ihr der Wind um die Ohren, die Haare flogen ihr immer wieder ins Gesicht und ihre Hände waren schon ganz steif vor Kälte. Aber sie fühlte sich so gut wie seit Wochen nicht mehr. Die Wanderschuhe, die sie mit Claire zusammen in einem Sportgeschäft in Keswick gekauft hatte, waren überraschend bequem und gaben ihr festen Halt auf den schmalen Geröllwegen.

Dione hielt inne und blickte hinunter ins Tal. Hierher hatte sie tatsächlich ganz allein gefunden und es gab nichts als Natur um sie herum. Außer ihr waren kaum Wanderer unterwegs, und je weiter sie sich von der Zivilisation entfernte, umso einsamer wurde es. Seit fast zwei Stunden war ihr niemand mehr begegnet. Sie folgte dem schmalen Trampelpfad über den Berg und ließ ihren Blick über die Seen und winzigen Häuser in der Ferne schweifen. Ginstersträucher säumten den Weg.

Dione sah sich um. Vor ihr gabelte sich der Weg. Welche Richtung sollte sie nun wählen? Sie wollte nach Forewood zurück, denn sie war sicher schon einige Kilometer gelaufen und allmählich erschöpft. Doch als sie ihr Smartphone aus der Tasche zog, um auf die Karte zu sehen, stöhnte sie auf. Der Akku war leer. Und weit und breit kein Mensch, den sie nach dem Weg hätte fragen können.

Voll Unbehagen sah sie in den grauen Himmel hinauf. Ein einzelner Greifvogel zog seine Runden. Sie seufzte und schlug dann willkürlich einen der beiden Wege ein. Es war kalt geworden. Wie spät es wohl sein mochte? Der Pfad wurde schmaler und Dione gab bald die Hoffnung auf, dass er sie in ein Dorf führen würde, wo sie jemanden fragen könnte. Stattdessen ging es leicht bergauf und kurz darauf war Dione schon wieder an einem steilen Berghang angelangt. Wäre es nicht besser, jetzt umzukehren? Die Dämmerung setzte bereits ein und Panik stieg in ihr auf bei der Vorstellung, dass sie in der Nacht immer noch hier draußen umherirren würde.

Sie zögerte einen Augenblick, dann drehte sie um und lief den Pfad zurück bis zur Weggabelung. Dort entschied sie sich, querfeldein über die Wiesen zu laufen. Irgendwann würde sie sicher zu einem Bauernhof gelangen, wo man ihr weiterhelfen konnte. Das Gras war matschig vom Regen und Dione sank mit jedem Schritt tief in den

Morast ein. Als sie an eine niedrige Mauer gelangte, hielt sie inne und sah sich im letzten Dämmerlicht des Tages um. Nirgendwo war ein Haus oder auch nur eine Scheune zu erkennen. Dione biss die Zähne zusammen. Sie hatte sich verlaufen und es war bald stockfinster. Sie kletterte über die Mauer und lief, so schnell sie konnte, über die Weide dahinter. Als ein lautes Geräusch vor ihr ertönte, blieb sie abrupt stehen. Zwei große Augen blickten sie an. Sie schrie erschrocken auf. Kühe! Riesige, schwere, trampelnde Rinder, die sich plötzlich von allen Seiten an sie herandrängten. Dione erstarrte. Warum hatte sie die Tiere nicht früher gesehen? Ihre Hörner kamen immer näher. Woran konnte man Bullen erkennen? Vorsichtig drehte Dione sich um, aber die Kühe hatten sie von allen Seiten umzingelt. Sie schluckte. Ihr Hals brannte. Wie riesige Berge erhoben sich die Tiere vor ihr in der Dämmerung. Ängstlich und unfähig, sich zu rühren, stand sie da – als sie plötzlich Hufgetrappel hörte. In der Ferne tauchte ein Reiter auf.

Ohne lange nachzudenken, schrie Dione aus Leibeskräften: »Hilfe! Ich bin hier! Bitte, helfen Sie mir!«

Der Reiter schien sie gehört zu haben, denn er änderte seine Richtung und kam jetzt direkt auf sie zu.

Vor Erleichterung traten Dione Tränen in die Augen. Endlich hatte sie jemand gefunden! Als der Reiter näher kam, erkannte Dione, dass es eine Frau war.

»Gott sei Dank!«, rief sie ihr entgegen, während die Frau ihr Pferd anhielt und neben Dione heruntersprang. »Ich habe mich verlaufen und plötzlich war ich von den Rindern umzingelt!«

»Wie haben Sie das denn angestellt?«

Dione starrte die Reiterin an. Es dauerte einen Moment,

bis ihr klar wurde, dass es die Verkäuferin war, die sie im Farm Shop getroffen hatte.

Dione schluckte. »Ich war wandern und habe mich verlaufen.«

Auf einmal kam sie sich ziemlich lächerlich vor.

Die Frau – Dione erinnerte sich, dass sie Katie hieß – schürzte die Lippen und schwieg.

»Ich möchte zurück nach Forewood«, fuhr Dione kleinlaut fort. »Wie weit ist das von hier?«

Ein Lachen breitete sich auf Katies Gesicht aus. »Das hier ist Forewood.«

Dione sah sie überrascht an. Sie hatte das Gefühl gehabt, meilenweit vom Dorf entfernt zu sein.

»Sie sind auf den Ländereien der Lakeside Farm, und die gehört zu Forewood.« Die Frau zog ihr Handy aus der Tasche und tippte darauf herum. »Kommen Sie, ich bringe Sie zur Straße und dann soll Aiden Sie ins Dorf fahren.«

»Danke.« Dione atmete erleichtert auf. »Das ist wirklich nett von Ihnen.«

Am nächsten Tag stand Dione am Fenster des Esszimmers von Chastle House und starrte in den Regen hinaus. Der Wasserpegel des Sees war in den letzten Tagen deutlich gestiegen. Sie seufzte. Warum musste es denn die ganze Zeit regnen? Das graue Wetter schlug ihr aufs Gemüt. Außerdem hatte sie neuerdings jeden Morgen Kopfschmerzen, die erst im Laufe des Tages langsam nachließen. Claire hatte ihr heute erklärt, dass sie nach London müsse und erst spätabends zurückkommen werde. Dione vermisste sie schon jetzt. In den letzten Wochen war Claire beinahe täglich auf eine Tasse Tee vorbeigekommen. Dione warf einen letzten Blick in den trüben Garten und setzte sich an den Esstisch. Sie sehnte sich nach Gesellschaft. Seit fast drei Wochen war sie jetzt hier im Haus, hatte aus dem Fenster gestarrt, war durch die vielen leeren Räume gestreift oder hatte sich ins Bett verkrochen. Abgesehen von den Einkaufsfahrten zum *Tesco*-Supermarkt gemeinsam mit Claire hatte es keine größere Abwechslung gegeben. Und nach der katastrophalen Erfahrung ihrer Wanderung gestern würde sie sich auch nicht mehr so schnell trauen, die Gegend allein zu erkunden.

Außerdem lastete ihr schlechtes Gewissen auf ihr. Sie hatte Chastle House angenommen, um ihrer Familiengeschichte nachzugehen. Sie wollte herausfinden, was es mit diesem angeblichen Fluch auf sich hatte, von dem ihr Vater geschrieben hatte. Doch bislang hatte sie nichts in dieser Angelegenheit unternommen. Sie hatte weder in den Büchern der Bibliothek gestöbert noch nach alten Fotografien gesucht. Sie hatte nicht einmal die Kraft gehabt, alle Räume des Hauses gründlich zu durchsuchen. Es war, als hätte sie Angst vor einer neuen Verletzbarkeit, wenn sie beginnen würde, nach ihren Wurzeln zu forschen.

Dione stand auf und trat in den Flur. Lustlos schlenderte sie in die Halle und lehnte sich an die kalte Wand. Sie wusste einfach nicht, ob sie hierbleiben oder ihren Plan verwerfen sollte. Sie war untergetaucht, aber statt ihrer Mutter und der lästigen Paparazzi lauerten jetzt Einsamkeit und Langeweile. Am liebsten wäre sie sofort nach Bel Air zurückgekehrt und hätte ihre einfache Jeans wieder gegen die Designeroutfits getauscht.

Doch dann sah sie den triumphierenden Blick ihrer Mutter vor sich, sobald sie wieder bei ihr in der Tür stünde.

Ihre Mitarbeiter hatten vermutlich schon Wetten darauf abgeschlossen, wie lange Dione es aushalten würde, auf den Luxus ihres bisherigen Lebens zu verzichten. Uma würde sie mit ihrer aufgesetzten Fröhlichkeit umgarnen und Robert würde hinter ihrem Rücken über Diones Dummheit lachen.

Nein, so schnell würde sie nicht aufgeben. Sie war hier zwar nicht besonders glücklich, aber wenn sie endlich nach draußen ging und Kontakte knüpfte wie eine ganz normale junge Frau auf der Suche nach Freunden, dann würde sie den Sommer bestimmt genießen können. Im Dorf gab es einen Pub, das *Forewood Inn*. Dorthin würde sie heute Abend gehen und sich unter die Dorfbewohner mischen.

Als sie aus dem Haus trat, war es bereits dunkel. Immerhin hatte es endlich aufgehört, zu regnen. In der Küche hatte sie eine Taschenlampe entdeckt, deren Lichtstrahl sie jetzt vor sich auf die Auffahrt richtete. Es gab keine Außenbeleuchtung, sodass der Weg vollkommen im Dunkeln lag. Erst als sie das Tor erreicht hatte, konnte sie die Lampe ausschalten, denn an der Straße standen vereinzelte Laternen. Dione ging in Richtung des Dorfes. Den hell erleuchteten Pub konnte sie schon von Weitem erkennen. Eine Lichtreklame warf ihren bunten Schein auf die Straße, mehrere Autos waren davor geparkt und eine Menschentraube stand vor dem Eingang. Dione atmete tief durch. Diese Situation machte sie nervöser als ein Auftritt vor hunderttausend Menschen. Dabei war sie hier ein Niemand – warum war es nur so schwer, ein Jedermann zu sein!

Unwillkürlich verlangsamten sich ihre Schritte, je näher sie dem Pub kam. Sie hörte die Stimmen der Menschen vor dem Eingang, die sich unterhielten und lachten. Dione ließ ihren Blick flüchtig über die Menge gleiten und erschrak. Ausgerechnet Katie von der Lakeside Farm stand mitten unter ihnen. Sie hatte sie offenbar auch gesehen, denn sie nickte ihr zu und beugte sich dann zu ihrer Nachbarin. Jetzt sah die andere Frau ebenfalls zu Dione herüber. Einen Moment lang geriet Dione in Panik, dass die beiden sie vielleicht als berühmte Sängerin erkannt haben könnten, aber dann bemerkte sie den Hohn, der in ihren Blicken lag. Oder bildete sie sich das nur ein? Machten sich die beiden etwa über sie lustig?

Dione schluckte. Plötzlich war es unvorstellbar für sie, an den grinsenden Frauen vorbei in das Gebäude zu gelangen. Sie hatte sich überschätzt. Sie wandte sich ab und machte kehrt. Mit zügigen Schritten lief sie zurück in Richtung Chastle House. Sie würde morgen zu ihrer Mutter zurückfliegen, sie musste sich eingestehen, dass sie gescheitert war.

Die Stimmen der Menschen vor dem Pub wurden leiser, je weiter sie sich entfernte. Bei jedem Schritt spritzte Regenwasser auf, das noch immer in großen Pfützen auf der Straße stand.

»Hallo!«

Dione fuhr erschrocken herum.

»Ich habe dich gerade vor dem Pub gesehen.« Aiden stand vor ihr, der sie gestern Abend von ihrer Wanderung nach Hause gefahren hatte. Er deutete über seine Schulter.

»Ja, ich …« Dione brach ab. Was sollte sie ihm sagen?

Er lächelte. »Wir hatten gestern nicht viel Zeit. Es tut

mir leid, dass ich so ungesellig war, aber bei uns war eine Herde Rinder von der Weide ausgebrochen und wir mussten sie dringend suchen.«

»Und dann kam ich auch noch mit meinem schrecklichen Orientierungssinn dazwischen.« Dione lächelte. »Danke fürs Mitnehmen.«

»Kein Problem. Ich bin übrigens Aiden.« Er streckte ihr die Hand entgegen.

Dione ergriff sie zögernd. »Di…Diana.« Ihr war gerade noch rechtzeitig eingefallen, dass sie sich mit ihrem richtigen Namen allzu schnell verraten könnte.

»Du bist ins Herrenhaus gezogen, nicht wahr?« Aiden vergrub die Hände in den Hosentaschen. Er trug eine saubere Jeans und eine Lederjacke, darunter einen Pullover, dessen Farbe Dione im schwachen Licht der Laternen nicht bestimmen konnte.

Sie nickte. »Vor drei Wochen schon.«

»Dann wird es Zeit, dass du die Leute im Dorf kennenlernst.« Aiden zwinkerte ihr zu und deutete auf den Pub. »Komm mit.«

Dione blieb unentschlossen stehen.

Aiden folgte ihrem Blick zu der Gruppe Frauen, die gerade in der Kneipe verschwand. »Ach so, die Hyänen vor der Tür haben dich verschreckt? Das ist verständlich.« Er lachte und Dione konnte nicht anders, als in sein Lachen einzustimmen.

»Ja, ich hatte irgendwie das Gefühl, sie mögen mich nicht. Und ich hab mich auch nicht gerade mit Ruhm bekleckert.«

Aiden grinste. »Kann schon sein. Aber so ist Forewood. Der Dorfarzt ist schon vor zwölf Jahren hierhergezogen und die Leute nennen ihn immer noch den ›Fremden aus Birmingham‹.«

»Nach zwölf Jahren?«, fragte Dione ungläubig und folgte Aiden, der langsam zum Pub zurückging. Sie betrachtete ihn verstohlen. Er wirkte müde. Seine leicht gebückte Haltung und die ersten Fältchen, die sich auf seinem Gesicht ausgebreitet hatten, deuteten auf sein anstrengendes Tagwerk hin.

Aiden nickte. »Es dauert Generationen, bis man hier als Einheimischer gilt.«

»Und du bist weniger misstrauisch? Immerhin bist du mir hinterhergelaufen.« Dione errötete, nachdem ihr diese Worte herausgerutscht waren. Schnell versuchte sie, sich zu korrigieren. »Äh … Nein, das habe ich nicht so gemeint, sondern …« Sie brach hilflos ab.

Aiden lachte wieder. »Schon gut, du hast ja recht. Ich bin dir hinterhergelaufen. Aber nur weil eine dieser Hyänen meine Frau ist und ich mich irgendwie verantwortlich fühle, wenn sie so gemein ist.«

»Die Verkäuferin aus dem Farm Shop ist deine Frau?«

»Sie denkt manchmal einfach nicht darüber nach, was sie sagt«, erwiderte Aiden. »Als ich dich weggehen sah, hast du mir leidgetan und ich wollte dich trösten.«

Dione lächelte. »So schlimm war es nicht. Und deine Frau war gestern doch sehr hilfsbereit und hat mich vor den Kühen gerettet.«

Aiden zwinkerte Dione zu. »Sie kann auch nett sein, wenn sie will.« Er schwieg einen Augenblick und fügte dann etwas ernster hinzu: »Sie hat im Moment viele Sorgen mit ihrem Dad.«

»Ja, das habe ich mitbekommen.« Dione konnte sich

vorstellen, wie belastend die Situation für Katie sein musste.

Sie standen nun wieder vor dem Pub. Aiden ging vor und hielt ihr die Tür auf.

»Dafür musst du mir erlauben, dich auf ein Bier einzuladen.«

»Einverstanden«, sagte Dione und atmete noch einmal tief durch, bevor sie das Lokal betrat.

Der Schankraum war nicht allzu groß und vollgestellt mit Tischen. Im Kamin neben der Eingangstür brannte ein Feuer. Der Tresen gegenüber war von Gästen umlagert. Aiden führte Dione zu dem einzigen freien Tisch im Raum.

»Was willst du trinken? Bier?«

Dione zögerte. Zu gern hätte sie sich jetzt ein Glas Weißwein oder einen Gin Tonic bestellt. Doch sie biss sich auf die Lippen und hörte sich dann sagen: »Ein Ginger Ale, bitte.«

Aiden ging zur Bar. Dione beobachtete die Frauen, die sich an einen Tisch in der Ecke gesetzt hatten. Sie schienen sie noch nicht bemerkt zu haben. Aidens Frau saß mit dem Rücken zu Dione. Sie erzählte wohl gerade eine spannende Geschichte und die anderen hörten ihr aufmerksam zu. Dione fiel auf, dass sie alle Bier tranken. In der Welt, aus der sie stammte, taten Frauen das selten. Dort wählte man eher einen Martini, einen Gin oder diverse Cocktails.

»Hier, dein Ginger Ale.« Aiden stellte das Glas vor Dione auf den Tisch und setzte sich neben sie. Er hob sein Bier und prostete ihr zu. »Also dann, herzlich willkommen in Forewood!«

Dione lächelte schwach. Mit Ginger Ale hatte sie noch nie angestoßen. »Danke.«

»Dann erzähl doch mal was von dir.« Aiden lehnte sich zurück und rieb sich mit seinen großen schwieligen Händen übers Gesicht. Wieder fiel Dione auf, wie müde er aussah. »Du wohnst in Chastle House, nicht wahr?«

Dione nickte. Auf diese Frage war sie nicht vorbereitet gewesen.

»Hast du das Haus von Marc gemietet?«, fragte Aiden und musterte sie neugierig.

Dione nickte vorsichtig.

»Wo hast du ihn kennengelernt?« Aiden zog eine Augenbraue hoch. »Marc ist eigentlich sehr zurückhaltend, und es kommt nicht oft vor, dass er neue Menschen ins Dorf bringt.«

»Nun«, Dione nippte an ihrem Ginger Ale, »ich kenne ihn gar nicht persönlich.«

»Ach so?« Aiden sah sie abwartend an. »Wie bist du denn an das Haus gekommen?«

Dione dachte fieberhaft nach. Wie viel Wahrheit konnte sie ihm erzählen, ohne sich zu verraten?

»Ich habe es nur für die Ferien gemietet.«

»Tatsächlich? Marc vermietet an Feriengäste?« Aiden trank einen Schluck Bier und wischte sich mit der Hand über den Mund. »Das ist ja ganz was Neues.«

Dione nickte zögernd. »Anscheinend. Aber wie gesagt, ich kenne ihn nicht. Ich habe es über ein Reisebüro gebucht.« Dione hoffte, dass er ihr diese Lügen nicht ansah. Aber wenn sie ihm etwas von der Erbschaft erzählte, bestand die Gefahr, dass Aiden herausfand, wer sie wirklich war.

Aiden unterdrückte ein Gähnen und sagte dann: »Marc lebt sehr zurückgezogen in Woodland House, einem verfallenen Anwesen im Wald. Niemand kann sich erklären, warum er sich weigert, in Chastle House zu wohnen, das doch weit besser in Schuss ist. Er lässt das Haus gut pflegen und kümmert sich darum, dass das Dach dicht ist, der Garten ordentlich aussieht und Staub gewischt wird. Aber er selbst hält sich nie in Chastle House auf.«

»Das ist ja sonderbar.« Dione dachte wieder an Claire und ihr Angebot, sie mit Marc zusammenzubringen. Bislang war Dione noch nicht darauf zurückgekommen, aber vielleicht wäre ja jetzt der richtige Zeitpunkt. Sobald Claire aus London zurück war, wollte Dione sie darum bitten, sie nach Woodland House zu bringen.

»Er hat nicht immer so gelebt«, sagte Aiden. »Er ist in Chastle House geboren und aufgewachsen. Seine Mutter starb ein Jahr nach seiner Geburt, danach hat ihn sein Vater allein aufgezogen. Der ist bei einem Autounfall gestorben, als Marc achtzehn war. Er war gerade mit der Schule in Eton fertig und wollte in Oxford studieren.«

»Was ist damals passiert?« Dione hielt den Atem an.

Aiden zuckte mit den Schultern. »So genau weiß das niemand. Ich kann mich kaum noch an die Geschichte erinnern. Ich war ja erst acht oder neun. Marc hatte eine sehr hübsche Freundin damals, blutjung. Ich sehe sie noch vor mir. Du bist ihr sogar ein bisschen ähnlich. Jedenfalls war sie schwanger, als Marcs Vater verunglückt ist. Damals dachten alle, dass Marc und das Mädchen – ich habe ihren Namen leider vergessen – mit dem Baby in Chastle House leben würden. Aber kaum war das Kind auf der Welt, hat sie ihn verlassen und er ist nach Woodland House gezogen.«

Diones Herz raste. Die hübsche Freundin musste Monica gewesen sein und das Kind war sie selbst. Sie entspannte sich etwas. Anscheinend wusste niemand in Forewood, dass aus dem Baby später Dione Dearing geworden war.

»Warum hat sie ihn nach der Geburt des Kindes verlassen? Weißt du etwas darüber?«, fragte sie Aiden.

»Marc spricht nie über diese Zeit. Er hat seither mit kaum jemandem mehr geredet. Er ist ein Einsiedler geworden.« Aiden trank gedankenverloren einen weiteren Schluck Bier. Dann lächelte er. »Aber das ist alles so lange her. Erzähl mir lieber etwas von dir. Woher kommst du? Und was machst du hier?«

»Ach«, Dione winkte ab, »über mich gibt es nicht viel zu erzählen. Ich wohne in der Nähe von L. A. und momentan eben in Chastle House. Dein Leben hier im schönen Lake District ist sicher viel interessanter.«

»Ich fürchte, es ist ziemlich langweilig.« Aiden lehnte sich in seinem Stuhl zurück und grinste. »Ich bin Farmer und betreibe den Hof, auf dem du neulich eingekauft hast. Es ist nicht immer leicht, aber ich kann mir trotzdem keinen schöneren Job vorstellen.«

Aiden schien glücklich zu sein mit dem, was er tat. Er hatte einen Beruf, den er liebte. Dione liebte die Musik, sie mochte es, zu singen und auf der Bühne zu stehen. Aber sie hasste das Leben, das sie als Sängerin führen musste, das wurde ihr immer klarer.

Dione lächelte. »Ich bin als Kind manchmal zum Bauern gegangen und habe frische Milch getrunken. Der Hof war voller Kuhmist, und ich musste genau aufpassen, wohin ich trat.«

»Ja, bei uns sieht es vor dem Kuhstall nicht anders aus«,

sagte Aiden. »Vorn ist es sauber, damit wir unsere Kunden nicht verschrecken, aber hinten ist der Hof nach jedem Melken völlig verdreckt.«

»Wie viele Kühe habt ihr denn?« Dione hatte noch nie über das Leben eines Farmers nachgedacht.

»Im Moment sind es zweiundsiebzig Milchkühe.« Aiden fuhr sich wieder mit der Hand übers Gesicht. »Aber einige kalben bald und geben zurzeit keine Milch.«

Dione sah zu der Gruppe Frauen hinüber, die inzwischen auf sie und Aiden aufmerksam geworden waren. Katie hatte sich zu ihnen umgedreht.

»Warum kommst du morgen nicht mal bei uns vorbei und ich führe dich herum?«, fragte er Dione. »Kannst du reiten?«

»Nicht wirklich gut. Aber ich kann mich im Sattel halten. Ich musste es mal für einen …« Dione brach ab. Dass sie es für einen Film hatte lernen müssen, hätte viel zu viel von ihr verraten. Sie musste vorsichtiger sein.

Aiden sah sie fragend an.

»Nicht so wichtig. Hast du denn Pferde auf deiner Farm?«

Er lachte. »Dreiundzwanzig. Da ist eine sanfte Stute dabei, die werde ich für dich satteln.«

Dione strahlte. Das Reiten hatte ihr großen Spaß gemacht. Doch nach den Dreharbeiten hatte sie leider nie wieder die Gelegenheit dazu bekommen.

»Dann lade ich dich auf eine frische Milch ein. Wie du sie damals als Kind bekommen hast.« Aiden zwinkerte ihr zu.

Dione nickte. Das Ginger Ale schmeckte ihr plötzlich viel besser. Am liebsten hätte sie laut gelacht. Sie hatte zum ersten Mal in ihrem Leben eine eigene Verabredung getroffen. Und Aiden wusste nicht, wer sie war. Er hatte sie nicht auf den Hof eingeladen, weil sie Dione Dearing war. Während sie ihm zuhörte, wie er ihr über die Farm und seine Kindheit auf dem Bauernhof erzählte, ertappte sie sich immer wieder dabei, wie ihre Gedanken abschweiften. Das alles war so neu für sie, dass sie sich nur schwer konzentrieren konnte. Trotzdem konnte Dione es kaum erwarten, den Hof, die Kühe und das Leben des Farmers bald kennenzulernen.

Am nächsten Morgen rief Dione ganz früh Claire an und bat sie, mit ihr nach Keswick ins Sportgeschäft zu fahren, um Reitklamotten zu kaufen. Ihre Freundin war zwar erst in der Nacht aus London zurückgekehrt, holte sie aber wenig später in Chastle House ab. Dione entschuldigte sich bei Claire, sie so früh aus dem Bett geholt zu haben, und nahm sich vor, demnächst den Führerschein zu machen, um selbst fahren zu können.

»So, du bist also eingeladen. Auf der Lakeside Farm«, sagte Claire, während sie über die Landstraße fuhren.

Dione sah aus dem Fenster auf die Berge des Lake Districts, die ringsumher emporragten. »Du kannst stolz auf mich sein. Du hast gesagt, ich soll rausgehen und voilà: Ich habe eine Verabredung.«

»Mit einem verheirateten Mann.«

Dione riss sich vom Anblick der Berge los und sah zu Claire hinüber. »Aber doch nicht so, wie du denkst. Wir haben kein Date. Er zeigt mir lediglich die Farm.«

Claire presste die Lippen zusammen und schwieg.

»Er hat mich gestern Abend gerettet. Ich wäre kurz vor

dem Pub fast wieder umgedreht. Aidens Frau und ein paar ihrer Freundinnen standen davor und haben über mich gelästert. Aiden hat sich um mich gekümmert.«

»Aiden ist ein feiner Kerl.« Claire öffnete das Fenster. »Aber Kate ist ein Biest. Pass gut auf. Auch wenn du glaubst, dass du mit Aiden nur befreundet bist, kann Kate das ganz anders sehen. Und wenn sie jemanden im Visier hat, ist das kein Spaß.«

»Das kann ich mir gut vorstellen«, sagte Dione, die mit einem Mal fröstelte. »Obwohl sie sehr liebevoll mit ihrem demenzkranken Vater umgeht. Trotzdem scheinen mir die beiden irgendwie nicht recht zusammenzupassen. Warum haben sie eigentlich geheiratet?«

»Gute Frage.« Claire bremste ab, denn vor ihnen überquerte eine Schafherde die Fahrbahn. »Sein Vater hat auf der Lakeside Farm gearbeitet. Kates Familie gehörte die Farm und die beiden sind zusammen aufgewachsen.«

Dione blickte überrascht auf. Sie war davon ausgegangen, dass Aiden die Farm von seinen Eltern übernommen hatte.

Aber Claire schüttelte den Kopf und hupte, um die Schafe anzutreiben, die in aller Ruhe vor dem Auto hertrabten. »Kate hat das Geld und Aiden schuftet für sie. Ich beneide ihn wirklich nicht.«

Dione runzelte die Stirn. »Er wirkte gestern, als ob ihm die Arbeit auf der Farm großen Spaß machen würde.«

»Sicher«, sagte Claire. »Anders kann ich mir nicht erklären, warum er sie nicht längst verlassen hat. Sie ist einfach ein mieser Mensch. Glaube mir, ich habe schon schlimme Sachen mit ihr erlebt.«

Auf dem Rückweg ließ Dione sich von Claire direkt an dem Feldweg absetzen, der zur Lakeside Farm führte. Ihre neue Reitkluft hatte sie bereits im Geschäft angezogen. Noch bevor die ersten Gebäude des Hofes in Sicht waren, erkannte sie Aiden, der ihr mit zwei gesattelten Pferden entgegenkam. Dione musterte die braune Stute, die er für sie ausgewählt hatte, und plötzlich bekam sie Angst. Hoffentlich hatte sie sich nicht überschätzt. Bei den Dreharbeiten waren ständig Trainer um sie herum gewesen und bei den schnellen Reitszenen hatte ein Double Diones Rolle übernommen.

Aiden schien ihre Scheu zu bemerken.

»Ich weiß, sie ist groß, aber sehr sanft. Du wirst sie lieben. Ihr Name ist Mo.«

»Mo? Was für ein seltsamer Name für ein Pferd.« Dione griff nach den Zügeln.

Aiden lächelte. »Den hab ich ihr gegeben. Ich habe sie selbst gezüchtet.«

»Du züchtest Pferde?« Dione sah Aiden verblüfft an. Sie hatte geglaubt, dass der Farmer mit der Milchwirtschaft und dem Farm Shop schon ganz ausgelastet wäre.

»Allein von der Milch könnten wir nicht leben«, erwiderte er. »Aber unsere Pferdezucht ist ziemlich bekannt. Wir haben schon einige Preise gewonnen.«

Dione legte den Kopf schräg und sah ihn an. »Was machst du noch alles?«

Er half ihr aufs Pferd. »Ich züchte Golden Retriever.«

»Hunde?« Dione schluckte. Sie dachte an ihre Angst vor diesen Tieren, von der sie nicht einmal wusste, ob sie wirklich existierte oder ihr nur eingeredet worden war. »Ich fürchte mich eigentlich vor ihnen.«

»Vor Golden Retrievern? Aber das sind doch wirklich friedfertige Gesellen. Jedenfalls die meisten von ihnen. Den Menschen gegenüber sind sie sehr lieb und anhänglich.« Aiden lächelte. »Meine Retriever sind Jagdhunde und hervorragend ausgebildet. Wenn du möchtest, stelle ich dir die Damen nachher mal vor.«

Dione sah verwirrt zu Aiden hinüber.

»Hundedamen«, fügte er lachend hinzu und schwang sich auf sein Pferd. »Und ich habe eine ganz besondere Überraschung für dich. Aber erst zeige ich dir die Farm.«

Nachdem sie über das Feld getrabt und dann ein kleines Stück galoppiert waren, wusste Dione, was Aiden gemeint hatte. Mo passte sich ihrer Reiterin an und schon bald hatte sich Diones Nervosität gelegt.

Aiden ritt voraus. Die Ländereien der Farm waren weitläufig und erstreckten sich rund um die Berge und an Seeufern entlang. Fünf Seen gehörten zur Lakeside Farm, wie Aiden ihr stolz berichtete, und die Wiesen, auf denen seine Kühe grasten, lägen beinahe alle an Berghängen. Dione schluckte, als Aiden ihr die Stelle zeigte, wo sie von den Rindern eingekreist worden war. Tatsächlich war sie da ganz in der Nähe von Chastle House gewesen, ohne es bemerkt zu haben. Aiden erklärte ihr, dass sie die Schafherden nutzten, um die Berghänge zu pflegen. So blieb das Gras immer kurz und Unkraut hatte keine Chance.

Immer wieder ritten sie ganz langsam. Dione war Aiden dankbar dafür, dass er so viel Rücksicht auf sie nahm. Ihr war klar, dass er mit seinem Pferd problemlos über die niedrigen Mauern zwischen den Feldern hätte springen können, aber er nahm jedes Mal den Umweg durch das Gatter. Mittags machten sie eine Pause. Sie banden die Pferde am

Ufer eines Sees an einen Baum und setzten sich auf eine Bank. Aiden holte Sandwiches aus seiner Satteltasche und reichte Dione eins davon, das verführerisch aussah und dick mit Käse belegt war. Monica hätte ihr niemals erlaubt, etwas derart Gehaltvolles zu essen. So viel konnte sie gar nicht trainieren, um die Kalorien wieder zu verbrennen.

»Wie bist du auf Forewood gekommen?«, fragte Aiden und biss in sein Sandwich.

»Wie bitte?«

Aiden schluckte und erklärte: »Ich meine, als Urlaubsort. Wenn man aus L. A. kommt, ist es eher ungewöhnlich, ausgerechnet hier zu stranden. Warum bist du nicht nach Cornwall oder London gefahren?«

Dione dachte einen Moment nach. Dann sagte sie: »Ich weiß es nicht. Ich stehe gerade an einem Punkt in meinem Leben, an dem ich Entscheidungen treffen muss. Ich wollte einfach weg.«

Er sah sie an und schwieg.

Dione schloss kurz die Augen. Sie wollte Aiden nicht belügen, konnte ihm aber nicht die Wahrheit sagen. »Ich hatte eigentlich nicht geplant zu verreisen. Ich merkte nur, dass ich etwas tat, von dem ich nicht wusste, ob ich es auch wirklich tun wollte. Ich weiß nicht, ob du verstehst, was ich meine?«

Aiden nickte zögernd. »Ich glaube schon. Vielleicht sogar nur allzu gut.«

Dione sah ihn erstaunt an. »Ich dachte, du liebst deinen Job.«

»Das tue ich auch. Aber dafür ist mein Leben … ach was, vergiss es einfach.«

Aiden reichte ihr eine Flasche Limonade und Dione trank

einen Schluck. Sie war etwas zu warm, schmeckte aber köstlich.

»Du meinst, du magst deinen Job, aber du weißt nicht, ob du das Leben führen möchtest, das du im Augenblick führst?«

»Genau.« Aiden sah sie überrascht an. »Das trifft die Sache ziemlich genau. Und beides hängt zusammen. Ich kann das eine nicht bekommen ohne das andere.«

»Mir geht es genauso. Ich habe meinen Beruf geliebt. Aber ich brauchte Abstand zu dem Leben, das ich geführt habe.«

Dione blickte auf das Wasser des Sees hinaus. Die Aprilsonne glitzerte auf der Oberfläche. Es war ein schöner Tag mit beinahe frühsommerlichen Temperaturen.

»Was hast du denn drüben in Amerika gearbeitet?« Aiden blinzelte gegen die Sonne an.

Dione zog unbehaglich die Schultern hoch. »Nichts Aufregendes.« Sie wechselte das Thema. »Warum bist du unzufrieden mit deinem Leben?«

»Du hast Kate kennengelernt. Wir sind hier zusammen aufgewachsen, und irgendwie schien es ganz natürlich, dass wir heiraten würden. Ich liebe sie, zumindest habe ich das früher getan. Aber Kate hat sich verändert – oder vielleicht hat sich auch bloß mein Blick auf sie verändert.« Aiden sah Dione an. »Entschuldige. Ich will dich nicht mit meinen Sorgen belästigen.«

»Kein Problem. Ich kann dich sehr gut verstehen. Mir ist es ganz ähnlich ergangen.« Dione nahm einen letzten Bissen von ihrem Sandwich.

»Erzähl mir davon«, sagte Aiden und lehnte sich auf der Bank zurück.

»Ich habe etwas gehört, was ich nicht hätte hören dürfen. Dadurch habe ich eine andere Sichtweise auf manche Dinge bekommen.« Dione zögerte. Sie durfte nicht zu viel verraten. Und doch hatte sie das Bedürfnis, Aiden von ihrer Enttäuschung zu erzählen. »Jedenfalls habe ich erfahren, dass alle Menschen in meiner Umgebung, von denen ich dachte, sie wären meine Freunde, mich in Wahrheit nur ausgenutzt haben. Keinem von ihnen war ich wirklich wichtig.«

Aiden schwieg.

»Irgendwie hat mir das die Augen geöffnet«, fuhr Dione fort. »Ich habe angefangen nachzudenken. Und plötzlich wusste ich nicht mehr, wer ich eigentlich bin und was ich will. Ich bin nach Chastle House gekommen, um aus meinem Leben zu fliehen.«

»Das war eine gute Idee von dir. Du könntest für immer hierbleiben und neu beginnen.« Aidens Blick wanderte in die Ferne zu den Wiesen auf der anderen Seite des Sees. »Das hier ist die schönste Gegend der Welt, ich könnte nie woanders sein als im Lake District.«

Dione schüttelte lächelnd den Kopf. »Ich kann leider nicht für immer bleiben. Im Herbst habe ich Termine, die ich nicht absagen kann.« Sie dachte an den Plattenvertrag, den Monica für sie abgeschlossen hatte und an dem Millionen hingen. Außerdem lief schon der Vorverkauf für drei große Konzerte im Herbst in London, Berlin und Paris. Und dann stand der Dreh in Hollywood an …

»Ich will den Sommer nutzen, um mir über meine Zukunft klar zu werden«, sagte Dione. »Manchmal denke ich, ich sollte die Termine noch durchziehen, die vereinbart sind, und dann aufhören.«

»Womit?« Aiden stand auf und zog eine zweite Limo-Flasche aus seiner Satteltasche.

Dione biss sich auf die Lippen. Dann antwortete sie: »Mit dem, was ich tue. Ich könnte tatsächlich in Forewood ein neues Leben anfangen. Aber«, sie zögerte, »ich liebe das, was ich tue. Andererseits kann ich so nicht weiterleben.«

Aiden sah sie einen Moment lang nachdenklich an, und Dione befürchtete schon, er würde weiter nachfragen. Aber dann erklärte er: »Es ist, als würdest du von mir sprechen.«

Aiden setzte sich wieder auf die Bank und Dione fielen wieder die ersten grauen Strähnen auf, die sein dunkles Haar durchzogen.

»Wirklich?«, fragte sie.

»Ich kann mir nicht vorstellen, etwas anderes zu tun, als diese Farm zu bewirtschaften. Und doch ist es hier kaum auszuhalten. Der Preis für das Leben auf der Farm ist hoch.«

Aiden stand auf und ging zum Ufer des Sees hinunter. Dione folgte ihm und trat neben ihn.

»Ist es nicht verrückt?«, sagte sie schließlich. »Wir kennen uns kaum und sprechen über so … elementare Dinge.«

Aiden lächelte. Er war gut einen Kopf größer als sie und sah zu ihr herunter. »Manchmal ist es nicht die Dauer einer Freundschaft, die über ihre Qualität entscheidet.«

»Ich freue mich, dass du mich gestern beim Pub gerettet hast. Sonst wäre ich heute wahrscheinlich nach L.A. zurückgeflogen.«

»Ich bin froh, dass du das nicht getan hast. Dann hätten wir uns nämlich nicht kennengelernt und ich könnte dir auch meine kleine Überraschung nicht zeigen. Komm, lass uns zur Farm reiten.«

Dione war erleichtert, dass sie nicht in den vorderen Hof ritten, wo sich der Farm Shop befand, denn auf ein Treffen mit Kate konnte sie gut verzichten. Vor dem Pferdestall stiegen sie ab. Aiden löste den Sattel und rieb seinen Hengst trocken. Dann kam er Dione zu Hilfe und reichte ihr die Bürste, damit sie Mo striegeln konnte. Nachdem sie die Pferde in die Boxen geführt hatten, zeigte Aiden ihr den Stall und stellte ihr seine Mitarbeiterin vor. Dione musste sich jedes Mal zusammenreißen, wenn Aiden sie »Diana« nannte, um ihn nicht zu korrigieren. Aiden führte sie zu den Zuchtstuten, die in den geräumigen Boxen im hinteren Bereich des Stalls untergebracht waren.

»Warum stehen sie nicht auf der Weide?«, fragte Dione und deutete auf die Felder hinterm Stall. »Das Wetter ist doch großartig.«

Aiden grinste. »Sie waren heute Morgen schon einige Stunden draußen. Im Moment sprießt das Gras und die Pferde fressen zu viel. Davon werden sie nicht nur dick, sondern können auch Krankheiten bekommen.«

Dione folgte Aiden in den Hof hinaus. Er führte sie zur Hintertür des Farmhauses, wo ihnen drei Golden Retriever entgegenkamen. Sie wedelten mit dem Schwanz und einer der Hunde sprang Dione an, sodass sie beinahe das Gleichgewicht verloren hätte.

»Hazel, nicht springen!« Aidens Stimme klang nicht so, als würde er es ernst meinen. »Du brauchst keine Angst zu haben, Diana, sie freut sich nur, dass wir kommen.«

Dione lächelte. Dann griff Aiden nach ihrer Hand und zog sie hinter sich her in den Flur.

»Komm mal mit«, sagte er und öffnete eine der Türen, die mit einem niedrigen Gitter abgesperrt war.

Dione stieß einen überraschten Laut aus. Eine Reihe goldener Köpfchen mit dunklen Augen und Nasen versuchte, sich durch das Gitter zu kämpfen.

»Hazels Welpen. Sie sind heute sechs Wochen alt geworden.« Aiden öffnete das Gitter und trat in den Raum. Dione folgte ihm und die Hündchen wuselten um sie herum und sprangen an ihr hoch. Dione kniete sich auf den Boden. Die kleinen Hunde schienen ganz aufgeregt über den unerwarteten Besuch. Sie knabberten an ihren Schuhen, kletterten auf Diones Beine und ließen sich den Bauch kraulen. Hatte sie jemals etwas so Niedliches gesehen? Sie hob einen der Kleinen hoch und grub ihre Nase in sein Fell.

»Wie gut sie riechen.« Dione küsste das kleine Tier. »Ich hatte ja keine Ahung, wie süß die sind.«

Aiden nickte. »Wir haben höchstens einmal im Jahr Welpen. Du bist genau zum richtigen Zeitpunkt aufgetaucht.«

Dione merkte gar nicht, wie schnell die Zeit verging. Sie konnte sich kaum von den Welpen trennen. Als sie aus dem Fenster sah, begann es bereits, dunkel zu werden. Aiden bestand darauf, sie ins Dorf zu fahren, und Dione widersprach ihm nicht. Sie war nicht erpicht darauf, den unbeleuchteten Feldweg entlangzulaufen.

Als sie Forewood erreicht hatten, schlug Aiden vor, noch auf ein Getränk ins *Forewood Inn* zu gehen. Dione sagte gern zu, und als sie ein Ginger Ale und ein Bier bestellt hatten, kamen drei Freunde von Aiden in den Pub, die sich zu ihnen gesellten. Aiden stellte sie einander vor. Max war ebenfalls Farmer. Sein Hof lag auf der anderen Seite des Dorfes. Peter war Tischler und Stan arbeitete bei Aiden auf der Farm. Dione lauschte ihren Erzählungen und sah immer wieder zu Aiden hinüber, der ihr zuzwinkerte, sobald sich ihre Blicke trafen.

Als sich die Runde auflöste, war es bereits halb elf in der Nacht.

Aiden begleitete Dione die Dorfstraße hinunter nach Chastle House.

»Ich habe dich den ganzen Tag von der Arbeit abgehalten«, sagte Dione und seufzte.

»Und dafür danke ich dir.« Aiden hielt ihr seinen Arm hin und sie hakte sich ein.

»Darf ich dir mal auf der Farm helfen?« Dione hatte den ganzen Abend schon darüber nachgedacht, während sie den Schilderungen der Männer gelauscht hatte. Sie alle wirkten zufrieden und Dione fragte sich, ob das wohl mit ihrem Job zusammenhing.

»Du willst auf der Farm arbeiten?« Aiden drehte den Kopf zu ihr.

»Ich will kein Geld dafür haben«, beeilte sich Dione zu versichern. »Und ich verspreche dir, ich halte dich auch nicht auf.«

Aiden lachte. »Klar kannst du mir helfen. Und ich würde mich riesig freuen.«

Nachdem Dione sich verabschiedet hatte und ins Haus getreten war, lehnte sie sich von innen gegen die Tür. Sie fühlte sich so gut wie seit Jahren nicht mehr. Sie hatte endlich Freunde gefunden. Sie hatte so viele Dinge getan, die sie noch nie getan hatte. Sie wusste jetzt, dass sie keine Angst vor Hunden hatte, und sie hatte Aiden kennengelernt, mit dem sie so vieles verband.

Kapitel 7

Chastle House, Forewood, Lake District, England
September 1909

Hatty trommelte mit den Fingerspitzen auf die Lehne ihres Gartenstuhls. Immer wieder wanderte ihr Blick zum Fenster der Bibliothek. Zu gern wäre sie hinaufgelaufen, um sich ihrem Geburtstagsgeschenk zu widmen. Aber die vielen Gäste waren ihr zu Ehren hierhergekommen und sie konnte die Feier nicht als Erste verlassen. Obwohl es inzwischen September war, brannte die Sonne noch immer vom Himmel. Sie hatten einen heißen Sommer gehabt, der sich einfach nicht verabschieden wollte. Hattys Blick fiel auf die Sonnenschirme, unter denen ihre Gäste saßen. Ein Schwarm Vögel zog darüber hinweg auf ihrem Weg nach Süden. Sie zwang sich, ihrer Freundin Florence zuzuhören, die ihr von ihrem neuen Verehrer erzählte. Während Hatty von Zeit zu Zeit zustimmende Worte murmelte, betrachtete sie aus den Augenwinkeln die Menschen am Tisch. Ihre Mutter hatte eine lange Kaffeetafel am Ufer des Sees aufbauen lassen und auf dem weiß gedeckten Tisch türmten sich Torten und Puddings, Tee, Kaffee, Limonade und Wein. Jeder im Dorf war heute nach Chastle House gekommen, um mit Hatty Geburtstag zu feiern. Ihre Mutter gab sich immer viel

Mühe mit den Festen für Hatty, aber dieses Jahr hatte sie sich besonders angestrengt. So viele Leckereien hatte es noch nie gegeben und es waren auch noch nie so viele Gäste hier gewesen. Selbst die alte Pfarrersfrau, die kaum noch auf die Straße ging, hatte sich von ihren Söhnen herbringen lassen und war jetzt friedlich in ihrem Sessel eingeschlummert, nachdem sie zwei Stücke Torte gegessen hatte.

Die größte Überraschung jedoch hatte Hatty bereits am Morgen erwartet, als ihre Mutter sie in die Bibliothek geführt hatte, wo ein fremder Mann mit einem Holzkasten auf sie gewartet hatte. Er holte einen Apparat aus dieser Kiste hervor, wie ihn Hatty noch nie gesehen hatte. Einige Stangen und Walzen waren daran befestigt und ein großer Trichter. Der Mann forderte Hatty auf, etwas in den Trichter zu sprechen, während er an einer Kurbel drehte. Hatty musste nicht lange überlegen, sie sang eines von Katherines Liedern. Anschließend spielte der Mann die Walze ab, indem er wieder die Kurbel drehte. Hatty hörte plötzlich ihre eigene Stimme aus dem Kasten erschallen. Überrascht schlug sie die Hände vor den Mund. Sie war völlig begeistert und ließ sich das Gerät ganz genau erklären. Es war ein Edison-Phonograph, dessen Walzen sich angeblich bis zu fünfmal abspielen ließen – sofern der Adressat ebenfalls ein solches Gerät besaß. Hatty stellte sich vor, wie ihre Nachfahren in hundert Jahren noch ihre Stimme hören würden. Sie wollte alle Lieder ihrer Großmutter auf diese Walzen aufnehmen und zusammen mit den Notenblättern archivieren. Am liebsten hätte sie sofort damit angefangen.

Hatty nahm sich ein Stück Kuchen und strich eine dicke Schicht Sahne darauf, die sie mit Stachelbeeren belegte.

Während sie genussvoll eine gefüllte Gabel in den Mund schob, sah sie zu ihrer Mutter hinüber, die in ein Gespräch mit Doktor Franklin vertieft war. Ob sie wohl wieder zu heiraten beabsichtigte? In den letzten Wochen verbrachte sie immer mehr Zeit mit Doktor Franklin. Hatty grinste und sah in den strahlend blauen Himmel. Warum sollte ihre Mutter nicht noch einmal ihr Glück suchen? Schließlich würde Hatty selbst bald irgendeinen jungen Mann heiraten und Chastle House verlassen. Ihr war nicht wohl bei dem Gedanken, ihr geliebtes Zuhause hinter sich zu lassen, aber obwohl sie heute ja erst achtzehn Jahre alt geworden war, dachte Hatty immer öfter darüber nach. Und wenn ihre Mutter dann einen lieben Mann hatte, der mit ihr in dem großen Anwesen lebte, würde es für sie nicht ganz so einsam werden. Ja, Doktor Franklin an ihrer Seite zu wissen würde Hatty beruhigen. Und da er inzwischen seit drei Jahren verwitwet war, stand einer Hochzeit nichts im Wege. Doktor Franklin stand zwar gesellschaftlich weit unter Hattys Familie, aber da ihre Mutter nun schon so lange Witwe war und längst nicht mehr in den Londoner Kreisen verkehrte, würde vermutlich niemand Anstoß daran nehmen. Sie war in erster Ehe mit dem dritten Sohn des Duke of Cumberland verheiratet gewesen, der leider kurz nach der Hochzeit verstorben war. Hatty hatte ihren Vater nicht mehr kennengelernt.

Dennoch wusste Hatty, dass ihre Mutter in ihrem Fall eine Heirat in eine untere Schicht niemals gestatten würde.

In diesem Moment erklang Musik und riss sie aus ihren Gedanken. Ohne dass sie es bemerkt hatte, war hinter ihr ein Streichquintett erschienen, das nun zum Tanz aufspielte. Hatty sprang begeistert auf und winkte ihren Freundinnen und den anderen jungen Leuten zu, die zu ihrem Geburtstagsfest erschienen waren. Gemeinsam stürmten sie auf die Wiese und stellten sich in einem großen Kreis auf. Die Musiker spielten den *Forewood Hopp*, der seit Jahrhunderten als Dorftanz von Forewood galt. Hatty hatte das Gefühl, dass er von Fest zu Fest und von Jahr zu Jahr immer länger wurde. Im Takt der fröhlichen Musik ließ Hatty sich treiben. Die jungen Leute hielten sich an den Händen und tanzten in einem großen Kreis, den sie immer wieder auflösten, um paarweise zusammenzukommen.

»Meinst du, bei unseren Eltern bahnt sich etwas an?«, rief Benjamin Hatty zu, während er sie herumwirbelte. Ben war der Sohn des Dorfarztes und gerade erst aus London zurückgekehrt. Er deutete mit dem Kinn zu seinem Vater und Hattys Mutter hinüber.

»Er wird ja bald Zeit genug haben, nicht wahr?«, rief Hatty und strich sich eine Haarsträhne zurück, die sich aus ihrer Frisur gelöst hatte.

Ben hatte gerade sein Medizinstudium abgeschlossen und würde nun bei seinem Vater in die Praxis einsteigen.

Er betrachtete ihn und schüttelte den Kopf. »So schnell nicht. Ich bin zwar mit dem Studium fertig, aber ich muss noch viel lernen. Ein guter Arzt wirst du nur durch Erfahrung. Ich hoffe, dass mein Vater mir einiges davon weitergeben wird, bevor er sich aus der Praxis zurückzieht. Er hat von seinem Vater gelernt und ich lerne nun von ihm.«

»Dein Großvater hat meine Mutter auf die Welt geholt«, sagte Hatty und sah wieder zu ihrer Mutter und Doktor Franklin hinüber, die immer noch ins Gespräch vertieft waren. »Dein Vater wirkt jedenfalls so, als könnte er sich die Zeit auch anders vertreiben.«

Benjamin grinste. »Ja, die beiden gäben ein hübsches Paar ab, findest du nicht? Sie würden sehr gut zusammenpassen.«

Hatty nickte. »Dann würden wir Geschwister werden.«

»Nicht ganz!«, erwiderte Benjamin hastig. »Ich bin froh darüber, dass wir nicht blutsverwandt sind.«

Die Art, wie er sie ansah, ließ Hatty stutzen. Das Lachen, das eben noch in seinen Augen gelegen hatte, war mit einem Mal fort. Sie zwang sich, den Blick von ihm abzuwenden, und sah stattdessen zu Chastle House hinüber.

Ben schien ihrem Blick gefolgt zu sein. »Ob wir dann hier leben würden? Eigentlich müsstet ihr zu uns ins Arzthaus ziehen. Ist es nicht so, dass die Frau dann das Haus des Mannes wählt?«

Hatty lachte. »Unsinn, euer Cottage ist winzig im Vergleich zu Chastle House. Außerdem, wer würde dann hier leben?«

»Nun, bisher ist das alles ja nur graue Theorie. Wer weiß, was die Zukunft noch bringen wird.« Benjamin zwinkerte ihr zu, während er sich der nächsten Tanzpartnerin zuwandte.

Als die Musik geendet hatte, strich Hatty sich den Schweiß von der Stirn und rang nach Atem. Sie brauchte dringend ein Glas kühle Limonade! Hatty war gerade im Begriff, zu dem immer noch reich gedeckten Tisch zurückzukehren, als Ben wieder neben ihr auftauchte.

»Hast du denn schon einmal ans Heiraten gedacht?«, fragte er und grinste.

Hatty sah ihn überrascht an. »Das hat doch noch Zeit. Außerdem sind alle Männer, die meine Mutter für mich in Erwägung zieht, langweilig.«

Sie dachte an ihre Freundinnen, von denen sich gleich drei in den letzten Wochen verlobt hatten.

»Du hast recht«, sagte er, legte ihr die Hand in den Rücken und schob sie in Richtung der Kaffeetafel, wo sich inzwischen auch die anderen durstigen Tänzerinnen und Tänzer eingefunden hatten. »Ich freue mich jedenfalls, dass du noch nicht vergeben bist.« Benjamin fügte leise hinzu: »Auch wenn ich selbst wohl nicht davon profitieren werde.«

Hatty starrte ihn an, während er wieder zur Wiese zurücklief, wo sich die ersten jungen Leute schon zum nächsten Tanz aufstellten. Sie schüttelte lachend den Kopf und schlenderte zum Tisch. Das Studium hatte Ben verändert. Hatty kannte ihn ihr Leben lang und er war immer ein guter Freund für sie gewesen. Alle im Dorf rechneten damit, dass Hatty eines Tages fortgehen und in eine andere alte Familie einheiraten würde. Sie blickte auf die Wasseroberfläche des Sees, in der sich die Sonnenstrahlen fingen. Sie ließen den See wie ein Diamantcollier glitzern. Was hatte Ben damit gemeint, dass er froh darüber sei, dass Hatty noch nicht verlobt war? Er konnte doch unmöglich in Erwägung ziehen, dass sie ihn heiraten würde?

Hatty wischte den Gedanken beiseite. Sie füllte sich ein Glas mit Limonade und genoss das kühle Getränk. Warum hatten ihre Freundinnen schon Heiratsanträge erhalten und sie noch nicht? Natürlich, sie machte es den Männern nicht leicht und ließ sie spüren, wenn sie sie langweilig, arrogant oder herrisch fand, was auf viele der jungen Männer zutraf, denen Hatty bisher begegnet war.

Sie sah wieder zu ihrer Mutter hinüber und stutzte. Die Stühle, auf denen sie und der Arzt eben noch gesessen hatten, waren leer. Hatty runzelte die Stirn. Es sah ihrer Mutter gar nicht ähnlich, heimlich von einem Fest zu verschwinden. Sie war als gute Gastgeberin bekannt.

Hatty lief die Wiese zum Haus hinauf, doch als sie an der improvisierten Tanzfläche vorbeikam, trat ihr Benjamin in den Weg. Der Blick seiner strahlend blauen Augen ruhte auf ihr. Das blonde Haar hing ihm in die Stirn. Er streckte die Hand nach ihr aus und Hatty ließ sich in seine Arme ziehen. Das Quintett spielte einen ungarischen Tanz und Ben wirbelte sie über den Rasen. Er war ein guter Tänzer, und sie ließen keinen der nächsten fünf Tänze aus, bis sie beide vollkommen außer Atem waren.

Benjamin schlug vor, eine Pause einzulegen. Sie kehrten an den Tisch zurück und Ben ließ sich neben Hatty auf den Stuhl fallen. Er berichtete ihr von seinem Studium in London, und seine Erzählungen waren so spannend, dass Hatty am liebsten selbst an die Universität gegangen wäre. Nicht zum ersten Mal ärgerte sie sich darüber, dass es Frauen derart schwer gemacht wurde, zu studieren. Sie waren so in ihre Unterhaltung vertieft, dass Hatty gar nicht bemerkte, wie spät es geworden war. Als die Gäste aufbrachen, fiel ihr auf, dass ihre Mutter und Bens Vater immer noch nicht zurückgekehrt waren. Ob sie einen Spaziergang um den See gemacht hatten?

»Ich denke, ich sollte mich auch verabschieden«, sagte Benjamin. »Ich scheine einer der letzten Gäste zu sein.«

Aber Hatty wollte nicht, dass er schon ging. Der Nachmittag war wunderschön gewesen.

»Warte«, sagte sie, »ich will dir noch mein Geburtstagsgeschenk zeigen. Es steht in der Bibliothek.«

»Ein Buch?« Benjamin grinste.

Hatty schüttelte den Kopf. Sie zog ihn hinter sich her ins Haus. Als sie in den dunklen Flur traten, war es angenehm kühl. Hatty nahm den vertrauten Geruch des Hauses wahr, hörte die Dienstboten in der Küche hin und her laufen und Lizzy kam und strich um ihre Beine. Sie verlangsamte ihren Schritt, um nicht über die Katze zu stolpern. Dann warf sie Benjamin einen Blick über die Schulter zu. Sie hielt die Luft an, als sie das Begehren in seinen Augen erkannte. Ihr Herz schlug schneller. Ben war tatsächlich in sie verliebt! Plötzlich kribbelte es in ihrem Magen. Sie zog eine Augenbraue hoch und öffnete leicht den Mund. Sie wusste, dass das bezaubernd aussah, sie hatte diesen Blick oft vor dem Spiegel geübt und sich vorgestellt, ein wunderschöner Marquess käme des Weges und würde sich Hals über Kopf in sie verlieben.

»Oh Hatty, tu das nicht«, sagte Ben leise.

Aber sie fand viel zu viel Gefallen daran. Noch nie hatte ein Mann sie begehrt, noch nie hatte jemand ihr das Gefühl gegeben, so betörend zu sein. Es war ein aufregendes Spiel, das sie gerade neu erlernte. Langsam drehte sie sich zu ihm um und näherte sich ihm, bis auch Benjamin der Anziehungskraft, die plötzlich zwischen ihnen bestand, nicht mehr widerstehen konnte.

Es war das erste Mal, dass Hatty einen Mann küsste. Es war umwerfend und aufregend. Sie atmete den Duft seiner Haut, spürte seinen Herzschlag an ihrer Brust und seine Hände, die sich auf ihren Rücken gelegt hatten und sie fest an sich drückten. Seine Lippen waren sanft und zugleich fordernd, sein Bart kitzelte angenehm ihre Haut und sein Atem ging stoßweise. Hatty war berauscht von dem Gefühl, das so neu für sie war und sämtliche Vorstellungen übertraf, die sie sich davon gemacht hatte. Als sie sich von ihm löste, hatte sie den Eindruck, ein anderer Mensch geworden zu sein.

Ben zog sie sanft zurück in seine Arme. Sein Mund wanderte über ihre Wange zu ihrem Hals.

»Hatty, ich habe mir so sehr gewünscht, dass du auch so empfindest. Ich liebe dich. Ich weiß, dass deine Mutter einen besseren Mann für dich sucht, aber mein Vater kann sie vielleicht überzeugen. Heirate mich!«

Hatty lachte. Damit konnte es Ben unmöglich ernst sein.

»Ich kann dir zwar nicht das Leben bieten, dass du aus Chastle House gewohnt bist, aber ich bin bereit, dich glücklich zu machen.« Seine Lippen ließen nicht von ihr ab und liebkosten ihre Wangen, die Stirn und ihr Haar. »Hatty, heirate mich.«

In ihrem Kopf schwirrten die Gedanken. Sie mochte Ben. Aber sie war noch so jung. Sie war noch nicht dazu bereit, zu heiraten. Es war wunderschön gewesen, Ben zu küssen, es hatte ihr Spaß gemacht, mit ihm zu flirten, aber eine Ehe war etwas ganz anderes.

Sie seufzte und murmelte in sein Ohr: »Ach, Ben!«

»Du machst mich zum glücklichsten Mann der Welt«, erwiderte er und Hatty biss sich auf die Zunge.

Er hatte sie vollkommen falsch verstanden. Er schien zu glauben, dass sie seinen Antrag angenommen hatte, aber das ging viel zu schnell für sie.

Hatty schluckte und löste sich aus seiner Umarmung, um rasch das Thema zu wechseln.

»Nun komm schon, ich will dir doch den Phonographen zeigen.«

Sie zog ihn hinter sich her ins Treppenhaus.

»Du hast einen Phonographen bekommen?« Ben sah sie ungläubig an.

Hatty nickte stolz. »Und eine ganze Schachtel voller Walzen.«

»Hatty, das ist ein unglaubliches Geschenk. Diese Apparate kosten ein Vermögen und ich weiß von Fakultäten, die sich keinen leisten können, obwohl sie dringend einen bräuchten.«

Bens Schritte hatten sich beschleunigt. Er schob sie vor sich her in die erste Etage.

»Ja, ich wundere mich selbst, wie großzügig meine Mutter in diesem Jahr war«, erwiderte Hatty. Sie hatten den letzten Treppenabsatz erreicht. »Sie hat mir immer ein schönes Geschenk ausgesucht, aber dieses Mal ist es unübertrefflich.«

Plötzlich griff Ben nach ihrem Arm und zog sie hinter das Treppengeländer. Er deutete den kurzen Flur hinunter zum Schlafzimmer von Hattys Mutter.

Sie hielt den Atem an. Doktor Franklin schlich sich verstohlen aus dem Zimmer ihrer Mutter und huschte zur Hintertreppe.

»Wer hätte das gedacht?« Hatty starrte dem Arzt entsetzt hinterher. »Meine Mutter, die immer auf Anstand bedacht ist und kaum Gefühle zeigt, hat auf meiner Geburtstagsfeier ein Stelldichein mit deinem Vater …«

»Urteile nicht zu hart über sie. Sie waren schließlich beide schon einmal verheiratet und die Dinge liegen jetzt etwas anders.«

Hatty hatte plötzlich einen Kloß im Hals. Sie räusperte sich. »Ich wäre dir dankbar, wenn du mit niemandem darüber sprechen würdest.«

Ben drehte sie an ihrem Arm zu sich. »Keine Sorge, mein Liebling, wir werden sowieso bald eine Familie sein. Und über meine zukünftige Schwiegermutter würde ich niemals schlecht reden.«

Benjamin zog sie an sich und küsste sie erneut.

Hatty hatte plötzlich das Gefühl, ein schwerer Stein liege auf ihrer Brust. Sie musste Benjamin sagen, dass sie Zeit brauchte und dass sie noch nicht entschieden hatte, ob sie wirklich seine Frau werden wollte. Aber sein leidenschaftlicher Kuss und die Gefühle, die er in ihr auslöste, ließen sie schweigen.

Hatty saß am Frühstückstisch und blickte auf den See hinaus. Heute hing der Himmel voller Wolken, wenngleich es noch angenehm warm war. Hatty war zufrieden mit ihrer Arbeit der letzten vier Tage. Sie hatte die Vormittage in der Bibliothek verbracht und sämtliche Lieder ihrer Großmutter in den Phonographen gesungen. Sie hatte ihre Zofe verpflichtet, für sie die Kurbel zu drehen. Heute wollte sie das letzte Notenheft abschließen. Sie hatte nur ihre Lieblingslieder herausgesucht, denn es standen nicht genügend Walzen zur Verfügung. Und bevor sie zu singen begann, hatte sie jedes Mal den Titel und das Datum des Tages genannt, an dem sie die Aufnahme tätigte.

»Guten Morgen.« Ihre Mutter betrat das Esszimmer und ließ sich auf den Stuhl am Kopfende des Tisches fallen.

Hatty hatte sie in den letzten Tagen kaum gesehen. Sie war so mit ihrem Phonographen beschäftigt gewesen, dass ihr das gar nicht aufgefallen war. Hatty musste sich aber eingestehen, dass es ihr ganz recht war. Denn seit sie Doktor Franklin aus dem Schlafzimmer ihrer Mutter hatte schleichen sehen, waren ihr diese Begegnungen unangenehm. Sie dachte immer noch darüber nach, ob sie ihre Mutter darauf ansprechen sollte.

Hatty entschied sich, ein unverfängliches Thema zu wählen. »Mutter, der Phonograph ist großartig. Ich habe all meine Lieblingslieder von Großmutter Katherine aufgenommen.«

»Es freut mich, dass dir dein Geschenk so viel Freude bereitet.«

Ihre Mutter stand auf, um sich vom Buffet etwas Rührei und Kaffee zu holen. Hatty dachte angestrengt nach. Sie zerbrach sich gerade den Kopf darüber, für welche Lieder sie eine weitere Walze opfern sollte, als ein lautes Poltern erklang.

Hatty sah zur Anrichte hinüber und sprang entsetzt auf. Ihre Mutter lag am Boden, schwer atmend.

»Mutter!«, rief sie und stürzte zu ihr. »Geht es dir nicht gut?«

Ihre Mutter war blass und nichts an ihr deutete darauf hin, dass sie Hattys Worte gehört hatte. Hatty rannte in den Flur und brüllte nach dem Hausmädchen. »Hol Doktor Franklin. Ein Notfall! Schnell!«

Dann lief sie zurück zu ihrer Mutter. Hilflos bückte sie sich. Wenn sie nur wüsste, was zu tun war! Sie sprang wieder auf und griff nach dem erstbesten Kissen auf dem Stuhl, das sie ihrer Mutter unter den Kopf schob. Der Puls unter der dünnen weißen Haut schlug rasend schnell und Schweißperlen hatten sich auf ihrer Stirn gebildet. Hatty hörte die keuchenden Atemzüge und überlegte fieberhaft, was sie tun konnte. Was war bloß geschehen? Warum war ihre Mutter zusammengebrochen?

Nach einer Ewigkeit, wie es ihr schien, hörte sie eilige Schritte im Flur. Doktor Franklin stürzte ins Zimmer, dicht gefolgt von Benjamin.

Der Arzt stellte seine Tasche ab und entnahm ihr mehrere Glasfläschchen, die er aufbrach und deren Inhalt er in eine Spritze aufzog.

Hatty wandte sich ab, als er die Nadel in den Arm ihrer Mutter stach.

»Jetzt sollten wir sie nach oben bringen.« Doktor Franklin richtete sich auf und sah seinen Sohn auffordernd an.

»Was hat meine Mutter?« Hatty hörte die Panik in ihrer Stimme. »Ist es etwas Ernstes?«

»Hatty, bitte ...« Benjamin schob sie sanft zur Seite. »Du wirst alles erfahren, aber zuerst müssen wir uns um Lady Beatrice kümmern.«

Hatty folgte den beiden Ärzten nach oben und wartete dann vor der Schlafzimmertür ihrer Mutter. Sie atmete tief ein. Ben hatte ja recht, die Ärzte mussten sich jetzt auf ihre Patientin konzentrieren. Und doch war die Ungewissheit unerträglich.

Hatty musste an ihren Geburtstag denken und an das heimliche Treffen von Doktor Franklin und ihrer Mutter in ihrem Zimmer. Was, wenn dieses Stelldichein inzwischen Früchte getragen hatte? Sie wusste zwar nicht viel darüber, aber den Andeutungen ihrer verheirateten Freundinnen hatte sie entnommen, dass in Schlafzimmern mitunter Dinge geschehen konnten, die Frauen in andere Umstände brachten. Hatty krampfte ihre Hände zusammen. In diesem Fall würde der Arzt ihre Mutter schnell heiraten müssen, um einen Skandal zu vermeiden. Und was bedeutete das für Hatty? Wie würde Benjamin reagieren, wenn er erfuhr, dass sie sich nicht mit ihm verloben würde? In den letzten Tagen war sie ihm aus dem Weg gegangen. Aber ein Gespräch ließ sich nicht ewig aufschieben. Wenn sie dann auch noch verwandt wären, wie würde die Stimmung zwischen ihnen sein? Das Unbeschwerte, das vor jenem Tag zwischen ihnen bestanden hatte, war fort und Hatty zweifelte daran, dass es je wieder zurückkehren würde.

Plötzlich öffnete sich die Schlafzimmertür und die beiden Ärzte standen vor ihr. Hatty wich einen Schritt zurück, als sie Bens Blick begegnete. Mitleid lag in seinen Augen und noch etwas anderes. War es Angst? Oder Sorge?

»Wie geht es ihr? Kann ich sie sehen?«, sagte Hatty und war schon im Begriff, ins Zimmer zu stürmen, als Ben sie am Arm fasste.

»Warte«, sagte er mit einem kurzen Blick zu seinem Vater. »Wir wollen zuerst mit dir sprechen.«

»Können wir das nicht bei meiner Mutter tun? Ich muss nach ihr sehen.« Hatty wollte keine langen Erklärungen, sie wollte sichergehen, dass es ihrer Mutter wieder besser ging.

»Deine Mutter braucht Ruhe«, ergriff Doktor Franklin das Wort. »Bitte, wo können wir uns ungestört unterhalten?«

Widerstrebend führte Hatty die beiden Männer hinunter ins Weiße Zimmer.

»Hatty«, begann Doktor Franklin, »ich weiß, dass du noch vollkommen ahnungslos bist.«

Hatty sah zu Benjamin hinüber, der mit zusammengepressten Lippen auf dem Sofa saß.

»Was ist los, Ben?«, fragte sie ihn.

Doch er schüttelte nur den Kopf. »Oh Hatty, es tut mir so leid. Wenn ich gewusst hätte … ich hätte niemals … ich hatte ja keine Ahnung.«

»Was denn?« Hattys Stimme überschlug sich. Warum sagte ihr niemand, was los war?

»Deine Mutter ist schwer krank«, erklärte Doktor Franklin schließlich. »Sie war vor wenigen Wochen bei einem Spezialisten in London. Er konnte nichts mehr für sie tun und hat sie in meine Obhut gegeben. Ich versuche, ihr die Schmerzen so erträglich wie möglich zu machen, aber …« Er verstummte.

Hatty konnte nicht glauben, was sie da hörte. Ihre Mutter war doch nicht krank. Sie war noch nie ernsthaft krank gewesen.

Ben fasste nach ihren Händen und zwang sie, ihn anzusehen. »Hatty, sie hat ein Geschwür. Ich wusste es nicht. Als wir an deinem Fest über sie gesprochen haben, als wir dachten, dass sie und mein Vater … wir haben uns schrecklich geirrt.«

»Was?« Hatty zog ihre Hände zurück und stand auf. Langsam ging sie zum Fenster. Es hatte zu regnen begonnen.

»Sie hat nur noch wenige Tage zu leben«, sagte Doktor Franklin, der hinter sie getreten war. »Deine Mutter hat darauf bestanden, dass niemand davon erfährt. Ich habe immer wieder auf sie eingeredet, mit dir zu sprechen, aber sie wollte nicht.«

»Warum?« Hattys Stimme erstickte. Tränen traten ihr in die Augen.

»Sie wollte dich nicht beunruhigen.« Der Arzt seufzte.

Hatty fuhr herum. Sie wollte etwas erwidern, sie wollte den Arzt anschreien und ihm Vorhaltungen machen. Aber dann fiel ihr ein, dass es ja nicht seine Entscheidung gewesen war, sondern die ihrer Mutter.

Doktor Franklin räusperte sich. »Hatty, es kann jetzt ganz schnell gehen. Ich kann dir nicht sagen, wie viele Stunden deiner Mutter noch bleiben.«

»Aber warum habe ich es nicht bemerkt?« Sie sah den Arzt hilflos an. »Ich hätte es ihr doch ansehen müssen.«

Doktor Franklin schüttelte den Kopf. »Das ist das Tückische an den Geschwüren. Sie breiten sich aus, während man noch lange Zeit ein nahezu normales Leben führen kann. Aber irgendwann rauben sie dem Körper sämtliche Lebenskraft.«

»Und deine Mutter wollte es verbergen. Sie hat sich zusammengenommen, wenn sie in der Öffentlichkeit war«, sagte Ben niedergeschlagen.

»Aber ich bin ihre Tochter!« Tränen liefen Hatty über die Wangen. Sie wischte sie achtlos fort. »Ich hätte es sehen müssen.«

»Das hast du doch getan. Genau wie ich. Die häufigen Besuche meines Vaters bei ihr und das, was wir bei deinem Geburtstagsfest beobachtet haben … Aber wir haben die falschen Schlüsse daraus gezogen.« Ben strich ihr beruhigend über den Arm.

Hatty schüttelte den Kopf. »Sie hatte meine Hilfe dringend nötig. Vielleicht hätte ich es verhindern können.« Plötzlich kam ihr ein Gedanke. »Doktor Franklin, kann man nicht irgendetwas tun? Gibt es keinen Spezialisten, den man zurate ziehen könnte?«

»Nein«, sagte der Arzt. »Sie war schon bei einem Spezialisten in der Harley Street. Es gibt keine Rettung, es tut mir leid.«

Hatty sprang auf. »Ich werde jetzt zu ihr gehen. Und morgen fahre ich selbst nach London, um mich zu erkundigen.«

Sie stürmte aus dem Raum und eilte die Treppe hinauf, so schnell sie konnte, ins Zimmer ihrer Mutter.

Die Vorhänge waren zugezogen. Nur wenig Licht drang herein.

»Mutter?« Langsam trat sie an das Krankenbett.

Ihre Mutter wandte den Kopf zu ihr. »Hatty«, flüsterte sie.

»Oh Mutter!« Hatty fiel vor dem Bett auf die Knie. Sie strich ihr über die Wange, die im Dämmerlicht weiß schimmerte.

»Es tut mir so leid …« Die Worte ihrer Muter waren kaum zu verstehen.

»Ich liebe dich. Du darfst mich nicht allein lassen.« Hatty schluchzte.

»Mein Liebling, ich weiß.« Jetzt liefen auch ihrer Mutter Tränen übers Gesicht. »Ich gehe nur ungern, glaube mir. Kümmere dich um deinen Großvater. Er wird auf dich achten. Er hat mir versprochen, gut für dich zu sorgen.«

Hatty fiel ihr Besuch im August ein, als ihre Mutter sie aus dem Wintergarten geschickt hatte. Womöglich war sie kurz davor bei besagtem Spezialisten in London gewesen und hatte die fatale Diagnose erhalten. Damals war Hatty das eigenartige Verhalten ihrer Mutter aufgefallen, doch sie hatte nicht weiter darüber nachgedacht.

»Warum hast du mir nichts gesagt?«, fragte sie leise und küsste ihre Mutter auf die Stirn.

Eine Weile blieb es still im Zimmer, dann antwortete Beatrice: »Ich wollte dir deine Kindheit noch ein wenig länger erhalten. Jetzt ist sie vorüber. Du musst erwachsen werden.«

»Aber ich bin achtzehn Jahre alt«, schluchzte Hatty. »Ich bin doch längst erwachsen. Ich werde nach London fahren und einen Arzt finden, der dir helfen kann, das verspreche ich dir.«

Ihre Mutter schloss müde die Augen und flüsterte: »Niemand kann mir helfen, Hatty. Bitte bleib hier bei mir in Chastle House, bis es vorüber ist.«

Es war noch am selben Tag vorüber. Hattys Mutter starb am Abend des ersten Herbsttages. Der Nieselregen des Vormittags war in einen starken Landregen übergegangen und die Tropfen peitschten gegen die Fensterscheiben. Ihr Trommeln, das Pfeifen des Windes und die bedrückende Stille, die sich in Chastle House ausgebreitet hatte, würde Hatty ihr Leben lang nicht vergessen.

Ben war den ganzen Tag über bei ihr geblieben und hatte ihr Tee und Suppe gebracht, doch von beidem hatte Hatty nichts angerührt. Irgendwann hatte er versucht, sie ins Bett zu schicken, aber sie wollte sich noch nicht von ihrer Mutter trennen. Sie hatte das Gefühl, solange sie bei ihrem leblosen Körper ausharrte, sei sie noch bei ihr. Erst wenn Hatty sie verließ, war sie wirklich tot. Hin und wieder nickte sie kurz ein, schrak aber wenig später auf.

Selbst als es hell wurde, ließ sie sich nicht aus dem Zimmer führen. Erst nachdem der Leichenbestatter eingetroffen war, der ihre Mutter mitnehmen wollte, verließ sie widerstrebend den Raum. Hatty griff nach ihrem Mantel und ging aus dem Haus, hinunter zum See. Sie folgte dem Uferweg und schlug auf der anderen Seite einen schmalen Pfad in die Berge ein. Sie wanderte so lange, bis sie vom Regen durchnässt zu einem Unterstand gelangte. Sie kannte den Ort gut aus ihrer Kindheit. Hier hatten sie oft Rast gemacht auf ihren Ausflügen in den Bergen. Hatty rollte sich auf dem harten Holzboden zusammen und schlief ein.

Kapitel 8

Chastle House, Forewood, Lake District, England
April 2018

Zum ersten Mal erwachte Dione in Chastle House ohne das Gefühl einer dumpfen Traurigkeit. Während sie ihre Glieder streckte, fragte sie sich, warum sie so glücklich war. Doch als sie die Augen öffnete, kehrte die Erinnerung zurück. Sie sah Aiden und die kleinen Welpen vor sich. Sie spürte wieder den warmen Rücken des Pferdes und sah die Weite des Sees, an dem sie mittags Rast gemacht hatten.

Dione schlug die Bettdecke zurück und betrachtete das Zimmer, in dem sie sich plötzlich zu Hause fühlte. Die Holzdielen unter ihren nackten Füßen knarrten, als sie ans Fenster trat. Sie stieß es weit auf, sodass die kalte Morgenluft hereinströmte. Raureif lag auf der Wiese und Nebelschwaden stiegen über dem See auf. Während Dione ihren Blick über die Landschaft gleiten ließ, fragte sie sich, warum sie bisher erst einmal die Umgebung erkundet hatte. Sie war nun schon seit einigen Wochen hier und hatte die schönste Natur direkt vor der Haustür. Heute war ein guter Tag für einen Spaziergang.

Sie zog sich an und kochte sich Eier zum Frühstück. Während sie in der Küche hantierte, summte sie vor sich hin. Das Kochen ging ihr inzwischen erstaunlich leicht von der Hand. Ja, es machte ihr sogar Spaß.

Nachdem sie gefrühstückt hatte, zog sie sich ihre Gummistiefel an, griff nach der Wanderkarte, die sie in Keswick gekauft hatte, und marschierte durch den Garten zum See hinunter. Als sie das Ufer erreicht hatte, vibrierte ihr Telefon. Auf dem Display erkannte sie Aidens Nummer. Sie lächelte und nahm den Anruf an.

»Was machst du heute?«, meldete sich die fröhliche Stimme des Farmers.

»Ich erkunde mal wieder den Lake District«, sagte Dione. »Aber dieses Mal nehme ich eine Landkarte mit, damit ihr mich nicht wieder einsammeln müsst.«

Aiden lachte. »Ich hätte nichts dagegen, dich unterwegs aufzugabeln. Hast du Lust auf ein Mittagessen im *Forewood Inn*?«

Dione kam es vor, als hätte der See noch nie so schön vor ihr gelegen, das Wasser noch nie so sehr geglitzert wie heute. Der Wind hatte aufgefrischt und kräuselte die Wasseroberfläche.

»Sehr gern«, antwortete sie. »Ich wollte dich auch schon anrufen und fragen, ob ich dir vielleicht mit den Welpen helfen kann. Aber dann hatte ich Angst, dich bei der Arbeit zu stören.«

»Ruf immer an, wenn du magst. Ich freue mich jederzeit, wenn du mir mit den Zwergen hilfst.«

»Prima.« Dione konnte es kaum erwarten, die kleinen Hunde wiederzusehen. Und Aiden.

»Was hältst du davon, wenn du nach dem Lunch direkt mit mir zur Farm rauskommst? Kate ist heute Nachmittag eingeladen und kommt erst spät zurück und unsere Perle

Emma hat ihren freien Nachmittag. Ich muss mich um den Laden kümmern und könnte ein wenig Hilfe gut gebrauchen.«

Ein paar Abende später saßen sie im Garten von Chastle House und sahen auf den See hinunter. Der Himmel hatte sich bereits orangerot gefärbt und die Sonne war längst hinter den hohen Bergen verschwunden.

Sherlock, einer der Welpen – Dione hatte ihm diesen Namen gegeben, weil er immer neugierig am Boden herumschnüffelte –, spielte mit einem Ball auf der Wiese. Dione hatte den kleinen Hund ins Herz geschlossen, und nachdem sie an diesem Nachmittag auf die Welpen aufgepasst hatte, hatte sie Aiden gebeten, Sherlock für ein paar Stunden mit nach Chastle House nehmen zu dürfen.

Inzwischen war sie jeden Tag zur Lakeside Farm hinübergelaufen und hatte Aiden und die Hunde besucht. Sie hatte ihm bei der Pflege der Pferde geholfen, sie waren gemeinsam über die Wiesen geritten und hatten die Mauern und Zäune kontrolliert, und wenn Aiden und Emma anderweitig beschäftigt waren, hatte sie die Aufsicht über die kleinen Hunde übernommen. Das allerdings war viel schwieriger, als Dione es sich vorgestellt hatte. Die Zwerge, wie Aiden sie liebevoll nannte, waren nun schon fast acht Wochen alt und ziemlich abenteuerlustig. Sie knabberten alles an, was sie zwischen ihre spitzen Zähne bekamen, verrichteten ihr Geschäft, wo sie gerade waren, und liefen anschließend mittendurch, während Dione noch die Küchenrolle holte, um alles aufzuwischen.

Dione griff nach ihrer Teetasse, die sie mit zum See hinuntergenommen hatte, und dachte lächelnd, dass sie sich nichts Schöneres mehr vorstellen konnte. Sie genoss die Zeit mit den Welpen und mit Aiden, sie liebte die malerische und zugleich raue Landschaft des Lake Districts und sie war glücklich in Chastle House.

Mit einem warmen Gefühl erinnerte sie sich daran, wie sie Aiden das Anwesen gezeigt hatte. Obwohl er schon sein ganzes Leben in Forewood wohnte, hatte er Chastle House bisher noch nie betreten. Auf ihrem Rundgang durch das Gebäude hatte sie sogar einige Zimmer entdeckt, in denen sie selbst noch nie gewesen war. Im Keller gab es einen ganzen Bereich, der verschlossen war. Da nirgends ein Schlüssel zu finden war, gingen sie wieder nach oben und setzten sich in die Abendsonne. Sie lauschten dem Konzert der Vögel und genossen den Frühlingsduft, bis sich die Dunkelheit über das Haus, den Garten und den See legte.

Dieses abendliche Beisammensitzen war für die beiden zu einem Ritual geworden. Aiden kam, wenn die Pferde versorgt waren, und dann setzten sie sich gemeinsam hinters Haus. Manchmal redeten sie nicht viel, Dione konnte mittlerweile an seinem Schweigen erkennen, ob Aiden müde war oder verstimmt. Wenn Letzteres zutraf, wartete sie, bis er ihr von seinem Ärger erzählte. Meist war es ein Streit mit Kate. Aber deutlich öfter war Aiden gut gelaunt und erzählte ihr von seiner Kindheit auf der Farm oder von seinem Traum, die Pferdezucht weiter auszubauen.

»Ich hatte keine Ahnung, dass Chastle House so idyllisch liegt«, sagte er jetzt und streckte die Beine aus. Er lehnte sich in dem Messingstuhl zurück und verschränkte die Arme hinterm Kopf. »Dieses Haus war schon immer Teil meines Lebens, es gehört zu Forewood wie die Lakeside Farm. Und doch wusste ich fast nichts darüber. Der

Ausblick hier ist einzigartig. Nicht viele Menschen haben das Glück, so leben zu dürfen.«

Dione nickte. Sie dachte an all den Luxus, den sie hinter sich gelassen hatte. Weder ihr Anwesen in Bel Air hatte sie glücklich gemacht noch die Resorts in der Karibik oder auf Hawaii, wo sie mit ihrem Team regelmäßig zu Gast war. Erst jetzt hatte sie endlich ein Zuhause gefunden.

Sie seufzte. »Es ist egal, wo man lebt, solange man es schafft, glücklich zu sein.«

Aiden betrachtete sie von der Seite. »Du sprichst nie über dich. Ich weiß immer noch nicht, was du beruflich machst. Erzähl mir etwas über deine Eltern. Wo bist du aufgewachsen?«

Dione wusste, dass der Augenblick kommen musste, an dem Aiden von ihr dieselbe Offenheit forderte, wie er sie ihr entgegenbrachte.

Sie wandte langsam den Kopf in seine Richtung, bevor sie mit leiser Stimme sagte: »Das kann ich nicht. Ich muss mir zuerst über viele Dinge klar werden.«

Aiden nickte. »Ich weiß, dass du dein altes Leben hinter dir lassen willst, und das akzeptiere ich auch.«

Dione nickte dankbar. »Ich werde nicht gern daran erinnert. Irgendwann kann ich dir mehr darüber sagen, aber im Augenblick ist es noch zu früh.«

»Ich möchte dir eigentlich etwas schenken, weiß aber nicht, ob es in dein Leben passt.« Aiden lächelte sie an. »Deshalb habe ich dich danach gefragt.«

Dione lehnte sich neugierig nach vorn.

»Ich würde mich riesig freuen, wenn du Sherlock behalten würdest.« Aiden sah sie unsicher an, als hätte er Angst vor ihrer Antwort.

Dione wusste nicht, was sie erwidern sollte. Sie konnte sich kein größeres Glück vorstellen, als diesen kleinen Kerl fortan bei sich zu haben.

Tränen traten ihr in die Augen. »Oh Aiden! Das ist ja großartig. Vielen Dank!«

Aiden errötete, was ihn schrecklich attraktiv machte, und murmelte verlegen: »Ich hab schon gemerkt, dass du dich in ihn verliebt hast.«

Dione stand auf und ging zu dem kleinen Hund, der auf der Wiese herumtollte. Sie hob ihn hoch und drückte ihr Gesicht tief in sein Fell.

Aiden räusperte sich. »Aber ein Hund verändert alles. Bist du dir sicher, dass du ihn haben willst?«

Dione seufzte. Hier in Chastle House wäre Sherlock der perfekte Kamerad. Er würde im Garten spielen und im See schwimmen und das große unheimliche Haus würde Dione gleich viel behaglicher erscheinen, wenn sie den Hund an ihrer Seite wüsste. Aber im Herbst musste sie wieder ihren Verpflichtungen nachkommen. Sie musste nach London und nach Hollywood. Was würde dann aus Sherlock werden?

Sie wandte sich an Aiden, den Hund immer noch im Arm. »Ich weiß momentan so wenig über meine Zukunft. Vielleicht bleibe ich ja auch für immer hier.«

Sie hatte diesen Gedanken zum ersten Mal laut ausgesprochen und er löste ein ungeheures Glücksgefühl in ihr aus. Plötzlich schien alles so einfach. Sie würde nur noch die fest gebuchten Konzerte geben und den Film drehen. Danach würde sie sich aus der Öffentlichkeit zurückziehen und in Forewood leben. Bei Sherlock und Aiden.

»Das wäre großartig.« Aiden strahlte und Diones Herz

machte einen Sprung. In ihrem Kopf hörte sie eine warnende Stimme, die ihr zuflüsterte, dass Aiden ja nicht frei war. Aber Dione ignorierte sie, genau wie die vorwurfsvollen Blicke, die Claire ihr immer zuwarf, wenn sie ihr von Aiden erzählte. Ihrer Freundin schien Diones enger Umgang mit dem Farmer nicht zu gefallen, Dione hatte manchmal den Eindruck, Claire fürchtete sich vor Kate. Aber diesen Gedanken wischte sie jedes Mal beiseite. Vielleicht war Claire ja auch nur übervorsichtig. Dione versuchte ihr immer wieder klarzumachen, dass sie und Aiden einfach gute Freunde waren, aber Claire war nicht davon zu überzeugen.

Dione blickte wieder zu dem kleinen Hund. »Im Herbst muss ich auf jeden Fall noch einmal für eine längere Zeit fort. Ich weiß nicht, ob ich Sherlock dann mitnehmen kann.«

»Das ist kein Problem«, sagte Aiden und stand auf. »In der Zeit kann Sherlock natürlich bei uns bleiben.«

Er streichelte das goldfarbene Fell des Hundes und Dione verfolgte die sanften Bewegungen seiner rauen Hand. Sie betrachtete Aidens Gesicht und seine schwarz-grauen lockigen Haare, die sich nie ganz bändigen ließen. Schnell riss sie den Blick von ihm los und wandte sich wieder dem kleinen Wesen auf ihrem Arm zu.

Dione konnte es nicht fassen, dass dieses wunderschöne Tier künftig ihr gehören sollte.

»Er wird bald acht Wochen alt sein und dann kannst du ihn übernehmen. Bis dahin solltest du Chastle House welpensicher machen«, sagte Aiden und zwinkerte ihr zu.

Eines Abends, Sherlock wohnte bereits seit acht Tagen bei Dione in Chastle House, saßen sie wieder im Garten am See.

Dione dachte an Claire, die genauso begeistert von dem kleinen Welpen war wie sie selbst. Seit Sherlock bei Dione eingezogen war, verbrachte Claire noch viel häufiger ihre Pausen zwischen den Putzstellen in Chastle House.

»Kennst du eigentlich Claire Foster?«, fragte sie Aiden, der neben ihr stand und über den See blickte. »Sie hat sich um Chastle House gekümmert, als es leer stand.«

Aiden sah sie überrascht an. »Claire? Aber natürlich!«

Dione wartete darauf, dass er weitersprach, was er nach einer kleinen Pause auch tat.

»Sie wohnt in einer der neuen Sozialwohnungen auf der anderen Seite von Forewood. Aber früher hat sie mit ihrer Mutter draußen in Woodland House gelebt, in der Ruine im Wald.«

Dione sah ihn erstaunt an. »Dort, wo mein … Vermieter heute wohnt?« Beinahe hätte sie sich verplappert. Dione runzelte die Stirn. Wieso hatte Claire ihr nie erzählt, dass sie selbst einmal in Woodland House gelebt hatte? Wieder dachte Dione daran, dass sie noch immer nicht auf Claires Angebot eingegangen war, sie dorthin zu begleiten. Eigentlich hatte sie ihren Vater längst besuchen wollen, aber ihre neue Freundschaft mit Aiden und Sherlock hatte sie davon abgehalten.

»Ihre Mutter Andrea war Alkoholikerin«, fuhr Aiden nachdenklich fort. »Sie hat alles Geld, das sie besaß, für Alkohol ausgegeben. Die Dorfbewohner haben sich um sie und die Kleine gekümmert, bis Claire alt genug war, selbst Geld zu verdienen. Sie hat schon mit zehn Jahren angefangen, Botengänge zu erledigen und zu putzen. Sie hat sogar bei uns auf der Farm im Shop gearbeitet.« Aiden brach abrupt ab und Dione sah ihn überrascht an. Warum hatte Claire nie davon erzählt?

Aiden hob einen Stein vom Ufer auf und schleuderte ihn ins Wasser. Sherlock sprang sofort hinterher.

»Als ihre Mutter starb, zog sie in die Sozialwohnung«, fuhr Aiden fort und sah dann zu Dione. »Warum fragst du nach Claire? Ist sie immer noch in Chastle House beschäftigt?«

Dione nickte und beobachtete Sherlock, der im Wasser nach dem Stein suchte. Er prustete und schnaubte, aber vergebens.

»Sie hat mir in den ersten Tagen hier sehr geholfen«, erklärte sie Aiden. »Wir haben uns angefreundet.«

Aiden setzte sich auf einen der Stühle, die auf dem Rasen standen. »Und trotzdem hat sie dir nichts von ihrer Kindheit erzählt?«

Dione schüttelte den Kopf. »Vielleicht ist ihr die Sache mit ihrer Mutter unangenehm.«

»Kann schon sein«, sagte Aiden nachdenklich. »Claire hat damals ziemlich gelitten. Ich kann mich erinnern, dass sie in der Schule wegen ihrer Mutter und ihrem Leben in Woodland House oft verspottet wurde. Marc wohnt immer noch dort. Das Haus gehört seiner Familie seit dem Ende des 19. Jahrhunderts. Bei den Lords of Cleveland hat es immer schon viele komische Käuze gegeben.«

»Lords?« Dione hob fragend eine Augenbraue.

Aiden nickte und beobachtete Sherlock, der jetzt am Ufer

des Sees herumtollte. »Marc ist völlig verwahrlost und sein Haus abbruchreif. Aber er ist der gegenwärtige Lord of Cleveland.«

Dione schwirrte der Kopf. Sie dachte angestrengt nach. Wenn es stimmte, dass sie Marcs Tochter und dass er der Lord of Cleveland war, wer war sie dann selbst? Trug sie am Ende sogar einen Adelstitel? Solange sie offiziell als Tochter Arthur van Rigas galt, natürlich nicht.

»Wie gesagt, damals hat sich das ganze Dorf um Claire und ihre Mutter gekümmert. Und damals war Marc noch ganz anders. Er hatte diese hübsche Freundin, und jeder dachte, dass er sie heiraten würde. Er lebte in Chastle House und das Haus im Wald stand schon seit Jahrzehnten leer. Andrea hat sich dort eingenistet. Nachdem Marcs Freundin verschwunden war, hat er Chastle House verlassen und ist auch in den Wald gezogen. In dieser Zeit ist er Andrea und Claire wohl nähergekommen.«

Dione starrte auf den See. Was für ein seltsames Verhalten! Was war damals wohl geschehen? Einerseits wollte sie mehr über ihren Vater und ihre Familie wissen, andererseits hatte sie Angst vor dem, was sie dann erfahren würde.

Zögerlich wandte sie sich zu Aiden um. »Hatte er vielleicht ein Verhältnis mit Claires Mutter? Hat ihn mei… seine Freundin vielleicht deshalb verlassen?«

»Nein«, erwiderte Aiden. »Ich war damals zwar noch klein, aber nach allem, was ich über diese Geschichte weiß, ist das sehr unwahrscheinlich. Marc muss seine Freundin unendlich geliebt haben und hatte anfangs kaum Kontakt zu Claires Mutter. Die drei bildeten erst in Woodland House so etwas wie eine Zweckgemeinschaft.«

Warum hatte Claire Dione nie erzählt, dass sie Marc so

gut kannte? Dione hatte immer geglaubt, ihre Freundin wüsste nicht viel über ihn und er hätte sie lediglich für die Pflege von Chastle House engagiert. Dabei hatte sie sogar mit Marc in einem Haus zusammengelebt. Dione erinnerte sich an Claires seltsame Worte an ihrem ersten Abend in Forewood. Damals hatte sie den Lake District eine »Schlangengrube« genannt. Ob sie damit ihre Schulzeit gemeint hatte? War sie früher so stark ausgegrenzt worden, dass ihre Verbitterung daher rührte? Dione war in jenen Tagen zu sehr mit ihren eigenen Sorgen beschäftigt gewesen und hatte nicht weiter nachgefragt. Sie nahm sich vor, Claire gleich morgen darauf anzusprechen.

Kapitel 9

Das Alhambra, Leicester Square, und Cleveland House, Berkeley Square, London, England
März 1866

Niemand sagte ein Wort. Es herrschte eisige Stille. Aber Lady Deborahs Augen blitzten. Henry war sich bewusst, dass seine Mutter die angespannte Stimmung zwischen Katherine und ihm nicht nur spürte, sondern auch immens genoss. Sie wirkte heute Morgen sehr zufrieden und köpfte ihr Ei mit ungewöhnlichem Schwung.

»Du bist so schweigsam, Henry«, sagte sie und sah ihn aus dem Augenwinkel an, während sie ihren Löffel in das weiche Ei tauchte. »Wie kommt es, dass du so plötzlich von deiner Reise zurückgekehrt bist? Und das mitten in der Nacht?«

Henrys Blick huschte kurz zu Katherine, die ihm mit unbewegter Miene gegenübersaß, bevor er antwortete. »Ich bin mit meinen geschäftlichen Angelegenheiten überraschend früher fertig geworden, Mutter.«

Lady Deborah hob eine Augenbraue. »Warum musstest du in der Dunkelheit reisen? Wäre eine Rast am Abend nicht sinnvoller gewesen?«

Henry lächelte gezwungen. »Mutter, du weißt doch, dass ich ungern in Herbergen übernachte.«

Sie antwortete nicht, streute Salz auf das Ei und schob sich den gefüllten Löffel in den Mund. Während sie aß, ruhten ihre Augen auf Katherine.

Henry unterdrückte einen Seufzer. Nachdem Katherine ihn gestern Abend in der Kantine des Alhambra entdeckt hatte, blieb ihm keine andere Wahl, als sie aufzufordern, sofort mit ihm nach Hause zu kommen. Wenn er sein Gesicht vor ihr nicht vollkommen verlieren wollte, musste er versuchen, wieder Herr der Lage zu werden. Sie hatte seine Fragen nicht beantwortet, und Henry war zu aufgewühlt gewesen, um ein ruhiges Gespräch mit ihr zu führen. Also hatte er es zunächst dabei belassen.

Er war mit Katherine vom Alhambra direkt nach Cleveland House gefahren. Sein Gepäck würde er heute in Ilford abholen lassen und den Mietvertrag des Cottages kündigen, denn er benötigte es nicht mehr. Die kurze Fahrt vom Leicester zum Berkeley Square war schweigsam gewesen. Katherine hatte ihn nicht einmal angeschaut und Henry war es recht gewesen.

Jetzt trank er einen Schluck Kaffee und dachte mit Unbehagen an das bevorstehende Gespräch, das er heute mit seiner Frau führen musste. Henry hasste Auseinandersetzungen, und es gefiel ihm gar nicht, seiner Frau Vorhaltungen machen zu müssen, aber er war nun einmal ihr Ehemann und somit für sie verantwortlich. Er trug einen Teil der Schuld an Katherines Verhalten, denn er hätte viel strenger mit ihr sein müssen, hätte erkennen müssen, dass sie Hilfe bei der Eingewöhnung in die englische Gesellschaft benötigte. Er erinnerte sich daran, dass sein Freund, der Earl of Wright, einmal gesagt hatte, nur eine gut erzogene Frau sei eine freie Frau. Damals hatte Henry ihm widersprochen und erklärt, die Erziehung obliege nicht dem Ehemann, sondern den Eltern, und was in der Jugend versäumt worden sei, könne unmöglich in späteren Jahren nachgeholt werden. Heute fielen ihm diese Worte wieder ein und er war durchaus geneigt, seinem Freund zuzustimmen. Wenn er bei Katherine von Anfang an strenger gewesen wäre, würde er sie nun nicht auf Schritt und Tritt überwachen müssen. Ihm blieb doch gar nichts anderes übrig, als sie im Haus einzusperren und ihr Ausgang nur in Begleitung zu gestatten.

Er stocherte appetitlos in seinem Rührei herum. Als hätte sie seine Gedanken gelesen, legte Katherine die Serviette beiseite und stand auf. Henry wusste, dass er sie aufhalten musste.

Er räusperte sich und bemühte sich, seiner Stimme einen entschiedenen Ton zu verleihen. »Katherine, würdest du bitte in mein Arbeitszimmer kommen, ich habe mit dir zu reden.«

Sie hatte die Tür schon fast erreicht und antwortete, ohne sich umzudrehen: »Ich werde heute Mittag bei dir vorbeikommen.«

»Nein.« Henrys Stimme war schneidender, als er beabsichtigt hatte. Er legte die Gabel zur Seite. »Komm bitte sofort zu mir.« Er schob den Stuhl zurück und stand auf. »Ich werde dich begleiten.«

Katherine wandte sich langsam zu ihm um. Sie lächelte ihn an, und Henry fragte sich, ob es Spott war, den er in ihren Augen sah.

»Ich würde gern sofort mit dir sprechen«, erwiderte sie, »doch leider bin ich verabredet. Ich kann unmöglich absagen, es wäre zu kurzfristig. Aber ich werde mich beeilen und in zwei Stunden zurück sein. Dann können wir uns unterhalten.«

Henry runzelte die Stirn. Sollte er sich mit Katherines Versprechen zufriedengeben?

In diesem Moment mischte sich Lady Deborah ein: »Henry, niemand wusste, dass du heute schon zurückkommen würdest. Daher ist es verständlich, dass Katherine sich … anderweitig Unterhaltung gesucht hat.« Die letzten Worte sprach sie mit besonderer Betonung und Henry zuckte unmerklich zusammen. Was wollte seine Mutter damit sagen? Was meinte sie mit dieser »anderweitigen Unterhaltung«? Wusste sie etwa von Katherines Auftritten im Alhambra? Er fühlte sich unbehaglich. Seine Mutter war die Letzte, die erfahren durfte, dass Katherine Henry derart hintergangen hatte. Sie hatte so viel Ärger mit Henrys Vater gehabt, den Schulden und den ganzen Sorgen um ihre Anwesen … Henry musste sie vor weiterem Kummer bewahren.

»Na schön«, sagte er schließlich, »ich erwarte dich um elf.«

Katherine nickte und verließ das Zimmer.

Henrys Blick begegnete dem seiner Mutter. Schweigend stand sie auf und trat ans Fenster. Sie schob den Vorhang zur Seite und schien zufrieden mit dem, was sie sah. »Na also, hab ich es mir doch gedacht.«

Sie winkte ihn heran und deutete nach unten zur Auffahrt.

Die Häme, die jetzt auf ihrem Gesicht lag, ließ Henry frösteln. Zögernd trat er neben sie und folgte ihrem Blick. Eine elegante Equipage stand vor dem Haus und der Kutscher hielt dem Fahrgast gerade die Tür auf. Henry wurde

Zeuge, wie ein gut gekleideter Herr aus dem Gefährt stieg. Der Mann nahm eine Zigarette aus einem Etui und ließ sich von seinem Diener Feuer geben. Er trug einen Zylinder, der sein Gesicht größtenteils verbarg, aber Henry erkannte ihn sofort. Es war Geoffrey, den er im Alhambra in Katherines Garderobe gesehen hatte.

Das ging zu weit! Katherine machte sich über ihn lustig. Sie führte ihn vor wie einen Affen, der seine Kunststücke zeigen sollte. Nicht einmal um Diskretion bemühte sie sich – sie ließ sich sogar direkt vor der Haustür von ihrem Geliebten abholen.

Wütend stürzte Henry aus dem Frühstücksraum in Richtung der Schlafzimmer. Er machte sich nicht die Mühe zu klopfen, sondern trat unangemeldet in das Zimmer seiner Frau.

Sie wirbelte herum. »Mein Gott, Henry, hast du mich erschreckt«, sagte sie vorwurfsvoll.

Henry starrte auf den geöffneten Koffer, der auf Katherines Bett lag. »Was … was tust du da?«

Sie hielt kurz inne. »Ich packe.«

Henry schüttelte verwirrt den Kopf.

»Ich werde dich verlassen«, erklärte Katherine nun mit ruhiger Stimme. »Seien wir ehrlich: Wir passen nicht zusammen. Wir lieben uns nicht, ich kann dich nicht einmal besonders gut leiden.«

Henry wollte etwas erwidern, aber ihm fielen keine passenden Worte ein. Er versuchte zu begreifen, was Katherine vorhatte. Sie konnte doch unmöglich gehen. Sie war eine Frau, sie würde allein nicht überleben können.

Katherine sprach weiter, während sie in aller Ruhe Kleider und Seidenblusen, Toilettenartikel und Schmuckstücke in ihren Koffer legte. »Ich wollte Bickley nicht den Koffer packen lassen, um dir die Blamage zu ersparen. Auf diese Weise kannst du immer noch behaupten, wir hätten uns in gegenseitigem Einvernehmen getrennt.«

»Aber … du … Das kannst du nicht tun«, stammelte Henry. Er brauchte ein Glas Wasser. Oder einen Brandy.

»Nach dem, was gestern Abend geschehen ist, wirst du mich nicht mehr ins Alhambra lassen. Aber ohne die Bühne gehe ich zugrunde. Mir bleibt also nichts anderes übrig, als diese Farce einer Ehe zu beenden.« Katherine klappte den Deckel des Koffers zu. »Den Rest werde ich später abholen lassen.«

Sie griff nach ihrem Mantel. Henrys Gedanken überschlugen sich. Wenn Katherine ihm davonliefe, wäre er dem Spott der Gesellschaft ausgeliefert.

»Was hast du vor? Wo willst du leben?«, hörte er sich fragen.

Katherine zögerte einen Moment, dann zuckte sie mit den Schultern. »Da, wo du nicht bist und ich frei sein kann.«

»Du bist eine Frau. Du wirst niemals frei sein.« Henry lachte höhnisch. »Wie stellst du dir das vor? Von welchem Geld willst du leben?«

»Ich bekomme Geld für meine Auftritte im Alhambra. Ich kann überall ein Engagement finden.« Katherine reckte das Kinn nach vorn.

»Aber das Geld, das du verdienst, ist nicht dein Geld. Es gehört mir, denn ich bin dein Ehemann. Außerdem glaube ich nicht, dass es genügt, um davon einen eigenen Haushalt zu finanzieren, den du ohne meine Hilfe gar nicht gründen kannst.« Henry hätte darüber gar nicht diskutieren müssen. Er war berechtigt, seine Frau zu Hause einzusperren, wenn es zu ihrem Besten war. Aber er wusste, dass er dann nie wieder in den Spiegel würde schauen können.

Katherine hatte sich abgewandt. Er schien einen Nerv bei ihr getroffen zu haben. Also wagte er einen weiteren Vorstoß.

»Was ist mit deinem … Begleiter? Hat er Geld oder hältst du ihn aus?« Bisher war es Henry nicht in den Sinn gekommen, Katherines Ausgaben zu überwachen.

Aber an ihrem Schweigen erkannte er, dass er recht hatte. Sie hatte diesem Geoffrey Geld gegeben.

»Du brauchst für alles meine Genehmigung. Du kannst weder ein eigenes Konto eröffnen noch ein Haus kaufen oder mieten ohne meine Unterschrift. Du darfst nicht einmal das Land verlassen, wenn ich es verbiete.«

Katherine sah ihn an. »Ich werde die Scheidung einreichen. Dann kannst du nicht mehr über mich bestimmen. Und ich bekomme das Geld meines Vaters zurück, die Mitgift.«

Henry schüttelte den Kopf. »Und was willst du als Grund dafür angeben? Eine Scheidung zu erwirken ist schon für den Ehemann schwierig, aber für eine Frau fast unmöglich. Und was das Geld angeht, täuschst du dich. Du wirst nichts bekommen. Das alles ist jetzt in meinem Besitz.«

Katherine öffnete den Mund, um etwas zu sagen, doch dann schloss sie ihn wieder. Ihre dunklen Augen starrten ins Leere. Zum ersten Mal schien das Gefühl der Überlegenheit verschwunden zu sein, das sie Henry sonst immer vermittelte. Der hochmütige Ausdruck, der so oft auf ihrem makellos schönen Gesicht lag, war einer Ratlosigkeit gewichen.

»Und ohne mich bist du auch Bösewichten hilflos ausgeliefert.« Henry hätte am liebsten geschwiegen. Es fiel ihm unendlich schwer, seiner Frau die Hoffnung zu nehmen, aber er konnte es ihr nicht verschweigen. »Du darfst nicht einmal klagen, auch dazu brauchst du einen Mann. Jeder könnte dich betrügen oder ausnutzen, ohne dass du ihn gerichtlich belangen kannst.«

Plötzlich hatte Henry Mitleid mit ihr. Mit ihrer Hochzeit hatte Katherine ihr altes Leben aufgeben müssen, um die achte Lady of Cleveland zu werden. Durch diese Eheschließung gehörte sie Henry und sie hatte ihm zu gehorchen.

»Du weißt, dass ich bislang sehr nachsichtig mit dir war«, fuhr er fort, da Katherine ihre Sprache verloren zu haben schien. »Ich habe dich nie gezwungen, die Ehe zu vollziehen. Es widerstrebt mir, Gewalt anwenden zu müssen, und ich hatte gehofft, du würdest irgendwann von selbst dazu bereit sein. Ich habe dir sämtliche Freiheiten gelassen, die du haben wolltest.«

Katherine schüttelte stumm den Kopf. Ihr Blick wanderte zum Fenster.

»Ich lasse mich nicht vor meinen Angestellten vorführen und vor meiner Mutter. Sie könnten dich dabei beobachten, wie du zu einem anderen Mann in die Kutsche steigst.« Henry trat an den Kamin und zog am Klingelstrang. »Ich werde dich nicht zwingen hierzubleiben. Ich appelliere an deine Vernunft. Wenn du jetzt gehst, tust du es in dem Wissen, dass ich dich nicht unterstützen werde. Du kannst natürlich zu deinem Vater zurückkehren, aber ich bezweifle, dass er dich bei sich aufnehmen wird. Ich müsste selbstverständlich die Scheidung einreichen. Aber das Geld, das dein Vater dir vererbt, jeder Penny, den er dir zukommen lässt, würde mir gehören. Und unter diesen Umständen würdest du es schwer haben, einen neuen Ehemann zu finden. Gesellschaftlich wärst du ohnehin erledigt.«

Katherine schnaubte. Henry wusste, dass ihr die Gesellschaft egal war, aber sie konnte nicht ignorieren, dass sie Geld zum Leben brauchte.

»Entscheide dich. Wenn du gehst, dann halte ich dich nicht auf. Aber wenn du bleiben möchtest, musst du dich meinen Wünschen fügen.« Henry trat ans Fenster und sah, dass die Kutsche immer noch unten wartete. Der Mann war nicht zu sehen, vermutlich war er eingestiegen.

»Und was *wünschst* du?«, fragte Katherine und Henry musste beinahe lächeln, als er den schippisch-spöttischen Ton wieder in ihrer Stimme erkannte.

»Du wirst das sein, wofür du geboren wurdest und ich dich geheiratet habe: eine gute Ehefrau und Mutter. Du wirst mir dein Leben widmen, und zwar von morgens bis abends. Du wirst mit mir Tisch und Bett teilen. Du übernimmst endlich die Führung des Haushalts, überwachst die Angestellten, begleitest mich zu Abendgesellschaften und Bällen und organisierst Feste in unseren Häusern.« Henry machte eine kurze Pause, bevor er zum Ende kam. »Das sind keine unmenschlichen Forderungen. Es sind die Pflichten einer guten Ehefrau.«

Es klopfte und Hannah, das Zimmermädchen, erschien in der Tür. Henry sah Katherine fragend an. Nun war es ihre Entscheidung. Sie kannte die Konsequenzen. Henry empfand eine seltsame Gleichgültigkeit. Wenn sie trotz allem jetzt ging, war es ihm ebenso recht, wie wenn sie blieb.

Katherines Blick wanderte immer wieder zum Fenster. Henry wusste, dass er sie vor eine schwere Aufgabe gestellt hatte. Wenn sie sich dazu durchrang, bei ihm zu bleiben, würde sie auf die große Leidenschaft ihres Lebens verzichten müssen: die Kunst. Wenn sie sich jedoch Geoffrey anschloss, würde sie irgendwann vermutlich betteln gehen müssen oder Schlimmeres. Ihr Vater, der überglücklich gewesen war, seine Tochter in den englischen Adel verheiraten zu können, würde sie verstoßen.

Henrys Magen krampfte sich zusammen, als er beobachtete, wie sich Resignation auf Katherines anmutige Züge legte. Sie warf den Mantel aufs Bett. Dann sagte sie zu Hannah, ohne den Blick von Henry zu wenden: »Geh bitte hinunter zu der Kutsche, die in der Auffahrt wartet, und schicke sie weg. Ich bleibe hier.«

Eine Woche später saß Henry am Schreibtisch und starrte auf die Briefe, die vor ihm lagen. Sie warteten darauf, beantwortet zu werden. Er schob es seit ein paar Tagen vor sich her, denn er konnte sich nicht konzentrieren. Die bedrückende Atmosphäre, die seit der schrecklichen Auseinandersetzung über Cleveland House lag, belastete ihn sehr. Henry und Katherine hatten nie besonders viel miteinander gesprochen, doch nun herrschte eisiges Schweigen zwischen ihnen. Bei Tisch führte Lady Deborah das Wort. Auf ihre spitzen Bemerkungen der stummen Katherine gegenüber ging diese nicht ein, aber Henrys Mutter ließ sich dadurch nicht beirren. Sie unterhielt sich mit Henry, der höflich antwortete, auch wenn er unter der angespannten Stimmung litt.

Henry seufzte und griff nach der Feder. Er machte sich

Sorgen, wie es nun weitergehen sollte. Er wusste, dass dieser Zustand nicht ewig anhalten konnte. Seine Frau hatte ihn in der letzten Woche zu Abendgesellschaften begleitet, hatte sich von ihm zum Essen ausführen lassen und sogar einige Damen der Gesellschaft zum Tee geladen. Oberflächlich betrachtet, gab sie sich Mühe. Aber auf den Kutschfahrten hatte sie nur einsilbig auf Henrys Fragen geantwortet und in der Öffentlichkeit verhielt sie sich Henry und den anderen Mitgliedern der Oberschicht gegenüber äußerst distanziert und beinahe unhöflich. Auf seine Bitte, im Umgang mit den Ladys und Gentlemen etwas mehr Einsatz zu zeigen, hob sie nur eine Augenbraue und erklärte, sie erfülle ihre Pflichten, nicht mehr und nicht weniger. Was konnte Henry tun? Katherine hatte ja recht. Und wenn sie die Haushaltsführung immer noch nicht übernommen hatte, mochte das auch daran liegen, dass seine Mutter dieses Regiment führte und keine Anstalten machte, es an ihre Schwiegertochter abzutreten.

Henry drehte die Feder in der Hand. Er konnte Katherine ja schlecht dazu zwingen, ihn liebevoll zu behandeln. Natürlich, er hätte anders mit ihr verfahren müssen. Spätestens nach ihrem Gespräch letzte Woche hätte er am Abend in ihr Schlafzimmer gehen und die Ehe endlich vollziehen müssen. Er hatte es ihr doch praktisch schon angekündigt! Aber als er dann vor ihrer Tür stand, verließ ihn der Mut. Allein der Gedanke, sich wie ein Tier auf sie zu stürzen, beschämte ihn. Er war nicht in Katherines Zimmer gegangen. Nicht an diesem und auch an keinem der folgenden Abende. Doch jetzt fragte er sich, wie lange es so weitergehen sollte. Nicht nur, dass Henry sich wirklich nach der Nähe einer Frau sehnte, er brauchte auch dringend einen Erben. Sonst würden Cleveland und Chastle House mitsamt den Ländereien und Besitztümern der Familie nach Henrys Tod an den Sohn eines Cousins seines Vaters fallen, den Henry nicht einmal kannte. Diesen Gedanken ertrug er nicht und noch mehr als er selbst litt Lady Deborah darunter. Sie fragte schon seit Monaten immer wieder nach einem Stammhalter und Henry konnte ihr keine zufriedenstellende Antwort geben.

Die Tinte tropfte von der Feder auf das weiße Blatt. Henry fluchte leise und griff nach dem Löschpapier, konnte den Fleck jedoch nicht beseitigen. Resigniert steckte er die Feder zurück in den Halter und stand auf. Er trat ans Fenster und sah in den schönen Frühlingstag hinaus. Erstaunt stellte er fest, dass seine Frau ihr Zimmer verlassen hatte. Die letzten Tage hatte sie hauptsächlich darin zugebracht. Doch jetzt saß Katherine auf der Bank unter dem Apfelbaum und starrte vor sich hin. Henry wurde es schwer ums Herz, als er seine einst so selbstsichere und starke Frau derart traurig und gebrochen sah. Selbst ihre Schönheit schien nicht mehr so zu strahlen wie noch wenige Tage zuvor.

Henry trat vom Fenster zurück und verließ das Arbeitszimmer. Ohne lange zu überlegen, ging er in den Garten zu seiner Frau hinunter. Katherine sah ihn überrascht an.

Henry wusste zunächst nicht, was er sagen sollte, doch dann fragte er unwillkürlich: »Wie bist du zum Tanzen und zum Singen gekommen? Ich habe dich als Mountain Kenny auf der Bühne gesehen. Wo hast du das alles gelernt?«

Katherine zuckte leicht zusammen. Ihr Blick huschte kurz zu ihm hinüber und verlor sich dann in der Weite des

Gartens. Henry glaubte schon, sie würde ihm wieder nicht antworten, doch nach einer Weile sagte sie in schnippischem Ton: »Ist das nicht egal? Es gehört der Vergangenheit an.«

Henry lehnte sich zurück und beobachtete einen Vogel, der über die Wiese spazierte.

»Du bist meine Frau, und doch weiß ich kaum etwas über dich. Ich dachte, dass du wie die anderen Damen der Gesellschaft wärest. Vielleicht ein bisschen wilder und nicht mit den Regeln der englischen Oberschicht vertraut, aber dass du wie unsere englischen Ladys aufgewachsen wärest. Deine Auftritte haben mir gezeigt, wie sehr ich mich geirrt habe. Du hast mich hintergangen.«

»Es tut mir leid, dass ich nicht das bin, was du erwartet hast.« Sie klang beinahe so, als meinte sie es ernst. »Ich konnte nicht ehrlich zu dir sein, sonst hättest du mich davon abgehalten.«

Henry lachte bitter. »Katherine, ich bemühe mich, dich gut zu behandeln. Aber du machst es mir nicht leicht. Du scheinst keinerlei Interesse daran zu haben, dass unsere Ehe glücklich wird.«

»Ich wollte dich nicht heiraten, aber mein Vater ließ mir keine Wahl.« Katherines Stimme klang jetzt seltsam unbeteiligt, als spräche sie über einen Fremden.

Henry verspürte einen Stich, Katherines Worte schmerzten ihn. »Jetzt ist es zu spät für eine Umkehr. Wir sind Mann und Frau und sollten uns zusammenreißen. Und ich möchte dich verstehen. Ich möchte wissen, wie dein Leben verlaufen ist, bevor du mich geheiratet hast.«

Katherine schüttelte stumm den Kopf.

»Mein Vater ist nicht der Mann, für den du ihn hältst«,

sagte sie auf einmal mit leiser Stimme. »Er hat sich einen Ruf als New Yorker Geschäftsmann erworben, der er eigentlich gar nicht ist. Denn sein Vermögen ist mit dem Blut und Schweiß fremder Männer getränkt.«

»Was willst du damit sagen?«

Katherine schloss die Augen. »Seine gesamte Existenz hat er sich in den letzten vier Jahren aufgebaut. New York ist voller Emporkömmlinge, und niemand fragt nach, wenn plötzlich jemand dort auftaucht, der mit Banknoten winkt.«

Henry runzelte die Stirn und versuchte, Katherines Worte zu verstehen. Er hatte nie den geringsten Zweifel daran gehabt, dass ihr Vater schon seit vielen Jahren in der Gesellschaft der amerikanischen Ostküste verkehrte. Er hatte weitreichende Kontakte, die ihn letztendlich auch zu Henry geführt hatten.

Katherine sprach weiter: »Ich bin nicht in New York aufgewachsen, wie du glaubst. Mein Vater entstammt auch keiner traditionsreichen Familie, sondern wurde als Zimmermannssohn in West Virginia geboren. Er ging in den Westen, noch bevor der große Siedlerstrom dort hinzog, und arbeitete einige Jahre als Fallensteller. Als 1848 in Kalifornien das erste Gold gefunden wurde, war er an vorderster Front dabei, um sein Glück zu suchen.«

»Tatsächlich? Das hat er mir gegenüber nie erwähnt. Dabei ist es doch keine Schande, durch gefundenes Gold reich geworden zu sein.«

Katherine schüttelte den Kopf. »Es war nicht das Gold, womit er sich sein Vermögen anhäufte, sondern das Glücksspiel.«

Henry sah sie fragend an, aber Katherine schien ihn gar nicht wahrzunehmen.

»Damals kamen Tausende Männer in den Westen, die den ganzen Tag nach Gold suchten und Stunde um Stunde in der sengenden Sonne verbrachten, um ein Körnchen davon zu waschen. Am Abend waren sie müde und suchten Zerstreuung. Mein Vater hat als einer der Ersten erkannt, dass das die wahre Goldgrube war, und hat einen Saloon in Howkingsville eröffnet. Dort hat er nicht nur literweise Whiskey verkauft, sondern die Männer auch zum Spiel animiert. Natürlich haben immer nur seine Leute gewonnen. Sie haben die betrunkenen Goldgräber mithilfe verschiedener Tricks und von Spiegeln ausgenommen. So haben die Männer das Gold eigentlich für meinen Vater gewaschen. Sie sind alle am Abend in seinem Saloon gelandet.«

Henry versuchte, sich Katherines eleganten Vater als Saloonbesitzer vorzustellen, doch es gelang ihm nicht. Er hatte viel zu überzeugend den New Yorker Geschäftsmann gespielt.

»Das war jedoch erst der Anfang. Natürlich gab es im Saloon meines Vaters immer wieder Ärger und auch Schießereien«, fuhr Katherine fort. »In weiten Teilen des Westens herrscht bis heute kein festgeschriebenes Gesetz, und wenn, gibt es niemanden, der dafür sorgt, dass es auch eingehalten wird.«

Henry nickte. Davon hatte er gehört. Er konnte nicht glauben, dass Katherine in derartigen Verhältnissen aufgewachsen war.

»Meine Mutter wurde Opfer einer Revolverkugel«, fuhr Katherine fort. »Sie starb, als ich drei Jahre alt war. Ich glaube, das hat meinen Vater dazu gebracht, auf niemanden mehr Rücksicht zu nehmen. Er hat eine Bande der skrupellosesten Männer um sich geschart, und so gelang es ihm schließlich, die Stadt zu beherrschen.«

Henry war entsetzt.

Jetzt wandte sich Katherine zu ihm. Sie betrachtete ihn mit ihren dunklen Augen und berührte ihn auf neue Weise. Was hatten diese Augen schon alles gesehen? Wie viel Leid und wie viel Gewalt hatten sie mit ansehen müssen?

»Du hast mich gefragt, wo ich das Tanzen und Singen gelernt habe. Einmal kam eine Wandertruppe zu uns in den Saloon, die eine Art Varietétheater zeigte. Das war damals ein großes Ereignis, das ganz Howkingsville herbeilockte. Natürlich endete der Abend mit einer Schlägerei, aber um mich war es geschehen. Ich habe die Sänger und Tänzerinnen gesehen und wusste, dass ich genau das tun wollte. Sie blieben fast drei Jahre bei uns, mein Vater ließ extra ein Theater für sie bauen.«

Henry erinnerte sich an die Plakate in Katherines Garderobe. »Das Johnsson Theater?«

Katherine sah ihn erstaunt an. »Genau.«

»Ich habe das Werbeplakat in deiner Garderobe gesehen«, erklärte er ihr, ohne weiter darauf einzugehen.

Katherine runzelte kurz die Stirn und fuhr dann fort. »Natürlich waren die Eintrittsgelder sein Verdienst, die Truppe erhielt nur einen kleinen Teil des Geldes. Ich habe jeden Tag viele Stunden in diesem Theater verbracht, das eigentlich nicht mehr war als ein großer Holzschuppen. Damals war ich erst zwölf Jahre alt und hatte nur notdürftig lesen und schreiben gelernt. Aber irgendwann habe ich die Künstler gebeten, mitmachen zu dürfen, und so begann meine Ausbildung. Ich habe mich mit Feuereifer auf diese neue Aufgabe gestürzt. Ich habe es geliebt, zu trainieren und zu lernen, und irgendwann war ich so gut, dass die Menschen nur meinetwegen kamen.« Ein Lächeln lag auf ihrem Gesicht. Sie wirkte glücklich.

Das konnte Henry sich gut vorstellen. Er hatte Katherine auf der Bühne erlebt, hatte an ihren Lippen gehangen. Sie verstand es, ihr Publikum zu fesseln. »Dann hast du damals all das gelernt, was du heute auf der Bühne zeigst?«

Katherines Augen leuchteten. »Die Grundlagen. Aber man lernt nicht alles in ein paar Jahren. Das meiste bringt die Erfahrung. Jeder Auftritt, jedes neue Programm macht einen besser.«

»Und wie ging es dann weiter? Bist du bei der Truppe geblieben?« Henry wusste, dass er ihr eigentlich hätte böse sein müssen, weil sie ihn nicht von Beginn an über ihre Vergangenheit informiert hatte. Aber die Geschichte war so spannend, dass er gar nicht dazu kam.

Katherine schüttelte den Kopf. »Ich wollte mit ihnen gehen, als sie weiterzogen, aber mein Vater hat es mir verboten. Und da er mir eine eigene Show in seinem Theater versprach, blieb ich nur zu gern und war erfolgreicher denn je. Ich bin bis heute im Westen recht bekannt.«

»Als Kate Pax und Mountain Kenny?« Henry verstand allmählich. Diese Wildwestaufführungen hatten die Menschen in den Goldgräberstädten interessiert, weil die Themen nah an ihrem eigenen Leben waren.

»Ja, ich bin schon damals unter diesen Namen aufgetreten.«

»Warum sind dein Vater und du aus Howkingsville fortgegangen?«, fragte Henry. Er konnte sich gut vorstellen, wie Katherine diesen Goldgräbern einst den Atem geraubt hatte. Ihre dunklen Augen blitzten wie schwarze Diamanten.

»Es wurde zu gefährlich für meinen Vater und somit auch für mich. Immer mehr Stimmen wurden laut, die forderten, dass die Gesetzeshüter härter gegen meinen Vater durchgreifen sollten. Er hatte sich im Laufe der Jahre einige Feinde gemacht. Hinzu kamen die Indianeraufstände, die es zusätzlich ungemütlich machten. Als ein neuer Sheriff gewählt wurde, der meinen Vater nicht mehr unterstützte, gingen wir nach New York. In einer großen Stadt ist es leicht, mit einer erfundenen Vergangenheit durchzukommen. Ich nahm Sprachunterricht, um meinen Dialekt loszuwerden, und mein Vater hoffte, dass ich meine Leidenschaft für die Bühne vergessen würde. Er verheiratete mich nach England und glaubte, damit seine Stellung als angesehener Bürger endgültig zu festigen.«

»Er hat nicht mit deiner Hartnäckigkeit gerechnet. Er hat nicht damit gerechnet, dass du im Alhambra weiter auftreten würdest.« Henry rieb sich die Schläfen. Ihm schwirrte der Kopf. Er hatte Dinge über Katherine erfahren, die er niemals vermutet hätte.

»Oh Henry, wenn du nur verstehen könntest, wie mein Leben in Howkingsville war«, sagte Katherine leidenschaftlich. »Stell dir das Gegenteil der Londoner Gesellschaft vor und verzehnfache es, dann kannst du vielleicht erahnen, woher ich komme.«

»Und das vermisst du?«, fragte Henry ungläubig. »Howkingsville, eine Stadt ohne Gesetz, voller Gewalt und mit deinem kriminellen Vater?«

»Nein, das vermisse ich nicht und auch nicht den Dreck in den Straßen, nicht die Kugeln, die am helllichten Tag durch die Luft fliegen, nicht die Toten, die es jede Woche dort gibt, und bestimmt nicht die Prostituierten, die betrunkenen Raufbolde und den Gestank.« Sie zog ihren Umhang fester um die Schultern. Eine Wolke hatte sich vor die Sonne geschoben und es wurde plötzlich frisch. »Aber ich vermisse meine Freiheit, ich vermisse die Musik und den Tanz. Ich habe hier das Gefühl, ersticken zu müssen, obwohl die Luft viel klarer ist und es im Sommer zwanzig Grad kühler und im Winter zehn Grad wärmer ist.«

Henry stand auf. Er streckte sich und lief ein paar Schritte die Wiese hinunter. Er hatte mit manchem gerechnet, aber nicht mit dieser Erklärung. Henry hatte von den Zuständen in den Goldgräberstädten gehört. Viele dieser Städte galten als gesetzloses Pflaster und er selbst würde nicht einmal in die Nähe einer solchen Siedlung gehen. Er verfolgte mit den Augen einen Zitronenfalter, der in der Frühlingssonne umherflatterte. Wie hatte Katherine in einer solchen Stadt leben können? Wie hatte aus ihr diese elegante Erscheinung werden können?

Plötzlich fiel ihm Geoffrey aus Katherines Garderobe wieder ein. »Wer ist der Mann, der in der Kutsche auf dich gewartet hat? Er hat dich auch im Alhambra besucht – Geoffrey, nicht wahr?«

Sie nickte. »Er war damals als junger Artist bei der Wandertruppe, die nach Howkingsville kam. Von ihm habe ich viel gelernt.«

Katherine schwieg in Gedanken versunken.

»Du hast ihn geliebt, oder?«, sagte Henry leise.

Sie schloss für einen Moment die Augen und nickte wieder. »Ich weiß nicht, ob es Liebe war. Es war ein Abenteuer und berauschend. Als er anfing, mich zu unterrichten, war ich noch ein Kind. Wir kamen uns näher, als ich fünfzehn war.«

Henry atmete tief ein. Er hatte es geahnt, als er das vertraute Gespräch der beiden in Katherines Garderobe belauscht hatte.

»Aber heute bist du kein Kind mehr. Du bist verheiratet. Warum hast du eingewilligt, meine Frau zu werden, obwohl dein Herz einem anderen Mann gehört?«

Katherine lachte bitter. »Weil ich keine andere Wahl hatte. Mein Vater war mir gegenüber immer liebevoll und hat mir jeden Wunsch erfüllt. Aber diese Ehe war ihm sehr wichtig und einem wie ihm widersetzt man sich nicht.«

»Du hast mich hintergangen«, sagte Henry, der neben den Apfelbaum getreten war.

»Nein, das habe ich nicht. Meine Liebe zu Geoffrey ist schon lange erloschen. Aber er ist bis heute mein wichtigster Berater und Freund geblieben. Er erarbeitet mit mir all meine Lieder und Tänze, er ist mein Vertrauter.«

»Oh Katherine«, Henry betrachtete sie zweifelnd, »wie kannst du erwarten, dass ich dir das glaube?«

Plötzlich war er wieder da, der trotzige Ausdruck auf ihrem Gesicht.

»Es spielt sowieso keine Rolle, ob du mir glaubst oder nicht. Du hast mir verboten, je wieder die Bühne zu betreten und Geoffrey zu sehen.«

Henry nickte nachdenklich. Er fragte sich, ob er das Recht hatte, einem Menschen seine Leidenschaft zu verbieten, selbst wenn sie seine eigene gesellschaftliche Position gefährden konnte.

»Wenn ich dir die Auftritte im Alhambra wieder gestatten würde, könnte ich dir dann vertrauen? Du hast mich betrogen und angelogen.« Henry wusste selbst nicht, was er da sagte. Er konnte nicht allen Ernstes zulassen, dass Katherine wieder auf der Bühne auftrat. Er musste an den Ruf seiner Familie denken.

»Ich gebe dir mein Wort, mehr kann ich nicht tun.« Katherine stand auf und klopfte sich den Schmutz der Gartenbank vom Kleid.

»Also gut.« Henry atmete tief durch. Vielleicht beging er gerade einen großen Fehler. »Aber versprich mir, vorsichtig zu sein. Niemand darf wissen, wer du bist, und ich bestehe darauf, dass du Geoffrey nicht mehr triffst.«

Katherine öffnete den Mund, aber Henry unterbrach sie mit einer brüsken Handbewegung.

»Sag mir nicht, dass ihr bloß Freunde seid. Darum geht es nicht.«

»Worum dann?«

Henry seufzte. »Wir sind hier nicht in Amerika. Damen empfangen keinen fremden Herrn allein in ihrem Zimmer. Das ist anstößig. Falls herauskommen sollte, dass du meine Frau bist, möchte ich nicht noch zusätzlich gedemütigt werden.«

Katherine schwieg.

»Ich habe dich auf der Bühne gesehen. Du bist großartig. Du schaffst es auch ohne Geoffrey«, sagte Henry und trat einen Schritt auf sie zu. »Ich sehe ein, dass ich dir nicht verbieten darf, deiner Leidenschaft nachzugehen. Aber du hast mir vor dem Altar deine Treue geschworen. Die fordere ich jetzt ein.«

Katherine nickte zögerlich. Dann lächelte sie und sie gingen gemeinsam durch den Garten zurück ins Haus.

Kapitel 10

Chastle House und Woodland House, Forewood,
Lake District, England
Mai 2018

»Claire?«, fragte Dione vorsichtig und stellte die beiden Teetassen auf den Küchentisch.

Ihre Freundin war gerade damit beschäftigt, eine dicke Schicht Mayonnaise auf ihr Sandwich zu schmieren.

Dione nahm Claire gegenüber auf der alten Küchenbank Platz. »Als ich hier in Forewood angekommen bin, hast du gesagt, dass du mich zu Marc bringen könntest.«

Claire sah auf. »Und?«

»Ich denke, dass ich jetzt dazu bereit bin.« Dione schluckte.

Die Haushaltshilfe grinste. »Na endlich!«

Sie stand auf und verschwand im Flur. Eine Minute später kehrte sie mit ihrem Rucksack zurück und holte einen zerknickten Umschlag daraus hervor. »Sorry, dass er so knittrig geworden ist, aber ich hatte ihn die ganze Zeit über dabei.«

Dione runzelte die Stirn. »Was ist das?«

»Ein Brief von Marc«, erwiderte Claire mit einem Lächeln. »Ich musste ihm versprechen, ihn dir erst zu geben, wenn du nach ihm fragst.«

Dione betrachtete den einfachen weißen Umschlag mit der Aufschrift »Für Dione«. Sie musste all ihren Mut zusammennehmen, um danach zu greifen. Würde sie nach der Lektüre mehr über ihren Vater wissen? Konnte sie es jetzt endlich wagen? Doch sie hatte lange genug gezögert, es war an der Zeit, das Geheimnis zu lüften und endlich Zusammenhänge zu erfahren.

Dione riss mit zitternden Fingern den Umschlag auf. Sie entfaltete den Brief und las die Nachricht, die nicht einmal eine halbe Seite einnahm.

Liebe Dione,
ich bin glücklich, dass du den Schritt hierher gewagt hast und alles über deine Vergangenheit herausfinden willst. Noch kannst du umkehren, ohne jemals die Wahrheit erfahren zu müssen. Aber wenn du bereit bist, dich dem Schicksal unserer Familie zu stellen, werde ich dir sagen, wo du diese Wahrheit findest. Claire wird dich zu mir bringen.
In Liebe
Dein Vater

Dione schüttelte den Kopf. Das Ganze wurde ihr immer unheimlicher. Wieder stiegen Zweifel in ihr auf. War sie vielleicht doch auf einen verrückten Fan hereingefallen, der sie um jeden Preis zu sich locken wollte? Hatte er Claire für seine Zwecke eingespannt? Doch dann dachte sie an das Foto ihres Vaters, und sie wusste, dass er die Wahrheit sagte. Die Ähnlichkeit zwischen ihnen war zu groß. Und das Baby vor dem Kamin war eindeutig Dione gewesen.

Sie las den Brief ein zweites Mal. Ihr Vater wollte sie sehen und Claire sollte sie zu ihm führen.

Dione räusperte sich. »Okay, ich nehme an, du weißt, was in diesem Brief hier steht?«

Claire nickte zögernd. Sie saß am Küchentisch und hatte ihr Sandwich beiseitegelegt. »Nicht genau. Aber Marc hat mir gesagt, dass du vermutlich zu ihm gebracht werden möchtest, wenn du den Inhalt kennst.«

Dione lehnte sich auf der Küchenbank zurück. »Ja, ich möchte mich der Vergangenheit meiner Familie stellen.«

Claire nahm das Sandwich und brachte ihren Teller zur Spüle.

»Gut«, sagte sie, »ich hole dich morgen Nachmittag ab, einverstanden?«

Dione erhob sich ebenfalls. »Erst morgen? Geht es nicht heute noch?« Jetzt, da sie sich endlich entschlossen hatte, wollte sie nicht länger warten. Sie wollte ihren Vater endlich treffen.

Claire lachte. »Erklär das mal Mrs Down und John Tressilick. Ich muss meinen Job machen, tut mir leid. Und heute wäre es sowieso schon zu spät, denn es wird ja früh dunkel und wir müssen in den Wald.«

»Liegt Woodland House denn so einsam?«

»Oh ja«, erwiderte Claire und griff nach ihrem Rucksack. »Mach's gut, Süße. Ich bin morgen um zwei bei dir, okay?«

Dione begleitete Claire zur Tür. Auf dem Rückweg blieb sie in der Halle vor dem imposanten Kamin stehen. Hier hatte sie als Baby auf dem Boden gelegen. Was war dann geschehen? Warum war ihre Mutter mit ihr fortgegangen? Und was konnte so schrecklich gewesen sein, dass sie eine neue Identität für ihr Kind erfinden musste?

Als ein lautes Klopfen an der Tür ertönte, schrak sie zusammen. Hatte Claire etwas vergessen? Sie sah auf die Uhr. Aber es war fast sechs und sicher kam Aiden wie jeden Abend nach der Arbeit bei ihr vorbei. Als Dione zur Tür ging, hüpfte Sherlock neben ihr her. Dione dachte an den Brief. Zu gern hätte sie ihn Aiden gezeigt, aber damit würde sie viel zu viel über sich verraten. Also legte sie ihn in eine der Schubladen der Kommode im Flur und öffnete dann Aiden die Tür.

Er hatte Hazel und July dabei, Sherlocks Mutter und Schwester, die er aus dem Wurf behalten hatte. Als sich die Hundegeschwister sahen, wirbelten sie über die Veranda und verbissen sich spielend ineinander. Hazel beschnupperte jeden Stein der Halle.

»Was ist los? Du wirkst aufgewühlt.« Aiden griff nach ihren Armen und drehte sie zu sich herum.

Wie gut er sie schon kannte! Dione antwortete ausweichend: »Es ist im Moment alles sehr viel für mich. Aber ich bin froh, dass du da bist.«

Dione lächelte ihn herzlich an. Sein Gesicht war ihr inzwischen so vertraut. Aiden verströmte den Duft der Farm. Er roch nach Leder, Heu, Wiesen und Pferden. Aiden erwiderte ihr Lächeln und sie genoss den Augenblick und fühlte sich ihm unendlich verbunden. Er legte seinen Arm um ihre Schultern. Noch nie war er ihr so nah gekommen. Gemeinsam gingen sie in die Küche. Dione schmiegte sich an ihn und legte ihre Hand auf seine Brust, als sie abrupt innehielt und sich von ihm löste. Um ein Haar wäre sie in alte Verhaltensmuster zurückgefallen! Wie viele Männer hatte sie auf diese Weise auf ihren After-Show-Partys verführt! Oder war es umgekehrt gewesen? Dione wollte nicht daran erinnert werden. Sie nahm den Wasserkocher und setzte Tee auf. Aiden holte zwei Tassen aus dem Schrank.

»Diana.« Er trat zu ihr und sie spürte seine Hände an ihrer Taille.

Langsam drehte sie sich zu ihm um. Ihre Stimme war belegt, als sie sprach. »Aiden, ich wollte dich nicht in Verlegenheit bringen.«

»Das tust du nicht.« Er sah sie an. »Niemals.«

Sie räusperte sich. »Es ist mir natürlich bewusst, dass du verheiratet bist.«

Seine Hand wanderte ihren Körper entlang bis zu ihrem Gesicht. Sie bekam eine Gänsehaut, als er sanft ihre Wange streichelte, die Konturen ihrer Lippen nachfuhr, seine Fingerspitzen über ihre Augenbrauen gleiten ließ und durch ihr Haar strich.

»Ich mag dich, Diana«, flüsterte er. »Ich weiß, ich sollte das nicht tun, aber ich habe für Kate nie auch nur annähernd so starke Gefühle empfunden. Das ist keine Entschuldigung. Das hier ist nicht richtig und ich schäme mich dafür. Ich wusste nur bisher nicht, was es heißt, einen Menschen so gern zu haben, wie ich dich habe.«

Dione wurde schwindelig. Ein Feuerwerk explodierte irgendwo in ihrem Bauch. Plötzlich war eine Vertrautheit zwischen ihnen, wie sie Dione noch keinem Menschen gegenüber je empfunden hatte. Tränen liefen ihr über die Wangen. Sie atmete tief ein. »Ich fühle genauso, Aiden. Aber ich will nicht zwischen dir und deiner Frau stehen.«

Er sah sie lange schweigend an. Es lagen so viel Zärtlichkeit und Begehren in seinem Blick, dass Dione glaubte, vor Liebe zerspringen zu müssen. Schließlich schüttelte er kaum merklich den Kopf.

»Glaubst du, das hier würde passieren, wenn meine Beziehung zu Kate noch besonders eng wäre? Die Liebe zwischen Kate und mir ist vor langer Zeit erloschen.«

Dione griff nach seiner Hand und führte sie an ihre Lippen. Sie strich mit ihrem Mund über seine raue Haut.

»Ich kann nicht glauben, dass du mich magst«, sagte er leise. »Du bist wunderschön, die schönste Frau, die ich jemals gesehen habe. Und ich bin nicht annähernd so wie du.«

»Deshalb mag ich dich.«

Diones Finger lösten sich von seinen und tasteten sich zu seinem Mund. Er wollte etwas sagen, aber Dione legte ihre Hand auf seine Lippen. Dann zog sie seinen Kopf zu sich heran und küsste ihn.

Die Nacht war bereits hereingebrochen und es war stockfinster draußen. Dione und Aiden lagen auf dem Sofa im Salon. Die Hunde hatten sich in eine Ecke gekuschelt und waren eingeschlafen. Dione streckte sich.

»Diana …« Aiden zog sie wieder in seine Arme und strich über ihr Haar.

Sie wusste, dass sie ihm jetzt sagen musste, dass sie nicht Diana hieß. Aber sie wollte diesen glücklichen Moment nicht zerstören. Bis jetzt konnte sie sicher sein, dass er sie mochte. Er brachte Dione Dearing nicht mit ihr in Verbindung.

»Diana«, wiederholte Aiden, und Dione dachte, wie falsch der Name klang, »ich möchte jeden Tag bei dir sein, jeden Morgen neben dir aufwachen, abends neben dir einschlafen und dich jede Minute des Tages anschauen.«

Dione drückte ihn fest an sich. Seine Worte waren die schönsten, die sie je gehört hatte.

»Ich weiß, das geht alles sehr schnell, und ich will dich auch nicht überfallen.« Aiden küsste ihr Haar. »Aber ich habe das Gefühl, dich schon viel länger zu kennen. Wir haben so viel Zeit miteinander verbracht. Du bedeutest mir bereits unendlich viel.«

Dione strich über seinen Rücken und sog noch einmal den Duft seiner Haut ein. Dann löste sie sich von ihm. Sie lächelte. »Du bist noch mit Kate verheiratet.«

Er seufzte. »Ich werde mich von Kate trennen.«

Dione bemerkte den Schatten, der sich auf sein Gesicht gelegt hatte. Sie fragte: »Geht das denn so einfach? Verlierst du dann nicht den Hof?«

Aiden sah ihr in die Augen. »Ja, das werde ich. Aber die Farm hat mir nie gehört, auch wenn es sich immer so anfühlte. Im Augenblick habe ich noch nicht genug Geld, um mir eine eigene kaufen zu können. Ich hätte mich längst von Kate trennen sollen.« Er schloss einen Moment die Augen, bevor er sagte: »Es gibt für mich keine Alternative. Jetzt nicht mehr.«

Dione sah ihn nachdenklich an. Selbst wenn er sich einen anderen Bauernhof kaufen könnte – die Lakeside Farm war seine Heimat. Er war dort geboren worden, sein Vater hatte hier gearbeitet und er verband so viele Pläne und Träume damit.

»Oh Aiden«, Dione drückte seine Hand, während sie sich auf dem alten Sofa aufrichtete, »ich finde den Gedanken schrecklich, dass ich der Grund dafür bin, dass du die Farm verlassen musst.«

Aiden lächelte. »Das bist nicht du allein. Du zeigst mir nur, dass es so nicht weitergehen kann. Und außerdem: Auch wenn ich die Farm verliere – ich gewinne ja dich.«

Dione fragte sich, ob sie ihm dieses Versprechen geben konnte. Würde sie ein Leben an seiner Seite führen können? Das würde bedeuten, dass sie ihre Karriere aufgab, oder sie müssten eine Fernbeziehung führen. Sie wollte nicht darüber nachdenken. Diese Entscheidung konnte sie jetzt nicht treffen. Dione zog ihn auf dem Sofa zu sich heran und küsste ihn wieder. Dann murmelte sie: »Versprich mir, dass du mich immer liebst, egal, was du über mich erfährst.«

Aidens Gesichtsausdruck wurde ernst. »Natürlich. Aber was sollte ich über dich erfahren, das so schlimm ist, dass es dich an meiner Zuneigung zweifeln lässt?«

Dione wandte sich von ihm ab.

»Gib mir noch etwas Zeit, ja?«, sagte sie statt einer Antwort.

»So viel du brauchst.«

Aiden war erst spät in der Nacht gegangen. Als Dione am nächsten Morgen nach dem Frühstück mit ihrer zweiten Tasse Tee im Garten stand, schien ihr Kopf vollkommen leer. Im Moment überschlugen sich die Ereignisse. Gestern Abend war sie so glücklich gewesen, aber heute kämpfte sie mit ihrem schlechten Gewissen. Was bedeutete das Verhältnis zwischen Aiden und ihr für sie? Aiden war in ihrem neuen Leben ihr erster wirklicher Freund geworden. Und sie hatte nicht einmal gemerkt, wie sie sich in ihn verliebt hatte. Und als sie gestern Abend in seinen Armen lag, ihn küsste und sich an ihn schmiegte, wusste sie, dass sie noch nie so stark für einen anderen Menschen empfunden hatte. Und auch er schien tiefe Gefühle für sie zu hegen. Aber würde ihre Liebe Diones Berühmtheit aushalten?

Musste ihr Glück nicht zwangsläufig daran zerbrechen? Dione hatte große Angst vor dem Tag, an dem Aiden davon erfahren würde. Sie wusste, dass er von da an anders über sie denken und sie anders behandeln würde. Er würde im Internet von ihren zahlreichen Affären lesen, von den Skandalen und ihrer kurzen, aber leidenschaftlichen Beziehung mit Ethan. Er würde all die Gerüchte über sie erfahren, und selbst wenn Dione ihm versicherte, dass das meiste davon erfunden war, würde sich Misstrauen in seinem Kopf festsetzen und für immer dort bleiben.

Dione seufzte und beobachtete Sherlock, der versuchte, einen Schmetterling zu fangen. Wenn sie nur die Zeit anhalten könnte! Wenn sie für immer in Chastle House bleiben und mit Aiden zusammen sein könnte, ohne dass ihr Geheimnis nach Forewood drang!

Aiden war gestern Abend fest entschlossen gewesen, sich von Kate zu trennen. Dione hatte plötzlich das Gefühl, an der Verantwortung, die mit dieser Trennung auf ihr lasten würde, zu ersticken. Aiden würde die Farm verlieren, seine geliebten Tiere und das Land. Konnte er das verkraften? Er tat all das für Dione. Dabei wusste er nicht einmal, wer sie in Wirklichkeit war.

Dione musste, wenn er heute Abend kam, noch einmal mit ihm sprechen und ihn bitten, sich diesen Schritt gut zu überlegen. Und sie musste unbedingt ihre wahre Identität aufdecken, auch wenn sich dann alles zwischen ihnen ändern würde. Selbst wenn sie ihn verlor. Aber ihre Liebe sollte nicht auf einer Lüge aufbauen!

Dione trank den Tee aus und rief nach Sherlock. Als sie ins Haus ging, fühlte sie sich schon etwas besser. Ihr Vorsatz, mit Aiden zu sprechen, erleichterte sie, obwohl sie

Angst davor hatte. Dione versuchte, die Gedanken an Aiden zu verdrängen. Jetzt musste sie sich erst einmal auf das Treffen mit ihrem Vater konzentrieren.

Es hatte zu regnen begonnen. Claire lenkte das Auto langsam die Auffahrt hinunter in Richtung Dorfstraße. Dione musterte sie von der Seite, und es fiel ihr wieder einmal auf, wie wenig sie über ihre Freundin wusste.

»Aiden hat mir von Woodland House erzählt und dass du als Kind dort gelebt hast«, sagte sie scheinbar beiläufig.

Claire atmete tief ein. »So, hat er das?«

»Warum hast du mir verschwiegen, dass du meinen Vater so gut kennst?«

Claire zuckte mit den Schultern und sie passierten das schmiedeeiserne Tor von Chastle House.

»Du bist meine Freundin. Niemand außer dir weiß, wer ich wirklich bin. Warum vertraust du mir nicht?«

Claire stieß ein zynisches Lachen aus. »Würdest du etwa gern davon erzählen, dass du in einer Hütte im Wald aufgewachsen bist? Meine Mutter war alkohol- und drogensüchtig, und ich habe mein Leben lang darunter gelitten. Ich war immer die Außenseiterin, über die alle nur die Nase gerümpft haben. Als ich dich getroffen habe, war es, als wäre meine Vergangenheit endlich unwichtig geworden. Anscheinend habe ich mich geirrt.« Claire presste die Lippen zusammen.

Dione starrte durch die Windschutzscheibe in das graue Wetter hinaus. »Wir sind immer das Ergebnis unserer Vergangenheit. Ich verstehe, dass du nicht gern über deine Mutter sprechen möchtest, aber du weißt doch, dass Marc mein Vater ist und dass ich hierhergekommen bin, um mehr über meine Familie zu erfahren …« Der Regen war stärker geworden.

Claire antwortete nicht.

Also ergriff Dione wieder das Wort. »Du hättest es mir sagen müssen. Marc hat euch in Woodland House aufgenommen.«

Claire schüttelte den Kopf. »Ich hatte Angst, dass du dann auf mich herabsehen würdest. Ich kannte dich kaum und wusste nicht, ob ich dir vertrauen kann.«

Dione presste die Lippen aufeinander. Natürlich nicht. Niemand schien ihr zu vertrauen. Weder ihre Mitarbeiter noch Claire noch sonst irgendjemand. Der einzige Mensch, der ihr vertraute, war Aiden. Und ausgerechnet ihm verschwieg sie die Wahrheit. Er würde maßlos enttäuscht sein, sobald er erfuhr, dass sie ihn belogen hatte. Vielleicht hatte Claire ja recht. Sie verdiente ihr Vertrauen nicht.

»Entschuldige«, sagte Claire so unvermittelt, dass Dione zunächst dachte, sie hätte sich verhört. »Das war nicht fair von mir. Ich hätte dir von meiner Vergangenheit in Woodland House erzählen sollen.«

Dione lächelte ihre Freundin dankbar an.

»Wo liegt Woodland House eigentlich?«, fragte sie dann, um ein anderes Thema anzuschneiden.

Claire grinste. »Mitten im Nirgendwo. Ganz einsam im Wald. Es führt keine befestigte Straße dorthin und nur wenige Menschen verlaufen sich in die Gegend.«

Die nächsten Minuten schwiegen sie. Jede der beiden Frauen hing ihren Gedanken nach, während sich der Wagen durch den dichten Regen kämpfte.

»Ich habe dir am Anfang unrecht getan«, sagte Claire plötzlich.

»Wie meinst du das?« Dione sah sie fragend an.

Claire stellte den Scheibenwischer eine Stufe höher. »In der Presse wurde ein schlimmes Bild von dir gezeichnet.«

Dione nickte bitter. »Skandalträchtige Tussi mit wenig Hirn.«

»Gut zusammengefasst«, sagte Claire und lachte. »Ich hatte keine besonders hohe Meinung von dir. Als Marc mir erzählt hat, dass du kommst, war ich zuerst wenig begeistert. Auch deshalb war ich anfangs zurückhaltend mit Informationen über meine Vergangenheit.«

»Du hast mich aber herzlich in Empfang genommen.«

Claire nickte. »Marc ist wie ein Vater für mich und ich wusste, dass du ihm sehr wichtig bist. Natürlich respektiere ich das. Und inzwischen kenne ich dich besser, und es tut mir leid, dass ich am Anfang so skeptisch war. Ich finde es wahnsinnig mutig von dir, dass du einfach nach Forewood gekommen bist.«

»Danke«, sagte Dione leise. »Es ist mutig von dir, das zuzugeben.«

Claire lächelte und schwieg wieder.

Dione betrachtete die Wälder, die vor ihnen lagen. Die Landschaft hatte sich verändert. Die Berge waren zu sanften Hügeln geworden und Eichen säumten die Landstraße.

Claire fuhr langsamer, um einer der großen Pfützen auszuweichen, die sich auf der Straße gebildet hatten. »Ich bewundere dich. Du hast dein Leben geändert. Du hast das, was dich belastet hat, hinter dir gelassen. Ich dagegen hatte nie den Mut dazu.«

Dione überlegte, wie es für Claire gewesen sein musste, als junges Mädchen mitten im Wald, fern von jeglicher Zivilisation zu leben.

»Meinst du damit dein Leben hier oben?«, fragte sie Claire. »Meinst du, du hättest weggehen sollen?«

Claires Stimme klang bitter. »Ja, auf jeden Fall. Meine Mutter hat mich geschlagen und zum Betteln geschickt. Wenn ich ihr nicht genug Geld brachte, wurde sie wütend.«

Dione schluckte. Was konnte sie dazu sagen? Plötzlich schämte sie sich wegen ihrer eigenen lächerlichen Sorgen. Claire hatte schlimme Dinge erlebt.

Ihre Freundin fuhr fort. »Siehst du die Narbe hier?«

Dione betrachtete Claires sommersprossige Haut. Zum ersten Mal fiel ihr die feine Narbe an ihrer Wange auf.

»Es war eine zerbrochene Schnapsflasche, die sie nach mir geworfen hat«, erklärte Claire. »Ich konnte noch zur Seite springen, sodass sie mich nur streifte. Der Notarzt erklärte mir, dass ich großes Glück gehabt habe. Hätte die Flasche mich mitten im Gesicht getroffen, wären die Folgen viel schlimmer gewesen.«

»Wie alt warst du damals?«

»Zwölf.« Claire seufzte. »Das Jugendamt wollte mich meiner Mutter wegnehmen, aber ich habe gebettelt und gefleht, dass ich bleiben durfte.«

»Warum hast du das gemacht? Du hättest eine andere Familie finden können.«

Claires grüne Augen waren konzentriert auf die Straße gerichtet.

»Wer hätte mich denn aufgenommen? Ich war kein kleines süßes Mädchen mehr, sondern kurz vor der Pubertät. Außerdem war ich damals davon überzeugt, dass meine Mutter ohne mich nicht zurechtkommen würde, dass sie mich brauchte. Dabei war das ein großer Fehler.«

»Was meinst du damit?«

»Solange ich dafür sorgte, dass das armselige, von Drogen und Alkohol bestimmte Leben meiner Mutter funktionierte, bestand für sie keine Notwendigkeit, irgendetwas daran zu ändern. Vermutlich wäre es besser gewesen, wenn ich ihr nicht immer geholfen hätte.« Claire presste die Lippen aufeinander. »Ich blieb also bei meiner Mutter im Lake District«, fuhr sie schließlich fort. »Obwohl ich in der Schule schlimm misshandelt wurde.«

»Was?« Dione sah Claire entsetzt an.

»Nicht körperlich, aber seelisch. Und Kate stand in der ersten Reihe, wenn es darum ging, mich zu quälen. Sie spuckten auf mich, nannten mich Hexe und warfen meine Hausaufgaben in den See, sodass ich vor der ganzen Klasse gerügt wurde.« Claire schaltete wütend einen Gang herunter und bog auf einen Waldweg ab. »Während die anderen Kinder zusammen spielten, musste ich Gelegenheitsjobs annehmen, die ein paar Pfund einbrachten. Und als das nicht mehr reichte …« Claire brach plötzlich ab.

Dione sah zu ihr hinüber. Ihre Freundin wirkte plötzlich verschlossen und starrte in das dunkle Dickicht des Waldes, der sich nun vor ihnen auftat.

»Ein Wunder, dass du nach diesem schwierigen Start ein normales und geregeltes Leben führen kannst«, sagte Dione.

Claire nickte. »Je mehr Gegenwind ich hatte, umso stärker kämpfte ich dagegen an. Das hat mich letzten Endes gerettet. Als meine Mutter starb, war ich endlich frei. Damals war ich zwanzig.« Sie lächelte. »Und doch werde ich in Forewood immer die kleine Claire aus der Ruine im Wald bleiben. Die Menschen hier sehen mich an und sehen meine Mutter in mir. Was meinst du, warum Mrs

Down mich nicht allein in ihr Haus lässt? Ich darf die Häuser hier putzen, werde aber nie eine von ihnen sein.«

»Die sind wirklich übel, nicht wahr?« Dione ahnte, wie das Leben hier für Claire gewesen sein musste. Sie erinnerte sich noch gut an Kate und ihre hinterhältigen Freundinnen, die auch ihr in den ersten Tagen in Forewood schwer zugesetzt hatten. »Hat Kate sich denn nie bei dir entschuldigt? Ist sie heute immer noch so gemein zu dir?«

Claire lachte laut auf. »Sie war damals die Schlimmste und ist es bis heute geblieben. Ich glaube, ohne Kate wäre alles nicht so furchtbar gewesen. Kate hat die anderen in der Schule und im Dorf gegen meine Mutter und mich aufgehetzt, es hat ihr Spaß gemacht. Ich habe bis heute nicht begriffen, wie Aiden sie heiraten konnte und wie er es mit ihr aushält. Er war einer der wenigen, die mich nicht von oben herab behandelt haben.«

»Es geht ihm nicht gut mit Kate, das weiß ich. Er hat sie vermutlich nur geheiratet, weil alle es erwartet haben. Und wegen der Farm, die er über alles liebt«, erklärte Dione und überlegte, ob ihre Worte stimmten. Liebte Aiden die Farm mehr als sie? Konnte sie ihn jemals glücklich machen, wenn er für sie auf die Farm verzichten musste?

»Was hat Kate wohl so werden lassen?«, überlegte Dione laut.

Claire zuckte mit den Schultern und starrte auf den schmalen Waldweg vor ihnen. »Ich glaube, sie war einfach ein verwöhntes Mädchen, das immer alles bekommen hat, was es haben wollte.«

»Einschließlich Aiden«, fügte Dione hinzu.

»Wie gut kennt ihr euch eigentlich?«, sagte Claire und sah sie von der Seite an. »Du redest ziemlich viel von ihm.«

Dione errötete.

»Das ist nicht dein Ernst, Dione!« Claire hatte sie sofort durchschaut. »Ich befürchte, du weißt nicht, worauf du dich einlässt, wenn du Kate den Mann ausspannst. Sie ist skrupellos.«

»Um mich mache ich mir keine Sorgen, sondern eher um Aiden.« Dione spähte auf den schmalen Pfad vor ihnen, der vom Regen ganz aufgeweicht war.

»Das solltest du aber. Du spielst ein gefährliches Spiel. Wenn Kate herausfindet, wer du bist, wird sie eine Schlammschlacht gegen dich anzetteln. Die Presse würde sich nach einem solchen Leckerbissen die Finger lecken. Ich sehe schon die Schlagzeilen: *Dione Dearing spannt einer Bäuerin den Mann aus*. Oder: *Ein Farmer als neuestes Spielzeug für Dione Dearing …*«

»Hör auf!« Dione hätte sich am liebsten die Ohren zugehalten. »Erstens werde ich dafür sorgen, dass sie es nie herausfindet, und zweitens glaube ich nicht, dass sie so weit gehen würde.«

»Dione, du hast keine Ahnung! Wenn Kate sich angegriffen fühlt, dann vernichtet sie ihren Gegner.«

»Aber warum?« Dione hatte das Gefühl, dass Claire reichlich übertrieb, was Kates Bosheit anging. Sie erinnerte sich daran, wie liebevoll Kate mit ihrem verwirrten Vater umgegangen war. Durch und durch schlecht war sie also nicht.

»Manchen Menschen tut es nicht gut, wenn sie nie für etwas kämpfen müssen«, erklärte Claire.

Aber Dione war nicht überzeugt. Sie würde sich von ihrer Freundin keine Angst einjagen lassen. Vermutlich war Kate gar nicht so schlimm.

Sie fuhren eine kleine Anhöhe hinauf. Im Wald war der Regen weniger stark, die Blätter der Bäume fingen die meisten Tropfen ab. Es war plötzlich so dunkel geworden, dass Claire das Fernlicht einschalten musste.

»Ich habe Angst, dass Aiden die Farm verlassen muss. Und ich weiß nicht, ob ich diese Verantwortung tragen kann.« Dione starrte wieder auf den Weg, der im Scheinwerferlicht gespenstisch wirkte. »Ich muss bald wieder fort von hier, und ich bin nicht sicher, ob ich überhaupt zurückkommen werde.«

Claire seufzte. »Die Farm war immer schon sein Zuhause. Es wäre sehr schwer für ihn, nicht mehr dort leben zu dürfen.«

»Klingt so, als würdest du ihn gut kennen.« Dione blickte fragend zu ihrer Freundin hinüber. »Habt ihr viel Kontakt?«

»Nein«, rief Claire, und ihre Reaktion war so heftig, dass Dione verwundert innehielt. »Ich sehe Aiden nur selten. Ich bin nie auf der Farm.«

Dione runzelte die Stirn. Aiden war häufig im *Forewood Inn*. Es war kaum zu glauben, dass Claire ihn nicht oft im Dorf sah. Warum reagierte sie so heftig, wenn es um Kate oder Aiden ging? Dione grübelte noch darüber nach, als sie schließlich eine Lichtung erreichten und Claire den Wagen anhielt.

»Wir sind da«, erklärte sie.

Dione betrachtete mit angehaltenem Atem das Haus, das mitten im Wald auf einer Wiese stand. Sie hatte sich eine Ruine vorgestellt, ein verfallenes Gebäude mit zerbrochenen Fensterscheiben. Woodland House war tatsächlich in einem verwahrlosten Zustand, doch es wirkte durch seine verspielte Architektur mit den vielen Türmchen und Erkern wie ein verwunschenes Märchenschloss. Diones Blick wanderte an der Fassade empor, an der einzelne Backsteine fehlten. Das Haus war größer als Chastle House und kam ihr mit seiner versteckten Lage im Wald beinahe geheimnisvoll vor. Dione erkannte die Spuren des Verfalls. Und doch war das Gebäude in einem besseren Zustand, als sie vermutet hatte.

Dione stieg aus dem Wagen und folgte Claire, die schon vor der Eingangstür stand. Sie war vor vielen Jahren bestimmt imposant gewesen. Jetzt war die Farbe abgeblättert und das Holz morsch. Die Tür wirkte, als wäre sie der nächsten Windböe nicht mehr gewachsen, von einem Einbrecher ganz zu schweigen.

Dione wollte gerade die Stufen zum Eingang hinaufsteigen, als die Tür geöffnet wurde und ein hagerer Mann aus der Dunkelheit des Hauses trat. Dione blieb stehen. Sie erkannte ihn sofort.

Es war ihr Vater.

Sein braunes Haar war ergraut, und Dione fragte sich, wann es zum letzten Mal einen Friseur gesehen hatte, denn es war lang und ungepflegt. Sein Gesicht war faltig, die hohen Wangenknochen stachen deutlich hervor und seine dunklen Augen hatten den gleichen Ausdruck wie Diones.

Er stand in der Tür und lächelte. Niemand sprach ein Wort. Langsam stieg Dione die Treppe hoch und fühlte sich plötzlich unsicher. Was sollte sie ihrem Vater sagen, der sie ihr Leben lang einem anderen Vater überlassen hatte? Der sie aber trotzdem immer noch zu lieben schien?

»Vielleicht gehen wir erst einmal ins Haus«, übernahm Claire die Führung.

Diones Vater wich zur Seite und ließ die beiden Frauen eintreten. Die große Eingangshalle überraschte Dione. Der Raum war viel weitläufiger als die Halle in Chastle House und mit etwas Fantasie konnte man den einstigen Glanz noch erkennen. In dem prunkvollen Spiegel über dem Kamin musste sich früher der Kerzenschein gefangen haben, jetzt waren große Teile des Glases herausgefallen und der kunstvoll verzierte Rahmen war beschädigt. Die prunkvollen Fliesen auf dem Fußboden waren gesprungen und die Farbe an den Wänden war nicht mehr zu erkennen. Von der hohen Decke hingen Spinnweben. Die filigranen Stuckarbeiten waren an vielen Stellen zerstört. Die beiden Treppen, die nach oben führten, schienen nicht mehr intakt zu sein. Dione sah große Löcher in den Stufen und aus dem Mauerwerk waren einzelne Steine auf die Treppe gefallen. Über Diones Kopf befand sich ein Loch in der Decke, vermutlich hatte hier früher ein Kronleuchter gehangen.

Marc war inzwischen in einen schmalen Korridor getreten, der von der Halle abging, und bedeutete den beiden Frauen, ihm zu folgen. Auf dem Weg warf Dione einen Blick in einen der Räume im Erdgeschoss. Ob das einmal ein Wintergarten gewesen war? Die Glaswände waren zum größten Teil zerbrochen und notdürftig mit Brettern vernagelt worden. Dione betrachtete die vertrockneten Pflanzen, die verrotteten Korbstühle und die Tonscherben auf dem Boden. Dann riss sie sich von dem Anblick des vernachlässigten Raumes los und lief hinter Marc und Claire her, die in dem dunklen Flur verschwunden waren.

Sie betraten ein Zimmer am Ende des Korridors. Es

musste vor vielen Jahren ein hochherrschaftlicher Salon gewesen sein. Dione ließ ihren Blick über die antiken Holztische und Kommoden, die Sofas und Sessel gleiten. Sie waren inzwischen so beschädigt, dass sie allesamt unbrauchbar waren.

»Mein Gott«, entfuhr es ihr. »Wie lange liegt das Haus schon in diesem Dornröschenschlaf?«

Claire zog die Schultern hoch. »Jedenfalls nicht erst seit meine Mutter und ich hier lebten, sondern schon viel länger.«

»Es wirkt alles so … gespenstisch«, flüsterte Dione.

»Soweit ich weiß, hat eure Familie das Haus im 19. Jahrhundert gekauft und nie renoviert.« Claire sah zu Marc hinüber, der seine Tochter vom anderen Ende des Zimmers aus beobachtete. »Im 18. Jahrhundert muss es eines der imposantesten Häuser im Lake District gewesen sein. Ich habe irgendwo mal alte Bilder gesehen.«

»Warum wurde es so vernachlässigt?« Dione betrachtete die aufwendige Deckenmalerei, die an vielen Stellen vollkommen verblichen war.

»Das musst du deinen Vater fragen.« Claire deutete auf eine Sitzecke, wo ein paar Stühle und ein Tisch aus neuerer Zeit standen und Marc bereits auf sie wartete. Zögernd trat Dione zu ihm und nahm auf einem der Stühle Platz. Claire wandte sich einem Gaskocher zu, der auf dem Tisch daneben stand, und spähte in den leeren Kessel.

»Ich werde Wasser holen und uns Tee kochen«, erklärte sie und verschwand im Korridor.

Dione blieb mit ihrem Vater allein zurück. Einen Augenblick herrschte Schweigen.

»Ich bin froh, dass du gekommen bist«, sagte er schließlich. Er stand immer noch vor dem Tisch und sah auf Dione hinab. »Ich hätte es verstehen können, wenn du nichts von mir hättest wissen wollen.«

Seine Stimme klang jünger, als er aussah. Angenehm und warmherzig.

Dione nickte. »Dein Brief kam genau zum richtigen Zeitpunkt. Ich musste dringend etwas an meinem Leben ändern.«

Er blickte sie nachdenklich an. »Früher oder später musste das passieren. Ich habe dich immer aus der Ferne beobachtet und konnte Monicas Handschrift deutlich erkennen. Du musstest irgendwann erwachsen werden und dich von ihr lösen.«

Dione schluckte. »Ich bin siebenundzwanzig.«

»Ich weiß.«

»Ist das nicht ein bisschen zu alt, um erwachsen zu werden?«

Ihr Vater atmete tief ein. »Manche wünschen sich, immer Kind bleiben zu können.«

»Aber das war ich nie. Ich musste mit zehn Jahren erwachsen sein und bin doch nie selbstständig geworden.« Dione stieß ein bitteres Lachen aus.

Die Augen ihres Vaters ruhten auf ihr. Dione meinte, Trauer und Schuld in seinem Blick zu erkennen.

»Es tut mir leid. Das habe ich nicht erkannt, sonst hätte ich schon früher etwas unternommen«, sagte er dann.

Marc setzte sich auf einen der wackligen Stühle. »Ich dachte, es ginge dir gut.«

»Du schreibst, dass es Dinge über unsere Familie gibt, die ich wissen sollte«, sagte Dione und hörte selbst den distanzierten Ton in ihrer Stimme. Sie wusste nicht genau, wie sie mit ihrem Vater umgehen sollte. War sie wütend auf ihn oder froh, ihn endlich kennenzulernen?

Ihr Vater nickte. »Das ist der Grund, weshalb ich dich kontaktiert habe. Obwohl ich es eigentlich immer vermeiden wollte, wurde mir in den letzten Jahren allmählich bewusst, dass du die Wahrheit erfahren musst.«

Dione musterte ihn. Sie versuchte, den zerrissenen Pullover und die fettigen Haare zu ignorieren. Er war früher bestimmt ein attraktiver Mann gewesen. Sie konnte ihn sich gut an der Seite ihrer Mutter vorstellen, bevor das Leben ihn gezeichnet hatte.

»Welches Geheimnis kann so schlimm sein, dass du dein eigenes Kind dafür weggegeben hast?« Diones Mund war plötzlich trocken.

Er presste die Lippen aufeinander, und sie stellte überrascht fest, dass er gegen Tränen ankämpfte. Mit leiser Stimme antwortete er: »Bei deiner Geburt war ich noch so jung. Wusstest du, dass ich mit achtzehn Vater wurde? Ich war damals überzeugt davon, dass du nur so überleben kannst. Es sind schreckliche Dinge geschehen, und seitdem lastet ein Fluch auf den Frauen unserer Familie, die Chastle House bewohnen.«

Dione runzelte die Stirn. »Aber du kannst doch nicht das Haus dafür verantwortlich machen.«

»Früher habe ich das getan. Heute weiß ich es nicht mehr genau. Ich bin älter geworden und sehe manche Dinge pragmatischer. Auf jeden Fall glaubte ich damals, es sei die einzige Rettung für dich, wenn ich dich gehen ließe.«

»Und was ist mit meiner Mutter?«, sagte Dione. »Hat sie das auch geglaubt?«

»Wir erfuhren von den Geschehnissen in Chastle House

und waren beide entsetzt. Monica war vielleicht etwas weniger schockiert als ich. Ich denke, ihr Ehrgeiz hat sie getrieben, als sie mit dir fortging. Arthur war schon lange verliebt in sie, und es war nicht schwer, ihn dazu zu bringen, sie zu heiraten und dich als sein Kind anzunehmen.« Ihr Vater lehnte sich auf dem Stuhl zurück.

»Weiß er, dass ich nicht seine Tochter bin?« Dione sah ihren Vater gespannt an.

Er schüttelte den Kopf. »Ich glaube nicht, dass Monica es ihm gesagt hat. Ich wusste, dass ich nicht der einzige Mann in ihrem Leben war, aber ich glaube kaum, dass sie mit Arthur ebenso offen war. Er hat es vielleicht geahnt, aber um einen Skandal zu vermeiden, vermutlich geschwiegen.«

Dione atmete tief durch. Sie brauchte ihn nicht zu fragen, woher er wusste, dass sie seine Tochter war. Die Ähnlichkeit zwischen Marc und ihr war viel zu groß, als dass Zweifel hätten bestehen können.

»Was habt ihr damals über Chastle House erfahren? Warum lebst du lieber hier im Wald als dort?« Dione sah sich in dem verwahrlosten Zimmer um.

Er schien einen Moment nachzudenken, bevor er antwortete: »Ich kann es nicht in Worte fassen, es ist zu grausam und bricht mir das Herz. Aber wenn du es wirklich erfahren willst, wird meine Urgroßmutter Hatty dir alles erzählen.«

Dione legte die Stirn in Falten und sah ihren Vater skeptisch an. »Sie lebt noch?«

Marc schüttelte den Kopf. »Sie ist durch den Fluch jung gestorben.«

Ob ihr Vater dement war? Dione sah sich nach Claire um, aber ihre Freundin schien nach wie vor in der Küche zu sein.

»In Chastle House sind unvorstellbare Dinge geschehen«, flüsterte Marc. »Als ich davon erfuhr, konnte ich keinen Moment länger dort bleiben.« Er schwieg einen Augenblick und lehnte sich dann nach vorn. »Und ich bin nicht der erste Mann unserer Familie, der aus diesem Haus geflohen ist. Mein Vorfahr Henry hat ebenfalls in Woodland House Zuflucht gesucht und Chastle House gemieden. Er kaufte es von einer befreundeten Familie, die nach Indien gegangen ist. Eigenartigerweise sind es nur die Frauen der Familie, die es wagen, in Chastle House zu leben – dabei sind gerade sie die Opfer.«

Dione sah ihn verwirrt an.

»Aber meine Urgroßmutter Hatty, Henrys Enkelin, war schlau genug, die ganze Geschichte aufzuzeichnen«, fuhr er mit einem hintergründigen Lächeln fort. »In der Bibliothek von Chastle House findest du einen sogenannten Edison-Phonographen. Hast du schon mal davon gehört?«

Dione schüttelte den Kopf.

»Es ist ein früher Vorläufer unserer heutigen Tonbandgeräte«, erklärte Marc. »Hatty hat drei Dutzend Walzen besprochen und besungen. Hör dir die Aufnahmen an, dann verstehst du, was ich meine.«

Dione erinnerte sich an den sonderbaren Apparat, den sie in der Bibliothek hatte stehen sehen.

»Du musst vorsichtig mit dem Gerät umgehen«, fuhr ihr Vater fort. »Die Schallwellen wurden damals mit einer Nadel in das Wachs der Walzen übertragen. Aber das Wachs nutzt sich bei jedem Abspielen weiter ab. Deshalb kann man die Walzen nur höchstens fünfmal anhören. Monica und ich haben sie schon einmal abgespielt, du solltest also sparsam damit sein.«

Claire kam mit dem Wasser zurück und stellte den Kessel an, der neben der Sitzecke auf einer Art Küchenplatte stand. Offenbar bewohnte Diones Vater nur diesen Raum des Hauses. Er schien hier zu schlafen, zu kochen und sich tagsüber auch nur hier aufzuhalten. Dione versuchte unterdessen, zu begreifen, was sie gerade erfahren hatte. Eine Weile sahen sie schweigend dabei zu, wie Claire den Tee zubereitete.

»Überlege dir gut, ob du die Wahrheit wirklich wissen möchtest«, fuhr ihr Vater schließlich fort, während er die Tasse entgegennahm, die Claire ihm reichte. »Sie ist nicht schön. Seit dem Tag, als Monica und ich uns die Aufnahmen angehört haben, versuche ich, zu vergessen, was Hatty darauf berichtet. Aber ich kann es nicht. Es hat mein ganzes Leben beeinflusst. Vielleicht ist es unverantwortlich von mir, dich ebenfalls damit zu belasten. Aber es könnte auch eine Chance sein, aus den Fehlern unserer Ahnen zu lernen.«

Es war schon fast vier Uhr nachmittags, als die beiden Frauen nach Chastle House zurückkehrten. Dione hatte auf der Rückfahrt kaum ein Wort gesprochen, so viele Gedanken gingen ihr im Kopf herum. Doch jetzt hatte sie plötzlich das Gefühl, nicht allein sein zu können. Sie bat Claire, noch eine Weile mit ins Haus zu kommen.

Doch kaum hatten sie es sich im Wohnzimmer gemütlich gemacht, ertönte ein lautes Klopfen an der Eingangstür.

Dione blickte auf die Uhr. »Eigenartig! Es ist noch etwas früh für Aiden. Er muss um diese Zeit doch die Pferde von der Weide holen.«

Dione ging zur Tür, während Claire in der Küche nach Sherlock sah, der aufgeregt bellte.

Als sie durch die alte Glasscheibe nach draußen spähte, zuckte sie zusammen. Dort stand Kate, die ungeduldig auf den Türrahmen trommelte. Ihre blonden Locken hatten sich aus dem Haarband gelöst und wehten ihr um den Kopf.

Dione atmete tief ein, bevor sie die Tür öffnete. Kate stürmte herein.

»Du bist eine kleine miese Schlampe und ich mache euch fertig. Dich und Aiden. Ihr werdet in diesem Dorf nie mehr glücklich werden, dafür sorge ich.« Kates Augen glühten vor Zorn.

Dione wich erschrocken zurück. Aiden musste Kate bereits eröffnet haben, dass er sie verlassen wollte. Warum hatte Dione ihn heute Morgen nicht angerufen und ihm gesagt, dass er keine voreiligen Entscheidungen treffen sollte? Sie hatte fest vorgehabt, heute Abend mit ihm darüber zu sprechen. Doch jetzt war es zu spät. Aiden hatte seine Zukunft auf Dione gebaut.

Kates Gesicht war puterrot vor Zorn. »Du bist strohdumm, das hab ich schon gemerkt, als du zu uns in den Laden geschneit bist«, fuhr sie wütend fort. »Und ich frage mich, was Aiden an dir finden kann.«

Dione öffnete den Mund und schloss ihn wieder. Auf eine solche Unverschämtheit würde sie nicht eingehen. Das schien Kates Wut jedoch zusätzlich anzufachen. Sie streckte die Hände nach ihr aus, und Dione dachte schon, sie würde ihr an den Hals gehen. Doch im letzten Moment ließ Kate die Arme sinken, stellte sich dicht vor Dione und sagte drohend: »Ich werde dich vernichten. Und wenn du im Staub liegst, dann spucke ich auf dich. Du hast dich mit der Falschen angelegt.«

Claire, die aus der Küche angelaufen kam, unterbrach sie. »Wie ich sehe, bist du immer noch unbeherrscht und cholerisch.«

Kate ließ von Dione ab und lachte höhnisch. »Du? Na wunderbar! Da haben wir ja zwei, die hervorragend zusammenpassen. Das Dummerchen und das Flittchen.«

»Und du scheinst zu niemandem zu passen«, entgegnete Claire. »Aiden hat wohl auch gemerkt, mit was für einer hinterhältigen Furie er es zu tun hat.«

»Du solltest dringend von deinem hohen Ross steigen, Süße!«, knurrte Kate und betrachtete Claire abschätzig. »Auch wenn du dich bei der dummen Kuh hier in Chastle House einschleimst, wissen wir doch beide, dass du ein schäbiges Geheimnis hast, nicht wahr? Kennt das die kleine Schlampe?« Kate grinste hämisch. Doch dann änderte sich ihr Gesichtsausdruck wieder und sie funkelte Claire böse an. »Wenn deine Freundin meinen Mann nicht sofort in Ruhe lässt, werde ich in Forewood und dem ganzen Lake District verbreiten, was du dir schon alles geleistet hast. Ich glaube kaum, dass du dann jemals wieder auch nur einen einzigen Job hier bekommen wirst. Denn hinter deiner sauberen Fassade sieht es ziemlich schmutzig aus.«

Dione zog die Augenbrauen zusammen und sah fragend zu Claire. »Was soll das heißen? Was meint sie? Dass deine Mutter alkoholsüchtig war?«

Kate lachte schallend. »Gegen den Dreck, den Claire zu verstecken versucht, ist die Alkoholsucht ihrer Mutter eine Kleinigkeit.«

Dione runzelte die Stirn. »Ich verstehe nicht, was Sie meinen.«

»Ich bin sicher, deine Freundin klärt dich über ihre Fehltritte auf«, fuhr Kate hämisch fort. »Also Finger weg von Aiden, sonst kann sie einpacken.«

Kate drehte sich auf dem Absatz um und schlug die Tür so fest hinter sich zu, dass die Glasscheiben klirrten.

Dione starrte ihr hinterher und wandte sich dann wieder an Claire. »Wovon hat Kate gesprochen?«

Claire schlug die Hände vors Gesicht. »Ich wusste, dass das irgendwann passieren würde.«

Dione sah sie verständnislos an.

»Das Ganze war ein riesiger Fehler von mir«, begann Claire zögernd. »Es liegt schon Jahre zurück, aber Kate vergisst es natürlich nicht. Ich habe, als ich achtzehn war, bei ihrem Vater im Hofladen gearbeitet. Damals ging es uns sehr schlecht. Der Alkohol und die Drogen verschlangen eine Menge Geld. Ich habe in jeder freien Minute gearbeitet, um uns Essen kaufen zu können. Und dann hat mich der Typ, von dem ich das Heroin für meine Mutter bekam, gefragt, ob ich nicht ein bisschen was für ihn unter der Ladentheke verkaufen würde.«

»Du hast gedealt?« Dione sah Claire ungläubig an. »In Kates Farm Shop?«

»Was hätte ich denn tun sollen? Ich brauchte das Geld und eine Zeit lang hat es auch ganz gut funktioniert. Obwohl mir der Kerl das meiste Geld wieder abgenommen hat, blieb immer noch genug für uns übrig.«

»Und woher weiß Kate davon?« Allmählich begann Dione zu ahnen, wie tief Claire in Schwierigkeiten steckte.

»Kates Vater fielen die ungewöhnlichen Kunden auf, die

plötzlich in den Laden kamen. Er ließ insgeheim eine Überwachungskamera installieren. Und mit den Bildern darauf hat er mich hinterher erpresst.« Claire sackte in sich zusammen und hockte jetzt auf dem Boden.

»Hat er dich nicht angezeigt?«

Claire schüttelte den Kopf. »Nein, er drohte mir, dass alle davon erfahren würden und dass er mich rauswerfen würde. Dann hätte ich sicher nirgendwo eine neue Arbeit bekommen und hätte meine Mutter nicht mehr versorgen können. Er hat mich vor die Wahl gestellt. Entweder das, oder …« Claire schüttelte verzweifelt den Kopf und schwieg.

Dione setzte sich neben sie und wartete, bis ihre Freundin weitersprach.

»Es ist so schrecklich.« Claire lehnte den Kopf gegen die Wand. »Ich habe versucht, es zu vergessen, aber Kate lässt das nicht zu. Sie erinnert mich immer wieder daran.«

»Das tut mir leid«, sagte Dione leise und griff nach Claires Hand. Ihre Freundin starrte unbewegt zu Boden.

»Er hat mich gezwungen, mit ihm zu schlafen.«

Dione sah sie an. »Kates Vater? Der verwirrte alte Mann?«

»Damals war er noch vollkommen auf der Höhe. Er hat meine Abhängigkeit ausgenutzt. Und es war nicht nur das …«

»Was denn noch?« Dione konnte sich kaum vorstellen, dass es noch schlimmer kommen konnte.

»Er hat mich an seine Freunde verkauft. Oh ja, ich hab auch ein paar Pfund davon abbekommen, aber von da an konnte ich mir selbst nicht mehr in die Augen schauen. Ich war unfreiwillig zur Hure geworden. Sie haben es gefilmt. Es gibt bis heute Aufnahmen davon.«

»Oh mein Gott«, entfuhr es Dione. »Und Kate hat jetzt diese Filme?«

Claire nickte voller Verzweiflung.

Dione war eiskalt geworden. Sie stand auf und starrte durch die Fensterscheibe auf den dunklen Vorplatz. Es musste eine Lösung für das Dilemma geben, in dem ihre Freundin steckte. »Und wenn du offen mit deinen Arbeitgebern sprichst?«

»Nein!« Claires Stimme hallte laut durch die Stille des Hauses. »Ich habe schon tausendmal darüber nachgedacht. Wenn ich ihnen davon erzähle, dann schmeißen sie mich raus und ich könnte nie wieder einen Schritt vor die Tür setzen, ohne vor Scham im Boden zu versinken. Selbst wenn ich fortginge, Kate würde mich überall finden und die schmutzige Wahrheit käme mit ihr.«

Dione schluckte. Plötzlich hatte sie einen bitteren Geschmack im Mund. Es wurde immer schlimmer. Jetzt lag auch noch Claires Schicksal in ihrer Hand. Dione wusste, dass sie keine Wahl hatte. Sie musste sich von Aiden trennen, wie Kate es gefordert hatte, um Claires Leben nicht zu zerstören.

Kapitel 11

Woodland House, Forewood, Lake District, England
September 1909

»Ich soll hierbleiben?« Hatty sah ihren Großvater entsetzt an.

»Es lässt sich gut in Woodland House leben, wenn man bereit ist, ein paar Abstriche zu machen.« Henrys Gesicht lag im Halbdunkel, denn das Licht der Kerze, die im Wintergarten entzündet worden war, reichte nicht aus, um den trüben Regentag zu erhellen. Seit dem Tag, an dem Hattys Mutter gestorben war, hatte es beinahe durchgehend geregnet.

Aber Hatty war nicht bereit, Abstriche zu machen. Sie wollte nicht in Woodland House leben, allein der Gedanke daran war ein Albtraum. Hatty war immer froh gewesen, wenn sie dem düsteren Anwesen im Wald wieder den Rücken hatte zukehren können, sie konnte sich im Leben nicht vorstellen, für immer hierherzuziehen.

»Ich habe Alfred gebeten, das Südzimmer für dich herzurichten«, sagte Henry entschieden. Hatty hatte an ihrem Großvater noch nie Gefühle entdeckt, er war immer beherrscht und schien unnahbar. Doch jetzt, nach dem Tod seiner Tochter, war er noch ruhiger und abweisender als sonst.

Er war heute nicht zur Beerdigung nach Chastle House gekommen. Hatty hatte es nicht einmal bemerkt, sie war so in ihrem eigenen Schmerz gefangen, dass sie die Trauergäste kaum wahrgenommen hatte. Erst als am Nachmittag eine Kutsche vor Chastle House gehalten und der Kutscher erklärt hatte, er käme von Hattys Großvater und würde sie nach Woodland House bringen, hatte Hatty sein Fehlen bemerkt. Sie wunderte sich nicht einmal. Und doch war es ein seltsames Verhalten, nicht zur Beerdigung seiner einzigen Tochter zu erscheinen.

Hatty war ohne böse Vorahnung in die Kutsche gestiegen und hatte nicht damit gerechnet, dass ihr Großvater sie in Woodland House aufnehmen wollte. Sie hatte über ihre Zukunft noch nicht nachgedacht. Ihr Kummer war so groß gewesen, dass er keinen Platz für andere Gedanken gelassen hatte.

Jetzt sah sie sich in dem vollgestellten Wintergarten um. Sie beobachtete die Regentropfen, die an den Scheiben herunterrannen, und Panik breitete sich in ihr aus. In Woodland House leben zu müssen wäre, wie lebendig begraben zu sein. Um sie herum war nichts als dichter Wald. Unmöglich, zu Fuß ins Dorf zu gehen oder einen Spaziergang in der Sonne zu machen. Sie musste Zeit gewinnen, es würde ihr schon eine Lösung einfallen.

»Ich brauche ein paar Tage, um meine Koffer zu packen«, erklärte sie ihrem Großvater. Sie wollte mit Ben sprechen, er hatte sicher eine Idee. Vielleicht konnte Doktor Franklin ja Hattys Aufsicht übernehmen, das würde ihren Großvater bestimmt beruhigen.

Aber Henry schüttelte den Kopf. »Ich will dich nicht allein in Chastle House wissen. Du fährst mit dem Kutscher hin und packst das Nötigste ein. Ich habe dem Personal dort bereits gekündigt, es ist niemand mehr vor Ort. Du wirst in dem Haus also nicht mehr leben können.«

Hatty ließ sich entsetzt in den wackligen Korbsessel fallen. Wie hatte Henry so schnell handeln können? Ihre Mutter war heute erst zu Grabe getragen worden und schon wurde ihr Haushalt aufgelöst?

»Ich will Chastle House nicht verlassen«, platzte es aus ihr heraus. »Es ist mein Zuhause. Ich kann allein dort leben, ich bin fast erwachsen und kann gut auf mich achtgeben.«

»Unsinn. Das ist unmöglich. Und jetzt lass den Mietkutscher nicht zu lange draußen stehen. Ich erwarte dich nachher zum Abendessen.«

Ein paar Stunden später hatte Hatty kopflos ihre Habseligkeiten in große Koffer gepackt und Chastle House unter Tränen verlassen. Im Zimmer ihrer Mutter hatte sie lange vor den silbernen Bürsten, Kämmen und Spiegeln gestanden, die noch immer auf dem Frisiertisch lagen und die Aufschrift *Katherine* trugen. Sie hatte es nicht über sich gebracht, die Toilettenartikel einzustecken. Sie gehörten nicht ihr und sollten in Chastle House bleiben. Dann hatte sie ein letztes Mal über die Bettdecke gestrichen und sich an ihre Mutter erinnert. Die Trauer schnürte ihr den Hals zu. Sie sah ihre Mutter vor sich, wie sie die Decke zurückgeschlagen hatte und Hatty in ihr Bett hatte kriechen lassen, wenn sie als kleines Mädchen schlecht geträumt hatte. Auch morgens, wenn sie früh wach geworden war, war sie oft zu ihrer Mutter ins Bett geschlüpft, die ihr aus Kinderbüchern vorgelesen oder Geschichten erzählt hatte. Hatty schluchzte auf. Sie vergrub ihr Gesicht in dem dicken Kopfkissen und ließ ihren Tränen freien Lauf. Wie gern hätte sie ihre Mutter noch einmal in die Arme geschlossen. Schließlich richtete sie sich auf und wischte sich die Tränen vom Gesicht. Es war ihr gleich, was der Kutscher dachte, wenn er ihr gerötetes Gesicht sah.

Langsam ging sie nach unten. Jeder Schritt war unsäglich schwer. Ob sie je wieder hier leben würde? Was hatte ihr Großvater mit dem Haus vor? Er wollte es doch nicht etwa verkaufen? Plötzlich wurde es Hatty eiskalt. Natürlich! Deshalb wollte er, dass sie zu ihm nach Woodland House zog. Das große Anwesen war sicher eine Menge Geld wert, aber solange seine Tochter dort wohnte, war er nicht an einem Verkauf interessiert gewesen. Jetzt, da Hattys Mutter tot war, lag Henry nichts mehr an diesem Haus.

Hatty stieg in die Kutsche, die sofort losfuhr. Sie sah durch das hintere Fenster und Chastle House wurde vor ihren Augen immer kleiner. Die Equipage fuhr durch das Tor und bog in die Dorfstraße ein. Schlamm spritzte auf, als sie durch eine große Pfütze fuhren. Hatty musste etwas unternehmen. Der Gedanke daran, dass andere Menschen in ihrem Haus leben sollten, war unerträglich. Schnell beugte sie sich nach vorn und schlug an die Wand, vor der der Kutscher saß. Sofort verlangsamten die Pferde ihre Schritte und Hatty hörte, wie der Kutscher vom Bock sprang. Kurz darauf wurde die Tür geöffnet und der Fahrer sah sie fragend an.

Sie bat ihn, einen Moment zu warten, da sie sich von Bekannten verabschieden wolle.

Der Mann nickte und half ihr aus dem Wagen.

Langsam ging Hatty durch den feinen Regen die Dorfstraße entlang, bis sie vor dem Cottage des Arztes stand. Sie zögerte, bevor sie die Gartenpforte öffnete. Auf der Wiese saß eine Amsel und pickte Würmer aus der Erde. Eine Magd überquerte summend die Straße. Das Leben in Forewood ging seinen gewohnten Gang, ungeachtet der Veränderungen in Hattys Leben.

Hatty atmete tief durch. Sie hatte keine andere Wahl. Auch wenn sie nicht die Gefühle für Ben empfand, von denen die Dichter sprachen, kam ihr eine Ehe mit ihm wie der Himmel vor, denn die Alternative würde die Hölle in Woodland House bedeuten. Sie griff nach dem Türklopfer und schlug fest gegen das Holz.

Prompt wurde die Tür von einem Hausmädchen geöffnet, das Hatty in ein kleines Wohnzimmer führte. Es duftete nach Kaffee und Pfeifenrauch. Die Uhr auf dem Kaminsims tickte laut. Es dauerte nicht lange, bis Doktor Franklin erschien.

Er kam mit ausgestreckter Hand auf Hatty zu und betrachtete sie besorgt. »Wie geht es dir? Hast du die Beerdigung gut überstanden?«

Hatty schluckte die Tränen hinunter, die schon wieder in ihr aufstiegen, und bat Doktor Franklin, einen Augenblick mit Ben sprechen zu dürfen. Der Arzt bedachte sie mit einem prüfenden Blick, stellte aber keine weiteren Fragen. Er ging zur Tür und rief nach seinem Sohn. Dann ließ er die beiden allein.

Ben breitete seine Arme aus und Hatty sank hinein. Einen Moment lang hielt er sie fest, ohne dass einer von ihnen ein Wort sprach. Schließlich löste sich Hatty aus seiner Umarmung.

»Ich habe nicht viel Zeit, mein Großvater erwartet mich

zum Abendessen. Er verlangt, dass ich nach Woodland House ziehe.«

»Unmöglich!« Ben starrte sie entgeistert an. »In dieses verfallene Haus? Ich war seit Jahren nicht mehr dort, aber wie man hört, sieht es furchtbar aus.«

Hatty nickte und strich gedankenverloren über den Kaminsims. Sie nahm die Vasen und Porzellanfiguren darauf jedoch kaum wahr. »Chastle House ist meine Heimat. Ich will nicht fort von hier.«

Ben sah sie abwartend an, und Hatty berichtete ihm von ihren Vermutungen, dass Henry das Herrenhaus verkaufen würde.

»Schließlich meidet er das Haus, und da nun meine Mutter gestorben ist …« Sie machte eine Pause und dachte über die Wahl ihrer nächsten Worte nach. Vorsichtig sagte sie: »Wenn wir heiraten würden, würde er uns bestimmt dort wohnen lassen und das Haus auch nicht verkaufen.«

Ben bot ihr einen Sessel an und setzte sich selbst auf den Stuhl gegenüber. Das Gaslicht flackerte.

»Ich hatte das Gefühl, dass du mir nach deinem Geburtstagsfest aus dem Weg gegangen bist.«

Hatty zog die Schultern hoch. »Seitdem ist so viel geschehen.«

Er nickte. »Aber ich möchte sichergehen, dass du mich wirklich liebst und nicht bloß nach einer Lösung suchst, in Chastle House bleiben zu können.«

Hatty schwieg. Er hatte sie durchschaut.

»Hatty, ich täte nichts lieber, als dich zur Frau zu nehmen. Ganz egal, ob wir in Chastle House leben würden oder in irgendeiner Hütte«, fuhr er in ernstem Ton fort. »Aber eine Ehe ist eine Entscheidung fürs Leben. Wenn du dir nicht absolut sicher bist, dass du jeden Tag mit mir verbringen willst, würde sie zu einer Bürde werden. Und die möchte ich niemals für dich sein.«

Sie blickte betreten zu Boden. Schließlich sagte sie leise: »Ich weiß nicht, was ich möchte. Ich weiß es einfach nicht.«

Ben stand auf. »Du kennst meine Gefühle für dich. Nimm dir Zeit und werde dir darüber klar, wie dein Weg fortan verlaufen soll. Aber entscheide dich nicht für eine Ehe, nur um etwas anderes dafür zu bekommen. Heirate mich nur, wenn du dir wirklich sicher bist, dass ich dir als Mann immer genügen werde. Ich bin für dich da, als Freund oder als Ehemann.«

Hatty stand auf. Sie lächelte ihn dankbar und unter Tränen an.

Zum zweiten Mal an diesem Tag stand Hatty vor Woodland House, nur dieses Mal würde es keine Rückfahrt geben. Das riesige Haus mit seinen Türmchen und Erkern machte ihr Angst. Die Fenster der ersten Etage blickten blind in den Wald. Das Laub der Bäume spiegelte sich in den Scheiben und ließ den Eindruck entstehen, dahinter bewege sich jemand. Doch wenn Hatty genauer hinsah, verschwand das Bild.

Seufzend stieg sie die Stufen zur Eingangstür hinauf, wo der Kutscher bereits ihre Koffer abgestellt hatte. Alfred hatte die Tür geöffnet und griff nun nach Hattys Reisetruhe.

»Lady Harriet, wenn Sie mir bitte folgen wollen.« Der Butler verschwand im Inneren des Hauses. Die dunkle Öffnung der Eingangstür erschien Hatty wie der riesige Schlund eines Wals, der sie verspeisen wollte.

Sie fröstelte, als sie dem Butler folgte. In der Halle öffnete sie ihren feuchten Reiseumhang und sah sich nach Alfred um. Aber statt ihr den Mantel abzunehmen, war er bereits im Flur hinter der Eingangshalle verschwunden. In diesem Teil des Hauses war Hatty bislang noch nie gewesen, aber sie wusste, dass dort irgendwo das Schlafzimmer ihres Großvaters sein musste.

Hatty beeilte sich und hielt nach dem Diener Ausschau, den sie in dem dunklen Korridor kaum erkennen konnte. Die Bäume vor den Fenstern nahmen alles Licht und es gab weder Öllampen noch Kerzen. Ganz langsam gewöhnten sich Hattys Augen an die Finsternis und sie konnte Alfred in einiger Entfernung vor sich herschlurfen sehen.

Vor einer der Türen blieb er schließlich stehen. Die Farbe blätterte ab und das Holz war wellig von der Feuchtigkeit, die hier zu jeder Jahreszeit herrschte. Alfred stieß die Tür auf und stellte Hattys Koffer auf der Schwelle ab.

»Dinner gibt es in einer Stunde«, murmelte der Butler und verschwand, noch bevor Hatty fragen konnte, wo denn das Essen eingenommen werde.

Sie betrat den Raum und wäre am liebsten sofort wieder umgekehrt. Das Schlafzimmer war heruntergekommen und renovierungsbedürftig. Es war groß, aber spärlich möbliert. An der hohen Decke befanden sich Stockflecken und die einst prächtigen Stuckverzierungen waren abgebröckelt und kaum noch zu erkennen. Hattys Blick wanderte an den Tapeten empor, die sich von der Wand gelöst hatten und traurig herabhingen. Die Teile, die noch an der Wand klebten, hatten Wasserränder, die sich über dem ursprünglich gelben Blumenmuster ausbreiteten.

Hatty trat an das Bett heran, das zwischen zwei Erkern

an der Wand stand. Das alte Eichenholz war wurmstichig und der einst prachtvolle Samtvorhang mottenzerfressen. Entsetzt nahm Hatty den modrigen Gestank der Kissen und Decken wahr.

Sie musste sich auf der Stelle bei ihrem Großvater beschweren und ihm erklären, dass sie unmöglich in diesem düsteren Zimmer wohnen und in dem feuchten Bett schlafen konnte. Im Winter würde sie sich eine Lungenentzündung holen. Doch dann erinnerte sie sich an seine Unnachgiebigkeit, als sie ihn gebeten hatte, in Chastle House bleiben zu dürfen. Sie war sich beinahe sicher, dass er nicht auf ihre Forderungen eingehen würde. Daher zog sie ihren Reiseumhang aus, der immer noch lose um ihre Schultern hing, und warf ihn über einen der harten Holzstühle.

Dann trug Hatty die Decken und Kissen zum Fenster, um sie auszulüften. Da es draußen immer noch nicht aufgehört hatte zu regnen, stellte sie die Stühle dicht vor die weit offenen Fensterflügel und hängte die Bettwäsche darüber.

Es kostete sie einige Mühe, ihr langes schwarzes Kleid gegen ein eleganteres zu tauschen, da ihr Großvater auch Hattys Zofe entlassen hatte. Wenig später begab sie sich zum Essen.

In der Halle blieb sie stehen. Sie wusste immer noch nicht, wo ihr Großvater sie zum Abendessen erwartete. Ihr Blick wanderte zur Treppe. Vorsichtig trat sie auf die alten Stufen und ging nach oben. Wie schon bei ihrem letzten Besuch fiel ihr wieder auf, wie hell der obere Flur im Vergleich zu den unteren Räumen war. Warum hatte ihr Großvater sich im Erdgeschoss verschanzt, statt die viel hübscheren Zimmer hier oben zu beziehen? Sie sah sich um. Langsam ging sie auf die Tür am Ende des Flurs zu, die in das Zimmer mit Katherines Kleidern, Bildern und Schmuck führte. Mit angehaltenem Atem drehte sie den Knauf. Doch die Tür war abgesperrt. Enttäuscht trat sie zurück. Wie gern hätte sie noch einmal die vielen Kostüme und Bilder ihrer Großmutter betrachtet. Immer wieder hatte sie in den letzten Wochen die beiden Fotografien von Katherine angesehen, die sie im Sommer mitgenommen hatte.

»Hatty!«

Sie fuhr herum. Ihr Großvater stand am Ende der Treppe und sah sie unter zusammengezogenen Augenbrauen an.

»Hier oben ist nichts. Nur leere Räume. Was machst du hier?« Seine Stimme klang barsch.

Hattys Herz schlug wie wild. Sie schluckte. Einen Moment überlegte sie, eine Ausrede zu erfinden, doch dann entschied sie sich für die Wahrheit. Hatty war es gewohnt, aufrichtig zu sein, besonders Menschen gegenüber, die ihr nahestanden. Außerdem wünschte sie sich, mehr über ihre Großmutter zu erfahren.

»Ich weiß, was in diesem Zimmer ist.«

Sie machte eine Pause und wartete ab. Aber ihr Großvater sah sie nur schweigend an.

Also fuhr sie fort. »Warum sprichst du nie über Großmutter? Wieso hast du all ihre Sachen hier versteckt? Ich habe mir mein Leben lang ausgemalt, wie sie wohl ausgesehen hat, wie ihre Stimme klang und was für ein Mensch sie war. Wieso hältst du deine Erinnerungen an sie zurück? Ich wünsche mir nichts mehr, als alles über meine Großmutter Katherine zu erfahren.«

Er stand ganz ruhig da, auf seinen Stock gestützt. Dann

kam er mit schlurfenden Schritten auf sie zu. Als Henry dicht vor ihr stand, hob er die Hand und Hatty glaubte einen Moment lang, er würde ihr eine Ohrfeige geben. Doch dann strich er nur sanft über ihre Wange.

»Du hast recht, ich habe die Erinnerungen an deine Großmutter tief in mir verschlossen.«

»Mutter hat mir immer verboten, dich darauf anzusprechen.« Hatty hielt den Atem an.

Er nickte. Seine Augen schimmerten feucht. »Ich konnte nicht darüber sprechen. Der Schmerz war zu groß.«

»Aber sie ist seit vielen Jahren tot.« Hatty biss sich auf die Lippen, als sie sah, dass eine Träne über das Gesicht des alten Mannes lief.

Er lächelte. »Du bist ein außergewöhnliches Kind. Vielleicht ist es an der Zeit, dass ich dir mehr über Katherine erzähle.«

Hatty wies ihn nicht darauf hin, dass sie bereits achtzehn Jahre alt und kein kleines Mädchen mehr war. Noch nie hatte sie ihren Großvater so bewegt gesehen, noch nie war er so zärtlich zu ihr gewesen.

»Ich habe deine Großmutter sehr geliebt«, sagte er schließlich. »Sie war nicht nur die schönste Frau, die ich kannte, sie war außergewöhnlich.«

»Ich weiß. Ich habe zwei Bilder von ihr aus dem Zimmer gestohlen«, sagte Hatty und ihre Stimme war nur ein Flüstern.

Er schwieg eine Weile. Seine blaugrauen Augen waren in die Ferne gerichtet. Dann nickte er schließlich und ein Lächeln glitt über sein Gesicht.

»Komm, ich werde dir erzählen, wie ich sie kennen- und lieben gelernt habe.« Er legte seinen Arm um Hattys

Schultern und führte sie die Treppe hinunter in ein großes Esszimmer. Hatty war ihrem Großvater noch nie so nahe gewesen. In diesem Moment durchströmte sie ein Gefühl der Liebe zu ihm.

»Es war eine reine Vernunftehe, als deine Großmutter und ich uns trauen ließen«, sagte Hattys Großvater, während er sich auf einen Stuhl am Esstisch setzte. »Meine Familie brauchte das Geld, und Katherines Vater wollte in die Kreise des englischen Adels gelangen, um seine zweifelhafte Vergangenheit zu vertuschen. Sie war die ungewöhnlichste und wildeste Frau, die ich je erlebt hatte«, begann er. »Dann, eines Tages, hatte ich das Gefühl, sie würde mir etwas verheimlichen. Sie ging jeden Abend zum Bibelstudium, doch ich bezweifelte das und bat meinen Freund George um Hilfe …«

Kapitel 12

Das Alhambra, Leicester Square, und Cleveland House,
Berkeley Square, London, England
Sommer 1866

Henry konnte seine Augen nicht von Katherine abwenden. Seit sie wieder im Alhambra auftrat, hatte sie ihre alte Strahlkraft zurückgewonnen. Henry betrachtete das eng anliegende schimmernde Kostüm, das viel von Katherines Reizen entblößte. Aber das störte Henry nicht, der keine Minute lang bereute, das Auftrittsverbot wieder aufgehoben zu haben. Er hatte mit sich selbst eine Abmachung getroffen: Während sie als Kate Pax auf der Bühne stand, war Katherine für ihn nicht die achte Lady of Cleveland, sondern eine Künstlerin, die er unvoreingenommen bewundern konnte. Er verfolgte ihre geschmeidigen Bewegungen und genoss die volle, schöne Stimme. Manchmal ertappte er sich bei der Vorstellung, wie ihm diese Stimme Schmeicheleien ins Ohr flüsterte, wie sich ihr perfekter Körper um seinen schlang. Aber er riss sich sofort los von diesen Fantasien, denn Henry wollte in sich selbst keine Begehrlichkeiten wecken, die vielleicht nie erfüllt würden.

Seit Henry seiner Frau erlaubt hatte, wieder im Alhambra aufzutreten, hatte sich etwas zwischen ihnen verändert. Henry trank einen Schluck von dem Kaffee, den der Kellner soeben gebracht hatte, und versuchte zu ergründen, was es war. Es schien ihm, als wäre ihr gegenseitiger Umgang respektvoller geworden, wenn auch nicht liebevoller. Sie waren sich körperlich immer noch nicht nähergekommen und Katherine war unglücklich darüber, dass Henry ihr den Umgang mit ihrem früheren Geliebten Geoffrey nicht gestattete.

Henry seufzte. Er ließ seinen Blick über die Tanzmädchen gleiten, die um seine Frau herumwirbelten. Keine konnte sich mit Katherines Schönheit messen. Henry hatte ein schlechtes Gewissen, wenn er an seine Mutter dachte. Lady Deborah durfte niemals davon erfahren, dass ihre Schwiegertochter als Sängerin und Tänzerin auftrat und dass Henry das Alhambra besuchte. Er wusste, dass sie sich entsetzlich aufregen würde, und wollte ihr die Sorgen ersparen. Henry selbst fühlte sich nicht gerade wohl dabei und war jeden Abend erleichtert, wenn er keinen seiner Bekannten im Publikum entdeckte.

Katherine hatte ihr letztes Lied vor der Pause beendet. Sie verbeugte sich und verließ unter tosendem Applaus die Bühne. Henry stand auf und folgte ihr. Bislang hatte er sie noch nie in der Pause in ihrer Garderobe besucht, aber er wollte ihr unbedingt sagen, wie gut ihm ihr Auftritt gefallen hatte.

Als er vor Katherines Garderobe stand, hielt er inne. Plötzlich wurde er unsicher. Wie würde Katherine reagieren, wenn er unangemeldet bei ihr erschien? Wusste sie, dass er die Aufführung besucht hatte? Geoffreys Bild tauchte vor ihm auf. Er erinnerte sich an den vertrauten Umgang der beiden. Was, wenn er ihn in ihrer Garderobe vorfände? Nein, Henry wischte den Gedanken schnell fort. Er wollte Katherine vertrauen. Vielleicht sollte er lieber zurück an seinen Platz gehen. Henry trat noch unentschlossen von einem Bein aufs andere, als die Tür geöffnet wurde und Katherine vor ihm stand. Sie zog überrascht die Augenbrauen hoch.

Einen Moment lang standen sie sich sprachlos gegenüber. Henry hatte plötzlich Angst. Sie sollte nicht glauben, dass er sie kontrollieren wollte. Er musste es ihr erklären, aber er bekam keinen Ton heraus. Ihr Anblick war vertraut und neu und aufregend zugleich. Er starrte auf das üppige Dekolleté, die verführerisch geschminkten Lider und die seidig schimmernden, vollen Lippen. Er musste sich zusammenreißen.

Henry räusperte sich. »Katherine, ich wollte … nicht dass du denkst … Entschuldige bitte.«

Katherine wich zur Seite und ließ Henry eintreten. Sie duftete nach Lavendel. Henry konzentrierte sich, um nicht auf den Ansatz ihrer runden Brüste zu schauen, auf die weiße, zarte Haut.

»Du bist ins Alhambra gekommen«, stellte sie fest und trat an den kleinen Tisch, auf dem die Getränke standen.

Henry nickte.

Katherine schenkte sich ein Glas Wasser ein. »Möchtest du einen Brandy?«

Henry schüttelte den Kopf und drehte seinen Spazierstock verlegen in den Händen. Eine Weile standen sie da und sagten kein Wort. Vom Flur her drangen Stimmen zu ihnen, jemand lachte.

»Ich bin gekommen, um dir zu sagen, wie großartig ich deine Auftritte finde«, platzte Henry schließlich heraus.

Katherine lachte.

Er wusste nicht, wie er das Lachen deuten sollte, und sprach schnell weiter. »Du hast eine großartige Stimme, du tanzt so gut …« Er brach ab. »Aber das haben dir vermutlich schon viele Männer gesagt.«

Katherine lachte wieder und nickte. Dann wurde sie ernst. »Aus deinem Mund bedeutet es mir sehr viel.«

Henry spürte, dass er errötete, und ärgerte sich sofort darüber. Wieder kam er sich in Katherines Nähe wie ein kleiner Junge vor. Es war leichter gewesen, als er streng mit ihr war. Aber er wusste, dass er genau das, was er an seiner Frau bewunderte, ihre Stärke, die Kraft, die sie ausstrahlte, und den Glanz ihrer Erscheinung zerstörte, wenn er ihr verbot, sie selbst zu sein.

»Ich war jeden Abend hier und habe dir zugehört.«

Katherine sah ihn erstaunt an.

»Nicht, um dich zu überwachen«, fügte er schnell hinzu. »Ehrlich gesagt mochte ich deine Auftritte schon, als du noch gar nicht wusstest, dass ich es herausgefunden habe.«

»So?« Katherine betrachtete ihn, und Henry konnte beim besten Willen nicht sagen, ob sie sich über sein Geständnis freute oder ob es ihr unangenehm war.

Er sprach weiter, obwohl er glaubte, dass es besser wäre, zu schweigen. Seine Lippen formten die Worte, ohne dass er etwas dagegen tun konnte.

»Ich habe gelitten, als du nicht mehr aufgetreten bist, wenn auch mit Sicherheit nicht so stark wie du. Ich habe mich so danach gesehnt, dich auf der Bühne zu sehen.«

»Dann hast du es mir aus reiner Selbstsucht erlaubt, wieder aufzutreten?«, fragte Katherine und neigte den Kopf zur Seite.

»Ich konnte es nicht ertragen, dich so traurig zu sehen. Auch wenn wir uns nicht so nahestehen, wie es für Mann und Frau üblich ist, bedeutest du mir dennoch viel. Sehr viel.«

Katherine nickte nachdenklich und trank das Wasser aus. Dann erwiderte sie: »Offenbar so viel, dass ich dir wichtiger war als deine Freunde, die mich vielleicht hier sehen könnten.«

Henry lächelte sie an und Katherine streckte ihre Hand nach der seinen aus. Sie hielt sie einen Moment fest und Henry hatte das Gefühl zu schweben.

Am nächsten Tag stand er früh auf und bestellte bei der Köchin einen Picknickkorb. Er ließ den Kutscher die Pferde einspannen. Nach dem Frühstück ging Henry zu Katherines Schlafzimmer und klopfte an die Tür. Die Zofe erklärte, dass ihre Ladyschaft gerade erst aufgestanden sei. Henry ließ ausrichten, seine Frau möge sich beeilen, er erwarte sie in einer halben Stunde unten in der Halle.

Tatsächlich erschien Katherine beinahe pünktlich. Als Henry ihr eröffnete, dass er einen Ausflug plane, wirkte sie überrascht, aber der Idee nicht abgeneigt. Henry wies den Kutscher an, Richtung Süden zu fahren und nach einem idyllischen Rastplatz Ausschau zu halten. Er betrachtete seine Frau verstohlen. Sie trug ein hübsches hellblaues Frühlingskleid und einen großen Strohhut. Kerzengerade saß sie auf der Kutschenbank und sah mit entspanntem Gesichtsausdruck aus dem Fenster.

»Hatte dein Vater in Howkingsville auch eine Kutsche?« Immer wieder versuchte Henry, sie sich in der Prärie vorzustellen, aber es gelang ihm nicht. Nur wenn er sich

Mountain Kenny in Erinnerung rief, konnte er die Bilder verbinden.

Katherine schien überrascht über seine Frage. Sie lachte. »Nein, jedenfalls nicht so eine, wie du sie kennst, keine wie diese hier.« Katherine steckte sich eine Haarsträhne hinters Ohr, die sich trotz des Hutes gelöst hatte. »Er hatte einen Karren, auf dem die Fässer transportiert wurden oder andere Einkäufe für den Saloon.« Sie sah wieder aus dem Fenster, in Gedanken versunken. »So eine Kutsche wie diese hätte mein Vater sofort überfallen, wenn er ihr begegnet wäre. Aber die Straßen in Howkingsville taugen kaum für Equipagen. Für längere Wege nimmt man das Pferd.«

Henry hoffte, dass Katherine scherzte, was den Überfall seitens ihres Vaters betraf. Vorsichtshalber schmunzelte er.

»Eine solche Kutsche habe ich zum ersten Mal gesehen, als ich nach New York kam, und da war ich schon siebzehn Jahre alt.« Katherine strich über den Baumwollstoff ihres Kleides. »In Howkingsville ist alles vollkommen anders als das Leben hier.«

Gegen Mittag hielt der Kutscher an. Als Henry einen Blick auf die Landschaft warf, wusste er, dass sie die richtige Stelle gefunden hatten. Vor ihnen breiteten sich Wiesen aus, die sanft in eine Senke abfielen, durch die ein Bach floss. Während er aus der Kutsche kletterte und Katherine heraushalf, sog er die warme Sommerluft ein. Er reichte seiner Frau den Arm und gemeinsam schlenderten sie die Blumenwiese hinunter. Bienen summten um sie herum, Schmetterlinge tanzten im Wind und das Laub der Bäume raschelte leise. In gebührlichem Abstand trug der Kutscher ihnen den Picknickkorb hinterher. Am Wasser breiteten sie die Decke aus und Henry schickte den Mann fort.

»Erzähl mir mehr von deiner Kindheit«, bat Henry. »Wie sieht es in Howkingsville aus? Lässt sich die Landschaft dort mit der englischen vergleichen?«

Katherine musste lachen und schüttelte den Kopf. »Nicht so grün und viel weitläufiger. Die Sonne brennt im Sommer den ganzen Tag, und wenn es einmal regnet, dann hört es so schnell nicht wieder auf. Und im Winter und nachts wird es eiskalt.«

»Vermisst du Amerika?« Henry versuchte, sich die Weite der Prärie vorzustellen.

Katherine dachte einen Augenblick nach. Dann sagte sie: »Ja, ich denke schon, obwohl ich hier ruhiger schlafen kann und keine Angst haben muss, das Überqueren der Straße nicht zu überleben. Aber mir fehlt das Land und auch die Ungezwungenheit.«

Henry ließ seinen Blick den Bachlauf entlangwandern. »Mir würde England auch fehlen, wenn ich es hinter mir lassen müsste.«

Er dachte daran, dass er beinahe sein geliebtes Chastle House verloren hätte. Er hätte das Haus und sämtliche Ländereien verkaufen müssen. Es hätte ihm das Herz gebrochen und ausgerechnet Katherine hatte ihn davor bewahrt – Katherine, die man gezwungen hatte, ihr Land zu verlassen und mit ihm ein neues Leben zu beginnen.

»Ich kann deine Vorbehalte gegen mich und unsere Ehe verstehen«, erklärte er. »Du hast viel verloren, als du nach England kamst.«

Katherine sah ihn an. »Ich habe alles verloren. Aber nicht erst auf meiner Reise nach England, sondern schon als wir Howkingsville verließen. In New York musste ich ein vollkommen anderes Leben führen und meine Herkunft verleugnen. Alles, worauf ich stolz gewesen war – meine Auftritte, das Theater, meinen bescheidenen Ruhm im Westen –, sollte ich plötzlich vergessen. Ich glaube, Vater wusste, dass ich das nicht lange mitmachen würde, und hat mich schon allein deshalb nach England verheiratet.«

Henry füllte zwei Gläser mit Limonade und reichte eines davon Katherine.

»Geoffrey hat mir in dieser Zeit unglaublich geholfen. Wir haben in New York trainiert. Er hat kleine Auftritte in Music Halls für mich arrangiert, die wir natürlich streng geheim halten mussten. Mein Vater wäre sehr böse geworden, wenn er davon erfahren hätte.«

Henry trank einen Schluck Limonade. »Dann wart ihr also schon gut eingeübt, als ihr in London ein ähnliches Spiel mit mir getrieben habt.«

Katherine sah ihn forschend an und nickte. »Es ging nicht darum, dich zu hintergehen. Um ehrlich zu sein, warst du mir sogar eher unwichtig. Ich brauchte die Musik, um überleben zu können. Und du warst um einiges leichter zu überlisten als mein Vater, der viel mehr nachgefragt und mich kontrolliert hat. Außerdem mussten wir in London weit weniger trainieren. Unser Programm stand ja. Ich hatte es mit Geoffrey für die Music Halls in New York erarbeitet.«

Henry stellte sein Glas auf der Picknickdecke ab. Er zögerte. Dann entschloss er sich, sie zu fragen: »Du sagst, ich war dir nicht wichtig. Ist das heute immer noch so?«

Katherine lehnte sich zurück. Sie stützte sich mit ihren schlanken weißen Händen im Gras ab. »Ich weiß es nicht.

Ich habe angefangen, in dir mehr zu sehen als den Mann, durch den ich gezwungen war, nach Europa zu kommen. Ich weiß, dass du sehr verständnisvoll bist. Du hättest von Anfang an anders mit mir verfahren können.«

»Ich habe in den letzten Wochen immer wieder darüber nachgedacht, ob es nicht besser gewesen wäre, deutlich strenger zu sein.«

Katherine griff nach einer der Kirschpralinen, die er für sie hatte mitbringen lassen. »Dann hätte ich dich nie respektieren können.«

»Das weiß ich.« Henry sah ihr dabei zu, wie sie die Praline zwischen ihre Lippen schob und den süßen Geschmack genoss.

Am Abend bevor er Cleveland House verließ, bestellte er ein Blumenarragement, das er zur Pause in Katherines Garderobe liefern ließ.

Er hatte den Boten gerade fortgeschickt, als seine Mutter die Treppe zur Halle herunterkam.

»Wo ist Katherine heute Abend?«, fragte sie und sah sich missbilligend nach ihrer Schwiegertochter um, obwohl sie schon zu erwarten schien, dass sie wieder nicht zu Hause war.

»Bei ihrem Bibelstudium«, log Henry und hoffte, seine Mutter würde nicht weiter nachfragen.

Doch den Gefallen tat sie ihm nicht. Sie betrachtete die Briefe, die auf dem Tisch in der Mitte der Halle lagen, um später von einem Diener zur Abendpost gebracht zu werden. »Glaubst du, sie geht wirklich in die Kirche? Was ist mit der Kutsche, die sie immer abgeholt hat? Ich habe den Herrn zwar schon länger nicht mehr gesehen, aber es würde sich vielleicht lohnen, wenn du ein wenig mehr auf sie achtgibst. Du lässt ihr zu viel Freiraum. Das tut einer Frau nicht gut. Besonders nicht einer wie Katherine.«

»So?« Henry sah seine Mutter mit hochgezogener Augenbraue an. »Was ist Katherine denn für eine Frau?«

Lady Deborah kräuselte ihre Lippen. »Eine Amerikanerin«, sie spuckte das Wort förmlich aus. »Das sind Wilde dort. Aber ich denke, das weißt du selbst.«

Henry ignorierte die Provokation in ihren Worten. Stattdessen lächelte er. »Ich muss meine Frau nicht überwachen, ich vertraue ihr.«

»Ein großer Fehler.«

Henry zuckte mit den Schultern und griff nach seinem Zylinder.

»Du gehst auch aus? Wohin?« Lady Deborah legte die Briefe wieder zurück auf den Tisch.

»In den Club«, sagte er mit schlechtem Gewissen. Es gefiel ihm nicht, seine Mutter anlügen zu müssen, aber er konnte ihr nicht die Wahrheit sagen.

»So wie gestern?«, fragte Lady Deborah.

Henry nickte.

»Gestern warst du aber nicht dort. Ich war heute bei Lady Florence und habe mit Sir Bernhard gesprochen. Er sagte, dass er dich schon lange nicht mehr im Club gesehen habe.« Seine Mutter legte die Stirn in Falten, und Henry fühlte sich in seine Kindheit versetzt, wenn er beim Lügen erwischt worden war.

»Dann war er gestern Abend wohl nicht da. Ich jedenfalls war im Club.« Henry hoffte, dass er nicht rot wurde.

»Nein, er war ganz sicher dort. Ich habe natürlich behauptet, dass du im Club gewesen seist, aber Sir Bernhard beharrte darauf, dich seit Wochen nicht mehr gesehen zu haben.« Sie stand jetzt vor ihm.

Henry versuchte, ihrem Blick auszuweichen. »Ich ... das kann nicht sein.«

»Im Moment finden jeden Abend Bälle statt. Sehr ungewöhnlich, dass er dich nirgendwo getroffen hat«, sagte Lady Deborah und ihre Stimme hatte einen drohenden Unterton. »Wo bist du die letzten Tage abends gewesen?«

Henry hasste es, die Unwahrheit zu sagen. Aber er konnte es ihr nicht sagen, da er Katherines Auftritte nicht gefährden wollte. Denn sobald Lady Deborah von ihrem Engagement im Alhambra erführe, würde sie Henry in den Ohren liegen, dass er es ihr verbieten solle. Und Henry war es noch nie gelungen, sich gegen die Wünsche seiner Mutter zu stellen.

Er sah sie an. Sie wartete anscheinend immer noch auf eine Antwort.

»Ich bin ein Mann und darf mich gewissen Vergnügungen hingeben, oder nicht?« Er versuchte ein anzügliches Lächeln.

Mit dieser Erklärung schien Lady Deborah zufrieden zu sein. Sie rauschte in Richtung des Salons davon.

»Oh Henry, die Blumen sind wunderschön!«, rief Katherine und betrachtete das Arrangement aus Rosen und Lilien. Die Garderobe war von ihrem betörenden Duft erfüllt.

»Du bekommst sicher oft Blumen von Verehrern übersandt?« Henry sah sich in dem kleinen Zimmer um, das mit einigen Blumensträußen geschmückt war.

Katherine zuckte mit den Schultern. »Das gehört dazu.«

Dann kam sie auf ihn zu. »Du bist also auch ein Verehrer von mir?«

Katherine stand dicht vor ihm. Er sah ihre dichten langen Wimpern, die schwarzen Augen, das dicke Haar und nahm ihren Rosenduft wahr, der sich mit dem seines Straußes vermischte.

»Dein größter«, sagte er leise.

Katherine streckte ihre Hand aus. Ihm stockte der Atem, als die schlanken weißen Finger seinen Kopf berührten. Sachte zog sie ihn zu sich herunter und plötzlich lagen ihre vollen seidigen Lippen auf seinen. Henrys ganzer Körper schien zu vibrieren, wie oft hatte er diesen Augenblick herbeigesehnt. Er vergaß die Welt um sich herum. Sie küsste ihn mit einer stummen Leidenschaft, die er sich niemals hätte vorstellen können. Henry verlor den Boden unter den Füßen und ließ sich vollkommen in Katherines Berührungen fallen.

Die nächsten Wochen waren für Henry ein einziger Rausch. Sie hatte ihn an diesem Abend in ihr Schlafzimmer gebeten, und seitdem war keine Nacht vergangen, die er nicht bei ihr verbracht hatte. Die sinnlichen Stunden waren schöner, als er sie sich jemals hätte erträumen können, und die Nähe zu Katherine erweckte ein ungeahntes Glücksgefühl in ihm. Henry machte es nichts aus, dass die Zofe ihn am Morgen stets im Bett seiner Frau vorfand. Anfangs war es ihm unangenehm, aber Katherines Unbekümmertheit half ihm schnell darüber hinweg. Den Tag verbrachten sie gemeinsam, indem sie im Garten saßen, im Park flanierten oder kleinere Ausflüge unternahmen. Es verging kein Abend, an dem Henry Katherine nicht auf der Bühne bewunderte. Er konnte kaum glauben, dass dieses überirdisch schöne, elegante Wesen in wenigen Stunden in seinen Armen liegen würde. Und dann konnte er es kaum erwarten, bis sie endlich nach Hause kamen und sich die ganze Nacht nicht mehr voneinander lösten.

An diesem Abend befand sich Henry wieder im Alhambra. Er hatte gerade Platz genommen und saß auf seinem Lieblingsstuhl, etwa zwanzig Meter von der Bühne entfernt. Von hier aus hatte er den besten Blick auf die Vorführung. Inzwischen wurde dieser Stuhl schon jeden Abend von den Kellnern für ihn freigehalten. Das Programm hatte längst begonnen, Henry war zuvor noch auf einem Ball bei den Greens gewesen, um seinen gesellschaftlichen Verpflichtungen nachzukommen. Um halb elf Uhr hatte er sich verabschiedet und war pünktlich im Alhambra angekommen, um Katherines Auftritt zu erleben. Die Instrumente begannen zu spielen und Katherine betrat die Bühne. Henrys Herz schlug schneller, der atemberaubende Anblick seiner Frau war jedes Mal aufs Neue aufregend für ihn. Er hing an ihren Lippen und beobachtete ihre geschmeidigen Bewegungen im Schein der hellen Gaslampen. Katherine lächelte ihm zu wie jeden Abend. Seit sie wusste, wo sein Stammplatz war, konnte sie ihn in der Menge der Zuschauer ausfindig machen.

Doch mitten in ihrer Darbietung schien Katherines Lächeln plötzlich wie eingefroren. Sie starrte ihn entsetzt an und Henry stutzte. Was konnte seine Frau derart aus der Fassung bringen? Langsam drehte er sich um und erstarrte. Hinter ihm stand Lady Deborah mit fassungsloser Miene. Ihre Wangen waren noch blasser als sonst und die Augen weit aufgerissen.

»Mutter!«, rief Henry bestürzt, ihm war plötzlich übel. »Ich … was … ich meine, wie kommst du hierher?«

Lady Deborah schien ihn gar nicht zu hören. Sie stand da wie versteinert.

Henrys Hände zitterten, als er nach ihrem Arm griff, um sie auf sich aufmerksam zu machen. Diese Begegnung hatte er gefürchtet, doch er hatte gehofft, dass sie nie stattfinden würde. Allein die Existenz eines solchen Etablissements würde seiner Mutter schlaflose Nächte bereiten. Und der Auftritt ihrer Schwiegertochter würde sie womöglich ins Grab bringen. Lady Deborah machte bislang zwar einen gesunden Eindruck, aber sie ging auf die siebzig zu, und Henry wusste nicht, wie viel Kummer sie noch würde ertragen können. Als er durch seine Hochzeit mit Katherine die Familie vor dem Ruin gerettet hatte, hatte Henry sich geschworen, seine Mutter künftig von allen Sorgen möglichst fernzuhalten.

Noch immer stand sie unbeweglich vor ihm und sah auf die Bühne. Applaus brandete auf. Katherine verschwand hinter den Kulissen. Lady Deborah schien aus ihrer Starre zu erwachen. Ihre Augen funkelten vor Zorn.

»Bring mich zu ihr!«, befahl sie.

Henry sah sich um, ob jemand ihr Gespräch belauschte, aber die meisten Gäste standen gerade auf, um den Saal zu verlassen, und niemand achtete auf ihn und seine Mutter. Wenigstens das. Wie schnell konnte jemand ihn oder ihre Ladyschaft erkennen und herausfinden, dass sie beide wegen Kate Pax hier waren, die eigentlich die achte Lady of Cleveland war!

»Bring mich zu ihr«, wiederholte Lady Deborah mit schneidender Stimme.

»Mutter, ich bringe dich nach Hause und wir sprechen morgen in aller Ruhe darüber. Ich möchte keinen Skandal heraufbeschwören.«

Henry legte seine Hand beruhigend auf ihren Unterarm, doch Lady Deborah schüttelte ihn ab.

»Hör auf damit. Ich werde jetzt mit Katherine sprechen. Entweder du führst mich zu ihr oder ich wende mich an einen Angestellten.«

Henry atmete tief ein. Es brachte nichts, sich gegen Lady Deborah aufzulehnen, sie würde ihren Willen bekommen.

Henry führte sie zu der Tür neben der Bühne und dann direkt zu Katherines Garderobe. Er wollte klopfen, doch seine Mutter stürmte an ihm vorbei, noch bevor er die Hand heben konnte.

Katherine saß an ihrem Schminktisch, mit dem Rücken zur Tür.

»Was denkst du dir dabei? Du führst dich auf wie ein billiges Revuemädchen!«, zischte Lady Deborah.

Katherine wandte sich nicht um. Sie suchte Deborahs Gesicht im Spiegel.

»Ich habe dich schon erwartet«, sagte sie kühl. »Allerdings dachte ich, du wärst eine echte Dame und würdest warten, bis wir zu Hause sind.«

»Erzähl du mir nichts über das Verhalten einer Dame!« Henrys Mutter sah sich in der kleinen Garderobe um. »Wie kannst du es wagen, meinen Sohn dermaßen zu beleidigen?«

»Das tut sie doch gar nicht, Mutter«, versuchte Henry, sie zu besänftigen. »Was ist schon dabei, dass Katherine gern auftritt? Sie ist eine großartige Sängerin und Tänzerin und es ist nichts Verwerfliches daran.«

»Wenn dein Vater noch leben würde, er würde dich zur Vernunft bringen. Du benimmst dich wie ein Schuljunge. Es wird Zeit, dass du deine Frau in die Schranken weist.« Sie kräuselte ihre Lippen und warf ihm einen abfälligen Blick zu.

Katherine räusperte sich. Ihre Stimme war ruhig, als sie sprach. »Nun, wenn der siebte Lord of Cleveland noch leben würde, wären wir nicht in dieser Situation. Denn er war es doch, der die Familie in echte Schwierigkeiten brachte, sodass Henry gezwungen war, mich zu heiraten, und mit dem Geld meines Vaters das Ansehen der Familie retten konnte.«

Lady Deborah zitterte am ganzen Körper vor Wut. »Und das war auch der einzige Grund, warum mein Sohn dich geheiratet hat. Wenn ich gewusst hätte, was für ein leichtes Mädchen er sich ins Haus holt, dann hätte ich alles versucht, um ihn davon abzuhalten.«

Lady Deborah machte einen Schritt auf Katherine zu und Henry glaubte schon, sie würde die Hand gegen sie erheben.

»Mutter, bitte!«, ging er schnell dazwischen. »Was ist denn so schlimm daran, dass Katherine im Alhambra auftritt?«

»Du meinst, außer den Kleidern eines Flittchens, der Schminke, die sie sich wie eine Hure ins Gesicht schmiert, und ihren liederlichen Verrenkungen auf der Bühne? Außer den aufreizenden Blicken, die sie den Männern zuwirft?« Lady Deborah wandte sich ihrem Sohn zu. »Wenn auch nur einer unserer Bekannten Katherine auf der Bühne sähe, wäre der Ruf unserer ganzen Familie ruiniert. Wir würden zu keinem gesellschaftlichen Ereignis mehr eingeladen, man würde über uns lachen und die Zeitungen würden über uns schreiben. Keiner unserer Angestellten würde uns mehr ernst nehmen. Hast du daran auch nur einen einzigen Gedanken verschwendet?«

Henry hatte mehr als nur einen Gedanken daran verschwendet, aber er wollte seine Mutter nicht in ihrer Sorge unterstützen.

»Mutter, es wird nicht herauskommen«, sagte er deshalb beschwichtigend. »Als ich zum ersten Mal hier war, konnte ich Katherine kaum erkennen. Die Schminke, das Kostüm, das alles verändert einen Menschen sehr.«

»Ich habe sie sofort erkannt.« Lady Deborah ließ ihren Blick an Katherine herunterwandern. »Und sie verbirgt ja auch kaum etwas. Wie ein Freudenmädchen zieht sie sich an. Sie ist eine Schande für unsere Familie.«

Lady Deborahs Augen sprühten vor Abscheu. Katherine erwiderte ihren Blick auf die gewohnt stoische Art, die nichts von ihren Gefühlen verriet.

»Mutter, das geht zu weit. Ich liebe Katherine und sie kann niemals eine Schande für uns sein.« Henry trat zu seiner Frau und legte ihr seine Hand auf die Schulter.

Einen Moment lang schien Lady Deborah sprachlos zu sein. Dann sagte sie mit kalter Stimme: »Na gut, ich sehe, ich werde selbst handeln müssen. Wenn du nicht in der Lage bist, deine Frau in den Griff zu bekommen, dann werde ich es schaffen.«

»Überlasse das bitte uns, Mutter. Ich bin der gegenwärtige Lord of Cleveland und Katherine ist meine Frau. Wir sind jetzt die Familienoberhäupter, und ich wünsche, dass du dich nicht in unsere Angelegenheiten einmischst.« Henrys Herz schlug ihm bis zum Hals. Er hatte sich noch nie auf diese Weise gegen seine Mutter erhoben.

Sie starrte ihn an, als glaubte sie nicht, was Henry soeben gesagt hatte. Dann drehte sie sich um und verließ die Garderobe. Henry sah ihr besorgt hinterher.

Die nächsten Tage herrschte eine angespannte Stimmung in Cleveland House und Henry fragte sich, warum seine Mutter nicht in ihr eigenes Haus Stourton zurückkehrte, ein hübsches Landhaus in der Nähe von Chastle House im Lake District, das seit Generationen als Witwensitz der Familie diente. Lady Deborah hatte jedoch seit dem Tod ihres Mannes kaum acht Wochen dort verbracht, sondern wohnte die meiste Zeit in Cleveland oder Chastle House. Bislang hatte Katherine sich nicht beklagt, aber Henry merkte, dass sie zunehmend unter den missbilligenden Blicken seiner Mutter litt. Als Hausherrin wäre es ihr Recht gewesen, ihre Schwiegermutter fortzuschicken. Aber sicher ahnte Katherine genau wie Henry, dass sie damit ihr Verhältnis endgültig zerstört hätte. Lady Deborah sprach auch so kaum mehr mit ihnen, und wenn Henry und Katherine am Abend ins Alhambra aufbrachen, verfolgte sie ihre Abfahrt mit feindlichen Blicken. Henry erwartete sehnlichst das Ende der Londoner Saison, doch bis dahin würden noch einige Wochen vergehen. Erst wenn der Juli vorüber war, würden die Mitglieder der Gesellschaft auseinanderströmen und sich wieder auf ihre Landsitze in ganz England verteilen. Henry befürchtete, dass seine Mutter bis zu diesem Zeitpunkt bei ihnen residieren würde.

Es begann Anfang Juli, dass Katherine krank wurde. Ihr war übel und sie konnte kaum eine Mahlzeit bei sich behalten. Immer öfter musste sie ihre Auftritte im Alhambra absagen, weil sie sich nicht dazu imstande fühlte. Henry konsultierte einen Arzt, der Katherine gründlich untersuchte und keine Ursache feststellen konnte. Doch Katherine ging es von Tag zu Tag schlechter. Also empfahl der Arzt, Henry solle mit ihr ein paar Tage an die See fahren.

Obwohl Katherine protestierte, da sie dem Alhambra nicht fernbleiben wollte, bestand Henry auf dieser Reise. Sie fuhren nach Hastings, wo Henry ein kleines Landhaus anmietete. Nach wenigen Tagen war Katherine vollständig wiederhergestellt, und Henry konnte sie nur mit Mühe überreden, noch ein paar weitere Tage an der Küste zu bleiben. Nach zwei Wochen drängte Katherine jedoch auf die Heimreise. Henry, der überglücklich war, dass es seiner Frau wieder gut ging, willigte schließlich ein und sie kehrten nach London zurück. Doch kaum waren sie wieder in Cleveland House, begannen Katherines Beschwerden von Neuem. Nach vier Tagen zwang Henry seine Frau, die unbedingt ihre Auftritte im Alhambra wieder aufnehmen wollte, mit ihm nach Hastings zurückzukehren. Als es ihr dort schnell wieder gut ging, wurde Henry misstrauisch. Er erinnerte sich an die Worte seiner Mutter, dass sie selbst etwas gegen Katherines Auftritte unternehmen wolle. Aber sobald ihm dieser Gedanke gekommen war, schämte er sich auch schon dafür. Dennoch war seine Angst um Katherine so groß, dass er sich mit George in seinem Londoner Club verabredete und ihm von seinem Verdacht erzählte.

Nachdem sie in den gemütlichen Ledersesseln Platz genommen und einen Brandy bestellt hatten, beschrieb er seinem Freund die Symptome, die Katherine zeigte, sobald sie in Cleveland House war, die jedoch sofort verschwanden, wenn sie London verließen. George hörte ihm aufmerksam zu und schwieg dann eine Weile.

Schließlich meinte er: »Es könnten natürlich Vergiftungserscheinungen sein. Ich habe gerade einen Artikel über Arsenvergiftungen gelesen. Es ist allerdings seltsam, dass die Symptome nur bei Katherine auftreten und bei keinem anderen Mitglied des Haushalts.«

Henry nickte. Darüber hatte er auch schon nachgedacht.

»Es könnte wirklich Arsen im Spiel sein, denn alles deutet auf eine gezielte Vergiftung deiner Frau hin.« George trank einen Schluck Brandy.

Henry seufzte. Genau das hatte er befürchtet.

»Welche Speisen und Getränke nimmt ausschließlich Katherine zu sich?«, fragte George.

»Keine.« Henry dachte wieder angestrengt nach. »Wenigstens fallen mir keine ein. Wir essen meist alle gemeinsam.«

»Und was ist mit ihrem Zahnpulver? Benutzt nur Katherine es oder teilt sie es sich mit jemandem?«, fragte George weiter.

»Wir haben jeder ein eigenes Pulver, aber ich denke, ihre Zofe packt es ein, wenn wir verreisen. Wenn das Gift also im Zahnpulver wäre, dann wäre sie in Hastings genauso krank wie in London.«

George seufzte. »Es muss etwas geben, das nur Katherine zu sich nimmt. Denk bitte noch einmal genau nach.«

Henry starrte in sein Glas. Hatte er sich das alles nur eingebildet? War es bloßer Zufall, dass es seiner Frau in Cleveland House schlechter ging als an der See? Vielleicht bekam ihr die Großstadt nicht. Zu gern hätte Henry das geglaubt, aber gleichzeitig wusste er, dass mehr dahintersteckte. Die Worte seiner Mutter gingen ihm nicht aus dem Kopf. Aber würde sie wirklich Katherines Gesundheit aufs Spiel setzen? Lady Deborah war hartnäckig, wenn sie sich etwas vorgenommen hatte, und sie konnte zur Löwin werden, wenn es um den Ruf ihrer Familie ging.

»Lass uns etwas essen«, schlug George vor und stand auf.

Während des Mittagessens unterhielten sie sich über andere Dinge, und als der Kaffee serviert wurde, fiel Henry plötzlich etwas ein.

»George, du hast nach Speisen oder Getränken gefragt, die ausschließlich von Katherine verzehrt werden. Könnte ihr das Gift auch in einer bestimmten Tasse verabreicht werden?«

George schien nicht sofort zu verstehen, was Henry meinte. Er sah ihn fragend an.

»Katherine trinkt nicht gern aus den Tassen unseres Familienporzellans, weil sie einen Goldrand haben, und sie mag das Gefühl am Mund nicht. Daher ist sie die Einzige, die ein anderes Service benutzt. Sowohl für den Kaffee als auch für Tee«, erklärte Henry.

»Also auch wenn es ihr schlecht geht und sie außer ein paar Schluck Tee nichts anderes zu sich nimmt?«, fragte George und nickte dabei. »Das wäre durchaus möglich. Es müsste ihr nur jemand eine Prise Arsen in den Tee streuen und sie fühlt sich schlecht.«

»Wie gefährlich ist das?« Henry zog die Augenbrauen zusammen. Ihm war nicht wohl dabei, seine Mutter zu verdächtigen, aber das alles klang plausibel.

»Wenn es sich wirklich um Arsen handelt und es ihr weiterhin in kleinen Dosen verabreicht wird, stirbt Katherine früher oder später daran.« George trank einen Schluck Kaffee.

Henry schloss einen Moment lang die Augen. Ihm war übel geworden. So weit durfte er es nicht kommen lassen. Er musste Klarheit darüber haben, ob sein Verdacht begründet war oder ob er seiner Mutter unrecht tat. Am liebsten wäre er mit Katherine nach Chastle House gefahren und hätte seiner Mutter das Londoner Haus für den Rest der Saison überlassen. Aber seine Frau würde darauf bestehen, nach London zurückzukehren, um so schnell wie möglich ihre Auftritte wieder aufzunehmen. Henry würde ihr seinen Verdacht noch nicht mitteilen. Er wollte erst ganz sicher sein. Andernfalls würde er das ohnehin schon gespannte Verhältnis zwischen Katherine und seiner Mutter nur unnötig strapazieren.

»Gibt es eine Möglichkeit, herauszufinden, ob Katherine tatsächlich Gift untergemischt wird?«, fragte Henry seinen Freund und beobachtete, wie George sich eine Praline nahm.

George legte die Stirn in Falten. »In dem Artikel stand, dass es ein Verfahren gibt, Arsen nachzuweisen, und zwar die Marsh'sche Probe. Wenn man Katherines Tee damit untersuchen würde, könnte man mit Sicherheit feststellen, ob er vergiftet wurde.«

Henry war begeistert. »Kannst du alles besorgen, was wir für dieses Experiment brauchen? Dann hole ich morgen Katherine nach London zurück und bringe dir eine Probe von ihrem Tee.«

»Ich habe einen Freund, der ein Labor besitzt. Wir sollten uns an ihn wenden, denn dieser Test ist nicht ganz ungefährlich. Dafür braucht man hochgiftige Substanzen.« George trank seinen Kaffee aus.

Henry war nicht wohl dabei, Katherine erneut nach

Cleveland House zu bringen und damit zu riskieren, dass es ihr wieder schlecht ging. Aber wenn er herausfinden wollte, ob seine Mutter wirklich so skrupellos war, Katherine Gift einzuflößen, nur um ihre Auftritte im Alhambra zu unterbinden, war dieser Test die einzige Möglichkeit. Und dafür brauchte er einen Schluck von Katherines Tee aus Cleveland House.

Henry starrte auf die schwarzen Punkte in der Porzellanschale. Doktor Howard, Georges Freund aus Studienzeiten und nun Wissenschaftler an der Londoner Universität, räumte die Gläser und Kolben zur Seite, die noch auf seinem Arbeitstisch standen.

»Es ist eindeutig Arsen in dem Tee enthalten, den Sie mir gegeben haben.« Der Chemiker schien zufrieden mit seinem Test, als hätte er nicht gerade Henrys Welt ins Wanken gebracht.

Auch wenn Henry nicht glauben wollte, dass Lady Deborah Katherine das Gift untermischte, wusste er es in seinem tiefsten Inneren besser. Sie hasste seine Frau abgrundtief und hatte diese Tat ja förmlich angekündigt. Henry hatte plötzlich das Gefühl, ersticken zu müssen. Zu gern hätte er ein Fenster geöffnet, aber in dem mit Reagenzgläsern und Apparaten vollgestellten Labor gab es kein einziges.

Wie sollte er nun vorgehen? Jede weitere Stunde in Cleveland House gefährdete Katherines Leben. Sollte er seine Mutter zur Rede stellen? Sie würde alles abstreiten und einen anderen Weg finden, Katherine vom Alhambra fernzuhalten. Er wusste, dass er offen mit seiner Frau reden und ihr von seinem Verdacht erzählen musste, aber er brachte es nicht über sich, ihn auszusprechen. Zu groß war die Hoffnung, dass er sich doch geirrt hatte, und noch größer die Angst, was die – vielleicht ungerechtfertigte – Verdächtigung in Katherine auslösen könnte. Henry liebte seine Mutter und er liebte Katherine und er wollte das Verhältnis der beiden nicht zerstören.

Nein, er würde nichts gegen seine Mutter sagen. Er musste Katherine auf andere Art davon überzeugen, sofort mit ihm in den Lake District zu reisen.

Henry war es gar nicht wohl dabei zumute, Katherine zu hintergehen, aber die einzige Möglichkeit, sie von London wegzubekommen, war, ihre Auftritte im Alhambra zu unterbinden. Also wandte Henry sich an Mr Hollingshead, den Intendanten des Alhambra, und bat ihn, Katherine eine Zwangspause zu verordnen.

Als sie vom Intendanten darüber informiert wurde, dass sie drei Monate lang aus dem Programm genommen werde, um sich ihrer Rekonvaleszenz zu widmen, war sie wütend. Henry hörte sich mit schlechtem Gewissen ihre Vorhaltungen gegen James Hollingshead an. Endlich war sie jedoch bereit, mit Henry nach Chastle House zu fahren. Wie er vorausgesehen hatte, wollte seine Mutter bis zum Ende der Saison in London bleiben.

Als sie den Lake District erreichten, war Henry beruhigt. Katherine ging es mittlerweile wieder gut, obwohl sie über die ihr aufgezwungene Pause im Alhambra immer noch erzürnt war. Henry jedoch freute sich, dass Katherine nun keinen gesundheitlichen Gefahren mehr ausgesetzt war. Nach ihrer anfänglichen Skepsis lebte sie sich schnell in Chastle House ein. Im letzten Winter hatte Lady Deborah hier einige Wochen mit ihnen zugebracht, was schon damals für Unstimmigkeiten zwischen den beiden Frauen gesorgt hatte. Jetzt, da Henry und Katherine allein in Chastle House waren, entspannte sie sich zunehmend und schon bald schien sie sogar froh über die unvorhergesehene Pause zu sein. Henry war glücklich, wenn er sah, wie gelöst Katherine wirkte. Irgendwann begann sie zu arbeiten. Sie setzte sich mit Bleistift und Papier an das Seeufer und dachte sich neue Lieder aus. Wenn sie mit ihrer Komposition fertig war, sang sie Henry diese Lieder vor. Hierbei imitierte sie mit ihrer Stimme verschiedene Instrumente und Henry konnte sich oft vor Lachen kaum halten. Er war noch nie in seinem Leben so glücklich gewesen wie in diesen Tagen. Es machte ihn stolz, der erste Mensch zu sein, der Katherines neue Werke zu hören bekam. In den Nächten schliefen sie wenig. Es schien, als wollte Katherine Henry für all die Monate entschädigen, in denen sie ihm ihre Liebe vorenthalten hatte.

Dieser Sommer war wie ein einziger Rausch. Sie gingen kaum aus, zumal die anderen Familien der Gesellschaft zum größten Teil noch in London weilten. Aber Katherine und Henry genügten einander. Es gab Tage, da verließen sie das Anwesen überhaupt nicht, wanderten nur um den See herum, lagen stundenlang am Ufer in der Sonne oder saßen im Weißen Zimmer. Jeden Morgen trainierte Katherine zwei Stunden lang in der Galerie unter dem Dach, wobei Henry ihr zusah.

Als ihr eines Morgens wieder übel war, befürchtete Henry zunächst, sich doch geirrt zu haben. Was, wenn Doktor Howards Experiment falsch gewesen und seine Mutter unschuldig war? Schlummerte vielleicht doch eine

Krankheit in Katherine, die sich nur von Zeit zu Zeit zeigte? Doch seine Frau beruhigte ihn schnell und teilte ihm ihre Vermutung mit, dass sie in anderen Umständen sein könnte. Doktor Franklin, der Dorfarzt, bestätigte ihren Verdacht. Jetzt war Henrys Glück perfekt. Er konnte es kaum erwarten, sein Kind in die Arme zu schließen. Katherine schwankte zwischen Freude und der Enttäuschung darüber, dass ihre Pause im Alhambra nun länger ausfallen würde. Doch wenn sie abends im Garten saßen und auf den See hinunterblickten, sprach sie ununterbrochen von ihrem Baby.

Kapitel 13

Woodland House, Forewood, Lake District, England
September 1909

Diese erste Nacht in Woodland House würde Hatty nie vergessen. Ihr Großvater hatte ihr bis spät am Abend von Katherine erzählt und Hatty hatte jedes Wort begierig aufgesogen. Als er bei dem Kind angekommen war, das Katherine erwartete, hatte Hatty aufgehorcht.

»Das war meine Mutter, nicht wahr?«, hatte sie leise gefragt und ihr Großvater hatte genickt.

Er stand auf und streckte seinen Arm nach Hatty aus. Sie umarmte ihn und hatte das Gefühl, ihren Großvater in den letzten Stunden erst richtig kennengelernt zu haben. Er war der gütigste und liebevollste Ehemann gewesen, den man sich vorstellen konnte, und ihre Großmutter musste die aufregendste, talentierteste und schönste Frau der Welt gewesen sein.

»Jetzt kennst du die Geschichte unserer Liebe. Behalte sie in deinem Herzen. In deiner Erinnerung wird meine geliebte Katherine weiterleben.« Er führte Hatty hinaus auf den Flur.

»Und wie ist es dann weitergegangen?«, fragte Hatty und sah ihn dabei an.

Sie ahnte, dass die Geschichte eine unschöne Wendung

genommen hatte, denn bald danach war ihre Großmutter gestorben und irgendetwas musste geschehen sein, dass Henry sich nach Woodland House zurückgezogen hatte.

Ihr Großvater seufzte. »Mehr will ich dir nicht erzählen. Ich kann es einfach nicht. Es schmerzt mich zu sehr und ich möchte dich vor diesem Schmerz bewahren. Frag mich nicht mehr danach. Ich habe dir alles erzählt, was ich erzählen konnte.«

Er drückte sie noch einmal fest an sich und schlurfte dann davon.

Hatty war zu Bett gegangen und versuchte, ihre Gedanken zu ordnen. Wieder und wieder ging sie die Geschichte durch, die sie gerade von ihrem Großvater gehört hatte. Sie sah ihre Großmutter auf der Bühne des Alhambra wilde Saltos schlagen. Ihr dunkles Haar schimmerte im Schein der Gaslampen. Sie sah Lady Deborah vor sich, ihre strenge Urgroßmutter, die Katherine ständig gemaßregelt und anscheinend sogar versucht hatte, sie zu vergiften. Hatty fragte sich, warum Henry seiner Mutter nicht Einhalt geboten und sie aus seinem Londoner Haus geworfen hatte.

Unruhig warf Hatty sich im Bett hin und her und versuchte, das unangenehme Gefühl der klammen Laken an ihrem Körper so gut es ging zu ignorieren. Der Gestank von Moder und Schimmel stieg ihr in die Nase und machte ihr das Atmen schwer.

Hatty hatte noch nie woanders geschlafen als in Chastle House. Ihr fehlten die vertrauten Geräusche, das Hin- und Herhuschen der Dienstmädchen, die Schritte ihrer Mutter, wenn sie in ihr Zimmer ging, und das Schlagen der Kirchturmuhr. Dafür gab es in Woodland House viele unheimliche Geräusche, die Hatty immer wieder aus dem

Schlaf rissen. Das ganze Haus schien zu knarren, und manchmal bildete Hatty sich ein, Schritte in der Etage über ihr zu hören. Dann dachte sie an die leeren Zimmer oben und lauschte ganz genau. Aber es waren natürlich keine Schritte, sondern vermutlich nur das Knarzen der feuchten Holzdielen, die sich verformten. Der heiße, lange Sommer war gerade erst vorbei und nun hatte es seit Tagen geregnet. Durch die Fensterritzen pfiff der Wind und aus dem Wald ertönten die ungewohnten Schreie wilder Tiere. Hatty fragte sich, wie weit von ihr entfernt das Dienerehepaar wohl schlief. Ihr Großvater wohnte am anderen Ende des Hauses, das hatte Hatty schon herausgefunden. In dem großen, vom Mondlicht erhellten Zimmer kam Hatty sich plötzlich furchtbar einsam und schutzlos vor.

Als sie am Morgen aufstand, war sie ebenso müde wie am Abend, bevor sie zu Bett gegangen war. In der Waschschüssel befand sich kein Wasser, und sie musste nach Geraldine läuten, die zu Hattys Entsetzen wohl auch die Pflichten einer Zofe bei ihr übernehmen sollte. Sie war ihr beim Ankleiden keine große Hilfe und Hatty nahm sich vor, ihren Großvater beim Frühstück darauf anzusprechen, angemessene Dienstboten einzustellen. Geraldine war weder als Zofe ausgebildet, noch zeigte sie Interesse daran, die entsprechenden Fertigkeiten zu erlernen. Aber eigentlich war es keinem Angestellten zuzumuten, in dieser Ruine zu wohnen.

Hatty machte sich auf den Weg ins Esszimmer, wo ein Frühstück aus Haferbrei, Rührei und Toast bereitstand. Sie war zwar ein reichhaltigeres Essen am Morgen gewöhnt, aber die Speisen schmeckten ihr und sättigten sie. Von ihrem Großvater war nichts zu sehen. Zum ersten Mal in ihrem Leben sehnte sie sich danach, ihn zu treffen. Gestern Abend hatte sich ihr Verhältnis geändert und Hatty hätte so gern noch mehr über ihre Großmutter erfahren.

Um sich die Zeit zu vertreiben, ging sie nach dem Frühstück in das angrenzende Zimmer und sah sich ein wenig um.

Auch hier stank es nach Moder und Schimmel. Hatty stieß die Fensterläden auf, und als das Licht hereinströmte, stellte sie fest, dass es sich bei diesem Raum um den großen Salon handelte, der jetzt verwahrlost und unbrauchbar war.

Ratlos trat Hatty wieder in den dunklen Flur. Wo sollte sie hier ihre Zeit verbringen? Sie konnte doch nicht den ganzen Tag in ihrem Zimmer sitzen.

Mit entschlossenen Schritten ging sie in den Wintergarten, um nach ihrem Großvater zu suchen, doch auch dieser Raum war menschenleer. Hatty zog an der Klingelschnur und setzte sich in einen der schmutzigen Korbsessel. Nach einigen Minuten, nachdem Hatty bereits ein weiteres Mal geläutet hatte, schlurfte Alfred herein.

»Lassen Sie bitte die Kutsche vorfahren, ich möchte ins Dorf.« Hatty war aus dem Korbstuhl aufgestanden und schon auf dem Weg zur Tür.

»Welche Kutsche, bitte?«, fragte der Diener mit unbewegter Miene.

Hatty hielt inne. Das hatte sie ganz vergessen. Ihr Großvater besaß ja keine eigene Kutsche. Gestern hatte er einen Mietkutscher beauftragt, Hatty zu fahren.

Sie nickte resigniert. »Dann satteln Sie mir ein Pferd.«

Der Diener schüttelte den Kopf und hob bedauernd die Schultern. »Die Pferde stehen auf der Weide und werden erst am Abend wieder in den Stall gebracht. Wir haben einen Bauernjungen, der morgens und abends kommt und sie versorgt. Wir brauchen sie ja nur selten und Ihr Großvater verbietet unnötige Ausritte.«

Hatty starrte ihn fassungslos an. »Wollen Sie etwa sagen, dass ich hier gefangen bin? Ich habe keinerlei Möglichkeit ins Dorf zu gelangen?«

Alfred schüttelte den Kopf. »Es sei denn, Sie laufen.«

Hatty stöhnte. Ins Dorf zu gehen würde sicher einen halben Tag dauern, Woodland House lag weit von der Zivilisation entfernt. Außerdem schauderte Hatty allein bei dem Gedanken, in dem düsteren Wald herumzuirren.

»Na schön, dann bringen Sie mir Papier und eine Feder. Ich will einen Brief schreiben«, befahl sie Alfred.

»Es tut mir leid, Mylady«, im Blick des Butlers lag eine Spur Bedauern, »aber wir haben kein Schreibzeug im Haus. Nur Ihr Großvater besitzt Papier und Feder. Sie sollten sich an ihn wenden.«

Damit ging Alfred wieder aus dem Zimmer und ließ eine verzweifelte Hatty zurück. Ihr Großvater blieb den ganzen Tag verschwunden, und Hatty verbrachte die meiste Zeit damit, aus dem Fenster zu starren. Am Abend kroch sie früh in ihr feuchtes Bett.

Am nächsten Morgen wurde sie von dem gedämpften Geräusch von Pferdehufen auf dem Waldboden geweckt. Sie hörte das Wiehern der Tiere und die Rufe des Kutschers. Einen Moment lang glaubte sie, sich in Chastle House zu befinden. Wie oft hatten ähnliche Geräusche sie dort aus dem Schlaf gerissen! Als ihr bewusst wurde, dass sie sich nicht in Forewood, sondern in Woodland House befand, fuhr sie hoch. Schnell kletterte sie aus dem Bett und lief ans Fenster. Auf dem Vorplatz stand tatächlich eine große schwarze Kutsche.

»Aufstehen, Mylady!« Geraldine war ins Zimmer getreten und stellte einen Krug Wasser auf den Tisch.

Hatty sah sie an. »Was hat die Kutsche hier zu suchen?«, fragte sie. »Hat Großvater ein Einsehen und schickt mich nach Chastle House zurück?«

Die Magd zog die Schultern hoch. »Ich soll Sie runterbringen. Los, ziehen Sie das Nachthemd aus!«

Hatty sah Geraldine wegen ihres respektlosen Tons tadelnd an, kehrte aber zum Bett zurück und schlüpfte aus dem Nachthemd. Skeptisch betrachtete sie die Magd, die aus dem angeschlagenen Krug Wasser in die Schüssel füllte.

»Haben Sie es heute angewärmt?«, fragte Hatty. Sie hatte sich gestern über das eisig kalte Wasser beschwert.

Doch Geraldine schüttelte nur stumm den Kopf.

Nachdem Hatty sich notdürftig gewaschen und angekleidet hatte, ging sie zum Frühstück. Ihr Großvater schien bereits damit fertig zu sein. Vor ihm auf dem Tisch stand nur noch eine Tasse Tee.

»Guten Morgen«, sagte Hatty zögernd. Zu gern hätte sie ihn umarmt, aber nach dem vorletzten Abend, als er sich so zärtlich und liebevoll gezeigt hatte, lagen nun wieder Zurückhaltung und Härte in seinem Gesicht. Also nahm sie ihm gegenüber Platz und beobachtete, wie Alfred ihr Tee einschenkte. Nachdem der Diener eine Schüssel Haferbrei vor sie gestellt hatte, ging er hinaus.

»Du hast eine Kutsche gerufen?« Hatty sah ihren Großvater fragend an.

Henry nickte. »Wir werden für ein paar Tage in den Norden fahren.«

Hatty hob eine Augenbraue und wartete auf weitere Erklärungen, aber ihr Großvater machte keine Anstalten weiterzusprechen.

Hatty spürte Erleichterung in sich aufsteigen. Die Aussicht, Woodland House für ein paar Tage hinter sich zu lassen, war wundervoll.

Ihr Großvater stand vom Tisch auf. »Sieh zu, dass du in einer halben Stunde fertig bist.«

Hatty sprang freudig auf. »Großvater, was ist der Anlass der Reise?«

Henry runzelte die Stirn. »Wir sind zur Jagd eingeladen.«

Dann verließ er das Frühstückszimmer.

Eine Jagdgesellschaft – wie aufregend! Hatty war zwar selbst noch nie zur Jagd gegangen und hatte auch nicht viel dafür übrig, aber sie hatte von den Zerstreuungen gehört, die dieses gesellschaftliche Ereignis bot.

Sie schob die Schüssel mit Haferbrei von sich. Mit einem Mal war sie viel zu aufgeregt zum Essen. Wen sie im Norden wohl treffen würden? Vielleicht konnte sie ja die ein oder andere neue Freundin dort kennenlernen. Hatty stand auf, um in ihr Zimmer zu gehen und sich für die Reise vorzubereiten. Doch dann hielt sie inne. Wie war es möglich, dass sie Freude empfinden konnte, obwohl ihre Mutter erst vor einer Woche gestorben war? War es nicht pietätlos, schon so kurz nach der Beerdigung an einer Jagdgesellschaft teilzunehmen? Sie sollte ihren Großvater bitten, hierbleiben zu dürfen. Aber wenn er ohne sie wegfahren und sie allein hier zurückbleiben würde, wäre das unerträglich.

Drei Stunden brauchten sie bis Otterburn und von dort aus ging es über schmale Wege und Straßen in die unberührte Einsamkeit.

Als Hatty versucht hatte, herauszufinden, wer ihre Gastgeber sein würden, wer sonst noch dort erwartet würde und wie lange sie im Norden bleiben würden, hatte Henry nur einsilbig geantwortet und schließlich die Augen geschlossen, ein deutlicher Hinweis darauf, dass er keine weitere Unterhaltung wünschte.

Hatty hatte aus dem Fenster gesehen. Noch nie war sie so weit in den Norden gekommen. Sie war mit ihrer Mutter nur selten gereist. Sie hatten zwar einen Sommer in Wales verbracht und einen in Bath, waren aber nie in Northumberland gewesen, auch wenn es von Forewood nicht allzu weit entfernt lag. Die Landschaft erinnerte Hatty an den Lake District, auch wenn die Seen hier natürlich fehlten. Aber die Berge und grünen Wiesen muteten an wie bei ihnen zu Hause.

Nach einiger Zeit bog die Kutsche auf einen langen Weg ein und sie fuhren auf eine kleine Lodge zu. Das Steinhaus schien das Ziel ihrer Reise zu sein.

Noch während Hatty darüber nachdachte, ob es tatsächlich das Haus war, in dem sie die nächsten Tage unterkommen sollten, und wo sich wohl all die Schlafräume befanden, die für die Jagdgäste benötigt wurden, öffnete sich die Tür und ein alter Mann trat heraus.

»Henry!«, rief er und kam auf sie zu. Er war kugelrund und hatte kein einziges Haar auf dem Kopf.

»Mein lieber George«, erwiderte Hattys Großvater und streckte ihm die Hand entgegen.

Hatty erinnerte sich an die Erzählungen ihres Großvaters. Sein Freund George war es gewesen, der Katherine im Alhambra aufgespürt hatte.

»Es ist lange her«, sagte George und ergriff Henrys Hand. »Ich wollte dich schon längst einmal besuchen kommen. Es tut mir alles so schrecklich leid …«

Henry winkte ab. »Das hier ist meine Enkeltochter Hatty.« Er wandte sich an Hatty. »George Bewick, ein guter Freund. Ich habe dir von ihm erzählt. Er stand mir in London damals helfend zur Seite.« Henry stützte sich auf seinen Stock. Sein Blick wanderte zur Tür des kleinen Cottages.

»Sehr erfreut.« Mr Bewick hauchte einen Kuss auf Hattys Hand. »Ja, wir haben damals in London viel erlebt, Ihr Großvater und ich. Sie sehen aus wie Ihre Großmutter Katherine.«

»Wirklich?« Hattys Herzschlag beschleunigte sich vor Freude.

Mr Bewick lachte. »Oh ja. Sie war die schönste Frau, die ich je gesehen habe.«

Ihr Großvater räusperte sich. »Wir sind müde von der Reise. Ich schlage vor, dass wir erst einmal unsere Zimmer beziehen.«

»Natürlich, alter Freund. Natürlich!« George führte sie zu der niedrigen Eingangstür des Cottages. »Wir haben nicht viel Platz hier, junges Fräulein, aber wie heißt es so schön – es ist eng, aber gemütlich!« Er lachte schallend, als hätte er soeben einen großartigen Scherz gemacht. Sein rundes Gesicht wurde rot.

»Ist dein Enkel schon da?« Henry winkte dem Kutscher, dass er ihm das Gepäck hinterhertragen sollte. An der Haustür stand ein Dienstmädchen bereit.

»Ich erwarte ihn jeden Augenblick«, sagte George und deutete eine schmale Stiege zum oberen Stockwerk hinauf, wo sich offenbar Hattys Schlafzimmer befand.

Sie bemühte sich, ihre Verwunderung nicht allzu deutlich zu zeigen. Sie hatte mit einem weitläufigen Landhaus gerechnet, nicht mit dieser kleinen Behausung.

»Mr Bewick, wie viele Gäste erwarten Sie?«, fragte Hatty und wagte nicht, sich dabei zu George umzudrehen, da sie befürchtete, auf der steilen Stiege zu stolpern.

»Sie wären erstaunt, wie viele Leute hier hineinpassen«, wich Mr Bewick ihrer Frage aus und schnaufte, während er die Stufen hinter ihr erklomm. »Als wir noch jung waren, haben wir hier rauschende Feste gefeiert. Ja, dieses Jagdhaus hat schon viel gesehen.« Er lachte wieder laut auf.

Hatty war inzwischen oben angekommen und sah den engen Gang entlang. Insgesamt fünf Türen gingen davon ab, das war tatsächlich mehr, als sie erwartet hatte.

»Ihr Großvater und ich werden unten neben der Küche schlafen. Für uns sind die engen Stiegen ungeeignet. Die Etage hier oben überlassen wir den jungen Leuten.« Er zwinkerte Hatty zu. »Ich habe für Sie das schönste Zimmer herrichten lassen, am Ende des Flurs. Sie reisen ohne Zofe?«

Hatty nickte und unterließ es, ihm zu erklären, dass sie gar keine Zofe mehr hatte, falls man Geraldine nicht als solche bezeichnen wollte.

»Penny wird Ihnen zur Hand gehen.« George deutete auf das Mädchen, das sich gerade mit Hattys Reisetasche abmühte. Sie lächelte und schlängelte sich an Hatty vorbei bis zum Ende des Korridors. Dort öffnete die Magd eine Tür und Hatty folgte ihr ins Zimmer.

Der Raum war größer, als es zunächst den Anschein

hatte, und im Vergleich zu ihrem schrecklichen Quartier in Woodland House wirkte er fast luxuriös. Das Bett war mit heller Wäsche bezogen, die geputzten Fensterscheiben ließen die Sonne herein und ein Tisch und zwei gemütliche Stühle standen in der Ecke.

»Soll ich Ihren Koffer auspacken, Ma'am?«, fragte Penny. Sie hatte die Tasche auf die Kommode gestellt.

Hatty lächelte sie dankbar an. Es war wundervoll, wieder von gutem Personal umgeben zu sein.

In diesem Moment kündigten Pferdegetrappel und Wiehern das Eintreffen einer neuen Kutsche an und George rief: »Das muss Hugo sein, mein Enkel. Kommen Sie, wir begrüßen ihn unten.«

Als Hatty wieder vor das Haus trat, war der Neuankömmling bereits in ein Gespräch mit Henry vertieft.

Hatty reichte Georges Enkelsohn höflich die Hand. Er wies bereits unvorteilhafte Ähnlichkeiten mit seinem Großvater auf. Auch sein Bauchumfang war stattlich und er hatte schon beträchtliche Geheimratsecken.

»Sehr angenehm.« Er deutete einen Handkuss an und nickte Hatty wohlwollend zu. »Sie sind eine Augenweide, meine Liebe.«

Hatty errötete.

»Entzückend unschuldig«, sagte Hugo, während er ihre Hand noch immer fest umschlossen hielt. Seine Handfläche war unangenehm feucht. Am liebsten hätte Hatty ihren Arm zurückgezogen, aber sie wollte ihn nicht brüskieren.

»Nettes Mädchen, nicht wahr, Hugo?«, mischte sich nun auch sein Großvater ein. »Nun gut, ich schlage vor, wir treffen uns in einer Stunde zum Tee im Salon.«

Als Hatty an diesem Abend im Bett lag, ließ sie den Rest des Tages noch einmal Revue passieren. Es beschlich sie das ungute Gefühl, dass es hier nicht vorrangig um die Jagd ging, zu der die drei Männer am nächsten Morgen aufbrechen wollten, sondern eher darum, dass die beiden Enkel sich kennenlernten. Denn außer Henry und Hatty war sonst niemand zu dieser Gesellschaft eingeladen worden. Hatty hoffte inständig, dass ihr Großvater nicht davon ausging, dass sie Georges Enkel heiraten würde. Es war nicht nur sein Äußeres, das sie abstieß, sondern auch seine distanzlose Art, sie anzusehen, ihren Oberarm bei jeder Gelegenheit zu berühren oder ihr zuzuzwinkern. Seufzend drehte sie sich im Bett auf die Seite und schlummerte bald darauf ein.

Mitten in der Nacht fuhr sie hoch. Irgendetwas hatte sie geweckt. Hatty lauschte. Leise Stimmen. Kichern. Sie richtete sich im Bett auf. Eine Frau lachte und Dielenbretter knarrten. Hatte George doch noch weiteren Besuch bekommen? Hatty schlüpfte unter der warmen Decke hervor und lief barfuß zum Fenster. Es war Neumond und stockfinster draußen. Sie wollte sich gerade wieder ins Bett legen, als sie die Stimme erneut hörte. Es war eindeutig eine Frauenstimme, aber außer ihr und Penny waren doch keine weiteren weiblichen Personen im Jagdhaus? Henry und George schliefen auf der anderen Seite des Hauses im unteren Stockwerk. Hier oben befand sich sonst nur noch Hugos Zimmer.

Leise ging Hatty zur Tür und drehte den Knauf. Der Flur lag dunkel vor ihr. Jetzt war es ganz deutlich zu hören. Doch sie konnte die Worte nicht verstehen. Neugierig schlich sie den Gang entlang. Ein Lichtschein drang in den Flur, das Kichern wurde lauter. Die Kälte drang durch ihr Nachthemd. Vorsichtig spähte sie in den hell erleuchteten Raum, dessen Tür offen stand. Einen Moment lang starrte sie entsetzt auf die Szene, die sich vor ihren Augen abspielte. Penny lag nackt auf dem schmalen Bett, das in der Mitte des Raumes stand, und Hugo hatte sich, ebenso unbekleidet, auf sie gelegt. Sein rundes Gesicht war vor Anstrengung gerötet, er stieß immer wieder auf Penny ein, die entzückt kicherte. Hatty beobachtete einen Moment lang das wabbelnde Fleisch, lauschte dem Keuchen des jungen Mannes und wandte sich dann voller Ekel ab.

Sie ging zurück in ihr Zimmer und schloss die Tür. Die Geräusche ließen sich jedoch nicht aussperren. Hatty vernahm angewidert das rhythmische Schlagen und lustvolle Stöhnen. Schnell krabbelte sie zurück ins Bett und zog sich die Decke über die Ohren.

»Hatty, wir müssen mit dir reden«, sagte ihr Großvater, als sie am nächsten Nachmittag die Treppe herunterkam.

Henry winkte sie in den Salon, wo George und Hugo bereits an dem kleinen Kamintisch saßen und ein Glas Whiskey tranken. Als Hatty eintrat, standen sie auf und Hatty nahm zögernd neben Hugo Platz. Sie versuchte, die Erinnerung an die letzte Nacht zu verdrängen, was schier unmöglich war, da jetzt auch noch Penny kam und eine Kanne dampfenden Tee auf den Tisch stellte. Hatty sah die nackten Körper wieder vor sich und sofort stieg Übelkeit in ihr auf. Warum hatte Hugo nicht wenigstens so viel Anstand gehabt, die Tür zu schließen? Ob er gewollt hatte, dass sie ihn und Penny dabei beobachtete? Hatty wäre am liebsten sofort wieder abgereist. Ihr Blick wanderte zu ihrem Großvater, der sich in der Gesellschaft seines alten Freundes wohlzufühlen schien. Hatty musste sich zusammenreißen.

»Hattet ihr eine erfolgreiche Jagd?«, fragte sie und sah dabei zum Fenster hinaus. Der Regen trommelte gegen die Scheiben.

»Nicht besonders«, gab George zu. »Aber dennoch erquicklich. Ihr Großvater und ich sind uns einig geworden, und wir denken, dass wir …«

»Bitte, Großvater«, mischte sich nun Hugo ein. »Lass mich das tun.«

Hatty sah von einem der Männer zum anderen. Freudige Erwartung lag auf ihren Gesichtern. Der Schein des Feuers warf tanzende Schatten auf die Wände.

»Wie du meinst«, sagte George und nickte seinem Enkel aufmunternd zu.

Hugo stand auf und trat ans Fenster. Nachdem er einen Moment lang in die Dämmerung hinausgesehen hatte, wandte er sich an Hatty. »Liebste, schönste, gütigste Harriet …«

Hatty schluckte. Er würde ihr doch nicht allen Ernstes einen Antrag machen wollen, wo er wenige Stunden zuvor im Zimmer nebenan das Bett mit einer Magd geteilt hatte?

Hugo wippte auf den Zehenspitzen hin und her. »Nachdem ich mich mit eigenen Augen von deinem Liebreiz und deinem außergewöhnlichen Intellekt habe überzeugen können, blieb mir nichts anderes übrig, als deinen Vormund um deine Hand zu bitten – die mir auch gewährt wurde. Nun gibt es für mich nichts Schöneres mehr, als die Tage und Nächte zu zählen, bis wir beide vor den Altar treten, um unsere Liebe durch den heiligen Bund der Ehe zu bestätigen.«

Er sah Beifall heischend zu seinem Großvater hinüber, der zufrieden nickte. Noch während Hatty sich fragte, wann er sich wohl von ihrem Intellekt hatte überzeugen können – sie hatten bisher nur Belangloses geredet –, fiel er vor ihr auf die Knie. Unwillkürlich rutschte Hatty auf ihrem Stuhl ein Stück zurück.

Auf Hugos rundem Gesicht lag ein Lächeln.

»Geliebte Harriet, willst du mich zum glücklichsten Mann der Welt machen und meine Frau werden?«

Hattys Blick wanderte zu Penny, die an der Tür stand und der Unterhaltung ganz offensichtlich gelauscht hatte. Zu Hattys Erstaunen schien das Hausmädchen weder verletzt noch eifersüchtig zu sein. Hatty sah zu den drei Männern. Ihr Großvater betrachtete sie mit unbewegter Miene. Mr Bewick hingegen lächelte milde und auch Hugo schien sich ihrer Zustimmung gewiss zu sein. Die Brust weit herausgestreckt, ein süffisantes Lächeln auf den Lippen und die Wangen vom Whiskey leicht gerötet, kniete er auf dem Boden.

Hatty hob eine Augenbraue. »Und was ist mit Penny?«

Die Frage war ihr unwillkürlich herausgerutscht. Sie biss sich auf die Lippen, als ihr klar wurde, dass sie damit zugegeben hatte, Zeugin des Liebesaktes der vergangenen Nacht gewesen zu sein.

»Penny?« George sah zu dem Dienstmädchen hinüber, das jetzt eilig eine Entschuldigung murmelte und in Richtung Küche verschwand. Dann wandte er sich an Hugo. »Konntest du etwa schon wieder die Finger nicht von meinem Personal lassen?«

Hugo errötete. »Großvater, ich wollte doch nur … Ich brauchte etwas Zerstreuung.«

»Das sagst du jedes Mal und hinterher darf ich mich um die Beseitigung des Schadens kümmern.« George schnaufte und wandte sich dann an Hatty. »Das wird nicht mehr vorkommen, wenn Sie seine Ehefrau sind, darauf gebe ich Ihnen mein Wort.« George erhob sich und trat neben seinen Enkel. »Und jetzt steh auf.«

Hatty sah zu ihrem Großvater hinüber, der nach wie vor keine Regung zeigte.

»Die Hochzeit findet im Frühjahr statt«, erklärte George jetzt und schenkte Hatty Tee ein. »Auf unserem Familiensitz Kemberford. Dort werdet ihr zwei Turteltäubchen danach auch wohnen.«

Hatty musste lachen. Sie konnte den Drang nicht unterdrücken. Vielleicht waren es die vielen angestauten Gefühle, denen sie in den letzten Tagen ausgesetzt gewesen war, vielleicht aber auch die vollkommen lächerliche Situation, in der sie sich befand.

Hugo sah sie einen Augenblick irritiert an und stimmte dann in Hattys Lachen ein. »Ich freue mich, dass du es so heiter aufnimmst.«

Hatty wischte sich die Tränen aus den Augen und atmete tief durch, um sich wieder zu beruhigen.

»Nicht wahr, du verstehst, dass ein Mann sich die Hörner abstoßen muss?«, sagte Hugo und zwinkerte ihr zu. »Das gereicht seiner Frau hinterher nur zum Vorteil. Sie bekommt einen erfahrenen Liebhaber, der es versteht, sie in die süßesten Täler zu entführen.«

»Hört, hört!«, rief sein Großvater. »Da spricht ein fähiger Mann.«

»Na schön«, mischte sich nun auch Hattys Großvater in die Unterhaltung ein. »Wenn wir uns also alle einig sind, kann der Termin für die Hochzeit festgelegt werden. Ich schlage vor, den nächstmöglichen zu wählen.«

»Ich dachte, wir warten noch bis Mai«, sagte George, der neben seinen Freund ans Fenster trat.

Hatty hatte die Szene wie ein Puppenspiel beobachtet und schüttelte nun ungläubig den Kopf. Wieder einmal hatte sie sich nicht deutlich genug erklärt. Sie dachte an Bens Heiratsantrag, der noch keine drei Wochen zurücklag. Wenn sie zwischen Ben und Hugo wählen könnte, würde sie definitiv den Arzt vorziehen. Er behandelte Frauen jedenfalls nicht wie Gegenstände, die allzeit bereitstanden, um die männliche Lust zu befriedigen. Auch wenn Benjamin Franklin weder ein schickes Landgut noch ein ansehnliches Vermögen besaß, so brachte er seiner Ehefrau doch wenigstens Respekt und Wertschätzung entgegen. Sie schob den Stuhl zurück und stand auf.

»Einen Moment, meine Herren«, sagte sie und wartete, bis sie die volle Aufmerksamkeit von George, Hugo und ihrem Großvater hatte. Der Wind pfiff ums Haus und der Regen prasselte gegen die Scheiben. Neben ihr knisterte das Feuer und der Geruch des Rauches vermischte sich mit dem würzigen Duft ihres Tees. »Ich bin Ihnen noch meine Antwort schuldig. Ich fürchte, Sie haben mich falsch verstanden.«

Hugo sah sie mit seinem feisten Grinsen an. Bestimmt stellte er sich gerade vor, wie er sie in der Hochzeitsnacht endgültig in Besitz nehmen würde. Ihre Übelkeit wuchs.

Hatty atmete tief ein. »Ich fühle mich durchaus geschmeichelt von Ihren Worten und der Absicht, mich zu heiraten, aber ich muss den Antrag dennoch ablehnen.« Sie hob entschuldigend die Schultern.

»Ablehnen?« George starrte sie mit weit aufgerissenen Augen an. Auf seinem weißen Baumwollhemd prangte ein dunkler Whiskeyfleck. »Aber warum? Eine so gute Partie machen Sie so schnell nicht noch einmal.«

»Das ist mir durchaus bewusst«, erwiderte Hatty. »Und wie gesagt, ich bin Ihrem Enkel dankbar dafür, mir die Ehe angetragen zu haben. Aber ich liebe ihn nicht.«

»Liebe!«, schnaufte Hugo und verdrehte die Augen. »Das ist doch verrückt.«

»Vielleicht«, sagte Hatty. »Aber ich könnte sowieso niemals einen Mann akzeptieren, den ich in einer solch … verfänglichen Situation habe sehen müssen. Ich hoffe, Sie verstehen, dass ich meine Ehe auf Vertrauen gründen möchte, und ich will nicht bei jedem Hausmädchen, das ich einstelle, befürchten müssen, dass mein Mann sie verführen könnte. Und wenn er es nicht einmal für nötig erachtet, die Tür dabei zu schließen, würde ich überdies zum Gespött der gesamten Dienerschaft werden.«

»Hugo!« George war aufgesprungen. »Hast du …?«

Sein Enkel grinste, was ihn noch unappetitlicher erscheinen ließ. »Es hat uns überkommen … Und wenn schon, die Kleine hat mir nichts bedeutet. Wenn ich eine Ehefrau habe, werde ich stets auf Diskretion bedacht sein.«

»Das will ich dir auch raten«, brummte George und wandte sich dann an Hatty. »Meine Liebe, Sie brauchen sich diesbezüglich keine Sorgen zu machen. Mein Enkel wird in Zukunft unauffälliger vorgehen.«

Hatty war fassungslos. Anscheinend stellte die kompromittierende Szene für die beiden nur eine Nebensächlichkeit dar. Eine ärgerliche Unachtsamkeit, die nicht der Rede wert wäre, wenn Hugo vorsichtiger gewesen wäre.

»Nein«, sagte Hatty mit einer vor Verachtung bebenden Stimme, die sie selbst erschrecken ließ. »Die Frau, die Ihren Enkel einmal heiraten muss, tut mir ausgesprochen leid, Mr Bewick. Ich kann Ihnen versichern, dass ich es nicht sein werde. Hugos Verhalten ist abstoßend.«

Einen Augenblick blieb es still. Den Männern hatte es offenbar die Sprache verschlagen.

Schließlich stand George auf. »Henry, das darfst du nicht dulden!« Er sah seinen Freund an und seine Augen wurden zu Schlitzen.

Hugo seufzte theatralisch. »Hatty, auch eine Ehe, die nicht aus Liebe geschlossen wird, kann manchmal zur Erfüllung führen. Und je erfahrener ein Mann als Liebhaber ist, umso wunderbarer sind die Freuden seiner Frau.«

»Genau«, fiel George ihm ins Wort und wandte sich wieder an Henry. »Hast du es nicht selbst erlebt? War es bei dir und Katherine nicht dasselbe?«

Hattys Großvater nickte zögernd. »Sie wurde meine große Liebe.«

»Aber du hast sie immer respektiert«, mischte Hatty sich ein. »Sie hat dich von Anfang an verzaubert, du hast sie bewundert.« Sie trat zu ihrem Großvater und ergriff seine Hand.

Etwas leuchtete in Henrys Augen auf. »Oh ja, sie hatte eine ganz besondere Ausstrahlung. Sie schien sich ihrer Schönheit nicht bewusst zu sein, was sie auf eine gewisse Weise unwiderstehlich machte.«

»Siehst du, Großvater! Leider spricht mich bei Hugo überhaupt nichts an. Ganz im Gegenteil – er ekelt mich.«

»Henry, das geht zu weit. Das darfst du ihr nicht durchgehen lassen.« George trat an den Tisch und griff nach seinem Glas. Er stürzte den Whiskey in einem Zug hinunter.

Hattys Großvater sah von einem zum anderen. Dann erklärte er mit fester Stimme: »Nein, George. Im Gegenteil, du darfst deinem Enkel so etwas nicht durchgehen lassen. Eine solche Situation – und dann nicht einmal die Tür verschließen …! Überhaupt ist es unverantwortlich, dass er sich solchen … Vergnügungen hingibt, obwohl meine Enkelin im benachbarten Raum schläft.« Er wandte sich an Hatty. »Es tut mir leid, ich hätte dich nicht allein in seiner Nähe lassen dürfen.«

Hatty lächelte ihn an. »Schon gut, Großvater. Du hast deinem Freund vertraut und konntest ja nicht ahnen, dass sein Enkel so liederlich ist.«

»Jetzt reicht es aber!« George schlug mit der flachen Hand auf den Tisch, sodass die Karaffe klirrte. »Also gut, Sie müssen nicht sofort einwilligen. Wir werden alle Vorbereitungen treffen, und Sie haben in den nächsten Monaten die Gelegenheit, sich besser kennenzulernen. Ich lade Sie nach Kemberford ein. Sie können morgen schon mit uns reisen, es sind nur zwei Stunden von hier. Ihr Großvater kann Ihnen Ihr Gepäck nachschicken.«

»Eine großartige Idee«, sagte Hugo, wieder so selbstsicher wie zuvor.

Hatty schüttelte jedoch den Kopf. »Es tut mir leid, aber meine Antwort wird im Frühjahr noch dieselbe sein. Ich werde niemals Ihre Frau werden, Mr Bewick.«

George zog die Augenbrauen zusammen. Hugo starrte sie ungläubig an.

Henry drückte ihre Hand, die er jetzt fest umschlossen hielt. »Überlege es dir gut, Hatty. Kemberford ist ein schönes Anwesen und die Bewicks sind eine altehrwürdige Familie von untadeligem Ruf.«

Hatty schluckte. Sie flüsterte: »Ich kann nicht.«

»Ich werde dich zu nichts zwingen«, sagte Henry, auf dessen Gesicht der Widerschein des Feuers flackerte. »Aber ich werde auch niemals zulassen, dass du nach Chastle House zurückkehrst. Wenn du Hugo nicht heiratest, bleibst du bei mir in Woodland House.«

Hatty ließ sich auf den Stuhl fallen und schloss einen Moment lang die Augen. Sie hatte die Wahl zwischen Woodland House und einer Ehe mit einem Mann, der sie anwiderte.

Sollte sie in das verfallene Anwesen zurückkehren, mit feuchten Laken, Spinnweben und erstickender Langeweile oder sich in eine Ehe begeben, in der sie betrogen und der Lächerlichkeit preisgegeben wurde? Die Angestellten würden hinter ihrem Rücken die Nase rümpfen und über sie lachen. Sie würde sich die Gunst ihres Mannes mit anderen Frauen teilen müssen.

Entscheide dich nicht für eine Ehe, nur um etwas anderes dafür zu bekommen, fielen ihr Bens Worte wieder ein. Sie würde Hugo tatsächlich nur heiraten, um Woodland House zu entgehen. Aber aus dieser Ehe würde es danach kein Entkommen mehr geben. Hattys Entschluss stand fest.

»Ich fahre mit dir zurück zu Woodland House.« Sie sah ihrem Großvater in die Augen und glaubte, Erleichterung darin zu erkennen.

Hatty fühlte sich elend. Seit drei Tagen hatte sie nichts mehr gegessen und ihr Bett nicht verlassen. Trotz Bettelns und Flehens hatte ihr Großvater ihr jegliche Besuche im Dorf untersagt, sodass sie sich nach ihrer Rückkehr in das heruntergekommene, unheimliche Haus wieder wochenlang mit Langeweile herumplagen musste. Sie hatte versucht, mit ihrem Großvater über Katherine zu sprechen und ihn zu gemeinsamen Unternehmungen zu überreden, aber er hatte sich nur immer mehr zurückgezogen. Hatty musste sich selbst die Zeit vertreiben, was schier unmöglich war, da es keinerlei Zerstreuung in dem Anwesen gab. Hinzu kamen die Trauer um ihre Mutter und die Erinnerungen an die unbeschwerte Zeit, als sie noch in ihrem geliebten Chastle House leben durfte. Sie verbrachte den ganzen Tag auf ihrem Zimmer, und die Spaziergänge, die sie unternahm, führten sie nur in einem engen Kreis um das Haus herum, da sie Angst hatte, sich in dem dichten Wald zu verlaufen.

Schon nach der ersten Woche war sie so schwermütig geworden, dass sie etwas unternehmen musste, um nicht bald den Verstand zu verlieren. Keine ihrer Freundinnen kam sie besuchen. Hatty fragte sich, ob sie vielleicht glaubten, sie brauche Zeit, um zu trauern. Sie kannte selbst das hilflose Gefühl, wenn man einem Trauernden die richtigen Worte sagen wollte, sie aber nicht fand. Gab es überhaupt die richtigen Worte dafür? Aber der Tod ihrer Mutter war erst der Anfang des Schreckens gewesen. Hatty hatte das Gefühl, in Woodland House lebendig begraben zu sein.

Sie musste handeln, und auch wenn Bens Wunsch, dass Hatty ihn nur heiraten sollte, wenn sie ihn auch wirklich liebte und ihr gesamtes Leben mit ihm verbringen wollte, ihn durchaus ehrte, hatte Hatty keine Wahl mehr. Sie musste Bens Antrag annehmen, um nicht irgendwann vor Einsamkeit und Schwermut verrückt zu werden. Und Ben war verliebt in Hatty und würde sie bestimmt nicht mit dem nächstbesten Dienstmädchen betrügen.

Die Schwierigkeit bestand nur darin, Kontakt mit ihm aufzunehmen, schließlich hatte sie keine Möglichkeit, ins Dorf zu gelangen. Also beschloss sie, sich krank zu stellen. Allerdings schien ihr Großvater sie zu durchschauen und reagierte recht kühl, indem er ihr empfahl, ein paar Tage das Bett zu hüten. Er ließ nicht den Arzt kommen, wie Hatty gehofft hatte. Also hörte sie auf zu essen, in der Annahme, irgendwann so schwach zu sein, dass ein Arztbesuch unumgänglich war. Dann musste Hatty nur noch hoffen, dass Doktor Franklin seinen Sohn schicken und nicht selbst herkommen würde. Und wenn doch Bens Vater käme, wollte Hatty ihn in ihrer inzwischen so großen Verzweiflung bitten, eine Nachricht an Ben zu überbringen.

Hatty drehte sich auf den Rücken. Sie hatte entsetzlichen Hunger, musste aber durchhalten, um hier herauszukommen. Sie lauschte. Waren das Pferdehufe, die sie gehört hatte? Ihr Herz schlug schneller. Jetzt waren Stimmen vor dem Haus zu vernehmen. Das musste der Arzt sein. Die Lieferanten, die Woodland House mit Lebensmitteln versorgten, kamen immer an die Hintertür. Hatty wäre zu gern aufgestanden und hätte aus dem Fenster geschaut, aber sie fühlte sich zu schwach und hatte Angst, dann ohnmächtig zu werden.

Jetzt waren die Stimmen nicht mehr zu hören, aber es

erklangen auch keine Schritte auf dem Flur. Hoffentlich hatte sie sich nicht geirrt. Sie musste Woodland House verlassen, die Langeweile, die Feuchtigkeit und der Schmutz waren einfach unerträglich. Aber am schlimmsten war das Gefühl, an diesen Ort gefesselt zu sein.

Als sich fast eine halbe Stunde lang nichts rührte, drehte sich Hatty enttäuscht auf die Seite. Wer auch immer vorgefahren war, es war anscheinend nicht der Arzt gewesen. Ihr Großvater hatte ihn nicht rufen lassen.

In diesem Moment wurde die Tür geöffnet. Hatty wandte sich mühsam um und erkannte Bens vertraute Gestalt in der Tür. Er war allein und trat an Hattys Bett.

»Hatty, es tut mir so leid«, sagte er und seine Hände umfassten ihre. »Ich hatte keine Ahnung, dass du in solchen Umständen ... Ich wusste, dass das Haus verfallen ist, aber hiermit habe ich nicht gerechnet.« Er setzte sich auf die Bettkante und Hatty drückte erleichtert seine Hände.

»Gott sei Dank, dass du gekommen bist, Gott sei Dank.« Tränen liefen ihr über die Wangen.

Ben beugte sich zu ihr und küsste sie fort. Dann richtete er sich erschrocken auf. »Du bist ganz heiß. Und du siehst gar nicht gut aus.« Er griff nach seiner Arzttasche, die er neben dem Bett abgestellt hatte.

»Es ist nichts«, winkte Hatty ab. »Ich bin gesund. Ich habe nur einige Tage nichts gegessen, damit Großvater den Arzt ruft.«

Ben sah sie verständnislos an.

Schnell erklärte sie: »Ich bin hier gefangen. Es gibt keine Kutsche und kein Pferd. Ich konnte dich nicht erreichen, aber ich muss dich unbedingt sprechen. Großvater hat mich in den Norden gebracht, damit ich den Enkel eines Freundes heirate, aber das konnte ich nicht. Er war unerträglich.«

Ben sah sie fragend an, und Hatty berichtete ihm alles, nicht ohne immer wieder vor Scham zu erröten.

Der junge Arzt folgte ihrer Erzählung mit wachsendem Entsetzen.

»Aber hierzubleiben ist auch schrecklich. Ich erinnere mich gut an das, was du gesagt hast, und glaube mir, ich möchte dich heiraten – um deinetwillen. Ich werde dir eine vorzügliche Ehefrau sein«, sagte Hatty schließlich.

»Du brauchst mir nichts zu erklären, ich werde dich von hier fortbringen.« Ben hatte sein Stethoskop aus der Tasche geholt und drückte es nun über Hattys Brust auf ihr Nachthemd.

»Ich habe nachgedacht und du wirst nie im Leben eine Bürde für mich werden, niemals.« Hatty hörte den flehenden Unterton in ihrer eigenen Stimme. Niemals hätte sie sich träumen lassen, dass sie je um eine Heirat betteln würde.

»Schon gut, mein Liebling«, erwiderte Ben. »Aber zuerst muss ich dich wieder so weit gesund bekommen, dass du die Fahrt ins Dorf überstehst.« Er suchte in seiner Tasche nach einigen Fläschchen und reichte sie Hatty. »Nimm jede Stunde eine dieser Tabletten. Ich werde Geraldine bitten, dir eine Suppe zu kochen und etwas Brot zu bringen. Und trinke viel.«

Hatty nickte. Jetzt konnte sie wieder zu Kräften kommen, Ben würde ihr helfen.

»Ich komme morgen wieder, um nach dir zu sehen. Dann werde ich bei deinem Großvater um deine Hand anhalten.« Ben beugte sich noch einmal zu ihr und küsste sie. Dann verließ er das Zimmer.

Hatty schloss erleichtert die Augen. Jetzt würde alles gut werden.

»Sie bitten mich also um die Hand meiner Enkelin?«, sagte der alte Mann und sah Ben dabei nachdenklich an.

Der junge Arzt nickte.

Hatty, die an der Tür zum Wintergarten stand, beobachtete die beiden Männer, die sich in den schäbigen Korbsesseln gegenübersaßen. Sie war immer noch schwach, aber seit sie wieder aß, machte sie große Fortschritte.

»Was verlangen Sie als Mitgift?«, fragte Henry und zog die Wolldecke enger um seine Beine.

»Ich liebe Hatty und erwarte kein Geld von Ihnen.« Bens Blick wanderte zu Hatty hinüber.

Aber Henry wischte die Worte mit einer abfälligen Handbewegung fort. »Unsinn, eine Mitgift wird immer erwartet. Also gut, lassen Sie uns verhandeln. Ich biete Ihnen fünftausend Pfund pro Jahr.«

»Großvater«, Hatty konnte nicht länger schweigen, »wir wollen kein Geld von dir. Wenn du uns nur erlauben würdest, in Chastle House zu leben. Ben kann seine Praxisräume dort einrichten, wir werden eine Familie gründen und das Haus wäre wieder voller Leben.«

»Nein«, sagte Henry so barsch, dass Hatty zusammenzuckte. »Chastle House ist ausgeschlossen. Ich habe es dir bereits gesagt.«

Hatty ging einen Schritt auf ihren Großvater zu. »Du musst uns das Haus nicht schenken. Wir möchten nur dort wohnen, so wie du es auch Mutter und mir gestattet hast.«

Henry warf die Decke auf seinen Beinen zu Boden und stand mühselig auf. »Schluss jetzt! Ich möchte nicht mehr darüber reden. Sechstausend, und das ist mein letztes Wort.«

»Bitte, Mylord, ich habe noch einen anderen Vorschlag.« Ben, der sich nun ebenfalls erhoben hatte, schob Hatty sanft zur Seite und trat dem alten Mann in den Weg. »Ich habe einen ehemaligen Kommilitonen, der finanziell sehr gut gestellt ist und Interesse daran hat, Chastle House zu erwerben. Er würde das Anwesen an uns vermieten. Wenn Sie sich mit ihm auf einen Preis einigen könnten, dann würde er …«

»Niemals! Ich werde Chastle House nicht verkaufen.« Henrys Gesicht war rot vor Wut. Er fuchtelte mit seinem Gehstock in der Luft herum. »Niemand von euch wird es noch einmal betreten, ist das klar? Und jetzt möchte ich nie wieder über das Haus sprechen.«

Hatty schluckte. Ihr Blick wanderte zu Ben, der Henry ebenso wenig zu verstehen schien wie sie selbst.

Ihr Großvater war schon auf dem Weg zur Tür.

Hastig lief Hatty ein paar Schritte hinter ihm her. »Wir möchten so schnell wie möglich heiraten. Vielleicht schon in der nächsten Woche!«

Der alte Mann drehte sich um und sah Hatty liebevoll an. Der unnachgiebige Ausdruck war aus seinem Gesicht verschwunden.

»So bald schon? Nein, nächstes Jahr im Sommer soll Hochzeit gefeiert werden. Bis dahin bleibst du hier bei mir.«

Und mit diesen Worten schlurfte Henry davon.

Eine tiefe Verzweiflung überkam Hatty. Nächsten Sommer erst? Das war noch fast ein Jahr! So lange würde sie es niemals in Woodland House aushalten.

Ben trat von hinten an sie heran und drehte sie zu sich um. »Es tut mir leid, mein Liebling. Du hast dir mehr erhofft, das weiß ich. Aber der nächste Sommer kommt schnell.« Er sah sie an, und Hatty erkannte in seinem Blick, dass er selbst nicht an seine Worte glaubte.

Kapitel 14

Chastle House, Forewood, Lake District, England
Mai 2018

»Es tut mir so unendlich leid«, sagte Dione und Tränen liefen ihr über das Gesicht. »Bitte, geh jetzt.«

Aiden schüttelte immer wieder den Kopf, ohne ein Wort zu sagen.

Sie standen vor dem Eingang. Dione hatte Aiden gar nicht erst ins Haus gelassen. Sie wusste, dass sie es dann nicht geschafft hätte. Aber sie konnte nicht mit Aiden glücklich werden, wenn sie dadurch Claires Zukunft zerstörte.

»Aber ich liebe dich doch«, sagte Aiden schließlich. »Und ich dachte, du fühlst genauso.«

Dione nickte. »Das tue ich auch. Doch darum geht es im Augenblick nicht.«

»Worum dann?«

Dione konnte die Verzweiflung in seiner Stimme hören.

»Ich kann es dir nicht sagen«, erwiderte sie unglücklich.

Er starrte sie eine Weile lang ungläubig an. Dione konnte Aidens Schmerz förmlich spüren.

Dann drehte er sich um und stürmte die Treppe hinunter. Sie sah ihm tief erschüttert nach. Alles kam ihr auf einmal so sinnlos vor: in Chastle House zu bleiben genauso wie eine Rückkehr in ihr altes Leben. Für kurze Zeit war das Bild einer neuen Zukunft vor ihr aufgetaucht, doch es war schnell wieder verflogen. Eine eiserne Hand hatte sich um Diones Brustkorb gelegt, die sie am Atmen hinderte. Der Weg in die Küche schien plötzlich unendlich weit, jeder Schritt unbeschreiblich schwer.

Ganz langsam schlich sie durch den dunklen Flur an der Halle vorbei in die Küche und ließ sich auf den harten Holzstuhl fallen. Sie verbarg ihr Gesicht in den Händen und schluchzte. Noch nie in ihrem Leben war es ihr so schlecht gegangen. Noch nie hatte sie einen Menschen so geliebt wie Aiden und ausgerechnet ihn musste sie gehen lassen. Plötzlich berührte sie etwas am Bein. Sie sah nach unten und blickte in Sherlocks dunkle Augen. Sie hob ihn hoch und vergrub ihr Gesicht in seinem weichen Welpenfell. So blieb sie lange sitzen und der kleine Hund hielt still.

Dann ging sie zu Bett und wälzte sich unruhig hin und her.

Als sie am Morgen aufstand, war die Traurigkeit immer noch so groß, dass sie weder einen Bissen essen noch Pläne schmieden konnte. Ihr Handy klingelte, es war Aiden. Sie schluchzte, als sie seinen Anruf wegdrückte. Dione wusste, dass sie wenigstens eine Tasse Tee trinken sollte, doch selbst dazu fehlte ihr die Kraft. Sie ging mit Sherlock in den Garten und blickte auf den See hinaus. Die Wiese war noch aufgeweicht vom Regen des vergangenen Tages.

Plötzlich hörte sie eine bekannte Stimme hinter sich.

»Ich fasse es nicht …«

Dione fuhr herum und erstarrte. Das war unmöglich.

»Ich hätte nie geglaubt, dass du mir das antust.« Monica stand vor ihr. Hier im Garten von Chastle House. Ihre Mutter hatte sie gefunden.

»Mein Gott, und wie hässlich du aussiehst! So darf dich niemand sehen.« Monica durchbohrte Dione mit ihren Blicken. »Ich muss Melanie und Zelda anrufen. Sie müssen sofort aus London herkommen.«

Ihre Mutter fingerte in ihrer blauen Handtasche herum, die perfekt zu ihrem mintgrünen Kostüm passte. Dione war wie vom Donner gerührt. Teilnahmslos beobachtete sie, wie Sherlock herbeigesprungen kam und vor Monica Männchen machte. Die wich schreiend zurück, was den Hund dazu anstachelte, an ihr hochzuhüpfen. Diones Mutter kreischte und ihr Handy flog in hohem Bogen über die Wiese. Sherlock freute sich über das ausgelassene Spiel. Aber Monica griff nach ihrer Handtasche und schlug auf den Hund ein. Das weckte Dione aus ihrem Schockzustand und sie warf sich zwischen die beiden.

»Tu das nie wieder«, sagte sie drohend und hörte den Zorn in ihrer eigenen Stimme. »Wenn du es noch einmal wagst, Sherlock zu schlagen, werde ich mit dir genau dasselbe tun.«

Monica betrachtete die Flecken auf ihrem Kostüm und versuchte, sie auszuklopfen.

»Hör mit dem Unsinn auf, Dione«, sagte sie keuchend. »Woher hast du den Köter überhaupt? Am besten, wir verschwinden sofort von hier. Robert soll einen Fahrer schicken, der uns so schnell wie möglich nach London bringt. Aber in deinem Zustand kannst du nicht dorthin fahren. Du siehst schrecklich aus.« Sie stöckelte mit ihren hellen Schuhen über die Wiese, um ihr teures Telefon aufzuheben. Immer wieder sanken die Absätze in der feuchten Erde ein. Dann tippte sie auf dem Display herum.

»Nein!« Dione griff nach dem Handy ihrer Mutter. »Ich entscheide selbst, wann mich jemand irgendwohin bringt. Ich bin nicht mehr deine ferngesteuerte Puppe, sondern ein erwachsener Mensch, und ich erwarte, dass du mich auch so behandelst.«

Monica sah sie erstaunt an. »Das ist kein guter Moment, um Anweisungen zu erteilen, junge Dame. Du hast dir einen gehörigen Fauxpas geleistet.«

»Wie bitte?«, sagte Dione mit bebender Stimme. »Mein Versuch, mir ein eigenes Leben aufzubauen, ist ein *gehöriger Fauxpas* für dich?«

Monica klang genervt, als sie antwortete: »Du hast doch ein perfektes Leben. Was willst du hier? Die Vergangenheit sollte man ruhen lassen. Was zählt, ist die Zukunft. Und du hast es mir verdammt schwer gemacht, deine Zukunft einigermaßen zu retten. Die Journalisten haben mich nicht in Ruhe gelassen. Ich glaube, dir ist nicht bewusst, welchen Ärger du mir gemacht hast. Ständig musste ich mir Ausreden einfallen lassen, um unsere Absagen für irgendwelche Fernsehauftritte und Interviews zu erklären. Ich hatte Verträge, die wir nicht einhalten konnten. Und was sollte das Sperren meiner Girokarten? Ich war praktisch handlungsunfähig.«

»Ich verstehe«, sagte Dione und sie klang eiskalt. »Für dich waren das alles Unannehmlichkeiten. Wie gut, dass du dir keine Sorgen um mich gemacht hast. Ich war ja nur für ein paar Wochen wie vom Erdboden verschwunden. Aber das Geld und die Presse waren dir natürlich wichtiger.«

»Du bist mit diesem Anwalt davonmarschiert, wenn du

dich erinnerst.« Monicas Augen blitzten. »Ich hätte wissen müssen, dass Marc irgendwann den Mund aufmachen würde. Ich hoffe, du glaubst kein Wort von dem, was er dir erzählt hat.«

Dione war plötzlich müde. Sie hatte den Eindruck, dass sie sich diese Unterhaltung auch sparen konnte. Ihre Mutter schien nur daran interessiert zu sein, dass Diones Karriere weiterging, und nicht an ihrem Wohlergehen.

»Was genau meinst du?«, fragte sie enttäuscht. »Vielleicht die Kleinigkeit, dass er mein leiblicher Vater ist – und nicht Arthur van Riga?«

»Er hatte mir versprochen, es dir nie zu verraten.« Monica runzelte die Stirn und starrte auf den See.

Diones Müdigkeit schlug in Wut um. »Hast du nie darüber nachgedacht, was es bedeutet, einem Vater sein Kind vorzuenthalten? Was es für mich bedeutet hat, ohne ihn aufzuwachsen? Wieso hast du nicht ein Mal an Marcs oder an meine Gefühle gedacht?«

»Ich habe zu deinem Besten gehandelt und außerdem hat Marc mich damals fortgeschickt«, erwiderte Monica und sah sie herausfordernd an. »Wie viel von der Wahrheit weißt du? Kennst du Katherines Geschichte?«

Dione stieß wütend die Luft aus. »Ich weiß, was ich wissen muss – dass ein Mann mein Vater ist, den ich bis vor Kurzem nicht kannte.«

»Wenn du Katherines Geschichte kennen würdest, wäre es vielleicht einfacher für dich, das alles zu begreifen«, sagte Monica, die nun fast bitter klang. »Auf Chastle House liegt ein Fluch.«

Dione lachte zynisch. »Erzähl mir nicht, dass du an solche Geschichten glaubst.«

»Ich nicht«, gestand Monica, »aber dein Vater. Er hat mich angefleht, dass ich gehe und dich in Sicherheit bringe.«

»Und warum hast du mir nie von ihm erzählt?«, fragte Dione und wandte sich ab. Sie wollte die Antwort gar nicht hören.

»Weil ich genau wusste, dass du dann keine Ruhe geben und unbedingt herkommen würdest. Das hätte für Aufsehen gesorgt, das nicht gut für deine Karriere gewesen wäre.«

»Es geht nur darum, oder?« Dione drehte sich wieder zu ihr um. »Um die Karriere.«

»Wie undankbar du bist«, sagte Monica und verzog das Gesicht. »Weißt du, wie viele Frauen sich um deine Karriere reißen würden?«

Dione zuckte mit den Schultern. »Es geht nicht um andere Frauen, sondern nur um mich.«

»Als du so plötzlich aus Boston verschwunden bist, nachdem der Londoner Notar aufgetaucht war, war mir sofort klar, dass es mit Chastle House zusammenhängen musste und ich dich in Forewood finden würde.«

»So?« Dione bückte sich nach Sherlock und nahm ihn auf den Arm. »Und warum bist du dann nicht längst hergekommen?«

»Ich wollte dir ein paar Wochen Zeit geben, damit du herausfinden kannst, dass das Kaff hier nicht zu deinem glamourösen Leben passt.« Sie verdrehte die Augen, als sie die Dreckspuren sah, die Sherlocks Pfoten auf Diones Pullover hinterließen. »Aber jetzt ist es genug mit deinem Ausflug. Wir müssen zum Ernst des Lebens zurückkehren.«

Dione starrte sie fassungslos an. War ihre Mutter ihr gegenüber immer schon so respektlos gewesen?

»Das hier ist mein Leben«, erwiderte sie betont langsam. »Das hier ist mir ernst. Ich habe das Gefühl, du hörst mir überhaupt nicht zu.«

»Du hörst dir anscheinend selbst nicht zu, sonst würdest du merken, wie absurd deine Worte sind«, sagte Monica und widmete sich erneut ihrem Handy.

»Schluss jetzt.« Dione spürte wieder Wut in sich aufsteigen. »Verlasse auf der Stelle mein Haus. Ich werde nicht aus Forewood weggehen. Es ist mein Zuhause geworden.«

Monica öffnete ihre perfekt geschminkten Lippen. Sie wollte offenbar etwas erwidern, doch es gelang ihr nicht. Sie stammelte: »Aber … das ist … nein! Dione, das geht nicht. Was ist mit deiner Karriere?«

»Ich weiß es nicht«, räumte Dione ehrlich ein. »Im Augenblick ist sie nicht das Wichtigste für mich. Ich werde im Herbst das Konzert in London spielen und den Film drehen. Aber was danach ist, weiß ich nicht.«

»Dione«, sagte Monica und ihre Stimme klang auf einmal verhalten, »das geht nicht. Ich habe weitere Verträge unterschrieben. Wir starten nächste Woche mit einem Hauskonzert für Radio 1. Exklusiv mit Liveübertragung.«

Dione schüttelte ungläubig den Kopf. »Du hast Zusagen gemacht, obwohl ich nicht da war? Du hast über mich entschieden, ohne zu wissen, wie es mir geht und ob ich in der nächsten Woche überhaupt in London sein werde?« Dione atmete tief ein. »Es ist mir egal, was du den Veranstaltern, dem Radio und der Presse sagst. Aber ich werde diese neuen Verträge nicht erfüllen.«

Dione schloss die Augen. Ihre Mutter tat ihr plötzlich leid. Trotzdem musste sie jetzt an ihr eigenes Leben denken, das sie nur gestalten konnte, wenn sie endlich selbst die Kontrolle übernahm.

»Dione, das lasse ich so nicht stehen. Du wirst noch anders darüber denken, das verspreche ich dir.« Monica stöckelte über die matschige Wiese um das Haus herum in Richtung Dorfstraße. Mit jedem Schritt spritzte Schlamm auf ihr mintfarbenes Kostüm.

Der Tag verging, ohne dass Dione es bemerkte. Sie war viel zu aufgewühlt, um zu begreifen, was in den letzten Stunden alles geschehen war. Kates schrecklicher Besuch in Chastle House schien bereits Tage her zu sein. Der Schmerz über die Trennung von Aiden lähmte sie und legte sich über die Wut und die Trauer, die sie wegen der Skrupellosigkeit ihrer Mutter empfand. Auch in dieser Nacht konnte sie nicht schlafen. Sie dachte über ihre Zukunft nach, die sie sich plötzlich nicht mehr ohne Aiden vorstellen konnte.

Am nächsten Morgen erwachte sie mit Kopfschmerzen. Sie zog sich an und ging in die Küche hinunter. Jeder Schritt war mühsam. Nachdem sie ein Aspirin geschluckt hatte, fiel ihr auf, dass sie schon lange nichts Vernünftiges mehr gegessen hatte. Sie seufzte. Jeder Handgriff war unsagbar schwer. Immer wieder tauchte Aidens Gesicht vor ihr auf. Immer wieder klangen ihr die gefühllosen Worte ihrer Mutter im Ohr. Was Aiden wohl gerade tat? Ob er an sie dachte? Ob es ihm genauso schlecht ging wie ihr?

Sie öffnete die Tür und ließ Sherlock in den Garten.

Ein Klicken zerriss die Stille. Dione fuhr herum. Ein Mann mit Kamera erschien an der Hausecke. Diones Herz setzte einen Schlag lang aus, um dann mit doppelter Geschwindigkeit wieder einzusetzen.

»Hier ist jemand!«, schrie der Mann hinter sich und wenige Sekunden später stürmten sie herbei – Fotografen und Journalisten. Kameras und Schreibblöcke wurden gezückt. Dione war einen Augenblick lang wie gelähmt. Dann rief sie nach Sherlock, der noch nicht bereit war, ins Haus zurückzukommen. Er hatte die Journalisten entdeckt und hüpfte freudig auf sie zu. Dione rief mit verzweifelter Stimme nach ihm. Das Blitzlichtgewitter wütete vor ihr wie eine Feuersbrunst. Sie stürzte sich in die Flammen und versuchte, den Hund einzufangen, der sich ein Spiel daraus zu machen schien.

»Das ist sie, ich bin sicher. Das ist Dione Dearing!«, rief einer der Fotografen. »Aber was hat sie mit ihren Haaren gemacht?«

Eine neue Salve des Blitzlichtgewitters zuckte über sie hinweg.

»Miss Dearing, wie kommen Sie in diese Gegend?«

»Dione, was hat es auf sich mit den Gerüchten um Sie und Ihren Exfreund Ethan?«

»Wann werden wir mit dem neuen Album rechnen können?«

»Dione, waren etwa Drogen im Spiel, als Sie so lange abgetaucht waren?«

»Haben Sie Ethan hier geheiratet? Sind Sie in anderen Umständen?«

»Miss Dearing …«

Endlich hatte Dione Sherlock an der Hinterpfote erwischt. Sie zog ihn zwischen den Beinen eines Fotografen hindurch zu sich. Der Welpe schrie erschrocken auf. So eine grobe Behandlung war er nicht gewohnt. Dione drückte ihn an sich und kämpfte sich durch die Menge der

Journalisten zur Hintertür. Erst als sie im Haus war und den Schlüssel zweimal herumgedreht hatte, setzte sie den Hund ab. Sie sank in sich zusammen und blieb lange auf dem Boden sitzen.

Irgendwann traute sie sich, vorsichtig aus dem Fenster zu spähen. Der Garten war leer. Sie schlich zur Eingangstür und sah auf den Vorplatz. Auch hier war kein Journalist mehr zu sehen. Kein Wunder! Sie hatten ja jetzt ihre Fotos und mussten dringend in die Redaktionen zurück, um die Nachrichten über Dione Dearing um die ganze Welt zu schicken. Dione ahnte, dass sie in Kürze auf den Titelseiten sämtlicher Klatschzeitschriften zu sehen sein würde. Vermutlich waren jetzt schon die ersten Bilder im Fernsehen. Sie schrak zusammen. Aiden! Er durfte nicht aus den Medien erfahren, wer sie wirklich war.

Diones Hand zitterte so stark, dass es ihr kaum gelang, ihr Telefon aus der Hosentasche zu ziehen. Sie tippte Aidens Nummer, doch die Mailbox schaltete sich ein. Nervös ging Dione in die Küche und nahm eine weitere Kopfschmerztablette. Sie setzte sich an den Küchentisch und hinterließ ihm eine Nachricht. Sie wollte mit einem Taxi zur Lakeside Farm hinausfahren, um dort nach Aiden zu suchen. Aber nein, das war zu gefährlich. Wahrscheinlich warteten vor dem Tor weitere Fotografen und Journalisten, die sie sofort verfolgen würden. Dann würde Dione Aiden auch noch in die Sache hineinziehen und die Presse würde ihn als ihre neueste Liebschaft herabwürdigen.

Während Dione erneut versuchte, Aiden zu erreichen, dachte sie an ihre Mutter. Natürlich steckte sie hinter dem plötzlichen Überfall der Journalisten. Auch wenn Dione in

Monicas Augen momentan nicht vorzeigbar war, riskierte sie lieber einen handfesten Skandal, als Diones Rückzug aus dem Showgeschäft zu tolerieren. Ihre Mutter wusste nur zu gut, dass sie Diones friedliches Leben in Forewood damit zerstörte.

Dione legte ihr Handy zur Seite. Aiden hatte die Nachricht vermutlich schon gehört und wollte einfach nicht mehr mit ihr sprechen. Hätte sie ihm nur erzählt, wer sie wirklich war!

Sie lief unruhig in der Küche auf und ab. Sherlock beobachtete die ungewohnte Rastlosigkeit seines Frauchens. Plötzlich fiel ihr Claire ein. Sie würde sie anrufen und bitten, zu Aiden zu fahren. Ihre Freundin würde ihn davon überzeugen können, dass er wenigstens mit Dione sprach. Sie musste ihm alles erzählen und sich bei ihm entschuldigen. Der Gedanke an seine Enttäuschung darüber, dass sie ihn die ganze Zeit hintergangen hatte, war unerträglich.

Dione setzte sich wieder an den Küchentisch und wählte Claires Nummer. Aber auch bei ihr meldete sich nur die Mailbox. Dione fluchte. Sie hatte ihre Freunde enttäuscht und war wieder ganz allein.

Gegen Abend klopfte jemand an ihre Tür. Dione zögerte. Sie hoffte inständig, Aiden stünde draußen, doch es waren wohl eher die Journalisten und Paparazzi. Vorsichtig ging sie in die Eingangshalle, um zu öffnen. Sie zog die Augenbrauen zusammen, als sie Monica vor ihrer Tür stehen sah.

»Was willst du hier?«, fragte sie barsch statt einer Begrüßung.

Ihre Mutter lächelte. »Pack deine Koffer, Robert holt uns in einer halben Stunde ab.«

Dione musste sich beherrschen, um nicht laut zu werden. Sie hörte selbst, wie gepresst ihre Stimme klang, als sie sagte: »Du hast mir die Fotografen auf den Hals gehetzt und mir mein Leben hier ziemlich ungemütlich gemacht, aber es gibt noch andere Orte, wohin ich gehen kann.« In Wirklichkeit fiel Dione kein einziger anderer Ort ein. Aiden war in Forewood, aber er würde sie sicher nicht bei sich aufnehmen. »Ich habe meine Meinung wegen deiner Intrige nicht geändert.«

»Das habe ich auch nicht erwartet«, sagte ihre Mutter und drängte sich an ihr vorbei ins Haus. »Ich hatte gerade eine interessante Unterhaltung mit einer gewissen Kate von der Lakeside Farm.«

Dione wurde es eiskalt.

»Heute war die Presse wegen *dir* hier, aber wenn du dich weiterhin stur stellst, werden die Journalisten in Kürze wegen deiner kriminellen Freundin hier auftauchen, diesem kleinen Flittchen. Dann wird die ganze Welt von ihrer schmutzigen Geschichte erfahren. Ich sehe schon die Schlagzeilen vor mir: *Freundin von Dione Dearing ist eine kriminelle Nutte.*«

»Nein!« Dione musste sich zusammenreißen, um ihrer Mutter gegenüber nicht handgreiflich zu werden. »Du wirst Claire da nicht mit hineinziehen. Sie hat nichts damit zu tun.«

»Die Entscheidung liegt bei dir«, erwiderte Monica und schlenderte betont lässig den Gang hinunter. »Ich sehe, hier hat sich kaum etwas verändert in den letzten siebenundzwanzig Jahren. Weißt du übrigens, dass du hier geboren wurdest?«

Ihre Mutter sah die Treppe hinauf. »Oben im ersten

Zimmer auf der linken Seite. Das mit dem hübschen Blick auf den See. Das war auch einmal Katherines Schlafzimmer.« Monica lächelte aufmunternd. »Also, was ist? Kann ich auf dich zählen? Kommst du mit nach London?«

London, am nächsten Nachmittag

»Miss Dearing, wann werden wir Sie wieder auf der Bühne sehen?«

Dione sah auf die Journalisten hinab, die trotz des kurzfristigen Termins zahlreich zur Pressekonferenz im *Savoy* erschienen waren.

»Ich weiß es noch nicht …«

»Miss Dearing wird nächste Woche ein exklusives Club-Konzert für ausgewählte Zuschauer geben. Und im Herbst startet eine große Comeback-Tour«, erklärte ihr neuer Manager Claus, den Dione erst vor wenigen Minuten kennengelernt hatte.

»Gibt es Pläne für ein neues Album?«

»Im Herbst geht Miss Dearing ins Studio. Sie hat schon einige frische Ideen und verspricht sich viel davon.« Claus nickte seiner Assistentin zu, die den nächsten Fragesteller aufrief.

»Miss Dearing, was sind Ihre Pläne für das kommende Jahr?«

Dione zuckte mit den Schultern. »Ich habe keine Pläne. Ich lasse alles auf mich zukommen.«

Ein Raunen ging durch die Menge. Stifte fuhren eifrig über Blöcke.

»Sie hat keine Pläne, außer einer Europatournee, nicht wahr, Dione?« Claus zwinkerte ihr zu.

Dione sah ihn erstaunt an. Das Ganze war eine Farce. Warum war sie hier? Sie konnte nicht eine Frage beantworten, weil sie die Fakten nicht kannte.

»Miss Dearing, stimmt es, dass Sie die letzten Wochen für einen Liebesurlaub genutzt haben, um Ihre Beziehung zu ihrem Ex-Freund Ethan zu erneuern?«

»Was?« Dione starrte die junge Journalistin an, die ihr diese Frage gestellt hatte.

»Bitte, bitte, meine Damen und Herren«, sagte Claus beschwichtigend, da Unruhe im Raum aufgekommen war. »Haben Sie Verständnis dafür, dass Miss Dearing darauf nicht antworten wird.«

Er zwinkerte Dione wieder zu und im Saal wurde gekichert. Die Journalisten hackten auf ihren Tastaturen herum. Dione schüttelte fassungslos den Kopf. Dieser Claus war zu bewundern. Wie geschickt er die Frage beantwortet hatte, ohne konkret darauf einzugehen.

Als Claus aufstand und damit das Ende der Pressekonferenz signalisierte, war Dione erleichtert. Sie sehnte sich nach Sherlock, den sie in Melanies Obhut gelassen hatte, und sie hatte Hunger.

Als sie in ihre Suite kam, begrüßte der kleine Hund sie übermütig. Melanie berichtete vorwurfsvoll, dass er auf den Hotelteppich gepinkelt habe. Dione zuckte nur mit den Schultern und wies sie darauf hin, dass der Hund genau wie sie selbst jetzt sowieso lieber in Chastle House wäre, wo er jederzeit in den Garten konnte.

»Ich gehe jetzt mit ihm in den Park.« Dione griff nach Sherlocks Leine.

»Was?« Monica sprang aus dem Ledersessel auf, in dem sie gerade saß. »Du kannst nicht hinausgehen, denk an die Fans.«

Dione atmete tief ein. Sie würde sich nicht mehr wie eine Gefangene behandeln lassen. »An den Trubel draußen werde ich mich wohl gewöhnen müssen, denn ich werde ab sofort meinen Hund ausführen, wann immer es nötig ist.«

Damit ging Dione zur Tür.

Doch Monica trat ihr in den Weg. »Nein, ich verbiete es dir.«

Dione sah sie an. »Willst du mich hier anbinden? Das ist nämlich die einzige Möglichkeit, mich davon abzuhalten.«

Sie drängte sich an ihrer Mutter vorbei auf den Flur und hörte, dass einer der Bodyguards ihr folgte. Insgeheim war sie erleichtert, dass er hinter ihr herging, als sie sich durch die Menge vor dem Hotel drängte. Menschen eilten an ihr vorbei, Autos hupten und es stank nach Abgasen. Wie anders die Welt hier doch war als in Forewood! Sie nahm Sherlock auf den Arm und überquerte die Straße an einem Fußgängerüberweg. Auf der anderen Seite setzte sie den Hund ab. Sie sah sich um. Der Bodyguard war bei den Fans vor dem Hotel geblieben und hielt die Menge in Schach. Hier beachtete sie niemand mehr. Und was konnte schon passieren, wenn sie erkannt wurde? Sie würde höflich lächeln und einfach weitergehen.

Während sie Sherlock dabei betrachtete, wie er ausgiebig an einem einsamen Baum schnüffelte, bemerkte sie, wie falsch der Hund in dieser städtischen Umgebung wirkte.

Als sie eine halbe Stunde später ins Hotel zurückkehrte, war sie trotz allem erleichtert, als die Glastür sich hinter ihr schloss und den Lärm der Straße aussperrte. Sie lächelte vor sich hin. Wieso hatte sie früher immer Angst davor gehabt, allein hinauszugehen? Einen Spaziergang wie heute hatte sie nie gewagt.

In ihrer Suite saß Monica im Sessel und las. Als Dione das Zimmer betrat, lächelte sie gezwungen und deutete auf den Tisch, der für das Abendessen gedeckt war.

Dione nahm Platz. Nichts in dieser modern und funktional eingerichteten Suite erinnerte an Chastle House. Die Räume waren unpersönlich und steril. Wie Diones Leben. Wie lange würde sie das aushalten können? Aber sie hatte keine Alternative. Wenn Dione nicht riskieren wollte, dass Claires Vergangenheit ans Licht kam, musste sie ihr altes Leben führen. Ihre Mutter hatte sie in der Hand.

Zwei Kellner servierten das Dinner. Dione betrachtete den gedünsteten Brokkoli und den Schellfisch auf ihrem Teller. Sie fragte sich, warum sie jahrelang Gerichte gegessen hatte, die ihre Mutter für sie ausgewählt hatte. Sie mochte Brokkoli nicht. In Chastle House hatte sie viel lieber Salat gegessen.

Sie bat den Kellner, das Essen wieder mitzunehmen und ihr einen Salat zu bringen.

Monica beobachtete die Szene mit zusammengezogenen Brauen. Dione wusste, dass sie nur wartete, bis der Kellner das Zimmer verließ, um ihr dann Vorhaltungen zu machen.

Aber Dione hob die Hand. »Spar dir deine Worte«, sagte sie und ihre Stimme war scharf. »Ich bin zurückgekommen, weil du mich erpresst hast. Aber ich werde künftig selbst über mein Leben entscheiden. Dazu gehört auch die Auswahl meines Essens.«

Monicas Augen weiteten sich. »Du hast doch gar keine Ahnung, was gut für dich ist. Deine Speisepläne sind von Experten zusammengestellt. Du kannst nicht einfach irgendetwas in dich reinstopfen.«

»Ich kann! Denn das hier ist mein Körper und ich bestimme darüber. Genauso, wie ich auch nie wieder zu einer Pressekonferenz gehen werde, auf der ich nicht alle Fragen selbst beantworten kann. Ich verlange, im Vorfeld informiert zu werden. Und ich möchte nicht, dass falsche Gerüchte über mich verbreitet werden.« Dione trat ans Fenster. Sie sah auf die Themse und betrachtete die vorüberfahrenden Schiffe.

»Niemand verbreitet Gerüchte«, sagte Monica, die plötzlich neben ihr stand. »Im Gegenteil. Wir versuchen, dich davor zu bewahren, zum Gespött der Leute zu werden. Aber du machst uns die Sache nicht gerade leicht.«

Es brachte nichts, mit ihrer Mutter zu diskutieren. Dione musste Mr Grant anrufen, damit er sie unterstützte. »Die Bankvollmachten habe ich dir bereits entzogen. Und ich werde dir auch alle anderen nehmen. Von jetzt an entscheide ich selbst, wann ich Konzerte gebe, in welchen Sendungen ich auftrete und welchen Zeitungen ich ein Interview gebe.«

Monica starrte sie an. Dann wandte sie sich ruckartig um und verließ das Zimmer.

Als Dione in ihr Schlafzimmer ging, schickte sie Zelda fort. Sie war in Chastle House allein zurechtgekommen, also brauchte sie auch in London niemanden, der ihr das

Nachthemd bereitlegte und die Kleidung für den nächsten Tag auswählte.

Sie trat an den Frisiertisch und kämmte sich die Haare. Monica hatte alles vorbereitet. Eine Flasche Wein stand auf dem Nachttisch. Sie griff nach der Flasche und dem Weinglas daneben. Doch dann hielt sie inne. Sie hatte viel zu viel gelernt, als dass sie nun alles in einem Alkoholrausch verpuffen lassen wollte. Entschlossen ging sie ins Bad und schüttete den Inhalt der Flasche in den Abfluss. Sie fühlte sich seltsam befreit. Ihre Mutter hatte schon wieder versucht, die Kontrolle über Dione zu gewinnen. Solange Dione den Alkohol brauchte, konnte Monica über sie bestimmen.

Dione sehnte sich so sehr zurück nach Forewood. Instinktiv griff sie nach ihrem Telefon und rief Aiden an. Doch er nahm wieder nicht ab. Dione wählte Claires Nummer, es klingelte dreimal, dann meldete sich die Mailbox.

Den nächsten Vormittag verbrachte sie in Mr Grants Büro. Dione schilderte ihm ihr Anliegen, künftig die Entscheidungsgewalt über ihr Leben zu haben. Aber leider hatte sie für den Notar kaum Informationen, da sie immer alle Verträge und Vollmachten, die Monica ihr vorgelegt hatte, fraglos unterschrieben hatte und keine Kopien davon besaß. Mr Grant versprach ihr, sich bei Diones Plattenfirma und ihrem Londoner Agenten zu erkundigen und sich zu melden, sobald er mehr wusste.

Am Nachmittag traf sie sich mit dem Choreografen, der ihr die neue Show erklärte. Anders als früher nahm Dione nicht jeden seiner Vorschläge an, sondern brachte eigene Ideen ein. Sie verwarf Songs, die sie nicht besonders mochte, und tauschte sie gegen ihre Lieblingslieder. Den genervten Unterton in der Stimme des Choreografen ignorierte sie. Abends ging sie mit Sherlock in einen nahe gelegenen Park. Wehmütig dachte sie an Chastle House und wie sie um diese Zeit immer mit Aiden und den Hunden im Garten gesessen und auf den See hinuntergeblickt hatte. Sie vermisste ihn und den See und Chastle House.

In dieser Nacht schlief Dione kaum. Ihr fehlten das Knarren des alten Holzes und der Wind, der durch die Bäume von Chastle House strich. Und plötzlich fiel ihr der Phonograph Ihrer Ururgroßmutter Hatty wieder ein, den sie in der Aufregung der vergangenen Wochen fast vergessen hatte. Gegen Morgen fasste sie einen Entschluss. Sie würde sich zwei Tage freinehmen, um noch einmal in den Lake District zu fahren. Sie wollte sich wenigstens Hattys Aufzeichnungen anhören, die in der Bibliothek von Chastle House auf sie warteten.

Sherlock sprang freudig die Einfahrt von Chastle House entlang. Dione hatte sich vor dem Tor absetzen lassen. Jetzt folgte sie mit ihrer Reisetasche dem Hund, der sich erwartungsvoll vor die Eingangstür gesetzt hatte. Dione musste lächeln, als sie ihn dabei beobachtete, wie er an der Tür kratzte, weil er wohl nicht schnell genug ins Haus kam.

Endlich war sie zu Hause. In der Halle lag noch Sherlocks Ball, sein Korb stand vor dem großen Kamin. Dione stieg die Treppe hinauf und räumte ihre Sachen in den Schrank in ihrem Zimmer. Dann ging sie direkt in die Bibliothek.

Dione betrachtete den alten Phonographen, der immer noch dort auf dem Tisch stand. Nachdem sie bei ihrem Vater in Woodland House gewesen war, hatten sich die Ereignisse überstürzt, und sie hatte sich nicht mehr um die Aufzeichnungen kümmern können, die ihre Vorfahrin Hatty auf diesen Walzen festgehalten hatte. Aber auch wenn sie an einem Neubeginn in Forewood gescheitert war, musste sie die Suche nach ihren Wurzeln beenden. Sie musste das schreckliche Geheimnis lüften und den Fluch brechen, der auf ihrer Familie lastete. Sonst würde sie auch niemals Klarheit über sich selbst gewinnen.

Neugierig betrachtete sie die Walzen, die in einem Karton neben dem Gerät lagen. Plötzlich klopfte ihr Herz fest gegen ihre Brust. Was würde sie aus diesen Aufzeichnungen erfahren? Sie studierte die Anleitung, die neben dem Gerät lag, legte dann willkürlich eine der Walzen ein und drehte an der Kurbel.

Als die Stimme ihrer Vorfahrin plötzlich den Raum erfüllte, bekam Dione eine Gänsehaut. Das also war ihre Ururgroßmutter Hatty. Sie klang leidenschaftlich, als wäre das, was sie gerade tat, von äußerster Wichtigkeit. Dione lächelte, als sie ihren Gesang vernahm. Hatty hatte eine warme, volle Stimme. Doch dann stoppte sie das Gerät. Sie wollte sparsam mit den Walzen umgehen, denn sie wusste ja, dass man sie nicht allzu häufig abspielen konnte. Dione beschloss, die Aufnahmen später digitalisieren zu lassen und zunächst nur nach den Walzen zu suchen, die ihr Auskunft über das Familiengeheimnis geben würden. In der Schachtel befanden sich gut drei Dutzend Rollen. Es war schwierig, die alte Schrift darauf zu entziffern, aber irgendwann hatte Dione die richtigen gefunden. Es waren sechs Walzen, die mit »Katherines Geschichte« beschriftet waren. Mit zitternden Händen legte Dione die erste ein und drehte die Kurbel. Dann lauschte sie Hattys Stimme.

Kapitel 15

Chastle House, Forewood, Lake District, England
Dezember 1909

Während Hatty die letzten Meter über die Dorfstraße stolperte, genoss sie den vertrauten Anblick der Cottages, die sich gegen den Nachthimmel abhoben. Hatty war müde und ihre Füße schmerzten. Sie war den ganzen Tag gelaufen, aber der Weg hatte sich gelohnt. Sie würde endlich wieder in ihrem eigenen Bett liegen.

Das Tor von Chastle House war nicht verschlossen. Erleichtert drückte sie es auf und lief über die Einfahrt zum Haus. Glücklicherweise war der Winter bislang mild gewesen und es hatte noch nicht geschneit. Sonst wäre ihr die Flucht aus Woodland House sicher nicht gelungen. Als sie heute Morgen zum Himmel gesehen hatte, waren ihr die Wolken am Horizont aufgefallen, die Schnee ankündigten. Sie hatte gewusst, dass sie sich beeilen musste, wenn sie es noch vor dem Kälteeinbruch nach Chastle House schaffen wollte. Und jetzt war sie hier! Sie war der unendlichen Langeweile und unheimlichen Atmosphäre des schrecklichen Hauses im Wald entkommen. Hatty hoffte, dass Henry ihr Verschwinden erst beim Dinner bemerkt hatte. Dann wäre es zu spät gewesen, noch nach

Chastle House zu fahren. Wenn es tatsächlich schneite, könnte der Schnee ihn weitere Tage im Wald festhalten. Aber selbst wenn er morgen schon nach Chastle House käme und sähe, wie gut es ihr hier ging, würde er sie bestimmt nicht wieder nach Woodland House zwingen.

Die Eingangstür war verschlossen. Hatty lief um das Haus herum zu dem großen Blumenkübel, unter den sie immer den Schlüssel gelegt hatten. Sie schob den schweren Kübel zur Seite und da lag er tatsächlich. Erleichtert schloss sie die Tür auf. Als sie Chastle House betrat, hielt sie inne und presste die Lippen zusammen. Alles war still. Sie schluckte. In diesem Moment wurde ihr der Verlust überdeutlich bewusst. Nie war sie nach Hause gekommen, ohne dass jemand da gewesen war. Meistens kam ihr ihre Mutter entgegen, die Köchin hantierte in der Küche und die Hausmädchen eilten geschäftig von einem Raum in den anderen.

Sie drehte das Gas an und ging mit bedächtigen Schritten in die Halle. Es war alles unverändert. Zeitungen und Zeitschriften lagen auf dem großen Tisch, im Weißen Zimmer steckte die Korrespondenz ihrer Mutter nach wie vor im Halter auf dem Kaminsims. Die Vorratskammer neben der Küche war mit Speisen gefüllt und im Esszimmer standen einige volle Wein- und Wasserkaraffen auf der Anrichte.

Mit Tränen in den Augen stieg Hatty in die erste Etage hinauf. Die Vertrautheit dieses Hauses schmerzte sie unendlich. Alles hier erinnerte sie an ihre Mutter und an das, was sie verloren hatte. Sie gehörte nach Chastle House, das spürte sie in diesem Moment mehr denn je. Hier war ihr Heim, hier lagen all ihre Erinnerungen und hier würde sie endlich um ihre Mutter trauern können. In Woodland House hatte sie keine Möglichkeit dazu gehabt.

Hatty ging auf ihr Zimmer. Mit letzter Kraft zog sie sich aus und schlüpfte in eines ihrer Nachthemden, die noch im Schrank lagen. Dann rollte sie sich auf die Seite und schlief sofort ein.

Als Hatty mitten in der Nacht erwachte, brauchte sie einen Moment, um zu begreifen, wo sie sich befand. Sie spürte ihr Bett und nahm den geliebten Geruch des Hauses wahr. Sie war in Chastle House. Hatty drehte sich um und war gerade dabei, wieder einzuschlafen, als sie plötzlich hochfuhr. Sie hatte etwas gehört. Sie setzte sich im Bett auf, starr vor Angst. Sie kannte die Geräusche, die das Haus machte, und war auch an die leisen Schritte der Dienstboten gewöhnt, die es morgens zu Leben erweckten. Nur dass im Moment keine Dienstboten im Haus waren. Am liebsten hätte sie sich unter der Decke verkrochen. Andererseits fühlte sie sich für Chastle House verantwortlich. Möglicherweise hatte sich jemand in dem leer stehenden Anwesen einquartiert, während sie fort war. Aber als sie am Abend zuvor in die unteren Zimmer geschaut hatte, waren keine Spuren eines fremden Bewohners zu erkennen gewesen. Sie wollte sich gerade wieder zurücklehnen, als sie erneut Schritte hörte. Es war eindeutig jemand im Haus.

Vorsichtig stand sie auf, schlüpfte in ihr Kleid und sah sich um. Es gab nichts, was sie zu ihrer Verteidigung hätte mitnehmen können. Also schlich sie sich unbewaffnet nach unten, behutsam darauf bedacht, die knarrenden Stellen auf der Treppe zu meiden. Es war dunkel, doch ihre

Augen hatten sich bald an die Lichtverhältnisse gewöhnt. Sie sah in den leeren Flur. Hatte sie die Tür zur Halle gestern Abend nicht wieder verschlossen? Vielleicht hatte sie es einfach vergessen. Mit angehaltenem Atem blickte sie um die Ecke in den Eingangsbereich. Nichts. Sie schlich sich durch die große Halle ins Weiße Zimmer. Auch hier war alles unverändert. Hatty lauschte. Doch es herrschte absolute Stille. Sie ging ins Esszimmer, in die Küche. Alles schien ruhig. Hatte sie sich diese Schritte etwa nur eingebildet? Sie machte sich gerade auf den Weg zurück in ihr Zimmer, als sie erschrocken innehielt. Die Kellertür stand offen, sonst war sie immer geschlossen. Hatty atmete tief ein. Der Gedanke, mitten in der Nacht in den Keller hinabzusteigen, war alles andere als verlockend. Ob sie es ignorieren und Ben morgen bitten sollte, die Kellerräume zu überprüfen? Sie zuckte zusammen, als sie ein rhythmisches Klopfen vernahm, das aus den Tiefen des Hauses zu kommen schien. Vor Angst zitternd, griff sie nach einer Kerze und stieg mit weichen Knien die Kellertreppe hinab.

Unten blieb sie stehen und lauschte. Das Klopfen schien aus einiger Entfernung zu kommen. Der Schein ihrer Kerze reichte nur wenige Meter weit. Ihr Herz schlug wie wild gegen ihre Brust, als sie sich durch den schmalen Gang an den dunklen Kellerräumen entlangtastete. Hier unten war es kalt und feucht. Es stank nach Moder und Schimmel. Das Klopfen wurde lauter. Nur selten war sie so tief in den Keller vorgedrungen. Plötzlich blieb sie stehen. Die Tür, zu der es keinen Schlüssel gab, stand weit offen. Hatty atmete tief ein, bevor sie den Raum betrat. Ihr Leben lang war er verschlossen gewesen.

Das Klopfen war jetzt ganz nah. Sie sah sich im Schein

der Kerze um. Das Zimmer war nicht groß und in der Wand gegenüber befand sich ein Durchgang in einen angrenzenden Raum. Hatty hielt die Luft an, als sie einen Lichtschein darin erkannte. Schnell löschte sie ihre Kerze und schlich sich zu der Öffnung. Vorsichtig spähte sie um die Ecke. Eine Gestalt stand in dem Zimmer und schlug mit einem schweren Hammer die Wand ein. Hatty erstarrte.

»Großvater?«

Er fuhr herum. Auf seiner Stirn glänzten Schweißperlen im Kerzenlicht.

Als Henry sie sah, ließ er die Arme sinken.

»Du hast mich gefunden«, stellte er leise fest.

»Was tust du da?« Hatty betrachtete das Loch, das er in die Wand geschlagen hatte.

»Ich muss zu ihnen …« Henry ließ den Hammer zu Boden fallen. »Ich kann dich nicht von Chastle House fernhalten. Deshalb muss ich versuchen, den Fluch zu brechen.«

»Wovon sprichst du?«, fragte Hatty und starrte ihren Großvater an. Er musste verwirrt sein.

»Katherine und meine Mutter sind hier im Keller begraben.« Henry griff nach der Kerze, die er auf dem Boden abgestellt hatte.

Hatty sah ihn erschrocken an. Sie würde morgen mit Ben sprechen müssen. Ihr Großvater hatte wohl den Verstand verloren. Er konnte nicht mehr allein in Woodland House bleiben.

»Warum schauen wir nicht gemeinsam nach?«, schlug sie vor. »Dann wirst du sehen, dass deine Erinnerung dich trügt.« Sie entzündete ihre Kerze an der ihres Großvaters.

»Ja, das wird das Beste sein.« Henry zwängte sich durch das Loch in der Wand, das gerade so groß war, dass ein Mensch hindurchpasste.

Hatty folgte ihm. Der kleine Raum auf der anderen Seite hatte keine Tür und keine Fenster. Ihr Großvater stand aufrecht in der Mitte. Tränen liefen ihm übers Gesicht.

»Ich habe sie so sehr geliebt!« Er schluchzte laut auf.

Hatty stand verzweifelt neben ihm. Wie konnte sie ihren Großvater trösten? Seine Tränen fielen in den Haufen Staub zu seinen Füßen. Hatty stieß einen Schrei aus, als sie erkannte, dass es kein Staub war – sondern menschliche Knochen und Überreste von alter Kleidung. Sie trat neben ihn und beleuchtete mit ihrer Kerze die beiden Skelette, die dicht nebeneinander auf dem Boden lagen. Ihr wurde plötzlich speiübel und sie musste schlucken. Wie war das möglich? Ihr ganzes Leben lang hatte man ihr erzählt, dass Katherine zusammen mit ihrer Schwiegermutter Lady Deborah irgendwo in Amerika umgekommen und auch dort begraben worden sei. Waren sie etwa die ganze Zeit hier gewesen? In Chastle House?

»Was …?«, weiter kam Hatty nicht. Ihre Stimme versagte.

»Ich werde dir die Geschichte zu Ende erzählen.« Henry ging zur Wand und setzte sich auf den staubigen Boden. »Den ersten Teil kennst du ja schon. Die Geschichte einer großen Liebe. Jetzt erzähle ich dir, wie es weiterging, nachdem deine Mutter geboren war.«

Kapitel 16

Chastle House, Forewood, Lake District, England
Herbst 1867

Henry trat in den Garten hinaus. Er hatte den ganzen Vormittag bei seinem Freund Herbert Blackpool in Woodland House verbracht, der morgen nach Indien aufbrechen würde. Herbert hatte unerwartet einen Posten bei der Kolonialverwaltung erhalten, und bei dem Ehrgeiz, den er an den Tag legte, hätte es Henry nicht gewundert, wenn er bald Gouverneur werden würde. Herberts Familie war bereits seit zwei Monaten in Indien, seine eigene Abreise hatte sich jedoch verzögert, weil es Schwierigkeiten mit seinem Verwalter gab. Nun drängte die Zeit, denn Herbert sollte seinen Posten in Indien in Kürze antreten. In seiner Verzweiflung hatte er Henry gebeten, sich um seine laufenden Angelegenheiten zu kümmern. Also hatte Henry ihm zugesagt, den Verkauf des renovierungsbedürftigen, aber schmucken Anwesens Woodland House zu übernehmen. Sicher würde es nicht allzu lange dauern, bis er das Haus zu Herberts Zufriedenheit veräußert haben würde und ihm die Summe nach Indien schicken könnte.

Henry betrachtete die Wolken am Himmel. Das schöne Wetter würde bald vorbei sein, der Herbst ließ nicht mehr lange auf sich warten. Er warf einen liebevollen Blick zu Katherine und Beatrice hinüber. Die beiden saßen auf der Bank am Seeufer, die Henry im Frühjahr dort hatte aufstellen lassen. Da Lady Deborah sich überwiegend im Inneren von Chastle House aufhielt, um ihre helle Haut nicht zu gefährden, hatte Katherine sich mehr und mehr in den Garten zurückgezogen.

Katherine hatte den ganzen Sommer mit der kleinen Beatrice zugebracht, die sie über alles liebte. Derart starke mütterliche Gefühle hatte Henry ihr zunächst gar nicht zugetraut. Seit Beatrice auf der Welt war, sprach seine Frau kaum mehr vom Alhambra oder von ihren Auftritten. Henry wusste, dass ihr die Bühne fehlte, aber sich von ihrer Tochter zu trennen wäre für Katherine ungleich schwerer gewesen.

Lady Deborah ließ keine Gelegenheit aus, Katherine darauf hinzuweisen, dass sie sich zu viel mit ihrem Kind beschäftige und die kleine Beatrice lieber in der Obhut der Kinderfrau lassen solle. Seit sie im vergangenen Herbst Henry und Katherine in den Lake District hinterhergereist war, hatte die alte Dame die ganze Zeit in Chastle House verbracht, statt ihr Winterquartier in ihrem Witwensitz Stourton zu beziehen.

Henry stand im Schatten der Mauer auf der hinteren Terrasse und beobachtete seine Frau. Katherine war sanfter geworden, seit Beatrice auf der Welt war. Sie küsste das Baby gerade zärtlich auf die Stirn und schien vollkommen glücklich zu sein. Lady Deborah hingegen wurde von Tag zu Tag verbissener. Er fragte sich, warum sich seine Mutter so schwertat, Katherine zu akzeptieren. Natürlich hatte sie Schwierigkeiten, sich an die strengen Regeln der Gesellschaft zu gewöhnen, aber das hatten Henry und Lady Deborah schließlich schon vor der Hochzeit wissen können.

Während er über die Wiese hinunter zum See schlenderte, musste sich Henry eingestehen, dass er Katherines starken Willen und ihre Unangepasstheit im Grunde mochte. Eigentlich hätte auch Lady Deborah inzwischen zufrieden sein müssen. Schließlich hatte die Schwangerschaft Katherine davon abgehalten, nach London ins Alhambra zurückzukehren. Seine Mutter schien jedoch weit mehr an Henrys Frau zu missfallen als nur ihre Leidenschaft für die Bühne. Vielleicht waren die beiden Frauen sich trotz der äußerlichen Unterschiede einfach zu ähnlich. Katherine zeigte die gleiche Charakterstärke wie Henrys Mutter und beide Frauen ließen sich nicht gern Anweisungen erteilen. Henry erinnerte sich an eine unangenehme Begebenheit in der letzten Woche, als Lady Deborah seiner Frau befehlen wollte, sie zu einem Besuch bei den Lords of Voughn zu begleiten. Katherine weigerte sich und nur Henrys geschickte Vermittlung konnte einen Eklat verhindern. Auch ihre Ratschläge Beatrice' Erziehung betreffend wurden von Katherine konsequent ignoriert.

Natürlich bat Lady Deborah Henry immer wieder, dass er seine Frau zügeln solle, aber er sah sich dazu außerstande. Wenn Katherine einen Entschluss gefasst hatte, konnte er sie genauso wenig davon abbringen wie jeder andere. Und er hatte auch gar kein Interesse daran. Obwohl er sich anfangs erst an seine starke Frau hatte gewöhnen müssen, gefiel ihm Katherines Hartnäckigkeit inzwischen sehr gut. Sie unterschied sich damit von allen anderen Frauen, die er kannte. Selbst seine Mutter hätte es niemals gewagt, in dieser Deutlichkeit zu widersprechen.

»Wie geht es ihr?« Henry hatte die beiden erreicht und streckte die Arme nach seiner Tochter aus. Er drückte Beatrice zärtlich an sich.

»Bestens«, sagte Katherine und stand von ihrer Bank auf.

Katherines Vater war zwei Tage vor der Geburt des Babys gestorben, und obwohl Katherine ihm immer viel Schlechtes vorgeworfen hatte, trauerte sie nun aufrichtig um ihn. Das Kindbett hatte sie daran gehindert, nach New York zu reisen. Ein Anwalt hatte die Formalitäten abgewickelt und Katherine hatte ein großes Vermögen geerbt, über das Henry nun verfügte. Beatrice' Geburt hatte Katherine den Schmerz des Verlustes etwas erträglicher gemacht, und mittlerweile hatte Henry das Gefühl, dass sie sogar eine gewisse Erleichterung darüber empfand, ihre amerikanischen Wurzeln nun vollständig abgeschnitten zu haben. Hier in Chastle House schien Katherine eine neue Heimat gefunden zu haben. Wäre da nur nicht seine Mutter gewesen.

Henry hatte große Angst gehabt, als Lady Deborah zu ihnen gezogen war. Zu lebhaft hatte er noch die schwarzen Flecken in der Porzellanschale vor Augen, die das Arsen in Katherines Tee nachgewiesen hatten. Er beobachtete Katherines Befinden genau, aber es schien ihr nach wie vor gut zu gehen. Inzwischen war Henry überzeugt davon, dass er im letzten Jahr überreagiert hatte, und er war froh darüber, seinen Verdacht niemandem außer George anvertraut zu haben. Das Arsen, das Doktor Howard gefunden hatte, konnte schließlich auch auf andere Arten in den Tee gelangt sein, oder er hatte sich bei seinem Test vertan. Jedenfalls ging es Katherine in Forewood prächtig, von den Differenzen mit seiner Mutter abgesehen. Dennoch war

Henry sicher, dass es nur eine Frage der Zeit war, bis sich die beiden annähern würden. Im Sommer war Lady Deborah zur Saison nach London gereist und nun schon seit sechs Wochen wieder zurück. Henry fragte sich, ob sie jemals in ihr eigenes Haus ziehen würde oder dauerhaft in Chastle House bleiben wollte. Er traute sich jedoch nicht, seine Mutter darauf anzusprechen. Sie sollte nicht den Eindruck gewinnen, Henry wolle sie aus dem Haus vertreiben. Auch wenn er sich ihren Umzug nach Stourton insgeheim sehnlichst herbeiwünschte. Da Katherine sich mit Beatrice zurückzog, residierte Lady Deborah in Chastle House, wie sie es schon getan hatte, als Henrys Vater noch lebte. Aber offiziell war Katherine nun die Hausherrin und Henry hätte sich gewünscht, dass seine Frau ihren Pflichten auch ordnungsgemäß nachging.

»Ich denke, es ist an der Zeit, nach London zurückzukehren«, sagte Katherine jetzt und blickte auf den See hinaus.

Henry wandte sich erstaunt zu ihr um. »Jetzt? Aber es ist doch keine Saison.«

Katherine lächelte. »Ich will wieder auftreten. Ich habe so viele neue Lieder, die ich singen muss. Die Ruhe hier oben hat mir gutgetan. Ich habe viel gearbeitet, aber jetzt müssen die Lieder auch gehört werden.«

Henry nickte. Katherines Werke enthielten oft versteckte politische Anspielungen. Wenn sie zu lange wartete, wären ihre Lieder nicht mehr aktuell. Doch es war das erste Mal seit Beatrice' Geburt, dass Katherine von neuen Auftritten sprach, und Henry hätte sich noch ein paar weitere ruhige Wochen mit seiner Frau in Forewood gewünscht.

»Außerdem kann ich deine Mutter nicht mehr ertragen«, fuhr sie fort und stemmte ihre Hände in die Hüften. »Sie verurteilt jeden meiner Schritte. Dabei denke ich, sie ist nur eifersüchtig auf mich.«

Henry musste lachen. »Unsinn, warum sollte sie das sein?«

Katherine überlegte einen Augenblick, dann sagte sie: »Du bist ihr einziges Kind, du sorgst für sie, seit dein Vater gestorben ist. Wahrscheinlich denkt sie, dass du ihr gehörst, für eine andere Frau ist da kein Platz.«

»Das bildest du dir nur ein. Sie war genauso froh wie ich, als ich dich geheiratet habe.« Henry strich über Beatrice' Babykopf und wiegte sie zärtlich in seinem Arm.

»Natürlich, weil du damit den Lebensunterhalt und das Ansehen eurer Familie gerettet hast. Du hättest dich auch mit dem Teufel persönlich verheiraten können und sie hätte Halleluja gerufen.« Katherine stocherte mit ihrer Schuhspitze in den Uferkieseln herum. »Was meinst du, warum sie immer bei uns ist und uns kaum eine Woche allein lässt? Sie kontrolliert dich, sie passt auf, dass sie immer die wichtigste Rolle in deinem Leben spielt.«

»Aber das tut sie nicht.« Henry lächelte Katherine liebevoll an. »Du bist mir das Wertvollste und Liebste, zusammen mit Beatrice.«

»Genau das ist es«, sagte Katherine und nahm Henry das Kind wieder ab. »Damit kann sie nicht umgehen. Ich muss ins Alhambra zurück. Wenn ich meine Auftritte habe, ist es mir egal, was deine Mutter tut und sagt. Aber hier bleibt mir nichts anderes übrig, als mich mit Beatrice an den See oder in den Garten zurückzuziehen. Und bald kommt der Winter. Dann sind wir ans Haus gefesselt. Das halte ich einfach nicht aus.«

Das sah Henry ein und sie bereiteten alles für ihren Aufbruch nach London vor. Katherine kontaktierte umgehend James Hollingshead, der versprach, ihr einen Platz im Programm zu sichern. Doch noch bevor sie die Vorbereitungen abschließen konnten, erkrankte Katherine wieder. Es waren dieselben Symptome, unter denen sie schon in London gelitten hatte, und sofort stieg Panik in Henry auf. Er drängte darauf, dass Katherine ohne ihn nach London reisen sollte, er werde in wenigen Wochen nachkommen, sobald er einen Käufer für das Haus seines Freundes Herbert gefunden habe. Aber Katherine fühlte sich nicht kräftig genug, um die weite Fahrt anzutreten. Henry überlegte, wie er Katherines Speisen und Getränke unauffällig überwachen könnte. Er wollte niemanden einweihen, denn seine Mutter einem unbewiesenen Verdacht auszusetzen war undenkbar für ihn. Immerhin war es gut möglich, dass er sich irrte. Aber er musste der Sache unbedingt nachgehen, schließlich hatte man damals Arsen in Katherines Tee nachweisen können.

Henry verbrachte so viel Zeit wie möglich bei seiner Frau und gewöhnte sich an, erst von ihrem Tee zu trinken, bevor er ihr die Tasse reichte. Manchmal vertauschte er sogar seine eigene Tasse mit ihrer. Aber dieses Mal schien das Gift nicht im Getränk zu sein, denn Henry selbst erkrankte nicht. Außerdem hatten sie in Chastle House ein anderes Service ohne Goldrand, und das benutzte Katherine genau wie alle anderen Familienmitglieder. Henry dachte angestrengt nach, aber ihm fiel nichts ein, das sonst als Übermittler des Arsens hätte dienen können. Sämtliche Speisen aßen sie alle gemeinsam, selbst die Hühnersuppe, von der sich Katherine zurzeit hauptsächlich ernährte, servierte die Köchin auch Henry und Lady Deborah als Vorspeise zum Dinner oder beim Mittagessen.

Henry musste dringend herausfinden, wie das Gift in Katherines Körper gelangte. Er dachte daran, den Detektiv zu engagieren, der seine Frau damals im Alhambra aufgespürt hatte, aber es ging um eine ausgesprochen prekäre Angelegenheit. Wenn seine Mutter tatsächlich dahintersteckte, wollte er nicht, dass eine dritte Person davon erfuhr. Außerdem hätte ein fremder Detektiv nicht ungestört in Chastle House recherchieren können, ohne auf sich aufmerksam zu machen. Nein, Henry würde wieder selbst die Detektivarbeit übernehmen müssen. Nur so war die Diskretion gewährleistet, die er für seine Familie brauchte.

Also stand Henry am nächsten Tag kurz vor dem Morgengrauen auf. Im unteren Stockwerk waren schon die Dienstboten zu hören.

Er zog sich an und schlich die Treppe bis zum obersten Treppenabsatz hinauf, um sich dort auf eine der Stufen zu setzen. Von hier aus konnte er nach unten schauen, ohne selbst gesehen zu werden. Seine Mutter war normalerweise die Erste, die zum Frühstück hinunterging, während Katherine ihren Tee meist im Zimmer serviert bekam. In ihrem Zustand war es ihr unmöglich, zum Essen hinunterzugehen.

Henry musste fast eine Stunde warten, bis er Schritte hörte. Vorsichtig spähte er die Treppe hinunter und sah Miller, die Zofe seiner Mutter, vom Erdgeschoss heraufkommen. Sie ging den Gang entlang und verschwand in Lady Deborahs Zimmer. Die Zeit kroch dahin. Nichts regte sich, bis endlich Bickley mit Katherines Frühstückstablett die Treppe heraufstieg und das Zimmer seiner Frau betrat.

Henry stellte enttäuscht und zugleich erleichtert fest, dass seine Mutter ihr Zimmer ganz offenbar nicht verlassen hatte, ehe man Katherine ihr Frühstück brachte. Lady Deborah konnte ihr also kein Gift verabreicht haben.

Henry verließ sein Versteck und öffnete behutsam Katherines Zimmertür. Seine Frau lag in ihrem Bett und wirkte elend. An essen war nicht zu denken. Sie hatte keinen Appetit. Wieder ergriff ihn Panik. Er musste unbedingt rasch herausfinden, was Katherine fehlte, und er wusste nicht, wie viel Zeit ihm noch blieb. Ob er mit Doktor Franklin, dem Dorfarzt, sprechen sollte? Ob er das Personal einweihen sollte? Natürlich ohne seine Mutter zu erwähnen, nur dass jeder besonders gut achtgeben möge. Aber damit würde er alles nur viel schlimmer machen. Die Dienstboten würden sich untereinander verdächtigen und der wahre Übeltäter würde es noch leichter haben. Oder war tatsächlich jemand vom Personal für Katherines Zustand verantwortlich?

Nach dem Frühstück fuhr Lady Deborah nach Rydal auf einen Besuch bei »zwei armen Geschöpfen«, wie sie sich ausdrückte. Es waren zwei unverheiratete Mittvierzigerinnen, die in ärmlichen Verhältnissen lebten, obwohl sie eigentlich reichen Familien entstammten. Henry sah ihr aus dem Fenster seines Schlafzimmers nach. Als die Kutsche auf die Dorfstraße einbog, kehrte er zurück in Katherines Zimmer. Es ging ihr etwas besser, aber sie fühlte sich immer noch zu schwach, um etwas zu essen.

Henrys Mutter war zum Mittagessen zurück. Wieder beobachtete er jeden ihrer Schritte. Sie begab sich in ihr Zimmer und läutete nach der Zofe. Von dort aus ging sie auf direktem Weg ins Esszimmer, nahm mit Henry ein leichtes Mittagessen ein und verbrachte den Nachmittag im Weißen Zimmer. Zum Tee kam Besuch, und Lady Deborah verließ den Raum erst, als es Zeit zum Umkleiden für das Dinner war. Sie ging wieder geradewegs in ihr Zimmer, verbrachte dort eine Stunde mit Miller und kam anschließend ins Esszimmer zurück. Henry war sicher, dass sie keine Gelegenheit gehabt hatte, in Katherines Zimmer zu gelangen, und nicht einmal in die Nähe der Küche gekommen war, wo das Essen zubereitet wurde.

Während des Dinners zerbrach Henry sich den Kopf. Hatte er irgendetwas übersehen? Hatte sie das Zimmer einmal verlassen, ohne dass es ihm aufgefallen war? Er versuchte, sich an alle Einzelheiten zu erinnern, während er sich eine Scheibe des Bratens auf den Teller legte. Seine Mutter berichtete von ihrer kleinen Teegesellschaft und erkundigte sich nach Katherines Befinden. Henry antwortete höflich, hörte jedoch nur mit halbem Ohr zu.

Nachdem seine Mutter das Speisezimmer verlassen hatte, um sich über das östliche Treppenhaus – Katherines Zimmer lag am westlichen – in den Salon zum Kaffee zu begeben, schlich er hinter ihr her in die erste Etage, statt noch seinen Whiskey zu trinken und eine Zigarre zu rauchen.

Er beobachtete, wie seine Mutter in dem Salon verschwand, der sich direkt am Ende der Treppe befand. Wieder war er sicher, dass sie den Raum nicht verlassen hatte, als er kurz darauf zu ihr stieß.

Sie unterhielten sich noch eine halbe Stunde, bis Lady Deborah ankündigte, dass sie nun zu Bett gehen werde. Henry zögerte. Sollte er wach bleiben und sein Versteck auf der Treppe beziehen? Es war relativ unwahrscheinlich, dass seine Mutter sich nachts aus dem Zimmer schlich. Henry beschloss, sicherheitshalber noch zwei Stunden wach zu bleiben und die Geschehnisse auf dem Flur vor den Zimmern seiner Mutter und seiner Frau zu beobachten. Sollte alles ruhig bleiben, würde auch er zu Bett gehen und morgen gründlich beim Personal nachforschen.

Also ließ er sich von seinem Diener beim Auskleiden helfen, warf seinen Morgenmantel über und schlich wieder die Treppe zur Galerie hinauf. Genau wie am Morgen setzte er sich auf die Stufe über dem Treppenabsatz. Von hier aus konnte er den größten Teil des Flurs überblicken. Bickley brachte Katherines Tee, dazu ein Glas Wasser, und verschwand wieder nach unten. Henry gähnte. Immer wieder nickte er kurz ein, schrak aber auf, sobald sein Kopf auf die Kante des Holzgeländers kippte. Er hatte gerade beschlossen, nicht mehr länger in die Dunkelheit zu starren, als er ein Geräusch wahrnahm. Es war ein leises Quietschen, wie von einer Tür, die vorsichtig geöffnet wurde. Henry hielt den Atem an. Die Dielenbretter knarrten ganz sacht. Der Lichtschein einer Kerze tanzte durch die Dunkelheit. Obwohl Henry wusste, wer sie trug, hoffte er inständig, er würde sich irren.

Einen Moment lang starrte er entsetzt auf die aufrechte Gestalt seiner Mutter, die mit dem Licht in Katherines Zimmer verschwand. Henry saß wie versteinert auf der Treppe. Er wusste, dass er schnell handeln musste, denn in diesem Moment verabreichte sie ihrer Schwiegertochter vermutlich wieder eine Dosis des tödlichen Gifts.

Gleichzeitig fühlte er sich wie gelähmt. Er atmete tief durch und stand auf. Mit bedächtigen Schritten stieg er die Treppe hinunter und schlich sich zu Katherines Zimmer.

Die Tür war nur angelehnt, er stieß sie einen Spaltbreit auf und sah um die Ecke. Seine Mutter stand neben Katherines Bett und streute ein Pulver in ihr Wasserglas. Natürlich! Katherine hatte die Angewohnheit, nachts etwas Wasser zu trinken. Das erklärte auch, warum es ihr am Morgen immer am schlechtesten ging und sich ihr Befinden im Laufe des Tages besserte.

Lady Deborah wandte sich um und wollte gerade zur Tür huschen, als sie erschrocken innehielt. Sie hatte ihn bemerkt. Einen Moment lang starrten sie sich an.

Henry bedeutete ihr mit einer Kopfbewegung, das Zimmer zu verlassen. Dann griff er nach Katherines Glas und folgte ihr.

Im Schein der Kerze wirkte Lady Deborah älter, als sie in Wirklichkeit war. Die Nase stach hervor, die Augen lagen im Schatten und verliehen ihrem Gesicht ein totenkopfähnliches Aussehen. Wortlos gingen die beiden in den Salon.

Dort streckte Henry seiner Mutter das Glas Wasser entgegen. »Trink es aus.«

Sie sah ihn entsetzt an. »Nein!«

»Warum nicht? Weil du weißt, dass Arsen darin ist?«

Einen Augenblick lang war sie sprachlos. Doch sie hatte sich schnell wieder gefangen. »Rede keinen Unsinn. Ich trinke das Wasser nicht, weil ich grundsätzlich keine fremden Gläser benutze.«

»Was wolltest du dann mit Katherines Glas? In ihrem Zimmer?« Henry nahm seiner Mutter die Kerze ab und entzündete damit die Kerzen auf dem Kamin. Sofort wurde es heller im Raum. Er konnte das Gesicht seiner Mutter nun deutlich sehen, das von den Rüschen ihrer Schlafhaube umrahmt war.

»Ich hatte geglaubt, dass ich mein Taschentuch dort vergessen habe, und wollte es suchen.«

Sie sah ihm in die Augen und Henry fragte sich, wie sie es schaffte, so schamlos zu lügen. Nicht der geringste Skrupel zeigte sich auf ihrem Gesicht.

Henry schüttelte den Kopf und plötzlich stieg unbändige Wut in ihm auf.

»Ich habe dich gesehen, wie du ihr Glas in der Hand hieltest und das weiße Pulver hineingestreut hast«, sagte er in schneidendem Ton.

»Henry, jetzt ist Schluss mit deinen Unterstellungen.« Ihr anfänglicher Schrecken darüber, dass sie entdeckt worden war, schien sich gelegt zu haben. »Ich muss mich dir gegenüber nicht rechtfertigen. Ich habe nur nachgesehen, ob mein Tuch vielleicht unter dem Glas lag. Und jetzt werde ich zu Bett gehen und bitte dich, mich nicht weiter mit deinen absurden Fantasien zu belästigen.«

Jetzt konnte Henry den Zorn nicht mehr länger unterdrücken. Er griff nach ihrem Handgelenk und hielt sie so fest, dass seine Mutter nach Luft schnappte. Es war ihm egal, dass es ihr offenbar wehtat. Seine Stimme war leise, als er sprach.

»Ich liebe Katherine und diese Liebe wirst du nicht zerstören. Wenn du sie tötest, dann tötest du auch mich. Ich habe dein Spiel schon in London durchschaut. Dort hast du Katherines Tassen benutzt, um ihr das Arsen zu verabreichen. Ich habe eine Probe von dem Tee untersuchen lassen und das Gift wurde eindeutig nachgewiesen. Dieses Mal musstest du anders vorgehen.«

Lady Deborah sah ihn mit unbewegter Miene an. Dann fragte sie: »Und was hast du nun vor?«

Henry wandte sich ab und überlegte einen Moment lang. Er konnte nichts tun, ohne den Ruf seiner Familie zu gefährden. Er sagte: »Ich habe dich in London nicht verraten, und das werde ich auch diesmal nicht tun. Katherine und ich werden in wenigen Tagen nach Cleveland House fahren und vorerst dort bleiben.«

»Nein!« Die Stimme seiner Mutter war schrill. »Sie darf nicht nach London zurück. Sie will doch nur wieder in dieses schreckliche Etablissement.«

»Das ist ausschließlich Katherines Sache. Du hast dich nicht einzumischen. Ich bin stolz auf meine Frau und auf ihr Talent, daher werde ich es nicht unterbinden.«

Lady Deborah versuchte, sich von ihm loszureißen, aber Henry lockerte seinen Griff nicht. Ihr Gesicht war von Wut verzerrt, als sie sagte: »Katherine ist die achte Lady of Cleveland und somit ist es auch eine Familienangelegenheit. Du scheinst nicht in der Lage zu sein, dafür zu sorgen, dass sie unseren guten Namen nicht in den Schmutz zieht. Ich musste handeln. Ich musste etwas tun, um zu verhindern, dass sie dich in ganz England blamiert und uns alle der Lächerlichkeit preisgibt.«

Er ließ ihren Arm los. »Du wirst nach Stourton gehen und ich möchte dich vorerst nicht mehr in Chastle oder Cleveland House sehen. Und bis zu deinem Umzug wirst du nichts unternehmen, was Katherine schaden kann. Sonst werde ich dir genau das Gleiche antun.«

Als Henry am nächsten Morgen zu Katherine kam, ging es ihr schon viel besser. Da sie das Gift in dieser Nacht nicht zu sich genommen hatte, fühlte sie sich deutlich wohler und war sogar schon aufgestanden. Als sie erklärte,

Henry zum Frühstück begleiten zu wollen, versuchte er allerdings, sie davon abzuhalten. Ihm graute vor ihrem Zusammentreffen mit Lady Deborah. Doch wenn Katherine sich etwas vorgenommen hatte, war sie nur schwer davon abzubringen.

Während sie die Treppe hinunterstiegen, versuchte Henry, das ungute Gefühl zu verdrängen, das sich in ihm breitmachte.

Als sie das Esszimmer betraten, saß Lady Deborah bereits am Frühstückstisch. Henry hielt den Atem an, während sich die beiden Damen einen Guten Morgen wünschten.

»Wie geht es dir, Katherine?« Seine Mutter lächelte freundlich.

Katherines Stimme klang überrascht. Diese Anteilnahme war ungewöhnlich für Lady Deborah. »Viel besser, vielen Dank.«

Henrys Mutter nickte. »Du siehst auch etwas gesünder aus.«

Henry schenkte Katherine und sich selbst Kaffee ein. Bevor seine Frau von dem heißen Getränk trinken konnte, nahm er selbst zwei große Schlucke und verbrannte sich dabei den Mund. Aber es störte Henry nicht. Er musste sicher sein, dass kein Arsen darin war.

»Langsam, Henry«, sagte seine Mutter und sah ihn mit einem Lächeln an. »Es ist gefährlich, so heiße Getränke hinunterzustürzen.«

Er erwiderte ihren Blick. »Wann wirst du aufbrechen, Mutter?«

Katherine sah von ihrem Toast auf. »Du willst verreisen?«, fragte sie ihre Schwiegermutter.

»Ich ziehe endgültig nach Stourton. Es wird Zeit, dass ihr euer eigenes Leben führt. Ich kann mich nicht immer um Chastle House kümmern.« Sie warf Katherine einen tadelnden Blick zu. »Ich hatte gehofft, dass du dich mehr um den Haushalt kümmern und für das interessieren würdest, was ich tue. Ich hätte dir gern gezeigt, wie ein so großes Haus mit vielen Angestellten zu führen ist. Jetzt musst du es allein erlernen.«

Katherine zog erstaunt die Augenbrauen zusammen. »Ich hatte nicht den Eindruck, dass du meine Gesellschaft gesucht hast.«

Lady Deborah zuckte mit den Schultern. »Du bist eben viel zu viel mit deinen eigenen Ideen beschäftigt. Nimm zum Beispiel deine Tochter. Es ist nicht gut für ein Kind, wenn es Tag und Nacht von seiner Mutter umworben wird. Wofür hast du die Kinderfrau? Sie ist vollkommen überflüssig.«

Katherine starrte sie an. Henry sah, wie sie den Mund öffnete, um etwas zu erwidern, aber er kam ihr zuvor: »Mutter! Wir erziehen unsere Tochter, wie wir es für richtig halten, und verzichten auf deine guten Ratschläge. Wie du eben gesagt hast, wird es Zeit, dass wir unser eigenes Leben führen. Gib uns die Gelegenheit dazu. Je früher du nach Stourton abreist, umso besser.«

Er spürte Katherines Blick auf sich ruhen, die ihn verwundert musterte.

Lady Deborahs Miene verfinsterte sich. Ihre Augen waren nur noch zwei schmale Schlitze. »Ich habe in diesem Haus jahrzehntelang das Regiment geführt. Ich weiß, dass ich durch den Tod deines Vaters das Recht der Hausherrin hier verloren habe. Aber ich erwarte Respekt von dir.

Schließlich habe ich dich großgezogen, und ich habe dich zu dem gemacht, was du heute bist. Ich werde erst nach Stourton aufbrechen, wenn ich meine, dass der Zeitpunkt dafür gekommen ist.«

Henry atmete tief ein. Er wollte sie darauf hinweisen, dass sie sich seinen Respekt verspielt hatte, aber er dachte an Katherines Zustand und wollte eine Eskalation vermeiden.

Also sagte er nur: »Bitte sorge dafür, dass dieser Zeitpunkt nicht allzu lange auf sich warten lässt. Ich habe mehr Nachsicht mit dir, als du verdienst.«

Lady Deborah stand mit undurchdringlichem Gesichtsausdruck auf und verließ wortlos den Raum. Henry sah ihr besorgt nach. Er hatte kein gutes Gefühl dabei, Katherine weiterhin mit ihr in einem Haus zu wissen. Sie mussten nach London aufbrechen. So schnell wie möglich.

Henry hatte das Datum ihrer Abreise auf das Ende der Woche gelegt. Bis dahin würde er alles geregelt haben, was ihn noch im Lake District aufhielt. Er ritt mit seinem Verwalter ein letztes Mal das Land ab und klärte einige offene Fragen der Pächter. Da er nach wie vor keinen Käufer für Woodland House gefunden hatte, bat er seinen Verwalter, sich darum zu kümmern. Er hatte ein schlechtes Gewissen, diese wichtige Aufgabe einem anderen zu übertragen, aber er musste Katherine im weit entfernten London in Sicherheit wissen. Henry würde zurückkommen, sobald der Verwalter einen Interessenten gefunden hatte, und sich um die Details kümmern.

Henry hatte den Hass in den Augen seiner Mutter gesehen und befürchtete, dass sie vor nichts zurückschrecken würde. Sie wollte am Freitag nach Stourton ziehen und bat darum, einige der Dienstboten mitnehmen zu dürfen. Da Henry davon ausging, dass Katherine, Beatrice und er künftig die meiste Zeit in London leben und nur im Herbst zur Jagdsaison nach Forewood kommen würden, willigte er ein. Chastle House brauchte im Augenblick nicht viel Personal und würde in eine Art Dornröschenschlaf fallen. Er schickte also einen Großteil der Dienstboten nach Stourton, um Lady Deborahs Haushalt vorzubereiten, und zwei Hausmädchen, die Köchin und einen Diener nach Cleveland House in London. Nur zwei Gärtner und zwei Hausangestellte blieben in Chastle House zurück und sollten das Anwesen während ihrer Abwesenheit pflegen.

In den letzten zwei Tagen mussten sie sich also mit wenig Personal zurechtfinden, aber das störte Henry keineswegs.

Jetzt stand er am Fenster seines Schlafzimmers und beobachtete, wie große Kisten und Truhen auf die Kutschen geladen wurden. Alles war für ihren Aufbruch morgen früh hergerichtet. Er hatte schon den ganzen Tag ein Gefühl der Getriebenheit. Er musste noch ein letztes Mal mit seinem Verwalter nach Woodland House fahren, denn dort wurden heute die restlichen Möbel verpackt, die Herbert und seiner Familie nach Indien nachgeschickt werden sollten.

Henry verließ sein Zimmer und ging in den Garten, wo Katherine auf der Bank saß, Beatrice in ihrem Arm. Sie trug einen dicken Umhang, hatte das Kind in eine Schaffelldecke gewickelt und sang leise vor sich hin.

Katherine war vollkommen wiederhergestellt und sprach die ganze Woche von nichts anderem mehr als von ihrer Vorfreude auf London. Henrys Mutter, der Katherines Aufregung nicht verborgen geblieben sein konnte, hielt sich erstaunlicherweise mit Kommentaren zurück. Doch Henry traute dem Frieden nicht und sehnte sich nach dem Moment ihres Aufbruchs. In den kommenden Monaten, vielleicht sogar Jahren, würde er versuchen, die zerrüttete Beziehung zu seiner Mutter wieder aufzubauen. Aber er wusste, dass es dazu viel Zeit und Geduld brauchte. Er würde Lady Deborah im Winter in Stourton besuchen, und wenn Katherine nicht bei ihm war, würde zwischen ihnen vielleicht alles wieder wie früher sein.

Er küsste Katherine und Beatrice auf die Stirn und versprach, so schnell wie möglich zurückzukommen. Dann bestieg er die Kutsche, die ihn und seinen Verwalter nach Woodland House bringen sollte.

Henry hatte Kopfschmerzen. Er schloss für einen Moment die Augen und versuchte, das Ruckeln der Kutsche auf dem unbefestigten Waldweg zu ignorieren. Die Möbel waren abgeholt und die letzten Kisten gepackt. Alles, was die Blackpools nach Indien mitnehmen wollten, war aus Woodland House geschafft worden. Nun befanden sich nur noch die ausrangierten Tische, Sofas und Gemälde dort, die der künftige Besitzer übernehmen oder aussortieren konnte. Henry war die ganze Zeit in Gedanken bei Katherine gewesen, und sobald der Wagen mit den Möbeln davongeschaukelt war, hatte er zum Aufbruch gedrängt.

Jetzt öffnete er erschrocken die Augen. Die Kutsche war ins Schlingern geraten. Der Kutscher rief etwas, das Gefährt neigte sich immer weiter zur Seite. Henrys Verwalter Mr Thorn sah ihn mit weit aufgerissenen Augen an. Im nächsten Moment kippte die Equipage zur Seite und Henry landete unsanft auf Mr Thorn. Ein stechender Schmerz durchfuhr seinen Arm. Dann versuchte er, sich langsam wieder aufzurichten. Er biss die Zähne zusammen und sah auf seinen Verwalter hinunter, der sich nun ebenfalls rührte.

»Sind Sie verletzt?«, fragte Henry, sobald er wieder zu Atem gekommen war.

»Ich glaube nicht, Sir.«

Irgendwie gelang es Henry, sich am Türgriff hinaufzuziehen. Mit aller Kraft stieß er gegen die Kutschentür und hangelte sich hinaus. Sie waren nicht weit gekommen, Woodland House lag höchstens eine Meile entfernt und bis Forewood war es noch ein langer Weg. Außgerechnet im tiefsten Wald musste das Rad der Kutsche brechen. Mr Thorn kletterte nun auch hervor.

»Smith!«, rief Henry den Kutscher. »Was ist passiert?«

Der Mann, der sich über das gebrochene Rad gebeugt hatte, drehte sich zu seinem Herrn um.

»Ich weiß es nicht.« Er nahm seine Mütze ab und kratzte sich am Kopf. »Ich bin vorsichtig gefahren, ich kann mir das nicht erklären.«

Henry trat neben den Kutscher und ging in die Hocke. Das Rad war so zerstört, dass man es unmöglich reparieren konnte. Sein Eisenring war unversehrt, das Holz jedoch an zwei Stellen auseinandergebrochen, ebenso zwei der Speichen.

»Herrje, wie ist so etwas möglich?« Henry sah seinen Kutscher verzweifelt an.

»Mylord«, sagte Smith, der seine Mütze verlegen in den Händen drehte, »es sieht so aus, als ob Ihnen jemand etwas Böses wollte. Das Rad ist an mehreren Stellen angesägt worden.«

Henry starrte den Mann fassungslos an. Sofort dachte er an seine Mutter und ihr Schweigen in den letzten Tagen, das ganz und gar ungewöhnlich gewesen war. Ob Lady Deborah das Rad zerstört hatte, um Katherines und Henrys Reise nach London zu verzögern? Aber ihr musste doch bewusst sein, dass auch ein fehlendes Kutschrad sie nicht von ihrem Umzug abbringen würde. Katherine trat in jedem Fall im Alhambra auf. Oder vielleicht hatten sich ein paar Jungen aus dem Dorf einen Schabernack erlaubt?

Henry starrte in die Blätter der Bäume über sich, die sich schon braun verfärbt hatten. Es war später Nachmittag, in Woodland House war kein Personal mehr und bis zum Dorf war es noch ein weiter Weg. Zu Fuß würden sie Stunden unterwegs sein und sicher in die Dunkelheit geraten.

»Könnten Sie das Rad vielleicht in Woodland House reparieren?« Er versuchte, die Angst, die in ihm aufstieg, nicht zu zeigen.

Der Kutscher schüttelte den Kopf. »Ich fürchte, es ist so ruiniert, dass es sich nicht mehr retten lässt. Aber vielleicht findet sich dort irgendein altes Ersatzrad. Ich gehe zurück und sehe mich einmal um.«

Henry nickte. Mr Thorn hatte sich auf einen umgekippten Baumstamm gesetzt und schien die Lage bei Weitem nicht so dramatisch einzuschätzen wie Henry, bei dem sich die Besorgnis allmählich verstärkte. Auch wenn er es für unwahrscheinlich hielt, dass seine Mutter hinter dem Unfall steckte, war der Gedanke beunruhigend, dass das Rad absichtlich zerstört worden war. Wollte ihn etwa jemand von Chastle House fernhalten? Wenn seine Mutter nur schon abgereist wäre! Warum hatte er Katherine nicht gestern schon mit den Dienstboten nach London geschickt!

Plötzlich war er sicher, dass irgendetwas nicht stimmte, und er sah wieder seine Mutter vor sich, wie sie das Arsen in Katherines Glas streute. Henry musste hier weg. Er musste nach Forewood zurück, um nach Katherine zu sehen.

Es war halb elf Uhr nachts, als sie endlich Forewood erreichten. Smith hatte nach langer Suche ein altes, morsches Rad in den Stallungen von Woodland House gefunden, das er notdürftig an Henrys Equipage befestigte. Dann fuhr die Kutsche in bedenklicher Schieflage holpernd weiter, doch kurz bevor sie die gepflasterte Straße erreichten, brach auch dieses Rad. Ein Wunder, dass es überhaupt so lange gehalten hatte. Inzwischen war es dunkel geworden und sie stolperten durch den Wald. Als sie endlich die Landstraße erreicht hatten, atmete Henry auf. Von hier aus brauchten sie noch zwei Stunden bis Forewood, obwohl er ein zügiges Tempo vorgelegt hatte. Eine unerklärliche Unruhe hatte ihn befallen, die ihn zum Haus trieb.

Henry verabschiedete sich eiligst von Mr Thorn und lief die Treppe zum Haus hinauf. Die Halle, das Weiße Zimmer und das Speisezimmer waren leer, er hatte mit nichts anderem gerechnet. Um diese Zeit hielten sich die Frauen im Salon der ersten Etage auf oder waren bereits zu Bett gegangen. Zwei Stufen auf einmal nehmend, stürmte er nach oben. Die Tür zum Salon stand offen. Das Zimmer war dunkel. Er sah hinein, es war leer. Er war schon wieder auf dem Weg zur Tür, um in Katherines Schlafzimmer zu eilen, als er eine Bewegung wahrnahm.

Er fuhr herum. »Katherine?«

»Katherine ist fort.« Das war die Stimme seiner Mutter.

»Was?«, sagte Henry und tastete nach der Kerze auf dem Kamin. »Warum sitzt du im Dunkeln?«

»Damit kein Diener hereinkommt.«

Endlich hatte er die Kerze gefunden. Die Streichhölzer lagen daneben. Es dauerte lange, bis seine zitternden Hände die Flamme entzündet hatten. Das Licht tauchte den Salon in gedämpftes Licht. Er trug die Kerze zu dem Sessel, in dem seine Mutter saß. »Wo ist Katherine?«

Lady Deborah streckte die Hand aus und zeigte zu Henrys Füßen. Er folgte ihrer Bewegung mit seinem Blick und schrie auf. Vor ihm lag Katherine ausgestreckt auf dem Boden. Die Augen weit aufgerissen, die Lippen, Wangen und Hände leuchteten weiß im Halbdunkel des Zimmers. Henry stürzte zu ihr, fühlte nach ihrem Puls, suchte ihren Atem, aber er fand kein Lebenszeichen. Er rief ihren Namen, obwohl er wusste, dass er keine Antwort erhalten würde.

»Ich habe auf dich gewartet«, sagte seine Mutter schließlich.

Henry richtete sich auf und sah sie an.

»Du musst sie in den Keller schaffen, und ganz hinten, wo nie jemand hinkommt, mauerst du sie ein«, erklärte sie ruhig. »Es gibt dort einen Raum, da ist die Wand eingestürzt. Die Steine liegen alle noch am Boden. Und dahinter liegt eine kleine Kammer. Diesen Teil des Kellers hat seit Jahrzehnten niemand mehr betreten.«

Henrys Kopf war leer. Er versuchte, zu begreifen, was geschehen war. Katherine war tot.

»Was … wie ist sie gestorben?« Henrys Stimme klang wie von weit her an sein Ohr.

»So, wie du es dir gewünscht hast.«

Henry versuchte, zu begreifen, was seine Mutter da sagte. Aber ihre Worte ergaben keinen Sinn.

Er konnte kaum atmen. Leise fragte er: »Was meinst du?«

»Arsen. Ich habe die Dienstboten zu Bett geschickt und es dann in ihren Sherry getan.« Henrys Mutter deutete mit einer Kopfbewegung auf Katherine. »Und jetzt schaff sie in den Keller.«

»Du hast sie umgebracht?« Henry war vor Entsetzen wie erstarrt. »Aber ich habe niemals gesagt, dass du das tun sollst. Das habe ich mir doch nicht gewünscht. Ich dachte, ich hätte alles getan, um dich davon abzuhalten.«

Seine Mutter lachte. »Wie bitte? Henry, du hast um Hilfe gebettelt.« Lady Deborah wurde wieder ernst. Eine Hälfte ihres Gesichts lag im Schatten. »Und du wusstest es doch. Du hast mich gesehen, als ich das Arsen in ihr Wasserglas gestreut habe. Danach hast du nichts unternommen, um mich aufzuhalten. Ich musste davon ausgehen, dass du einverstanden bist. Ich war überzeugt davon, dass du mit der ganzen Situation überfordert bist, und musste dringend für dich handeln.«

»Nein!« Henry wich voller Schrecken vor ihr zurück. »Wie kannst du so etwas denken? Ich habe dich fortgeschickt, um dich von ihr fernzuhalten und sie zu schützen.«

Lady Deborah lächelte abgründig. »Natürlich musstest

du so reagieren, aber wir wissen beide, dass du genauso besorgt um den Ruf der Familie bist wie ich. Du hast Katherine geheiratet, um unser Ansehen zu retten, und aus demselben Grund habe ich sie getötet. Du hast mir das Handeln überlassen, indem du mich nicht bei der Polizei verraten oder sofort aus Chastle House geworfen hast, nachdem du mich in Katherines Zimmer erwischt hattest. Seit deiner Hochzeit bist du froh, dass ich an deiner Seite bin und dich in dieser Sache unterstütze. Ich sollte mich für dich um Katherine kümmern. Und das habe ich getan.«

Henry schüttelte fassungslos den Kopf. Das Denken fiel ihm schwer. »Du hast mich vollkommen falsch verstanden. Ich kann doch nicht ohne Katherine leben.«

Er schluchzte. In diesem Augenblick begriff er, was geschehen war. Katherine war tot – vergiftet von seiner Mutter. Wie war es möglich, dass sie ihn so falsch verstanden hatte?

Lady Deborah nahm ihm die Kerze aus der Hand. »Na los, schaff sie in den Keller. Bevor einer der Dienstboten auftaucht. Das wäre fatal für uns.«

Er schlug die Hände vors Gesicht. Was hatte er getan? Warum hatte er nicht früher eingegriffen? Schon in London hätte er sich an die Polizei wenden müssen. Er hätte das Gift in Katherines Tee eindeutig nachweisen können. Jetzt war Katherine vollkommen unschuldig gestorben. Langsam ließ er die Hände sinken.

»Und wie willst du Katherines Verschwinden erklären?«, fragte er mit kraftloser Stimme.

»Eine ungeplante Reise nach Amerika«, sagte Lady Deborah nüchtern. »Ihr Vater ist schließlich gestorben, sie muss dort einiges regeln. Da Katherine in New York keine

Verwandten und Freunde zu haben scheint, kann ich mir nicht vorstellen, dass jemand nach ihr suchen wird. Irgendwann melden wir sie als vermisst. In Amerika verschollen! Wer kann dann noch ihre Spur verfolgen?«

»Und die Passagierliste des Schiffes?« Henry wunderte sich, dass er in diesem Moment so klar denken konnte.

Das Kerzenlicht tanzte über die harten Züge von Lady Deborahs Gesicht. »Es gibt unzählige junge Frauen, die sicher bereit sind, unter Katherines Namen die Überfahrt anzutreten. Die Spur wird sich bald verlieren, zumal niemand nach ihr suchen wird. Und jetzt bring sie endlich in den Keller.«

Henry schüttelte den Kopf. »Ich hätte die Polizei längst informieren sollen. Ich werde dir nicht dabei helfen, Katherines Tod zu verschleiern. Du wirst für deine Tat bezahlen müssen.«

Lady Deborah lachte böse. »Dann werde ich behaupten, dass du das Gift in ihren Sherry gestreut hast.«

»Ich habe Zeugen. In London habe ich mich George anvertraut und seinem Freund Doktor Howard. Sie kennen meinen Verdacht und werden alles vor Gericht bestätigen.« Henry wollte sich gar nicht vorstellen, wie es wäre, seine Mutter vor einem Richter beschuldigen zu müssen. Dabei war er mit seinem Schweigen tatsächlich selbst schuld an Katherines Tod. Und diese Verantwortung musste er tragen. Er wusste nicht, ob er damit leben konnte.

Seine Mutter sah ihn lächelnd an. »Es gibt genügend Leute, die bezeugen können, wie kühl euer Verhältnis war.«

»Das war es schon lange nicht mehr. Wir haben uns sehr geliebt.« Henry konnte die Tränen nicht mehr unterdrücken, die jetzt über seine Wangen liefen.

»Was ist mit deiner Tochter?«, fragte seine Mutter. »Falls das Gericht mir glaubt, wirst du gehängt. Beatrice würde bei mir aufwachsen müssen oder in einem Waisenhaus ...« Ihre Augen sprühten plötzlich vor Hass.

Henry wandte sich ab. Würde das Gericht seiner Mutter wirklich glauben? Die Chance war gering, aber dann hatte Beatrice ein schreckliches Leben zu erwarten. Und selbst wenn er das Gericht von seiner Unschuld überzeugen konnte, was sollte er Beatrice sagen, wie ihre Mutter gestorben war? Würde er je die Kraft finden, ihr zu gestehen, dass er Katherines Tod herbeigeführt hatte? Dass er nichts unternommen hatte, als sie von Lady Deborah langsam vergiftet wurde? Vielleicht wäre es tatsächlich besser, zu behaupten, Beatrice' Mutter sei nach Amerika zurückgegangen.

Henry atmete tief ein. Er musste den Vorschlag seiner Mutter annehmen und Katherines Leiche verstecken. Andernfalls würde auch Beatrice' Leben von der Tragödie überschattet. Henry nickte entschlossen. Dann bückte er sich und hob Katherines Körper auf. Sie schien viel schwerer zu sein als zu Lebzeiten. Er küsste ihre weiße, noch warme Haut, bevor er sie in seine Arme nahm und in den Keller trug. Sie duftete noch immer nach Rosen und Lavendel.

Seine Mutter ging mit der Kerze voran und leuchtete ihm auf den steilen Kellerstufen. Henry war selten hier unten gewesen. Der Keller war groß und unübersichtlich. Tatsächlich wurden viele Räume darin nicht genutzt. Es war kühl und roch nach Moder, Schimmel und Feuchtigkeit.

Ihre Schritte hallten dumpf von den Wänden wider. Henry drückte den Körper seiner Frau fest an sich.

»Hier ist es.«

Lady Deborah stellte die Kerze auf einen niedrigen Sockel. Sie hatte ihn in einen Kellerraum geführt, wo ein großes Loch in der Wand klaffte. Henry betrachtete die Kammer, die dahinterlag, und die Ziegelsteine am Boden, die einst das Mauerwerk gebildet hatten. Das hatte seine Mutter wirklich gut geplant. Er brauchte Katherines Leiche nur in die Nische zu legen und die Mauer hinterher wieder hochzuziehen. Niemand würde jemals etwas bemerken.

»Rein mit ihr!«, befahl seine Mutter.

Er stieg vorsichtig über die Steine und legte Katherine in die staubige Kammer. Tränen liefen ihm über das Gesicht, als er ein letztes Mal ihre Wange küsste.

»Du trauerst um sie? Katherine war eine bessere Hure«, sagte Lady Deborah und lachte abfällig. »Ein Tanzmädchen, das sich nicht darum scherte, wie es uns dabei ging. Sie kümmerte sich nur um sich selbst.«

»Hör auf, so über sie zu reden!«, schrie Henry und wischte sich die Tränen von den Wangen.

»Sie hat dich belogen und betrogen. Hat Unzucht getrieben mit anderen Männern.« Ihr schien es Spaß zu machen, Henry zu verletzen.

»Das stimmt nicht und du weißt das«, sagte er und ging auf seine Mutter zu. »Und jetzt möchte ich nichts mehr gegen Katherine hören.«

Sie lachte ihm ins Gesicht und Henry ballte die Fäuste. Lady Deborah wich zurück. Er wusste nicht, ob er seine Mutter wirklich geschlagen hätte, aber bevor er die Hand heben konnte, stolperte sie in der Dunkelheit und fiel mit dem Kopf auf den Sims, auf dem die Kerze stand. Henry sprang zu ihr, doch er erreichte sie nicht mehr. Seine Mutter blieb reglos am Boden liegen, während sich ein dunkler Fleck um ihren Kopf herum bildete.

»Mutter?« Er versuchte, sie hochzuziehen, aber ihr Körper war ebenso leblos wie Katherines.

Henry tastete nach ihrem Puls, doch es war keiner mehr da. Blankes Entsetzen packte ihn und er starrte ungläubig auf den Leichnam der alten Frau. Es war alles so unfassbar schnell gegangen.

Nach einer Weile sammelte er sich. Es blieb ihm nichts anderes übrig, als nun rasch zu handeln. Er hob seine Mutter auf und trug sie über die Steine, um sie neben Katherine zu legen. Auf einmal sah er alles seltsam klar. Wer würde ihm glauben, wenn er die Wahrheit sagte? Die beiden Frauen waren tot. Henry hingegen lebte. Er musste sich um seine Tochter kümmern.

Mechanisch und ohne weiter darüber nachzudenken, begann er, die Steine aufzuschichten. Als das Loch verschlossen war, zog er die Kellertür hinter sich zu, drehte den Schlüssel im Schloss um und steckte ihn ein. Dann tastete er sich durch die dunklen Gänge bis zur Treppe. Wie in einem bösen Traum stieg er die Stufen zur Küche hinauf und ging in sein Zimmer. Ruhig bereitete er alles für seine Abfahrt vor.

Im ersten Morgengrauen rief er seinen Kutscher.

»Smith, wir mussten unsere Pläne ändern«, sagte er zu dem Mann. »Lady Deborah und Lady Katherine müssen überraschend nach New York reisen.«

Der Kutscher sah ihn erstaunt an, schwieg jedoch.

Also fuhr Henry fort: »Wir werden daher nicht nach London fahren. Bitte rufen Sie eine Mietkutsche. Wir wollen gleich nach Liverpool aufbrechen. Ich werde heute Abend wieder zurück sein. Informieren Sie die Kinderfrau, sie soll sich um Beatrice kümmern.«

Smith eilte davon. Als Nächstes schickte Henry nach Mr Thorn, der eine halbe Stunde später eintraf. Henry erzählte ihm dieselbe Lüge und bat seinen Verwalter, auf dem nächstmöglichen Schiff zwei Passagen von Liverpool nach New York zu buchen. Henry war bewusst, wie gefährlich sein Spiel war und dass es möglicherweise nicht funktionieren würde. Aber er hatte keine andere Wahl. Er musste es versuchen und Lady Deborahs Plan aufgreifen.

Anschließend schlich er sich in das Zimmer seiner Mutter und packte ihre restliche Kleidung, die noch nicht nach Stourton geschickt worden war, in zwei große Koffer. Katherines Sachen einzupacken brachte er nicht übers Herz. Aber Lady Deborahs Koffer würden den Anschein erwecken, dass sich darin das Gepäck der beiden Frauen befand.

Noch bevor der Mietkutscher die Koffer auf der Kutsche verstaut hatte, war Mr Thorn zurück. Er hatte zwei Passagen für die Überfahrt auf der *Great Eastern* gebucht, die noch am selben Nachmittag in Liverpool auslaufen würde.

Henry bedankte sich und brach eilig auf. Der Mietkutscher stellte keine Fragen und in Lancaster wechselte er zudem den Fahrer sowie die Equipage. Sechs Stunden später traf er im Hafen von Liverpool ein.

Henry wies den Kutscher an, das Gepäck an Bord bringen zu lassen. Noch waren zwei Stunden Zeit, bis die *Great Eastern* in See stechen würde. Er sah sich um. Im Hafen herrschte eine heitere Betriebsamkeit. Ein Straßenhändler kam auf ihn zu, der Schnüre, Orangen, Süßigkeiten und Taschenspiegel anbot. Henry ignorierte das aufdringliche Verkaufsgebaren des Mannes und eilte zum Büro der *Cunard-Line*-Schifffahrtsgesellschaft. Dort bezahlte er die beiden Erste-Klasse-Passagen und nahm die Billetts entgegen. Dann ging er langsam zurück zur Kutsche. Überall waren Menschen. Kutschen bahnten sich ihren Weg durch das Gewühl, Pferde wieherten und Männer schrien. Große Koffer wurden zu den Schiffen am Kai getragen oder auf Fuhrwerken dorthin gerollt. Es roch nach Salz, Schweiß und Fisch. Henry sah zu den Möwen hinauf, die über der Menge kreisten und sich auf jedes weggeworfene Stück Brot stürzten, und zu den Bettlern, die an den Straßenecken saßen.

Ein Schiffshorn ertönte. Henry beobachtete die Menschen, die die Gangway des Segeldampfers hinaufeilten. Er erkannte den Schriftzug am Bug: *Great Eastern*. Das also war das Schiff, auf dem Katherine und seine Mutter angeblich nach Amerika reisen würden. Zuschauer standen an der Hafenmauer und winkten den Abreisenden zu. Taschentücher wehten im Wind. Packkörbe, Wasserfässer und Gepäckstücke wurden an Bord gebracht. Die Musik von Dudelsäcken, Flöten und Fiedeln vermischte sich mit dem Geschrei der Kinder, Männer und Frauen und mit den Shantys der Seeleute. Einige blickten sehnsüchtig auf die großen Schiffe. Henry sah sich suchend um. Endlich hatte er zwei Damen entdeckt, die für seine Zwecke geeignet schienen.

»Verzeihung, mit welchem Schiff reisen Sie?«, sprach er sie an und versuchte, ein unbekümmertes Lächeln aufzusetzen. »Ich weiß, dass es sich nicht schickt, fremde Damen anzusprechen, zumal wir uns nicht vorgestellt wurden.«

Die beiden nickten und wollten sich rasch entfernen. Ein paar singende Matrosen kamen vorbei und zwinkerten ihnen zu.

»Bitte, warten Sie!«, rief Henry eilig. »Ich versichere Ihnen, meine Motive sind ehrenhaft. Ich suche zwei Damen, die mir und meiner Gattin aus einer misslichen Lage helfen können.«

Die jüngere der beiden schüttelte den Kopf und fasste nach dem Arm der anderen, um sie mit sich zu ziehen.

Doch die zweite zögerte und schien über Henrys Anliegen nachzudenken.

»Ich bin der achte Lord of Cleveland«, sagte er und zog seine Karte aus der Tasche, die er bei sich trug.

»Oh.« Die ältere Dame schien beeindruckt. »Ich bin Ms Porter und das ist meine Tochter Amy.«

Henry lüpfte den Hut. »Sie haben vor, nach New York zu reisen?«

Die Frauen sahen ihn überrascht an.

Schnell erklärte er: »Die Vermutung liegt nahe, da Sie hier bei der *Great Eastern* stehen.«

Die ältere der beiden lächelte. »Sie haben recht, Mylord. Aber wie können wir Ihnen helfen?«

»Meine Mutter, meine Frau und ich führen ein reges gesellschaftliches Leben, und auch wenn das durchaus reizvoll sein kann, hat meiner Frau der ganze Trubel so sehr zugesetzt, dass sie ernsthaft erkrankt ist. Sie muss sich in ein Sanatorium begeben, um ihre Nerven behandeln zu lassen.«

»Das tut mir sehr leid«, erwiderte die Dame und warf Henry einen verständnisvollen Blick zu.

»Nun, es wäre meiner Gattin und auch meiner Mutter, die sie freundlicherweise zur Nervenheilanstalt begleiten wird, sehr unangenehm, wenn diese Schwäche in der Gesellschaft bekannt würde.«

»Und was können wir dabei für Sie tun?«, mischte sich jetzt die Tochter in die Unterhaltung ein.

Henry seufzte. »Wenn wir überall bekannt machen könnten, dass meine Frau und meine Mutter für ein halbes Jahr nach Amerika gereist sind, wäre das die Lösung für unser Problem. Ich habe zwei Erste-Klasse-Billetts für die *Great Eastern* erstanden. Nun brauche ich nur noch zwei Damen, die auf der Überfahrt ihre Rollen übernehmen.«

»Wir könnten die Kabinen Ihrer Mutter und Ihrer Frau beziehen?« Die jüngere der beiden schien plötzlich von Henrys Idee begeistert.

»Meine Tochter und ich konnten uns nur die dritte Klasse leisten«, gestand nun die ältere Dame. »Und die Zustände dort sind miserabel, wie man hört.«

»Ja, Sie könnten bequem in der ersten Klasse reisen. Allerdings müssten Sie sich, so gut es geht, von den anderen Passagieren fernhalten. Es ist nicht auszuschließen, dass der ein oder andere meine Mutter oder meine Frau schon einmal gesehen hat.«

»Das lässt sich machen. Die Überfahrt dauert ja nur sieben Tage«, überlegte die ältere Dame.

»Und wenn wir in New York sind? Wie soll es dann weitergehen?«, wollte die jüngere wissen.

»Dann behalten Sie unser Gepäck, nehmen einfach wieder Ihre eigenen Namen an und vergessen alles, was ich Ihnen erzählt habe.«

»Einverstanden!« Die beiden Frauen sahen sich an und schienen zufrieden mit der Abmachung.

Henry war sich durchaus bewusst, dass er sein Schicksal damit in die Hände dieser Frauen legte, und hoffte, dass die beiden anständig genug waren, ihn niemals damit zu erpressen. Denn momentan fiel ihm keine bessere Lösung ein. Er griff in seine Rocktasche und reichte ihnen die beiden Billetts. Anschließend rief er einen Träger und ließ das Gepäck der Frauen in die gebuchten Kabinen bringen. Dann verabschiedete er sich und kletterte eilig in seine Kutsche.

Nachdem die Frauen in der Menge verschwunden waren, die auf den großen Segeldampfer zuströmte, stieg Henry wieder aus der Equipage. Er bezahlte den Kutscher und schickte ihn fort. Dann blieb er am Kai stehen, bis die *Great Eastern* abgelegt hatte, und sah sich nach einem anderen Mietkutscher um, der ihn nach Forewood zurückbringen sollte.

Als er endlich in der Kutsche saß, die sich schaukelnd vom Hafen entfernte, ließ Henry seinen Tränen freien Lauf. All der Schmerz, die Trauer, der Schock und die Enttäuschung brachen aus ihm heraus. Am schlimmsten jedoch war die Schuld, die auf ihm lastete und die er niemals überwinden würde.

In Lancaster kehrte er in einem Gasthaus ein. Er hatte zwar geplant, noch am Abend nach Forewood zurückzufahren, doch das erschien ihm auf einmal unsagbar schwer. Die Nacht in der Herberge verschaffte ihm Zeit, seine Gedanken zu ordnen.

Als er am nächsten Vormittag in Forewood ankam, blieb er auf der Treppe vor Chastle House stehen – er schaffte es einfach nicht, das Gebäude zu betreten, in dessen Keller die beiden Frauen lagen, die er am meisten auf der Welt liebte. Er starrte reglos auf die Tür. Immer wieder tauchten die schrecklichen Bilder der toten Katherine vor ihm auf.

»Verzeihung, Sir?«

Henry zuckte zusammen und fuhr herum.

Smith war aus dem Hof gekommen und schien über die Reaktion seines Herrn genauso erschrocken wie Henry selbst.

»Ist alles in Ordnung, Mylord?« Der Mann drehte seine Mütze in der Hand und sah ihn skeptisch an.

Henry musste sich zusammenreißen. Noch einmal warf er einen Blick auf die Eingangstür, und plötzlich wusste er mit bestürzender Sicherheit, dass er nie wieder einen Schritt in dieses Haus tun würde. Es war wie eine unsichtbare Schranke, die ihn nicht einlassen wollte.

»Ist die Kutsche wieder einsatzbereit?«, fragte Henry und bemühte sich dabei um einen festen Ton.

Der Kutscher nickte.

»Dann spannen Sie ein. Ich reise nach Woodland House. Lassen Sie bitte meine Koffer von einem der Hausmädchen packen.«

Henry eilte die Auffahrt hinunter. Er wusste nun, was zu tun war. Er würde Mr Thorn beauftragen, alles für einen Kauf von Woodland House vorzubereiten. Er selbst würde das Haus erwerben. Das Anwesen würde zwar einen Großteil von Katherines Erbe verschlingen, aber er würde künftig nicht mehr viel Geld brauchen. Der Rest würde für die Versorgung seiner Tochter reichen, deren

Erziehung er einer Kinderfrau in Chastle House übertragen wollte. Auf diese Weise konnte Beatrice in der Nähe ihrer Mutter bleiben, auch wenn sie nie davon erfahren würde. Er selbst wollte sich in die tröstende Einsamkeit von Woodland House zurückziehen.

Kapitel 17

Chastle House, Forewood, Lake District, England
Dezember 1909

Hatty trocknete sich das tränennasse Gesicht. Sie betrachtete die Überreste ihrer Großmutter und ihrer Urgroßmutter vor sich im Staub. Während Henrys Erzählung hatte sie immer wieder weinen müssen. Katherine war eine so starke Frau gewesen, die sich nicht um das kümmerte, was die anderen über sie sagten. Die Geschichte ihres abenteuerlichen Lebens war spannender gewesen als jeder Roman.

Hatty räusperte sich. »So sind die Kleider also nach Woodland House gekommen.«

»Mr Thorn fand mit Geraldine und Alfred zwei Diener für mich, die nie Fragen gestellt haben. Ich schickte sie nach Chastle House, um Katherines Kleider für mich zu holen. Der Kinderfrau haben sie gesagt, dass Lady Katherine sie gebeten habe, ihr sämtliche Habseligkeiten nachzuschicken.« Henry lächelte. »Katherines Kostüme habe ich in das obere Zimmer in Woodland House bringen lassen und ich habe mich oft stundenlang dort aufgehalten. Sie erinnerten mich an Katherine. Alles, was ich in Cleveland House von ihr fand, habe ich dort untergebracht.«

»Hast du aus diesem Grund nicht mehr Personal in

Woodland House eingestellt? Damit niemand Katherines Sachen sieht?« Plötzlich verstand Hatty so vieles.

Henry nickte. »Außerdem waren mir Bequemlichkeit und Luxus nicht mehr wichtig. Alfred und Geraldine erledigten das Nötigste für mich, das genügte mir. Mein Leben war nur noch dazu da, auf Beatrice achtzugeben. Ich habe sie von Woodland House aus beobachtet, sie ist eine wunderschöne, kluge Frau geworden. Aber ich hatte die ganze Zeit die Befürchtung, dass durch mein Verhalten ein Fluch auf dem Haus lag. Und als dein Vater so früh starb, glaubte ich, das sei eine Strafe für uns gewesen. Ich war insgeheim froh darüber, dass es ihn getroffen hatte. Denn damit – so dachte ich – wäre der Fluch vorbei und Beatrice und du, ihr hättet nun in Frieden leben können. Aber dann wurde sie krank und ich verstand, dass das Unheil nicht so einfach abzuwenden war. Aus diesem Grund wollte ich um keinen Preis, dass du in Chastle House lebst.«

Hatty starrte ihn an. Sie wollte ihm widersprechen, ihm erklären, dass es keinen Fluch gebe, aber er ließ sie nicht zu Wort kommen.

»Als du gestern verschwunden bist, war mir sofort klar, dass du nach Chastle House zurückgekehrt sein musstest. Ich wusste, dass ich dich nicht für immer von dem Haus würde fernhalten können.« Er stand mühsam auf und klopfte sich den Staub von der Hose. »Ich muss nach einer besseren Lösung suchen. Der Fluch muss gebrochen werden. Ich weiß nicht, ob es der richtige Weg ist, aber nur so kann ich Frieden finden.«

»Wovon sprichst du?«, fragte Hatty.

Ihr Großvater kramte in seiner Tasche und holte ein kleines Gefäß hervor. »In jener Nacht habe ich im Zimmer meiner Mutter diese Dose an mich genommen. Es ist die einzige Spur, die zu den Ereignissen dieser verhängnisvollen Nacht führen könnte.«

»Das Arsen?«, flüsterte Hatty und sah ihren Großvater an.

Er nickte. »Ich liebe dich, genauso, wie ich Katherine geliebt habe und meine Mutter und Beatrice. Ich habe so viele unverzeihliche Fehler gemacht und ihrer aller Leben auf dem Gewissen. Aber deines will ich retten. Ich werde mich zu Katherine und meiner Mutter legen. Ich konnte das Arsen nie wegwerfen, weil es der einzige Weg ist, der mich zu Katherine bringen kann.«

Hatty begriff, was ihr Großvater vorhatte. »Nein!«, rief sie entsetzt.

Doch er streckte nur die Hand nach ihr aus. »Bitte, halte mich nicht davon ab. Ich habe so viele Jahre gelitten und den letzten Schritt nie getan, weil ich meine Tochter beschützen wollte und jetzt dich. Aber ich schaffe es nicht, auf euch aufzupassen, solange ich lebe. Ich hätte diesen Schritt schon viel früher tun sollen. Wenn ich hier bei den beiden bleibe, wird der Fluch Chastle House vielleicht endlich verlassen.« Er öffnete die Metalldose.

»Aber das weißt du doch gar nicht«, sagte Hatty flehend. »Und wenn du dich irrst, ist dein Tod völlig umsonst!«

Henry schüttelte den Kopf. »Er ist nicht umsonst. Denn ich kann endlich wieder bei Katherine sein.« Er ließ sich mühsam neben den Überresten seiner Frau und seiner Mutter auf dem Boden nieder. »Du musst mir nur eines versprechen.«

Hatty sah ihn sprachlos an. Was konnte sie tun, um ihn umzustimmen?

»Sobald ich das Arsen genommen habe, lass mich bitte mit ihnen allein. Mauere die Wand von außen zu, verschließe die Tür und wirf den Schlüssel in den See.«

Hatty wollte widersprechen, aber er bedeutete ihr mit einer Handbewegung zu schweigen.

»Am Ufer des Sees hat Katherine ihre letzten Tage verbracht. Dort saß sie viele Stunden mit Beatrice im Arm. Sie hat ihre letzten Lieder dort geschrieben und war glücklich. Und am Ufer des Sees war es auch, dass ich sie zum letzten Mal lebend gesehen habe. Mit dem Schlüssel wirfst du auch ihre und meine Seele in den See und von dort aus werden wir in den Himmel fliegen.«

Hatty schluchzte auf. Ihre Hand fuhr nach vorn, als Henry den Inhalt der Dose schluckte. Sie schlug ihm das Gefäß aus der Hand, doch es war schon zu spät. Das Gift war bereits dabei, das Leben ihres Großvaters auszulöschen. Mit letzter Kraft hob er die Hand zu einem Abschiedsgruß.

Hatty starrte eine ganze Weile lang auf die beiden Skelette und ihren Großvater, der bald friedlich eingeschlafen war. Tränen strömten über ihr Gesicht und fielen in den Staub. Als sie die Zufriedenheit auf dem Gesicht des alten Mannes sah, wusste sie, dass sie gehen musste. Langsam wandte sie sich ab und kletterte durch das Mauerloch. Dann griff sie nach den Steinen und tat, worum ihr Großvater sie gebeten hatte.

Im ersten Morgengrauen ging sie zum Wasser hinunter und warf den Schlüssel in den See. Dann eilte sie in die Bibliothek, um die letzten Walzen mit Katherines Geschichte zu besprechen.

Kapitel 18

Chastle House, Forewood, Lake District, und London, England
Spätsommer 2018

Dione starrte in die Dunkelheit. Ihr Arm schmerzte vom Kurbeln der Walze. Jetzt schwieg der Edison-Phonograph wieder. Aber die Worte ihrer Vorfahrin Hatty klangen noch in Diones Kopf. Sie hatte gar nicht bemerkt, dass die Nacht inzwischen hereingebrochen war. Ihr Gesicht war nass von Tränen. Was für ein schreckliches Schicksal! In diesem Haus lagen die Leichen von Katherine, Deborah und Henry begraben. Das war tatsächlich ein dunkles Familiengeheimnis. Dione stellte sich Henrys Verzweiflung vor. Er hatte nicht nur seine Frau verloren, sondern er wusste auch, dass seine Mutter sie umgebracht hatte. Selbst wenn diese Geschehnisse viele Jahre zurücklagen, waren sie durch Hattys Stimme und die Betroffenheit, mit der sie gesprochen hatte, plötzlich ganz nah. Dione fragte sich, warum ihre eigenen Eltern das Haus verlassen hatten, nachdem sie davon erfahren hatten. Die Leichen waren doch längst zu Staub zerfallen, und keiner, der von diesem Schicksal betroffen war, lebte noch. Und doch hatte Marc damals geglaubt, dass Dione nur in Sicherheit wäre, wenn sie Chastle House hinter sich ließen und ihre Abstammung verleugneten. So stark war die Angst vor dem Fluch, der von Generation zu Generation überliefert worden war.

Dione stand auf. Ihr Arm tat weh vom Kurbeln, aber es hatte sich gelohnt. Endlich kannte sie ihre Familiengeschichte. Morgen musste sie unbedingt noch einmal zu Woodland House hinausfahren und mit Marc sprechen. Warum glaubte er immer noch an diesen Fluch, der angeblich auf ihrer Familie lastete?

Dione hörte den Klang ihres Klopfens durch das verfallene Anwesen schallen. Nach einiger Zeit näherten sich Schritte und die Tür wurde geöffnet.

»Dione?« Auf Marcs Gesicht zeigten sich Überraschung, Freude und Angst schnell hintereinander. »Ich dachte, du bist wieder bei Monica?«

Ohne auf seine Frage einzugehen, sagte Dione: »Ich habe mir Hattys Bericht angehört.«

Marc nickte und trat zur Seite, um Dione ins Haus zu lassen. Schweigend führte er sie in den schäbigen Salon, in dem sie auch schon bei Diones erstem Besuch in Woodland House gesessen hatten.

»Dann weißt du jetzt also Bescheid«, stellte er fest und sah sie forschend an. »Wie geht es dir damit?«

Dione hob die Schultern. »Es ist ein furchtbares Geheimnis, aber ich denke nicht, dass es einen Fluch gibt. Und ich verstehe nicht, warum du dich deswegen aus Chastle House hast vertreiben lassen.«

Marc schwieg einen Moment und lehnte sich auf dem wackligen Stuhl zurück. Schließlich seufzte er und begann zu sprechen: »Henry glaubte, dass er durch seinen eigenen

Tod in Chastle House den Bann brechen würde, aber es hat nicht funktioniert. Stattdessen ereignete sich ein weiterer schrecklicher Todesfall in dem Gebäude. Hatty sprang kurz nach der Geburt ihres Kindes Ralph aus dem Fenster der Galerie und starb einen qualvollen Tod.«

»Oh nein«, stöhnte Dione und sah Marc ungläubig an. »Wieso hat sie das getan?«

Ihr Vater zuckte mit den Schultern. »Sie hat einen Abschiedsbrief geschrieben, aus dem hervorging, dass sie die schlimmen Ereignisse nicht verarbeiten konnte.«

»Aber dann war es kein Fluch, sondern Selbstmord«, stellte Dione fest. »Und das alles erklärt nicht, warum ihr so sicher wart, dass auch ich in Gefahr bin, wenn ich in diesem Haus bleibe.«

Marc stand auf und ging zu einem Schrank, der inmitten des ganzen Gerümpels hier noch relativ intakt wirkte. Er zog ein altes Fotoalbum hervor und legte es vor Dione auf den Tisch. »Das war mein Großvater Ralph, Hattys Kind.«

Dione betrachtete die Bilder. Es waren Kinderfotos, ein Hochzeitsbild, eines von Ralph mit einem Säugling auf dem Arm, und mehrere, die ihn als älteren Mann zeigten.

»Das da auf seinem Arm ist Ralphs Tochter Mary, meine Mutter«, fuhr Marc fort und blätterte ein paar Seiten weiter. »Was fällt dir auf?«

Die Bilder waren mittlerweile aus den Fünfziger- und Sechzigerjahren. Dione erkannte ihre Großmutter, die auf einem Rasen saß und eine Katze streichelte. Hinter ihr ragte Chastle House auf.

Dione wusste nicht, worauf Marc hinauswollte.

»Sie war sehr hübsch.« Liebevoll strich sie über das Foto. Sie hätte ihre Großmutter gern kennengelernt.

»Ja, das war sie«, bestätigte Marc. Er griff nach dem Album und ging zu dem Schrank zurück. Dann drehte er sich zu ihr um. »Aber es gibt keine Bilder von ihr als alte Frau.«

»Stimmt«, sagte Dione. Das war ihr zunächst gar nicht aufgefallen.

»Sie starb, als ich ein Jahr alt war, bei der Geburt meiner Schwester, die es ebenfalls nicht überlebt hat.« Marc kam zum Tisch zurück. »Damals konnte der Arzt sich nicht erklären, wie es zu dem tragischen Tod gekommen war. Die Geburt verlief zunächst ohne Komplikationen. Doch dann erlitt meine Mutter plötzlich einen Blutsturz, und noch bevor sie ins Krankenhaus gebracht werden konnte, verblutete sie. Meine Schwester lebte noch zwei Stunden und hörte dann einfach auf zu atmen.«

Dione schluckte. »Wie schrecklich.«

Marc nickte. »Jeder einzelne Todesfall lässt sich erklären. Aber wenn du dir die Todesfälle genauer anschaust, bemerkst du, dass alle weiblichen Nachkommen von Henry, Katherine und Lady Deborah in Chastle House nicht älter als siebenunddreißig Jahre wurden – manche starben sogar deutlich früher.«

»Aber das kann doch auch Zufall sein.« Dione glaubte nicht an Flüche und andere Dinge, die sich nicht logisch erklären ließen. »Deine Schwester kann auch am plötzlichen Kindstod gestorben sein. So etwas kommt doch vor. Und deine Mutter hatte eine nicht erkannte Krankheit. Damals war die Medizin noch nicht so weit wie heute.«

Marc hob die Schultern. »Vielleicht. Aber wenn nicht? Wie alt wärst du geworden, wenn du in Chastle House geblieben wärst?«

Dione starrte auf das Chaos im Zimmer und die unverputzten Wände. Sie konnte die Angst ihres Vaters verstehen, auch wenn sie es nicht zugeben wollte. Das Schicksal ihrer Vorfahren war wirklich eigenartig, aber eine entscheidende Frage wollte ihr nicht aus dem Kopf gehen.

»Warum hast du mich jetzt hierhergeholt?«, fragte Dione und musterte ihn eindringlich. »Falls dieser Bann tatsächlich noch existiert, setzt du mich einer großen Gefahr aus.«

Marc nickte. Dione konnte die Sorge auf seinem Gesicht erkennen.

»Ich habe lange darüber nachgedacht«, sagte er schließlich. »Und ich weiß immer noch nicht, ob es die richtige Entscheidung war. Aber ich habe dich ein Leben lang beobachtet. Dich und Monica.«

»Das war nicht besonders schwer«, warf Dione ein. »Ich war ein gläserner Mensch. Und ich bin auf dem besten Weg, es wieder zu werden.«

»Monica war immer schon sehr ehrgeizig«, fuhr Marc fort, ohne auf den Einwand seiner Tochter einzugehen. »Ich habe sie über alles geliebt. Vermutlich war dieser Fluch für sie nur ein Vorwand, mich zu verlassen. Für mich war es mehr. Ich hatte panische Angst um dich. Von deinem ersten Atemzug an habe ich dich beinahe abgöttisch verehrt.«

Dione schluckte die Tränen hinunter. Sie wäre gern als Marcs Tochter aufgewachsen, auch wenn sie dann niemals so berühmt geworden wäre.

Marc fuhr fort: »Monica wollte aus dir den Menschen machen, der sie selbst gern geworden wäre, und ich war dafür der falsche Mann an ihrer Seite.«

Dione seufzte. »Ja, du hast recht. In den letzten Tagen habe ich gemerkt, dass sie vor nichts zurückschreckt, um meine Karriere zu sichern. Sie hat mich erpresst, damit ich in mein altes Leben zurückkehre.«

»Sie ist nicht durch und durch schlecht«, versicherte Diones Vater ihr und setzte sich wieder auf den Stuhl. »Sie war damals noch etwas sanfter, aber der Ehrgeiz war schon da. In der Nacht deiner Geburt fanden wir Hattys Walzen, und ich glaube, als sie erfahren hat, dass deine Vorfahrinnen talentierte Sängerinnen waren, entstand bei ihr die fixe Idee, einen Star aus dir zu machen.«

Dione nickte und sagte leise: »Auch Hattys Stimme war wunderschön, und Katherine muss eine hervorragende Sängerin gewesen sein, sonst hätte sie keinen so großen Erfolg gehabt.«

»In jener Nacht haben wir also von Katherine und Hatty erfahren. Von dem Fluch wusste Monica schon vorher. Schließlich hat mein Vater viel darüber geredet.«

Dione seufzte. »Er hat seine Frau und seine Tochter verloren, genau wie Henry. Er hatte nur das Glück, dass er dich noch hatte. Außerdem hat es deinem Vater sicher geholfen, sich an diesem Fluch festzuklammern.«

Marc fasste über die Tischplatte hinweg nach ihrer Hand.

»Ich habe dich beobachtet. Ich habe mich jeden Tag gefragt, ob ich dich zu mir holen und dir von unserer Familiengeschichte erzählen soll. Aber ich wollte dein Leben und deine Karriere nicht stören. Und ich wusste von Anfang an, dass du es ohne Arthurs Kontakte als Sängerin schwer haben würdest.«

»Du sprichst von einem Leben, das meine Mutter für mich arrangiert hat. Ich habe viele Jahre gebraucht, um herauszufinden, dass es gar nicht mein eigenes Leben ist«, erwiderte Dione.

Marc nickte. »Das habe ich bemerkt. Ich hatte befürchtet, dass du immer der Spielball deiner Mutter bleiben würdest. Aber was ist mit Katherines Funken, der in dir steckt? Katherine hat sich nichts vorschreiben lassen, sie hat sich gegen sämtliche Konventionen gewehrt, um ihrer Leidenschaft nachzugehen. Und Hatty ist einfach davongelaufen, als Henry sie in Woodland House halten wollte.«

Dione drückte Marcs Hand, während sie sich an Hattys Stimme auf der Walze erinnerte, die von Katherines Auftritten im Alhambra berichtete. Sie nickte unter Tränen und sagte leise: »Katherine brauchte die Bühne. Aber ich weiß inzwischen, dass ich gut ohne meine Auftritte leben kann. Ich liebe die Musik, die Kunst und die Schauspielerei, aber der Preis, den ich jahrelang dafür zahlen musste, war zu hoch. Ich würde für ein eigenes Leben auf all das verzichten.«

»Es ist noch nicht zu spät«, sagte Marc. Er ließ ihre Hand los und lehnte sich zurück. »Du kannst ein neues Leben anfangen. Verzichte auf den Ruhm und das Geld, das du in den nächsten Jahren noch verdienen würdest, und beginne neu.«

»Ich kann nicht.« Dione presste die Lippen zusammen. »Wenn ich das tue, wird Monica mich dafür bestrafen. Sie hat etwas Schlimmes über Claire erfahren und wird es überall verbreiten. Das würde Claires Leben ruinieren.«

Marc schwieg eine Weile. Nur das regelmäßige Tropfen des Regens an die Fensterscheiben war zu hören und der Wind, der durch die Ritzen des alten Hauses pfiff.

Schließlich fragte Diones Vater: »Wie hat Monica davon erfahren?«

»Kate …« Dione schloss die Augen. »Claire hat mich vor ihr gewarnt, aber ich konnte nicht glauben, dass sie so skrupellos ist.«

»Du bist Kate in die Quere gekommen?« Marc fuhr sich über die silbergrauen Bartstoppeln.

»Ja, ich habe mich in Aiden verliebt – und er sich in mich.« Jetzt brach Dione in Tränen aus und konnte nichts dagegen tun. Schluchzend fuhr sie fort: »Aiden war der einzige Mensch, der mich hier freundlich aufgenommen hat. Er hat mir die Farm gezeigt, wir haben uns einfach gut verstanden, und ehe wir es bemerkten, waren wir ineinander verliebt.«

Plötzlich spürte sie die Hand ihres Vaters auf ihrem Arm. Er zog sie behutsam in die Höhe und in seine Arme.

Sie nahm den abgestandenen Geruch seiner Kleidung wahr, aber es störte sie nicht. Sie schmiegte sich an ihn und weinte hemmungslos. Nie hatte sie in Monicas Armen geweint, nie hatte ihre Mutter sie getröstet.

»Aiden war nicht glücklich mit Kate«, stieß sie hervor, während Marc ihr beruhigend über den Rücken strich.

»Natürlich nicht«, erwiderte er. »Wie konnte er auch? Kate war schon als Mädchen herrisch und wusste genau, was sie wollte. Sie ist ganz anders als Aiden.«

»Es war die Farm …« Dione hielt ihren Vater fest. »Er ist dort aufgewachsen, er liebt sie. Um auf der Farm bleiben zu können, hat er die Heirat mit Kate in Kauf genommen.«

»Eine Ehe ist heutzutage nicht mehr unauflöslich. Er kann sich jederzeit von Kate trennen.«

Dione schüttelte den Kopf, ohne aufzusehen. Der Pullover ihres Vaters war schon feucht von ihren Tränen. »Dann wird Kate Claires Geheimnis verraten. Das würde ihr Ende bedeuten. Niemand in Forewood würde sie mehr bei sich arbeiten lassen, alle würden die Nase über sie rümpfen.«

Diones Vater löste sie behutsam aus seinen Armen und sah ihr in die Augen. »Dione, glaubst du, dass Claire das will? Dass du auf Aiden und ein eigenes Leben verzichtest, nur um sie zu schützen?«

»Nein, wahrscheinlich nicht, aber ich kann mein eigenes Glück nicht über ihres stellen. Wenn ich nur mit Aiden sprechen könnte, aber er geht schon seit einiger Zeit nicht an sein Telefon. Und auf den Hof kann ich nicht gehen. Wenn ich Kate dort begegne, ist der Teufel los.« Dione schluckte.

»Du musst kämpfen. Schreibe ihm einen Brief. Erklär ihm, wieso du so gehandelt hast.« Marc lächelte seine Tochter an. »Das sind die Tücken des selbstständigen Lebens. Es ist nicht alles leicht. Aber genau das macht das Leben auch so ungemein spannend. Mich hat es hierhergeführt.«

»Hast du die Entscheidung bereut, dass du mich mit Monica fortgeschickt hast?« Dione wischte sich die Tränen aus dem Gesicht.

Marc sah sie voller Liebe an. »Jeden Tag – und gleichzeitig war ich froh, dass ich es getan habe. Ich weiß bis heute nicht, ob es diesen Fluch tatsächlich gibt oder nicht. Und ich weiß auch nicht, ob es richtig war, dich auf Hattys Aufzeichnungen zu stoßen.«

»Doch, das war es definitiv.« Dione griff nach seinen Händen und hielt sie fest. »Du hast mir damit meine eigene Vergangenheit zurückgegeben, und dafür bin ich dir dankbar, so tragisch die ganze Geschichte auch sein mag. Jetzt muss ich selbst entscheiden, wie ich damit umgehe.«

Zurück in Chastle House, setzte sich Dione ins Weiße Zimmer und schrieb an Aiden:

Lieber Aiden,
ich weiß nicht, wie ich dir erklären kann, wie viel du mir bedeutest und wie sehr ich es bereue, dir nicht die Wahrheit über mich erzählt zu haben. Aber ich hatte Angst davor, dass du dann nicht mehr mich, sondern nur noch den Weltstar Dione Dearing sehen würdest, wie es vor dir schon zu viele andere taten. Nur als Diana konnte ich sicher sein, dass du mich magst und nicht das, was ich darstelle. Jeden Tag habe ich darunter gelitten, dir meine wahre Identität verschweigen zu müssen, aber die Angst war zu groß, dass du mich fortan anders ansehen würdest. Nie haben mich die Menschen als ihresgleichen betrachtet, immer habe ich falschen Respekt und verborgene Missachtung, Neid, Mitleid und Neugier erfahren müssen. In Forewood war ich zum ersten Mal ein Jedermann. Und das sichere Wissen darum, dass du mich nicht erkannt hast, hat mir deine Zuneigung besonders wertvoll gemacht.
Ich liebe dich sehr, und es vergeht kein Tag, an dem ich mich nicht nach dir sehne, an dem ich mich nicht in deine Arme träume und an dich denke. Doch unser Glück würde das eines anderen Menschen zerstören. Kate hat mich in ihrer Hand und ich bin nicht frei in meiner Entscheidung.

Bitte behalte mich in liebevoller Erinnerung, hege keinen Groll gegen mich. Du wirst immer in meinem Herzen bleiben.
In Liebe
Dione
PS: Ich lege dir Konzertkarten für meine Show in London bei. Ich singe an diesem Abend nur für dich!

Einen Monat später – London

Dione war zurück auf der Bühne. Es fühlte sich beinahe wie früher an. Sie blickte auf die vielen Menschen, die vor ihr im Zuschauerraum standen und in den Rängen saßen. Hinter ihr spielte die Band, die andere für sie zusammengestellt hatten. Sie tanzte die Choreografien, die ihre Mutter für sie in Auftrag gegeben hatte, und sang Lieder, die ihr Konzertregisseur ausgesucht hatte. Sie hatte versucht, sich einzubringen, war aber überall auf Widerstand gestoßen. Irgendwann hatte sie aufgegeben, vielleicht war es ja gut, sich keine Gedanken machen zu müssen. Sie versuchte, so viel Zeit wie möglich mit Sherlock zu verbringen, und kümmerte sich ansonsten um nichts. In den letzten Tagen hatte sie hart geprobt und trainiert, und jetzt sah sie, dass sich die ganze Arbeit gelohnt hatte. Das Publikum tobte und das war unbeschreiblich schön. Dione genoss es, zu singen und ihre Fans zu unterhalten.

Auf den Brief an Aiden hatte sie nie eine Antwort erhalten. Dione wusste, dass er nicht zu ihrem Konzert gekommen war, stellte sich aber dennoch vor, er wäre hier.

Irgendwo da unten, in der Menge – und sie sang nur für ihn.

In der Pause schickte sie Uma schon in ihre Garderobe. Dione hatte sich hinter der Bühne mit ihrem Vater verabredet. Marc war aus Forewood gekommen und sie hatte ihm einen der besten Sitzplätze besorgt.

Jetzt sah sie ungeduldig auf die Uhr. Viel Zeit hatte sie nicht, um auf ihn zu warten, schließlich musste sie sich für die zweite Hälfte der Show umziehen, sie musste frisch geschminkt werden und eine neue Frisur bekommen.

Wenig später führte einer der Ordner endlich ihren Vater zu ihr. Sie lächelte, als sie ihn sah. Er hatte sich ein weißes Hemd angezogen und trug eine saubere Jeans. Marc breitete die Arme aus und drückte seine Tochter an sich.

»Du bist großartig!«, sagte er stolz und küsste sie auf die Wange. »Aber ich habe eine Überraschung für dich. Sieh mal, wen ich dir mitgebracht habe.«

Er trat zur Seite und Diones Herzschlag setzte einen Moment lang aus. Aiden! Er war hier. Er war doch gekommen! Die Techniker und Bühnenbauer, die Tänzerinnen und Backgroundsänger waren plötzlich ganz weit fort. Die Welt schien aufzuhören, sich zu drehen, die Zeit stand still. In Diones Bauch explodierte ein Feuerwerk, als Aiden seine dunklen Augen auf sie richtete. Sie wollte etwas sagen, ihn umarmen, aber ihr Körper gehorchte ihr mit einem Mal nicht mehr.

In Aidens Blick lagen Liebe und Zweifel, Überraschung und Angst. Diones Herz krampfte sich zusammen. Sie kannte diesen Ausdruck. Die Unbeschwertheit zwischen ihnen war verschwunden, von nun an würde er sie immer über sich stellen. Er schien zu überlegen, ob sie auch wirklich die Frau war, die er in Forewood kennengelernt hatte. Dione fiel ein, dass sie jetzt ja ganz anders aussah. Ihre Haare hatten wieder ihre natürliche Farbe, außerdem veränderten das starke Make-up und das Bühnenkostüm sie sicher sehr.

»Ich bin so froh, dass du gekommen bist«, sagte sie schließlich vorsichtig.

Aiden nickte und Dione schluckte, als sie die Bewunderung in seinen Augen sah.

»Und es tut mir unendlich leid.« Dione spürte Tränen in sich aufsteigen. Freudentränen über ihr Wiedersehen und Tränen der Trauer über den Verlust von Aidens Unbefangenheit. Sie atmete tief durch.

»Ich hatte ja keine Ahnung …«, flüsterte er.

»Ich weiß.« Dione machte einen Schritt auf ihn zu und streckte ihm ihre Hand entgegen.

»Ich muss mit dir reden.« Aiden sah sich um und warf Marc einen kurzen Blick zu. »Allein.«

Dione seufzte. »Ich bin nie allein. Aber ich werde alle aus meiner Garderobe vertreiben. Komm mit.«

Marc wartete im Aufenthaltsraum der Crew, während Dione Aiden in ihre Garderobe führte. Sie schickte ihre Mutter, Melanie und Zelda hinaus. Monica sah sie irritiert an, wagte es aber nicht, ihr zu widersprechen.

Sobald sie allein waren, trat Dione ihm gegenüber. Sie war plötzlich verlegen. »Aiden, ich kann dir alles erklären …«

Doch er hob seine Hand und berührte mit den Fingerspitzen ihre Lippen. Dione überlief ein Schauer. Ihr ganzer Körper sehnte sich nach ihm.

»Ich liebe dich«, flüsterte er. »Egal, wer du bist. Für mich wirst du immer Diana bleiben.«

Dione schluchzte auf. Die Anspannung fiel von ihr ab.

»Ich liebe dich auch«, sagte sie unter Tränen, »aber wir können niemals zusammen glücklich werden. Es geht nicht.« Sie konnte nicht aufhören zu weinen. Die Kraft, die sie der Verzicht auf Aiden kostete, war unermesslich.

»Wegen Claire?«, fragte er.

Dione sah ihn überrascht an. Woher wusste er davon? Ob Marc mit ihm darüber gesprochen hatte?

»Claire hat es mir selbst erzählt«, sagte Aiden. Er schien ihre Gedanken erraten zu haben. »Sie hat schwer mit sich gekämpft. Sie hatte ein schlechtes Gewissen, dass sie dich in die ganze Sache mit hineingezogen hat. Aber sie hatte auch Angst vor den Konsequenzen ihrer damaligen Taten. Deshalb hat sie deine Anrufe nicht entgegengenommen. Ich wusste über Claires Fehltritte natürlich Bescheid, schließlich habe ich auch damals schon auf dem Hof gelebt. Aber ich hätte nie gedacht, dass Kate die Geschichte noch einmal aufwärmen und für ihre Zwecke verwenden würde.«

»Jetzt verstehst du, warum ich mich von dir trennen musste, nicht wahr?« Dione berührte ihn zärtlich am Arm. »Ich liebe dich mehr, als ich sagen kann. Nur will ich Claire das Leben nicht noch schwerer machen.«

Aiden lächelte. »Das kann ich gut verstehen, aber Claire hat gestern mit all ihren Arbeitgebern gesprochen. Sie haben ihre Offenheit gelobt und waren sehr verständnisvoll. Schließlich ist das alles schon viele Jahre her und außerdem hatte Claire ja wirklich eine schwere Kindheit. Sie wird mit der Scham leben müssen, dass die Menschen in

Forewood jetzt über diese üble Geschichte Bescheid wissen. Aber es wird von Tag zu Tag weniger schlimm für sie sein.« Er hielt kurz inne und sah Dione forschend an, ehe er fortfuhr: »Claire kann also sämtliche Jobs behalten. Sie hätte das schon viel früher tun sollen. Jetzt hat Kate nichts mehr in der Hand, um sie oder dich zu erpressen.«

»Und was wird aus Kate und dir?«, fragte Dione und griff nach seiner Hand.

»Ich habe sie verlassen und wohne momentan im *Forewood Inn.* Ich werde mir eine Arbeit auf einer anderen Farm suchen.« Er klang zuversichtlich, aber Dione spürte seine Unsicherheit. »Ich konnte nicht mehr länger mit Kate zusammen sein.«

Dione nickte und setzte sich auf einen der Schminkstühle, die vor dem Spiegel standen.

»Und die Hunde und Pferde?« Sie wusste ja, wie viel die Tiere Aiden bedeuteten.

Er zuckte mit den Schultern und Dione konnte die Traurigkeit in seinem Blick erkennen.

»Die Hunde habe ich mitgenommen. Die anderen Tiere sind noch bei Kate auf der Farm. Sobald ich einen neuen Job habe, werde ich versuchen, sie woanders unterzubringen. Sie gehören offiziell mir, aber momentan habe ich kein Geld, um für sie zu sorgen.«

»Das tut mir leid.« Dione konnte seine Trauer gut nachvollziehen. Wenn sie sich vorstellte, sich von Sherlock trennen zu müssen, zerriss es ihr das Herz.

»Ich werde meinen Anwalt beauftragen, eine Farm für dich zu kaufen. Dann kannst du all deine Pferde und Hunde wieder bei dir haben«, sagte Dione. Sie wollte Aiden um jeden Preis glücklich machen.

Doch er schüttelte den Kopf. »Ich muss es ganz alleine schaffen. Kannst du das verstehen?«

Dione lächelte und stand wieder auf. »Und wenn ich dir das Geld nur leihe? Und du zahlst es mir nach und nach zurück?«

Aiden schien eine Weile zu überlegen. »Das würde gehen, schätze ich.« Er lachte, und Dione sah die kleinen Fältchen, die sich um seinen Mund bildeten. Die grauschwarzen Haare waren ihr so vertraut. Sie konnte nicht anders, sie streckte ihre Hand nach ihm aus und strich über die weiche Haut seiner Wange. Aiden schloss einen Moment lang die Augen. Dann fassten seine Hände nach ihren, und sein Mund fuhr über ihre Finger, den Arm hinauf bis in ihren Nacken. Er zog sie an sich. Sein Gesicht war plötzlich wieder ganz nah. Sie sog Aidens vertrauten Geruch tief in sich ein. Als sich ihre Lippen endlich trafen, durchfuhr sie ein glücklicher Schauder. Dione ließ sich in seinen Kuss fallen, genoss seine warmen Hände auf ihrer Haut und seine zärtlichen Liebkosungen. Erst als Melanie klopfte und sie darauf hinwies, dass sie dringend mit dem Kostüm und dem Make-up beginnen müssten, löste sich Dione von ihm. Sie bat Melanie, noch einen Moment draußen zu warten, und versprach, in einer Minute fertig zu sein.

»Ich habe in meiner Zeit in Forewood viel gelernt«, sagte sie dann zu Aiden. »Ich wollte mich selbst kennenlernen, und als meine Mutter mich in mein altes Leben zurückgezwungen hat, glaubte ich zunächst, keinen Schritt weitergekommen zu sein. Ich hatte den Eindruck, gescheitert zu sein. Aber das stimmte nicht. Denn ich erkannte viele Dinge als falsch, die ich vorher nicht als falsch empfunden hatte. Und erst als ich wieder Dione Dearing war, merkte ich, wie sehr ich Forewood vermisste. Und dich. Für mich gäbe es kein größeres Glück, als mit dir auf deiner Farm zu leben und dir bei der Arbeit mit den Hunden und Pferden zu helfen …«

»Ist das dein Ernst?« Aiden setzte sich auf den Hocker, den Melanie immer benutzte, wenn sie Diones Haare frisierte, und umarmte sie lächelnd. »Ich kann mir auch nichts Schöneres vorstellen. Aber du würdest mehr unterwegs sein als bei mir zu Hause, befürchte ich. Dein Leben ist von der Musik bestimmt, du musst auf Tourneen gehen und Filme drehen.«

Dione ignorierte Melanies ungeduldiges Klopfen an ihrer Garderobentür. Sie betrachtete die Schminktöpfe und Pinsel, die Kostüme und Notenblätter um sich herum. »Das ist nicht das Leben, wie ich es führen will. Ich werde meine Verpflichtungen noch bis nächstes Jahr erfüllen und mich dann zurückziehen. Ich will endlich zur Ruhe kommen und nicht mehr länger in der Öffentlichkeit stehen.«

Aiden ließ sie los und stand auf. Er sah sie einen Moment lang an. Dann fragte er mit einer umfassenden Handbewegung: »Aber wirst du all das hier nicht vermissen?«

»Das weiß ich nicht. Vielleicht. Aber ich muss die Musik ja nicht ganz aufgeben. Vielleicht gründe ich eine Band und schreibe Lieder für mich selbst. Die Zukunft liegt vor uns und diesmal werde ich allein darüber entscheiden.«

Dione ging zur Tür und ließ Melanie und Zelda herein. Auch Marc betrat die Garderobe, und während Dione sich in das neue Kostüm helfen ließ, wandte sie sich an ihren Vater.

»Ich habe beschlossen, Chastle House aufzugeben. Ich liebe es und es gibt keinen schöneren Ort auf der Welt.

Aber ich denke, wir sollten die Geister von Katherine, Henry und Lady Deborah nicht stören und sie in Frieden dort ruhen lassen.«

Marc sah Dione verwirrt an und setzte sich neben sie auf einen der Schminkstühle. »Dann glaubst du also doch an den Fluch?«

Dione beobachtete im Spiegel, wie Melanie ihre Haare toupierte. »Ich glaube, dass ein solcher Fluch nur Macht über uns hat, wenn wir uns vor ihm fürchten. Ich liebe Chastle House und werde ihm sein Geheimnis lassen.«

Marc zwinkerte ihr zu. »Man erzählt sich im Dorf, dass Kate die Lakeside Farm angeblich vekaufen will.«

Dione sah überrascht auf.

»Ich denke, nachdem herausgekommen ist, wie schändlich sie sich Claire gegenüber verhalten hat und was ihr Vater Claire angetan hat, ist es für Kate in Forewood ungemütlich geworden. Außerdem ist sie ohne Aiden ziemlich aufgeschmissen«, fuhr Marc nachdenklich fort. »Er hat die gesamte Arbeit für sie erledigt. Und von dem Erlös, den ihr der Verkauf dieser großen Farm bringen wird, kann sie woanders neu anfangen und bis an ihr Lebensende auskommen.«

Dione hatte schon nach ihrem Handy gegriffen. Sie suchte Aidens Blick im Spiegel. Er grinste und nickte ihr zu. Dione wählte Mr Grants Nummer und bat ihn, die Lakeside Farm für sie zu kaufen.

Epilog

Lakeside Farm, Forewood, Lake District, England
September 2019

Marc tätschelte noch einmal den Hals des Pferdes und schloss die Boxentür. Dann schlenderte er aus dem Stall hinaus auf den Hof. Einen Moment lang blieb er vor dem Stalltor stehen und hielt sein Gesicht in die Sonne.

»Marc!«, riss ihn Aidens Stimme aus seinen Gedanken. »Komm schnell rein, es ist gleich so weit.«

Panik stieg in ihm auf. Dione war erst im siebten Monat. Eine frühe Geburt war riskant. »Wo ist sie? Wie geht es ihr?«

»Nicht Dione – Hazel!« Aiden lachte.

Marc atmete erleichtert auf und eilte hinter Aiden her in das alte Farmhaus. An der Tür zum Wohnzimmer blieb er stehen. Dione kniete auf dem Boden. Außer an der kleinen Wölbung ihres Bauches war nicht zu erkennen, dass sie seine Enkelin unter ihrem Herzen trug. In diesem Moment erfasste ihn eine Welle der Liebe und Zärtlichkeit. Wie hatte er nur so viele Jahre auf seine Tochter verzichten können? In diesem Moment sah sie auf und lächelte ihn an, bevor sie sich wieder der hochschwangeren Hazel zuwandte.

Endlich war sie zu Hause. Bei ihm in Forewood. Marc sah sich um. Da war das Wohnzimmer mit den alten Möbeln von Kates Familie, Aiden, der sich gelassen über die Hündin beugte und auf die nächste Wehe wartete, und seine Tochter, die aufgeregt die Geburt der Welpen verfolgte.

Die Lakeside Farm war ihr Zuhause geworden. Dione, Aiden und die kleine Katherine, die in wenigen Wochen zur Welt kommen würde, waren seine Familie. Marc war glücklich. Und mit einem Mal wusste er, dass auch der Fluch von Chastle House gebrochen war. Katherine, Henry und Hatty hatten ihren Frieden gefunden.

Danksagung

Noch immer kann ich es kaum begreifen, dass meine Romane den Weg in die Welt hinaus gefunden haben. Dass die Geschichten, die in meinem Kopf entstehen, von so vielen Menschen gelesen und gemocht werden. Ich danke allen Leserinnen und Lesern dafür, dass sie durch ihre Fantasie meine Geschichten lebendig werden lassen.

Ich danke meiner Familie, in erster Linie meinem Mann Dario, der mit seinem Verständnis und seiner Geduld erträgt, dass ich mich stundenlang in meinen Romanwelten aufhalte.

Ich danke meinen Hunden Poirot, Hastings, Barnaby, Miss Marple und Humphrey, dass sie mich jeden Tag unendlich glücklich machen.

Ich danke meiner Mutter, dass sie immer für mich da ist und ich mich in jeder Situation auf sie verlassen kann.

Ich danke Karolin Kersting, Carola Schmidt und Alissa Schwichtenberg, die wie immer mein unfertiges Manuskript gelesen und mir so manchen guten Hinweis gegeben haben.

Ich danke meinen großartigen Lektorinnen Hannelore Hartmann und Ulrike Schuldes, von denen ich so viel lerne und die von Anfang an an meine Romane geglaubt haben.

Ein besonderer Dank geht an meine Retriever-Freundin Melitta Müller und ihre bezaubernde Hündin Hazel, die das Vorbild für meine Roman-Hazel ist. Durch die vielen Gespräche und Erzählungen von den Welpengeburten und Aufzuchten bin ich auf die Idee gekommen, selbst Golden Retriever zu züchten – natürlich nur auf dem Papier. Ich denke sehr gern an die vielen gemeinsamen Trainingsstunden, Seminare und Prüfungsvorbereitungen, die wir vier zusammen verbracht haben.

Und ich danke meiner Freundin Marlies Ferber, der ich dieses Buch widme. Du hast von Anfang an mein Hoffen und Bangen geteilt, mich an die Hand genommen und durch den Autoren-Wald geführt. Ich liebe die Frühstücke, Hundespaziergänge und Picknicke mit dir!